KB021830

두 번째 신

톨로사의 거리

두 번째 신
톨로사의 거리

펴 낸 날　2023년 6월 7일

지 은 이　이시혁
펴 낸 이　이기성
편집팀장　이윤숙
기획편집　이지희, 윤가영, 서해주
표지디자인　이지원
책임마케팅　강보현, 김성욱
펴 낸 곳　도서출판 생각나눔
출판등록　제 2018-000288호
주　　소　경기 고양시 덕양구 청초로 66, 덕은리버워크 B동 1708호, 1709호
전　　화　02-325-5100
팩　　스　02-325-5101
홈페이지　www.생각나눔.kr
이 메 일　bookmain@think-book.com

두 번째 신
deuxième dieu

톨로사의 거리

LeeSiHyeock 장편소설

생각나눔

"이 이야기는 프랑스 역사에 기초하며, 18세기 프랑스의 시대상과 신·구교도 간 종교전쟁의 폐해, 특히 1762년에 일어난 장 칼라스 사건을 모티브로 시작된다. 등장인물 중 일부는 역사상 실존 인물이지만, 이 책에서의 행적은 많은 부분에서 실재한 역사와는 다름을 미리 밝혀둔다."

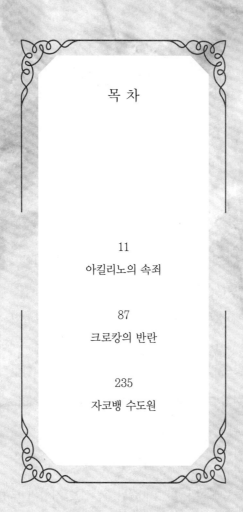

목 차

서 문

신의 왼편에는 누가 있는가? 모두 신의 오른편을 이야기한다. 왕과 귀족으로 꾸며진 정부의 고관대작들, 심지어 추기경과 대리석으로 지은 유려한 건축물인 도시의 교회 안에서 거주하는 대주교와 산중에 지어진 수도원에서 가장 엄숙하게 신에게 귀를 기울인다는 고귀하고 청렴한 수사들까지 그 누구도 신의 왼편을 이야기한 자가 없다. 그래서 신의 왼편은 공허하다.

바르톨로메오의 학살이 끝난 후 신은 지상의 모두를 하늘로 불러 모았다한 사람씩 재단에서 안아주었다. 특히, 장 세바스찬과 에티엥 돌레에게는 봉사와 헌신의 삶을 축복하고 위로하며 성품성사를 주었고, 루이와 카미엘에게는 혼인 성사를 주었다. 신은 루이와 카미엘이 무릎 꿇은 채로 신의 재단에서 물러나자 마지막까지 앞으로 선뜻 나서지 못하고 있던 아킬리노를 불렀다. 아킬리노는 두려움과 절망으로 몸을 가누지 못하고 눈에 가득 찬 눈물을 보이며 말했다.

"저의 죄를 용서하소서, 제가 저지른 살인과 제가 저지른 배신을 용서하소서!"

아킬리노의 고백에 신은 짧게 대답하였다.

"아킬리노는 고개를 들라. 그대 잘못은 이미 생 메다르의 주교가 사하였노라."

어느새 인기척 없이 나타난 주교가 아킬리노의 떨리는 어깨를 짚자 신은 이렇게 다시 말씀하셨다.

"일곱 개의 모든 성사가 너희를 보호하리라. 이제 내 옆에서 평안하리라."

장 세바스찬과 에티엥 돌레는 감사와 은총의 눈물을 흘리며 감히 신의 얼굴을 쳐다보지 못했다. 그들 모두 지난날을 잊고 행복했으나 루이가 문득 고개를 돌려 찾은 단 한 사람, 카르바스의 모습만이 보이지 않았다.

Atonement of Aquilino

아킬리노의 속죄

1

미카엘은 지상을 내려다보고 있었다. 희끄무레한 어둠이 걷히며 미카엘이 앉은 옥좌의 오른편으로 뜨는 태양이 대지를 비추고 있었다. 모든 케룹의 수장답게 근엄하고 인자한 얼굴을 하고 있었지만 약간의 그늘이 미카엘의 얼굴에 있었다.

"상투스, 상투스 야훼의 중재자이시고 증인이시며, 케룹과 일곱 천사의 주인이신 미카엘이시여!"

침묵을 흔들며 얼굴 주위가 날개로 뒤덮인 천사 하나가 미카엘의 옥좌 여덟 발치 뒤로 내려앉으며 다가왔다.

"미카엘이시여! 왜 야훼께서는 일곱 성사만을 두셨나이까?"

천사들은 여섯 날개를 가지고 있었다. 두 장의 날개는 얼굴을 덮고, 두 장은 발을 숨겼으며 나머지 두 장은 비상을 하기 위한 날개였다. 그리고 세 번의 찬미(*거룩하시다. 거룩*

하시다. 거룩하시다.)를 외치는 가사가 새겨진 '불꽃의 단검'과 깃발을 지니고 있었다.

"그대여! 그대는 왜 얼굴을 날개로 숨기고 나에게 왔는가?"

미카엘의 목소리는 조용했지만, 그의 한마디에 천사의 심장은 얼어붙었다.

"나는 야훼께서 드높은 옥좌에 계시는 것을 보았다. 그분의 옷자락은 성소를 덮고 있으며 영광이 천상과 온 땅에 가득하시다는 것을 의심한 적 없다. 성사는 그분께서 지상에 내리시는 은총이며, 야렛의 아들이자 므두셀라의 아버지인 에녹(구약 창세기의 인물. 신과 300년을 동행하며 최초로 승천한 인물)에게도 내리신 은총이다. 그대는 의심치 말라."

천사는 얼굴을 붉히며 뒷걸음질 쳤다. 미카엘은 온화한 미소를 지으며 그런 천사를 불러 세웠다.

"장 세바스찬과 그의 가족들은 천상에서 행복하리라. 그대는 지상으로 내려가 카미엘을 수습하고 아직 남은 그녀의 영혼을 이곳으로 데려오라."

천사가 물었다.

"카미엘의 품속은 어찌하오리까?"

"인간의 세상에 내버려 두라."

그때 북쪽에서 바람이 불었다.

2

마벨과 아킬리노가 탈출했던 톨로사로 가는 길은 여전히 거칠었다. 마벨과 아킬리노를 쫓았던 흰 스카프를 목에 두른 암살자들과 부랑자들의 그림자는 사라지고 없었지만 먼지와 소문은 남아있었고, 어둠의 시간들은 칠흑으로 뒤덮여 정체를 알 수 없는 번뜩이는 눈동자들이 공허와 허공을 감시하고 있었다. 그 어디쯤에 카미엘이 있었다. 시간은 빠르게 흘러갔다. 하늘은 가끔 검붉게 물들었지만, 어둠이 오는 저녁 무렵의 풍경은 아름다웠다. 개똥지바퀴 새가 둥지를 틀고 새끼를 기르듯이 세상의 집에도 후대를 이어갈 자식이 태어나고 울음이 집 밖으로 흘러나와 기웃거리는 노숙자들의 눈빛이 예사롭지 않게 변하기도 했다. 도시는 음흉한 소문들로 가득했고, 외곽은 더 위험했다. 해마다 버려지는 아이들은 늘어났고 그로 인해 골머리를 앓는 것은 시의회나 공무원이 아니라 자발적인 봉사자뿐이었다. 암울한 시간. 부유한 상인들과 권력을 가진 자들의 세상이었으니 서민들은- 그중에서도 불가촉천민들의 삶은 - 하루하루의 생명을 지탱하기에도 벅찬 시대였다. 하지만 희망이 완전히 사라진 세상은 아니었다. 리옹에서 행하여졌던 새로운 시대를 향한 열망은 리옹을 벗어난 다른 곳에서 발현되고 있었다. 발현은 한두 군데가 아닌 여러 곳이었다. 아마도 그 발현은 수많은 사람들이 목숨으로 이루고자 했던 염원의 연장이었고 결과의 진행이었던 것이다. 거기에는 장 세바스찬과 같은 이름조차 알아주지 않는 사형집행인과 에티엥 돌레 같은 선지자들의 희생이 따랐던 탓이다. 오데온의 석축은 비와 안개에 젖어 서서히 허물어져 가고 있었지만, 긴 그림자를 늘어뜨린 석양은 변함이 없었다.

카미엘은 거기 그대로였다. 시간은 동쪽과 서쪽을 번갈아 갔고, 밤과 어둠이 어떤 날은 칼날 같은 태양빛과 교체되었다. 정오에는 사람들의 눈에 보이지 않는 숲의 정령들이 나무속에서 혹은 강의 밑바닥에서, 음침한 숲의 가장 깊은 골짜기의 암벽 속에서 깨어 나와 카미엘을 보호해 주었다. 프롱은 카미엘의 품속에서 살아있는 것도, 죽어있는 것도 아닌 채로 여러 날을 잠들어 있었다. 정오의 태양이 카미엘의 피부를 조금씩 벗겨내고 있었다. 태양의 인내심이 얼마나 집요했는지 카미엘은 미라인 상태로 서서히 허공으로 사라지고 있었다. 나무의 정령은 그런 태양을 미워했다. 그 강렬함이 나무와 숲을 키워냈고 생명의 근원을 불어넣어 줬지만, 카미엘에게만은 부당한 처사라고 생각하고 있었다. 정령들은 스스로의 뿌리와 가지가 바싹 마를 때까지 수분을 끌어와 끊임없이 카미엘의 품속으로 불어넣었고, 강의 정령들은 그 물을 제공해 주었다. 다시 며칠이 지나고 정령들이 지쳤을 때 숲속에서 생명의 근원에 희망의 노래를 담당하는 새들이 날아와 태양에게 고했다.

"고귀하고 고결한 태양이여, 밤의 신전으로 갈 수 있게 빛을 조금 줄여주면 안 될까요? 카미엘의 영혼과 장 프롱의 생명을 걷어줄 의인이 올 때까지 그대의 조급함을 조금 참아주면 안 될까요?"

간곡한 부탁이었다. 태양은 말없이 빛을 쏟아 내었다. 그날 밤 자정에는 긴 깃털을 목에 두르고 꼬리가 묵직한 회색 늑대와 푸른 눈의 또 다른 늑대가 알 수 없는 산에서 내려와 황량한 대지를 건너 카미엘을 지켜주려 도착했다. 그 여러 날과 그 몇 주간이 사람들의 눈에는 이상하게 보이지 않았다. 분명 거리에서 카미엘이 품속에 프롱을 안고 절명했지만, 그날 이후로 미카엘의 명령을 받은 여섯 날개를 가진 천사 이외에는 카미엘의 흔적을 본 사람이 아무도 없었다.

나바르로 돌아간 아킬리노는 매일 밤 악몽을 꾸었다. 자신이 저지른 참혹한 살인에 대한 몸부림으로 쉽게 잠들 수 없었다. 누우면 이내 땀에 젖은 몸을 말리려 아라곤의 달빛 아래로 나가야 했다. 카미엘의 마지막 눈빛이 잊히지 않았다. 카미엘의 목에 칼을 겨눈 순간 그 칼끝으로 선해오던 미묘하고 절묘한 삶의 이행과 포기사이의 선택. 그러면서도 자신을 향한 조금의 원망도 발견해 내지 못했던 그 눈빛. 아킬리노는 긴 포도밭의 구릉을 따라 걷고 있었다. 무엇 하나 지켜내지 못한 자신을 원망하며 그러고도 야훼의 자식이며 칼뱅의 추종자이고 마벨의 보호자라는 것이 부끄러웠다. 달빛 아래 흘러내리는 눈물을 멈출 수 없었지만 잔인하게도 신선한 나바르의 밤바람은 이내 아킬리노의 눈물을 말려주었고, 아킬리노는 울음을 터트리기를 밤새 반복할 수밖에 없었다. 사흘 후면 나바르의 국왕이며 베아른의 군주인 앙리 드 나바르를 구출할 수색대가 파리로 보내질 것이다. 아킬리노는 가스파르와 함께 자진하여 수색대의 일원이 되었다. 바르톨로메오 성인의 날에 기즈가가 주동하고 메디치가가 묵인한 루브르궁에서 일어난 위그노 학살의 원인이 된 나바르의 구출은 아킬리노에게도 절대적인 것이었다.

묵직한 무언가가 아킬리노의 머리를 짓눌러 영혼이 말라가고 있었지만, 끊임없이 자신에게 해답을 요구하는 자신이 더 원망스러워질 때 아킬리노는 문득 하나의 결론에 도달할 수 있었다. 성전의 제대 앞에서 이틀을 기도에 빠져있었다. 자신의 기도가 야훼와 케룹과 세라핌의 귓가에 미치지 못한다는 생각이 들자 일렁이는 촛불이 성전의 벽면을 온통 불바다로 만드는 착각에 빠지기도 했다. 붉고 누런 황토빛을 띤 불이 자신에게 덮쳐와 지옥의 수렁으로 휘감아 떨어뜨리기를 반복했고, 몸을 휘청이며 바닥에 이마를 부딪치기를 몇 번인지 모를 정도였다. 그러나 조용하고 성스럽게 인내심을 가지고 기도를 이어나갔다. 첫째 날의 밤이 지나고 미명의 새벽이 다가오는 줄도 몰랐을 때 문득 자신의 기도로는 부족하다는 깨달음에 이르렀다. 살인자의 최후. 어린 여자의 운명을 거두어들인 자의 최후를 생각해 보아야 했다. 바닥을 흥건하게 적신 땀이 미끈거리는 것을 알고 구부정하게 꺾인 몸을 일으켜 세워 제대 위의 나무 십자가상을 바라보며 깍지 낀 두 손을 이마에 대었다. 가장 경건한 참회의 마음을 가져보려 했으나 이미 형언할 수 없는 악행을 저지른 죄인이라 십자가마저 검게 변해 보였다. 둘째 날 오후가 지나고 태양이 나바르의 대지 위에서 빛을 거두고 석양이 남은 한 줌의 빛을 마른 잎새처럼 소진하자 지친 몸이 더 이상 기도를 진행할 수 없었다. 사지에서 힘이 빠져나가는 것을 느끼자 죽음이 눈앞에 다가오는 느낌이 들었다. 그것은 이상한 경험이었지만 두려운 생각은 전혀 들지 않았다. 이내 몸이 모로 누운 채로 주체할 수 없는 피곤을 이기지 못하고 잠이 들어버렸다.

 — 성령의 이름으로 그대를 사하노라. 이미 그대는 야훼 앞에 나가 버림을 대신할 수고로운 임무를 받았노라. 그대는 그대의 이름이 다하는 날까지 야훼가 그대의 이마에 입술을 맞추고, 출생을 축복한 순간부터 야훼의 자식이었음을 잊지 말라. 무릇 태어남은 이유가 있었노라. 때로는 저주와 불행이 그대의 그림자 길이만큼 늘 함께했지만, 그대의 인내가 때로는 나약하여 스스로를 고단해했지만 늘 자신을 잘 지켜 이겨냈노라. 축복하노라. 세상에 태어난 그대의 이유를 스스로 증명했노라. 굴러다니는 돌에도 숨결이 깃들어 있고 흔들리는 나무가 숲을 이루어 존재하듯이 세상의 모든 존재와 생명들에게는 이유와 가치가 따르노라. 자신을 탓하는 자. 그렇게 태어나지 않았노라. 밤이 지나야 아침이 오고 늦은 오후의 그늘 속에서 안식이 시작되듯이 고단함의 끝을 찾은 그대에게 이제 휴식을 주리라. 생명을 찬양하라. 생명은 끝없는 인내와 훈련과 겸손의 예의에서 빛과 마주하는 법. 그대의 인내가 야훼 앞에 다가섰노라. 야훼께서 주신 마지막 임무를 당당하게 마치고 서둘러 그대는 야훼의 제단 앞에 엎드리라. —

몽롱함과 어지러움 속에서 아킬리노는 눈을 떴다. 몇 시간 아니 밤새 꼬박 잠을 잔 느낌이었지만 제대의 촛불은 손가락 한 마디도 타들어가지 않은 짧은 순간에 불과했다. 비록 넓지 않은 성전이었지만 나바르의 대성당에 딸린 부속 기도실은 참회하는 자의 아킬리노에겐 충분히 넓고 거대한 공간이었다. 잠에서 깨어난 아킬리노에겐 그 공간을 꽉 채운 알 수 없는 존재의 말씀은 우주를 울리는 소리와도 같은 장엄한 음성이었다. ─ 제단 앞에 엎드리라. ─ 노여움이었을까? 용서였을까? 한동안 멍하니 제대만을 응시하고 있던 아킬리노는 무슨 생각이었는지 벌떡 일어나 제대의 첫돌계단에 머리를 찧었다.

3

파리로 파견될 수색대의 기사들은 출정을 앞두고 긴장과 떨림에 몸을 맡기고 있었다. 아직 하루가 남아있었지만 검을 꺼내 다시 날을 세우고 말안장에 새로운 가죽을 덧씌워 긴 여정에 오는 불안을 떨쳐내기도 했다. 제대의 촛불을 끈 아킬리노는 침입자가 안식을 얻은 후의 모습으로 조심스럽게 성전을 빠져나와 마벨이 잠든 곳으로 돌아왔다. 이제 마벨은 하나 남은 자신의 혈육과도 같은 존재였고 스승이자 아버지와도 같았던 칼뱅의 딸이었으므로 군주와 같았다. 그녀의 잠든 이마에 스치듯 손을 가져대던 아킬리노는 멈추고 바라보기만 했다. 마벨만이라도 무사히 나바르로 데리고 온 자신이 그나마 위안이 되었다. 하지만 그것으로 속죄가 될 수 없다는 것을 잘 알고 있었다. 생 메다르 성당의 주교와 영문도 모른 채 죽어간 사람들. 파리의 가로를 달릴 때 보았던 피 흘리던 또 다른 사람들. 왜 그랬을까? 그 방법밖에 없었을까? 마벨의 숨결이 그리워졌다. 마벨에게서는 도무지 알 수 없는 신비가 느껴졌다. 톨로사로 가는 길에서 만난 무뢰한 암살자들 앞에서도 겁먹지 않던 모습과 표정을 보았던 것이다. 그뿐만이 아니고 마벨을 지키기 위해 카미엘의 목에 칼을 겨눈 채 망설이고 있을 때 신의 느낌처럼 다가오던 위안의 정체가 무엇이었는지도 마벨이라면 증명해 낼 것 같았다. 신비란 때로 그 자체만으로 희망의 범주 안에서 삶의 여지가 될 수 있다는 생각이 마벨을 바라보며 문득문득 느껴지곤 했다. 새벽의 고요와 푸르게 변하는 미명의 하늘이 나바르의 대지 위에서 펼쳐지고 있었다. 이제 곧 붉은 해가 뜰 것이다. 지난밤의 악몽에 잠을 설쳤거나 밤새 어둠을 노려보며 살아남았거나 가까이 다가오는 악마의 검은 그림자를 물리치기 위해 기도했거나 그것마저 아무것도 노력하지 않은 자들에게도 공평하게 아침은 희망이 될 수 있을 것이다. 아킬리노는 그렇게 희망에 대해 생각해 보았다. 희망을 가져본 적이 있었다. 칼뱅을 만나고 칼뱅의 집에서 마벨을 처음 마주하던 날 아킬리노에게도 뜻하지 않은 희망이 생기는 순간이었다. 하지만 과연 자신이 희망이란 걸 받아들여 만날 준비가 되어 있었는지는 확실하지 않았다. 부랑자처럼 살아온 세월에 순간순간 희망을 가져본 적이 있었지만 그때마다 희망은 날개가 가벼운 새처럼 매끄러운 비늘을 지닌 뱀처럼 아킬리노의 손에서 빠져나갔고, 심지어는 지독한 세금징수원처럼 마주치고 싶지 않은 좌절로 남아있을 뿐이었다. 아킬리노에게는 대도시와 농촌의 사람들. 평범해 보이는 상인들에게서도 희망이란 어떤 존재인지 궁금했다. 희망은 단지 돈과 권력을 지닌 사람들의 산물 같았다. 가질 수 없는 것에 대한 기대로 인해 맛보는 실망이 조금씩 희망에게서 멀어지는 것을 깨닫는 데는 그리 큰 용기와 시간이 필요치 않았다. 아주 간단하고 명확한 결론을 너무나도 잘 알고 있었다. 금빛 머리칼이 길어 마벨을 위에서 내려보는 아킬리노의 얼굴은 표정을 알 수 없었다. 갑자기 몸이 스산해지고 약간의 오한을 느낀 아킬리노가 뒷걸음으로 마벨의 머리맡에서 빠져나왔다. 그것으로 족했다. 이제 아킬리노는 자신을 위해 자신만의 안식을 위해 해야 할 선택의 길을 가야 했다. 생각이 서기에 미치자 심장이 뛰었고, 몸이 민첩해지기 시작했다. 그래 그 여자. 그 여자의 품 속에 생명이 있었다.

4

마벨은 눈을 감은 채 아킬리노의 감정을 고스란히 느끼고 있었다. 불규칙한 심장 소리가 아킬리노의 감정을 대변하고 있었다. 마벨은 유랑 악사였던 아킬리노의 인생을 추적해 보았다. 젊은 그였기에, 온순하지만 결단력 있는 그였기에 험한 길 위의 인생을 온전하게 지탱하며 살아올 수 있었을 것이다. 눈빛은 선하였고 시선은 먼 곳에 두어 늘 생각이 열려있기를 바랐다. 말끝은 부드러웠으며 선량함이 상대에게 전해지도록 애썼다.

그런 그가 마지막인 것처럼 마벨을 찾아왔다. 아킬리노가 마벨에게 전하고자 하는 진심이 무엇인지를 마벨은 이미 알고 있었다. 참회와 속죄. 아버지인 칼뱅에 대한 미안함이 그를 지배하고 있었다.

– 아킬리노! 당신은 많은 속죄를 하고 있어요. 그 누구도 당신에게 속죄의 요구를 할 수 없어요. 그들보다 당신은 신의 제단에 한발 앞서 서있는 사람이니까요. 아킬리노! 눈을 감지 말아요. 눈동자가 암흑 속에서 불안해 질지 모르니까요. 당신은 빛 속에서 더 안전한 사람이어야 해요. 지난 세월에 스스로 드리운 그늘에 애타지 말았으면 좋겠어요. 선량함이 그 그늘에 묻히면 당신을 기억하던 많은 사람들의 기대가 무너질지 모르잖아요. 그들이 당신에게서 받은 신선한 감정들을 혹시 생각해 본 적 있나요? 누군가에게 당신이 희망이란 걸 줬다고는 생각하지 않나요? 아마 그럴 거예요. 나는 그렇게 믿어요.

아킬리노! 카미엘을 구해주세요. 여섯 날개의 천사가 지키고 있는 카미엘을 구해주세요. 그녀의 품속에 있는 프롱을 안전하게 구해주세요. 그리하여 카미엘이 다시 태어나는 것과 같이 날마다 프롱과 그다음의 프롱과 후대의 수많은 프롱안에서 행복하게 기억되도록 하세요. 카미엘의 품속에 프롱이 있어요. 톨로사로 향하는 어느 길 위에서 낮과 밤이 바뀌는 동안에는 정령과 늑대들이 그녀를 지켜내고 있어요. –

조금씩 아킬리노의 번민과 불안이 잦아드는 걸 마벨은 느낄 수 있었다. 마음의 손을 내밀어 아킬리노의 금빛 머리칼을 어깨부터 천천히 쓰다듬어 주었다. 어느덧 그의 등을 가로지르는 척추도 험한 세월을 견디지 못하고 휘어져 있었다. 눈을 뜨고 위대한 아킬리노였음을 칭찬해 주고 싶었지만 그대로 내버려 두었다. 정말 아킬리노는 위대한 소년에서 어른이 되어있었다. 새벽의 한기가 어설픈 벽면 사이로 스며들어왔다. 어른 종아리보다 낮은 침대에 성긴 지푸라기와 목초 위에 몇 겹을 덧댄 린넨을 깐 침대는 새벽 한기를 습기처럼 빨아들였다. 아마도 마벨 혼자였다면 몸을 벽 쪽으로 돌려 웅크리고 쪽잠을 자야 했지만 아킬리노의 금빛 머리칼이 벽난로의 불빛처럼 마벨의 체온을 올려 따뜻하게 만들어 주었다. 아킬리노의 존재는 지금 마벨에게도 유일했다. 천천히 뒷걸음으로 아킬리노가 마벨의 침대 머리맡에서 멀어지고 있었다. 그림자처럼 다니는 데 익숙해진 아킬리노였다. 마벨은 곧 다가올 아킬리노와의 이별을 잘 알고 있었다. 그리고 자신이 그를 지키지 못할 것이라는 것 또한 알고 있었다. 언젠가는 마벨도 스스로 자신의 죽음 위에 영원히 아킬리노처럼 떠돌게 되리란 짐작을 하고 있었기 때문이었다.

"아킬리노! 프롱에게 영원할 수 있는 이름을 지어주세요.

카미엘에게도 나의 인사를 전해주세요. 다음에 신의 제단
에서 만나자고."

5

이상하게 마벨의 방에서 나오자 정신이 맑아지고 결단력
이 생겼다. 우울과 막연한 불안도 사라지고 손에 힘이 들
어가 푸르스름한 미명의 모든 사물들도 깨끗하게 보였다.
몸이 가벼워지는 것을 느끼며 속죄와 참회라는 단어조차
머릿속에서 떠오르지 않았다. 무엇을 해야 할지 분명한 실
행의지가 생긴 아킬리노는 곧바로 말 위에 안장을 얹었다.

6

거룩함을 이야기해야 한다면 손을 깨끗하게 씻은 후에
성경을 받쳐야 한다. 루브르에서 살육이 일어난 그즈음에
바르톨로메오 성인의 현신이 나타났다면 성인은 매우 실망

하여 교회를 외면했을지도 모른다. 수도원의 곳간들은 넘쳐났지만 기도실의 기도 소리는 잦아들었고, 수사와 신부들은 기둥이 굵고 웅장한 성안에서 권력자들과 함께 있었다. 여전히 거리에 넘쳐나는 구걸하는 부랑자들과 거리에 도랑이 파이도록 흘러내리는 분뇨와 오물들 사이에 죽은 쥐와 고양이 사체 위에서 쿵쿵대며 냄새를 맡고 다니는 개들의 모습은 파리의 외곽뿐만 아니라 도시의 중앙광장에서도 쉽게 만날 수 있는 풍경이었다. 그렇다면 거룩한 자들은 어디에 있는가? 어떤 희망들이 넘실거리며 교회의 담을 넘어 상처투성이인 어린아이들과 기력을 잃고 문 앞에 앉아 멍한 눈빛으로 눈동자만 사람을 따라가는 노인들을 기도 속 천국으로 인도할 것인가? 연옥을 만든 것은 교회의 수작이었다. 1545년 12월 13일부터 시작된 트리엔토 공의회에서 성서만이 유일한 신앙의 원천이라고 외친 루터를 배격하고, 교회만이 성서의 해석에 대한 권위를 가진다고 발표하며 불가타(*vulgata, 라틴어 성서*)를 공식적인 성서로 선포했다. 또한, 주교의 권위를 높여 사제와 신도를 엄격히 구분하여 면죄란 신의 은총으로 이루어지며 은총은 성사를 통하여 이루어지나니 그 성사를 집전하는 사제를 중시할 것을 함께 공표하였다. 성직자들에게 일곱 성사는 존속해야 마땅했고 다음의 교령도 반포되었다.- 성인의 통공, 성인 유해의 공경, 연옥, 성화상의 사용, 교구 신학교 설립, 주교 임명, 강론 – 성경을 낭독하는 행위는 아주 잘못되었으며, 사제가 아닌 사람들이 성경을 소지하는 행위는 교리의 정의에 반하는 문제였다. 루터는 성서의 자유로운 해석과 더불어 유일한 권위로 인정해야 한다고 외쳤다. 예정설과 면죄설을 배격한 채 입으로는 선행이 구원의 필수임을 말하는 교회와 사제들은 천국으로 가는 문 앞에 연옥을 만들어 고통스러운 시간을 통해 이승에서의 죄를 씻고 정화해야 한다고 가르쳤다. 신의 뜻이 작용한 신비로움. 그러므로 연옥으로만 가면 끝내 지옥으로 떨어지는 고통을 당하지 않으리라고 말했다.

연옥– 푸르가토리움(*purgatorium*) –심판과 윤회가 없고 어둠과 빛 사이 연기로 싸인 공간.

그러나 연옥은 이단을 탄압하고 권력을 만들었으며, 연옥으로 미리 가기 위해 살아있는 자들이 교회 문 앞에 금화와 은화를 들고 은밀하게 줄을 섰으니 연옥의 역사는 천국과 지옥의 역사보다 짧았으나 더 집요했다. 아킬리노가 말안장에 깊이 집어넣어 숨긴 것은 고린도 전서의 3장 '심판의 날에 내려질 불'이었다. 나바르로 돌아온 아킬리노는 성경을 읽었다. 성경은 아킬리노를 이승에서의 회개와 선행에 도움을 주었다.

7

카미엘에게 진정한 마지막 날은 달이 황량한 대지 위에서 아무렇게나 밤하늘에 적당한 위치를 잡았을 때였다. 어쩌면 카미엘게는 연옥이 필요치 않아 보였다. 그녀가 연옥을 거쳐야 한다면 장 세바스찬과 장 루이를 만날 시간은 분명 더 늘어날 터였다. 아직 몸에서 영혼이 분리되지 않은 채로 카미엘은 프롱을 안고 긴 사투를 벌이고 있었다. 정령들과 정령과 같은 회색 늑대들이 혼신의 힘을 다하여 카미엘을 지키고 있었지만, 신의 제대가 카미엘만을 위하여 늘 열려있는 것은 아니었다. 어느 날 밤에는 북쪽에서 습기를 머금고 안개를 등에 업은 낮은 온도의 바람이 카미엘이 머무는 대지로 낮게 날아왔다가 결코 지루하지 않은 기나긴 대화를 나누어 주었다. 북쪽 바람은 생각보다 온화했으며 선입견처럼 거칠지는 않았지만 끈기가 부족해 보였다. 그 바람은 카미엘보다 카미엘의 품속에 숨어있는 프롱에게 관심을 보였는데 깃털을 빳빳하게 세우며 경계의 눈초리로 가로막은 늑대를 보며 멈칫거렸다. 곧 숲과 나무를 함께 관장하는 '성찰과 명상' 그리고 생명의 근원 정령인 공기가 늑대를 안심시켰다. 늑대는 심호흡을 크게 하고 카미엘 옆으로 돌아가 길게 뻗어 앉으며 앞을 주시했다.

"북쪽에서 소문을 듣고 왔지만 참혹한 일이 아닐 수 없군요. 밤하늘과 낮의 태양 아래를 수도 없이 날아다니며 세상을 정화하고 관장하는 일에 몰두하였지만 이런 광경은 처음 봅니다. 하지만 걱정과 좌절은 하지 말았으면 좋겠군요. 세상에는 사람이나 사물이나 심지어 형체가 없는 것들에게도 나락이 없는 존재의 이유가 있는 법이지요. 북쪽바람은 동쪽과 서쪽 그리고 남쪽의 바람과 함께 한날한시에 태어난 쌍둥이들이랍니다. 시작은 아주 미미했나 봅니다. 정확하지는 않지만, 누군가의 말소리 아니면 웃음일까요? 그보다 조금 더 강력했다면 아침 햇살 아래 씨앗이 발아한 보리 잎사귀에서 떨어진 이슬 한 방울이 일으킨 파동인지도 몰라요. 하여튼 아주 미세한 파장으로 우리는 태어났답니다. 우리는 조금씩 몸집을 불리며 공중으로 날아올랐죠. 물론 처음에는 한 몸이었답니다. 휘청대었죠. 쉽지 않은 날아오르기였으니까요. 하늘은 높아 보였고 첫 좌절은 구릉과 산의 중간 즈음에서 숨을 헐떡이며 찾아왔습니다. 그때 만일 포기했다면 곤두박질쳐 땅으로 떨어져 영원히 하늘을 옮겨 다니는 바람이 되지 못했을 거예요. 이겨내야 했어요. 이겨낼 수 있었어요. 점점 더 높은 하늘로 올라가자 심장은 커졌고 힘이 세지는 것을 느낄 수 있었어요. 세상이 보였죠. 강가의 어부. 늦은 밤의 별. 그 아래 숲이 이루어진 속에서 외딴 민가도 보이곤 했죠. 봄에 시작된 바람의 여행은 가을까지 계속 이어졌어요. 하루는 산 위에서 불었고, 하루는 수확을 하는 들판 위에서, 가축들이 풀을 뜯는 목초지 위에서도 불었답니다. 뜻하지 않게 숨이 거칠었나 봐요. 목초가 날리자 개들이 짖어대며 주위를 뛰어다녔죠. 놀란 양들이 웅성대며 서로 부딪치자 한가롭게 앉아 햇볕을 쬐던 양치기가 하늘을 올려다보며 주먹을 흔들었죠. 그때도 알지 못했답니다. 나의 소심한 판단이나 결정이 어떤 결과와 피해를 불러올지를 몰랐답니다. 그 후로는 아주 조심스럽게 다녔답니다. 가을이 다 지날 무렵, 외지에서 온 낯선 바람과 만났죠. 그 바람은 아주 거칠었고 예의와 겸손이 부족했어요. 물론 훨씬 큰 덩치에 예민함까지 갖추었더군요. 정식 인사도 없이 외지의 바람은 내가 아끼는 숲으로 날아가 숲의 속살까지 흔들며 날아다니기 시작했습니다. 숲은 겁을 먹고 울기 시작했습니다. 그런 바람을 마주한 적이 없기 때문이었죠. 땅에서 올라온 지 얼마 안 된 어린나무들이 부러지기 시작했죠. 큰 나무들은 가지를 늘어뜨려 어린나무들을 보호하려 했지만, 오히려 가지들이 서로 엉키며 큰 나무들에게 위협이 되었습니다. 나무 둥치 아래 숨어있던 벌레와 곤충들이 파동을 느끼고 모두 기어 나오거나 나무와 땅의 틈새 사이로 더 파고들어 가기 시작했습니다. 새들은 흔들리는 나뭇가지에 부딪혀 처참하게 땅에 떨어지기 시작했죠. 숲 전체가 울음바다가 되었습니다. 더 이상 볼 수가 없었죠. 그 바람 앞을 가로막았습니다. 물론 덩치가 큰 바람이었기에 위험스럽기는 했지만 헛수고는 아니었죠. 큰바람은 내게 이렇게 말했습니다. 우리가 서로 싸우면 더 큰 바람이 되어 숲의 흔적도 도시의 지붕들도 강 위의 배들도 엎어지고 날아가 버릴 거라고 말했습니다. 하지만 그보다도 더한 위험은 별들도 날아가 자리를 옮기게 될지도 모른다고 위협했습니다. 그건 정말 상상하기도 힘들었습니다. 물어보았습니다. 어떻게 하면 되겠냐고, 무엇을 원하느냐고 물어보았습니다. 자유롭게 날아다닐 시간을 요구하더군요. 다시 물어보았습니다. 그쪽 외지의 세상은 어땠느냐고, 왜 그곳을 버리고 이쪽으로 찾아왔는지를 물어보았습니다. 큰바람은 제게 말했습니다. 고통을 줄 의도는 없었지만 단지 새로운 세상에 대한 호기심과 외로움이었다고 말했습니다. 그때 그 표정은 정말 쓸쓸한 격정에 차 있더군요. 그러나 전 단호했습니다. 나의 호기심이 상대를 이해시키지 못하고 힘으로 표현된다면 자칫 권력이될 수 있다고 설득했습니다. 큰바람은 숲을 바라보았습니다. 부러진 나뭇가지들과 울고 있는 새들과 몸을 숨긴 채 떨고 있는 미물들의 불안을 바라보고 있더군요. 그리고 짧은 탄식을 내뱉었습니다. 자신이 저지른 악행을 선뜻 인정하지는 못했지만 정의롭지 못함을 깨닫는 눈치였습니다. 이 둘이 스산하게 숲의 가장 가까운 산 능선을 넘어 다가오는 모습이 보이자 큰바람의 가슴에도 오만함이 사라지고 있었습니다. 얼굴을 붉히고 사죄의 의미로 자신의 몸을 조금 떼어준 뒤 용서가 된다면 여름에 시원한 바람이 같이 되어줄 수 있냐고 부탁했습니다. 큰바람은 조심스럽게 숲의 가장 낮은 바닥부터 높은 곳까지 날아올라 넘어지고 부러진 숲의 속살들을 어루만지고 떠났습니다. 그 순간 생각이 깊어지는 나를 느꼈습니다. 큰바람을 설득하기 위해 미처 나도 깨닫지 못한 사실들을 스스로 알게 된 나를 보았던 것이죠. 그리고 결정해야 했습니다. 내가 더 큰 바람이 되기 전에 오만함이 내 몸속에 싹트기 전에 자신을 낮추어야겠다고, 부드럽게 숲의 모든 생명들에게 말해 주었습니다. 지하의 생명들은 대지를 기름지게 가꾸고 지상의 나무들은 그늘을 만들어주고 날아다니는 생명들은 그 그늘과 나무 위에 집을 만들어 수호자가 되리라. 그리하여 모든 생명들이 함께 행복하리라. 이제 나는 작은 바람이 아니라 세상으로 나가 고통이 희망이 되게 하고 실망이 안식이 되도록 살펴보리라. 때로는 도시의 높은 종탑 위에 앉아 굴뚝에서 나오는 밥 짓는 연기를 날리고 고기 잡는 어부의 작은 배를 밀어주며 추수하는 농부의 땀을 식혀주리라. 말을 마치자 나는 그 숲에서 오래 머물 수가 없었습니다. 큰바람처럼 호기심이 생긴 탓이었죠. 나는 내 몸을 돌아보며 호기심이 자만으로 변해 권력이 되지 않도록 몸을 나눌 것을 제안했습니다. 동쪽과 서쪽, 남쪽도 제안을 수락했습니다. 우리는 곧 네 개의 바람으로 나누었고, 그 숲에 남쪽 바람을 남겨둔 채 각자의 새로운 고향으로 서로 떠났습니다."

북쪽 바람의 이야기는 서사였다. 긴 이야기로 인해 북쪽 바람은 잠시 안정을 취해야 했으며, 정령들 그 누구도 북쪽 바람을 탓하지 않고 예의를 갖춰 기다려 주었다.

"카미엘이시여! 미카엘이 그대를 보호하라. 여섯 날개를 단 천사를 보내었으니 그대는 실로 아름다운 승천을 하게 되나라. 나의 벗인 안개가 태양에게서 마지막 하루를 보호하리라."

8

안개가 항상 소문을 조장하고 불안을 더 위태롭게 하는 존재는 아니었다. 가끔 안개에 휩싸이면 보이지 않는 실체

가 신비로워지며 흥미를 유발했다. 안개가 사물을 가둔다는 것은 착각일 뿐이다. 안갯속에서 방황하는 사람들이 가장 먼저 안개를 탓하지만, 안개는 길을 사라지게 만든 적이 없었다. 사라진 길과 없어진 길은 기다림의 차이다. 안개는 기다림을 동반한다. 기다림을 아는 사람들은 안갯속에 숨어 유희를 즐긴다. 간혹 잘못을 저지르고 안개 속에 숨는 자들은 안개가 영원하다는 판단 속에 참회할 시간을 놓쳐버리는 것이다. 안개는 그런 자들에겐 교활해서 안개 속에서 빠져나온 후의 잔인함을 안겨줄 뿐이다. 마지막 하루의 안개는 다른 날의 안개보다 짙었다. 감히 누구도 접근하지 못할 안개였고, 덕분에 카미엘의 지친 모든 보호자가 쉴 수 있었다. 안개는 겸손했다. 자신의 능력을 우쭐거리지 않았고, 알아줄 것을 요구하지도 않았다. 길은 모두 사라졌고 조장될 소문도 없었으며 위태로운 불안도 더 이상 존재하지 않았다. 그 사라진 길 끝에서 꼬박 하루를 달려온 노쇠한 검은 말 위에 한 남자가 있었다. 검은 말의 갈기는 듬성듬성했고 근육도 빈곤했지만, 주인을 태운 허리는 꼿꼿해서 몇 개의 안개는 충분히 뚫고 나갈 수 있어 보였다. 검은 말의 콧김이 안개를 날리며 길을 만들고 있었다. 검은 말에게도 그렇게 목적이 있어 보였다. 안개가 너무 자신의 임무를 다하는 탓에 검은 말 위의 남자가 선명하게 보이진 않앉지만 안개의 점성을 타고 날아오는 호흡은 거칠었다. 거기에는 신념이 있었고, 선한 영혼이 깃들어져 쉬고 있던 카미엘의 보호자들이 서로 마주 보며 가슴이 뛰기 시작했다. 그런 두근거림이 희망을 가지게 한다는 사실을 아는 보호자들은 실로 오랜만에 겪게 되는 경건함으로 사지가 떨렸다. 안개는 이제 자신의 임무가 다하였음을 깨달았다. 카미엘의 몸을 감싸고 있던 주변부터 서서히 옅어지기 시작하더니 순식간에 사라져 칼날 같은 달빛이 카미엘의 목을 베었다. 찬란함과 경이로움이 동반된 순간이 아닐 수 없었다. 말에서 내린 남자는 카미엘 앞에 무릎을 꿇고 말없이 머리를 조아렸다. 정적이 흘렀고 순간 세상은 반대편으로 돌아가는 느낌이었다. 숲은 고요했으며, 별들도 멈추어 섰다. 얼마나 시간이 흘렀을까? 바람이 남자의 헝클어진 머리칼에 손을 대었다. 금빛 머리가 푸석해서 애처로워 보였다. 버짐이 생기기 시작한 얼굴은 말라 그가 겪어온 고통이 얼마나 심했는지 추측되었다. 하지만 그의 영혼은 선하고 침착했다. 그는 카미엘에게 자신의 고백과 용서를 구했다. 선함이 선함에게로 이어지는 시간과 안개마저도 함께 명상에 빠져들었다.

9

"내 죄를 용서하소서! 당신을 알지 못하면서 당신에게 고통을 준 나를 용서하소서. 나는 당신의 일생을 알지 못했고 당신의 마지막 희망도 가늠하지 못하였나이다. 나의 살아온 나날들이 비루하면서도 당신에게 겨눈 칼끝 하나로 모든 것을 멸하려 했나이다. 비록 나의 사명이 위대하다고 생각하였지만 신의 명령과 신의 가르침을 따르지 않고 저지른 참혹한 저의 죄를 이제 낱낱이 밝혀야만 하겠습니다. 생명의 경건함을 세상의 뒷골목에서 깨닫고 경험했나이다. 그때 나는 나의 살가죽이 벗겨지고 긴 장대 끝에 나의 육신이 매달려도 후회하지 않는 삶을 살고자 했나이다. 나의 삶이 비록 황량하고 거친 말들이 나를 향했고, 내 그림자가 나를 떠나 방황할 때에도 신의 가르침을 따르고 내일 떠오를 찬란한 아침 태양의 햇살을 기다렸나이다. 나는 교회를 다녀본 적이 없습니다. 성스러운 문을 통과할 자신이 없었지만 냄새나는 몸으로 덮인 내 영혼을 쳐다보는 수도자들의 멸시와 눈빛이 성스러운 제대를 바라볼 제 눈을 흐리게 만들었습니다. 그때부터였나이다. 나는 세상에 삐뚤어졌고, 타락의 길로 들어섰나 봅니다. 내 죄를 용서하소서! 당신의 영혼을 갉아먹은 나를 용서하소서! 당신의 어린 품속을 바라보지 못한 나를 용서하소서! 그리스도의 용서가 나의 발끝에도 닿지 못할 것이란 걸 알고 있었지만 지옥의 불에 떨어져서라도 참회와 속죄의 길을 걷겠나이다. 어느 날 물구덩이 곁에 앉아 산 채로 가죽이 벗겨지는 어린 가축들을 손질하는 박피공을 만난 적이 있었지요. 나의 생각은 이러했습니다. 생명이 끊어질 때 더 애처롭게 총명해지는 짐승들의 맑은 눈빛이 박피공의 무표정한 얼굴과 비교되었습니다. 그때는 나도 착한 사마리아인이었나 봅니다. 하지만 난 이내 박피공의 처지를 생각하지 않을 수 없었습니다. 그의 손안에서 바들거리는 짐승들의 목숨을 끊어내는 천국과 거리가 먼 박피공의 삶을 유추해 보면 나의 자유가 더 안락해 보여 속으로 환희가 끓어오르는 희열을 느끼고 있었습니다. 자유란 그런 것인가 봅니다. 박피공의 손에 붙잡힐 위험이 없는 자유. 누구에게도 속하지 않는 자유란 태어나 내가 비로소 느껴보는 안정된 위대함으로 다가왔습니다. 박피공의 원죄를 기도했습니다. 그의 손에서 떠난 생명들의 가련함을 위해 기도했습니다. 움직이는 모든 것들이 어찌 사람과 다르다고 하여 생명을 뺏어 가죽을 취할 수 있겠습니까? 선지자는 그 순간 나타났습니다. 그 선지자의 통찰력은 이미 제 몸을 허공처럼 꿰뚫고 말았습니다. 나의 태연한 태도도 그를 이겨낼 수 없었습니다. 선지자는 케룹의 수장과 같은 목소리와 언어를 사용하여 박피공의 원죄가 아닌 나의 원죄를 캐묻기 시작했습니다. 두려웠습니다. 선지자를 비켜가기에는 묵직한 무언가가 시시각각 나를 짓누르고 꾸짖기 시작했습니다. 어쩌면 선지자는 나의 태도에 대해 먼저 꾸짖음을 시작했는지도 모릅니다. 박피공의 삶은 박피공의 삶대로 중요했으니까요. 박피공을 탓하기 전에 나의 삶을 되돌아볼 필요가 있었습니다. 누구나 자신의 안전한 삶과 결백을 주장하지만, 자신을 떠난 타인에게는 경솔하고 배려는 거두어 정직함만을 강요합니다. 황금 송아지를 숭배했던 유대인들도 완전한 종교의 자유는 누릴 수 있었습니다. 유대인들이 숭배했던 것은 황금 송아지뿐만 아니라 로마 병사들이 유대인의 신전에서 발견한 당나귀 조각상도 있었습니다. 유대인들이 우상을 숭배했다고 믿는 것은 로마인들의 자유지만 유대인들의 측면에서 관용과 정직이란 절대 그들의 것이겠지요. 선지자의 말속에는 많은 뼈가 담긴 믿음의 말씀이 있었습니다. 그대여! 그때 나는 깨달았고 생각해야 했습니다. 예수와 무화과나무의 이야기도 있습니다. 3월, 어느 날 아침 배고픔을 느낀 예수가 무화과나무로 다가갔지만, 무화과나무에 열매는 없고 나뭇잎만 무성하여 열매가 없는 무화과나무를 예수가 나무라자 곧 무화과나무는 말라 죽어버렸습니다. 이는 박해가 아니라(3월 초순에는 무화과나무는 열매를 맺을 수가 없다.) 열매가 맺을 정당성과 때가 아닌 시점을 예수가 말한 것이라고 성경에 적혀있지만 그대여! 나는 의문을 가졌지요. 나의 우둔함과 아직 논리적이지 못한 관용이 나를 어둡게 만들었나이다. 사람을 벌할 죄를 다시 사람이 가진다는 것은 실로 잘못된 어처구니없는 판단입니다. 명확한 범죄의 요건 속에서만 국가의 명령을 받은 형리가 법을 집행할 권리를 가져야 할 것입니다. 그때 형리는 사람이 아니라 국가로 봐야 합니다. 나는 이를 어겼나이다. 나의 신념에 의해 행한 일이지만 결단코 나는 어겼나이다. 유랑 악사로 오래 살아와 정에 어둡고 신념에 목말랐던 나로서는 그때는 그것이 신념이 선함을 뛰어넘는 행위라고 믿었던 탓입니다. 이름도 모르는 그대여! 어디서 나타나 나의 앞을 가로막은 그대여! 그대와 나의 인연이 비록 죽음으로 이어진 찰나의 순간이었지만 그대의 전율과 나의 믿음의 광란은 찬란하리라 믿나이다. 이제 나는 그대의 품속에서 생명을 꺼내어 그대가 영원히 살아 존재하는 것처럼 만들겠나이다. 그대의 일생이 유구하게 이어지도록 할 것이며, 그대의 피가 대대로 이어지도록 할 것이며, 나의 참회가 지켜지도록 하겠나이다."

남자의 고백과 용서가 끝나고 다시 남자가 카미엘 앞에

무릎 꿇은 채 한참을 미동도 없이 앉아있었다. 정적과 명상. 가용할 수 있는 모든 믿음이 카미엘의 영혼으로 전달되고 있었다.

"나의 죄는 신이 처리할 문제다."

남자는 카미엘이 다치지 않게 성스럽게 품속의 아주 작은 아이를 꺼냈지만 이내 카미엘의 몸은 파삭거리며 가루로 흩어져 공중으로 사라져 버렸다.

10

아킬리노는 매우 조급해졌다. 나바르의 앙리를 구할 수색대에 합류하기에도 빠듯한 시간이 그를 재촉하고 있었기 때문이다. 아킬리노에게는 숙명적인 과제였다. 칼뱅을 끝까지 모시지 못한 죄책감과 마벨에 대한 연민이 앞섰기에 수색대에 합류한다는 의미는 다시 파리로 돌아가 칼뱅의 흔적과 소문을 듣기 위한 희망이었다. 하지만 아킬리노에게 카미엘의 속죄는 신의 영역의 문제이기도 했다. 나바르로 돌아와 밤마다 계속된 지루한 악몽과 죄책감은 여린 그의 심성을 황폐하게 만들었고 지옥의 나락으로 빠트리고 있었다. 황량한 길의 어디쯤에 영혼의 구속 속에서 버려져 있을 어린 여자를 생각하면 아킬리노가 미치지 않고 생을 이어갈 마땅한 방도는 분명히 없어 보였다. 자신의 살아온 삶이 그녀와 같아 보이는 동질성에 아킬리노는 침착성을 잃어갔고, 불현듯 그녀의 품속에서 꿈틀대던 어린 생명을 가까스로 떠올려내기에 이르렀다. 아킬리노는 찬바람 속에서 품속 깊게 안은 작은 아기를 바라보았다. 장 세바스찬의 손자. 장 루이의 아들. 그리고 카미엘의 영혼 장 프롱. 비록 아킬리노는 프롱의 이름과 가족 전체가 겪은 비극을 알지 못했지만 무언가 가슴 뜨거운 애처로움과 생명에 대한 애절한 탄식이 깊이 그의 심장에 매몰되고 있었다. 어디로 가야 할지 어디에 가서 자신이 맹세한 속죄를 이어갈지 그는 분명히 알고 있었다.

"톨로사의 자코뱅 수도원!"

아킬리노는 탄식에서 나오는 마른기침을 뱉어내며 검은 말 위의 안장에 앉아 늙은 말의 갈퀴를 한번 쓰다듬고 박차를 가했다. 자코뱅 수도원은 칼뱅을 모시고 아킬리노가 유일하게 방문한 수도원이기도 했다. 자코뱅 수도원의 건립과 역사는 1215년으로 거슬러 올라가야 한다. 카스티야 태생의 도밍고 펠릭스 데 구스만이라는 수도사는 카타리라고 부르는 교회의 한 이단 종파를 지극히도 싫어했다. 알비주아파로도 불리는 카타리는 타른 강 연변에 있는 상업도시 알비를 중심으로 교회 조직을 거부하며 스스로 이단 집단을 형성하고 있었다. 카타리들이 곧 다가올 알비주아 십자군 전쟁으로 자신들이 탄압과 소멸의 길을 걸을 것이라고 미리 알았더라면 알비의 굳은 땅 위에 성전을 기념하는 생 세실 대성당의 건립도 보게 되었을 것이다. 아무튼, 카타리들은 악도 선과 마찬가지로 인정하고 예수는 성령일 뿐 육체를 갖추지 않았으며, 바빌론의 창녀가 교황청에 있다고 선전하고 다녔다. 그렇게 교회의 권위와 의식을 불경스럽다 하여 부정하게 선포하여 불가리아에서 처음 발현한 뒤 1150년에 알비에 안착하였다. 도밍고 펠릭스 데 구스만은 카타리를 반대하는 설교를 꾸준히 하여 톨로사를 비롯한 파리를 중심으로 남부 지방에서 그의 이름을 떨치기 시작하였다. 그의 탄생은 1170년 8월 8일이다. 스페인이 그의 나라이며, 1234년 그레고리오 9세 교황에 의해 성 도미니코로 시성되기까지 청빈한 삶과 복음의 진리에 의한 철저한 탐구 생활을 설교와 함께 이어갔다. 오스마의 도미니코 혹은 칼레루에가의 도미니코로 불린 도밍고 펠릭스 데 구스만은 1215년 톨로사의 페드로 세이라가 제공한 집에 머물며 그의 뜻을 따른 여섯 명의 동료와 함께 설교자 공동체를 설립하고, 1229년 수도원의 건립을 시작하였다. 칼뱅은 자코뱅 수도원을 방문하는 날 아킬리노에게 수도원의 역사와 도미니코 성인 그리고 알비주아 십자군 전쟁으로 소멸된 카타리들에 대해서도 낱낱이 이야기해 주었다. 난생처음 들어보는 장황한 교회의 역사와 이단에 대한 이야기들이 아킬리노의 머릿속에 이해되기 어려웠지만 아킬리노는 말 위에 앉아 흔들리며 칼뱅의 이야기와 이야기 중에 격노하고 곧 진지해지는 표정에도 주의를 흩트리지 않았다. 그것은 아킬리노에게는 성찰과 같았다. 칼뱅이 전하는 모든 이야기는 아킬리노에게 진리로 다가왔으며 종교였던 것이다. 자코뱅 수도원은 놀라운 교회였다. 도미니크 수도원이라는 도밍고 펠릭스 데 구스만의 이름으로 붙여진 자코뱅은 카타리들이 사라진 후에는 톨로사에서 또 다른 악의 거처인 종교 재판관의 역할까지 맡았지만 도미니코가 자코뱅을 건립할 때는 미처 도미니코 사후 수도원의 역할을 알지 못했다. 붉은 벽돌로 지어진 탓에 더욱 엄격해 보였고, 엄청난 높이의 기둥들로 둘러싸인 수도원은 22미터의 높이를 자랑하고 있었다. 수도원의 정문을 통과하면 깊은 안쪽에 정원이 자리 잡고 있었다. 정원을 사면으로 둘러싸고 동서남북 어디로도 통하는 회랑은 아치형 설계로 되어있었다. 아담하지만 회랑에서 바라보는 정원은 건너편의 회랑을 따라 걷는 수도사들의 모습이 곧장 보여 침묵이 정원 전체를 늘 감싸고 있었다. 수도원은 도밍고 펠릭스 데 구스만이 강조하는 정빈의 삶이 투영되어 있었다. 최초 여섯 명의 수도사 강령에 따라 단순하게 설계된 내부는 평으로 된 천장으로 지어졌으며, 다섯 개의 기둥을 중심으로 한쪽은 수도사 한쪽은 신자들이 사용하게 만들었다. 수도원은 도밍고 펠릭스 데 구스만, 즉 도미니코에 의해 수도사와 신자들이 모두 사용하는 공동체로 지어졌다. 도미니코의 시성과 은총으로 수도원은 증축을 이어나가 본래의 규모를 벗어나 예배당이 따로 지어지고 종탑을 올리며 변모를 거듭해 나갔다. 곧이어 사방으로 부챗살처럼 퍼져 나가게 천장이 개축되어 수도원의 마지막 망치질이 끝날 때는 무려 86년이 지난 1385년이었다. 자코뱅 수도원의 완성된 건물에 저녁노을이 천측창을 물들이는 시간 도미니크 수도사였던 토마스 아퀴나스는 어떤 생각을 하였을까? 그 종탑 아래 예배당의 2층으로 가파르고 좁은 돌계단을 따라 맨 꼭대기에 오르면 긴 장방형의 모양으로 수도원의 음침한 도서관이 존재하고 있었다. 창이라고는 작은 원형창이 복도를 따라 뚫려있었고, 내부는 대낮에도 촛불을 켜두지 않으면 사방이 보이지 않았다. 퀴퀴한 오래된 종이 냄새가 코를 자극하며 재채기를 유발했고 도서관장이 피워둔 향내가 목을 간지럽혔다. 도서관장도 수도사였지만 이상하게 그는 수도를 하지 않았다.

11

칼뱅과 도서관장은 오래된 사이로 보였다. 수도원에 도착하자 수도원장을 방문하지 않고 칼뱅은 먼저 도서관으로 향했다. 붉은 벽돌을 두르고 내벽과 외벽으로 성채 벽 같은 단단한 인상을 주는 수도원에서 내벽의 바깥쪽에 위치한 도서관은 어쩌면 칼뱅의 발길을 이끌기에 편하게 위치해 있었다. 두꺼운 수도원의 벽과 기둥 문에 비해 도서관을 통과하는 문은 가벼웠다. 좌우로 나뉜 특이한 구조의 문은 세월의 흔적에 틈이 생겨 문틈으로 안을 훔쳐보면 어둑한 내부의 긴장이 고조되었다. 문에는 두드리거나 잡을 수 있는 고리가 아니라 걸쇠를 걸거나 자물쇠를 사용할 수 있는 원형의 손잡이만 나무에 박혀있었다.

"선지자이며 오랜 친구이신 칼뱅이시여! 먼 거리의 방문을 환영합니다."

도서관장의 모습은 품위와 덕을 갖추고 오랜 신앙생활로 케룹의 수장 같은 모습을 하고 있을 상상의 수도원장보다 훌륭해 보였다. 이미 죽어 관속에 들어가고도 남을 나이의 머리부터 온통 회색인 노서관장은 그렇게 조용하고 기녀린 목소리로 칼뱅과 머뭇거리는 아킬리노를 맞이했다. 하필 톨로사의 궂은 날씨는 도착하자마자 비를 뿌렸고, 수도원의 붉은 벽돌은 비에 젖어 검붉게 변하기 시작했다. 아직 해가 저물지 않았지만 실내는 더욱 어두워 도서관장은 인사를 마치고 몇 개의 촛불을 찾아내 손이 닿는 곳마다 켜두기에 분주했다. 그런 모습을 칼뱅은 아랑곳없이 바라보다가 문 앞에 나뒹굴어져 있는 자그마한 나무 의자를 세우더니 도서관장의 책상 앞으로 가져가 앉았다.

"이런 미처 앉으시라는 말씀을 드리지 않았군요."

아킬리노에게 칼뱅의 그런 모습은 처음이었다. 예의를 존중하는 평소와는 상반된 모습이었기 때문이었다.

"작년에 없던 의자군요, 요즘도 직접 책상과 의자를 만드시는군요. 그러고 보니 선반도 많이 늘었습니다. 이 방대한 책들을 수집하고 보관하시려면 꽤 고생이 되시겠어요?"

"어차피 보지 않는 책들이죠. 요즘은 수도사들도 책을 보지 않습니다. 성경을 탐독한다는 건 아주 오래된 이야기랍니다."

그들은 아직 아킬리노가 무척 긴장된 채로 문 앞에 벌을 서듯 칼뱅과 도서관장을 바라보고 있다는 사실을 잊어버린 모양이었다. 그러나 아킬리노는 자신의 존재와 움직임에 허락을 구할 수 없어 두 사람을 응시하고 있었다. 빗소리는 점점 굵어져 종탑을 두드리는 소리가 은은하게 들려왔고 창틈을 비집고 들어올 것처럼 구구 소리를 내는 비둘기들이 날아올랐다가 내려오기를 반복하고 있었다. 아킬리노에게는 새로운 경험이었다. 교회에 다녀본 적이 없는 그로서는 눈에 보이는 모든 것이 새로웠지만, 특히 선과 악이 구별되지 않는 기묘한 공기의 흐름이 더욱 그러했다. 그날 밤 칼뱅과 아킬리노는 수도원장과 늦은 인사를 했고, 수도원에서 제공하는 식사와 잠자리로 하룻밤을 보냈다. 물론 저녁 식사 후에 다시 도서관으로 향하는 가파른 돌계단을 올라 도서관장을 방문한 칼뱅이 두 시간 동안을 그곳에 머물렀지만 아킬리노로서는 두 사람 사이의 친분과 밀담을 알지 못했다. 단 카타리라는 말과 은밀한 이단에 대해 나누는 밀교라는 것은 두 사람에게는 어눌해 보이는 아킬리노일지라도 얼핏 눈치를 챌 수 있었다.

낯선 수도원에서 잠을 이루지 못한 아킬리노는 잠시 수도원을 거닐었다. 마침 비가 내려 잘 가꿔진 녹색처럼 보이는 정원을 바라보자 은은한 달빛이 아킬리노의 심장에 싱싱한 생명력을 불어넣어 주었다. 회랑은 아치형의 돌기둥이 좌우로 계속 이어진 탓에 걸을 때마다 눈이 어지러웠는데 어지러움 속에 신의 형상이 맞은편에 발현될 환상을 심어주었다. 거대하지는 않았지만 소박해 보이지도 않는 수도원은 말 그대로 온갖 비밀들이 산재해 있으리라는 생각이 들었다. 아킬리노에게 수도원과 교회란 그런 사물이었고, 종교도 그런 존재였다. 문득 제대가 보고 싶었다. 제대를 보면 천장을 떠받치고 있는 종석과 나뭇가지처럼 펼쳐진 천장의 문양들이 찬란히 폭발하는 별빛으로 사방으로 퍼져 나가 장관을 이룰 것 같았다. 그러나 감히 수도원의 심장으로 선뜻 찾아가기에는 무서웠다. 수도원의 기묘한 아름다움이 그렇게 아킬리노를 누르고 있었다.

도밍고 펠릭스 데 구스만이 수도원의 이름을 자코뱅으로 명명한 데에는 이유가 있었다. 자코뱅이란 도미니코 수도회의 별칭이었지만 최초는 파리에 있는 성 자크의 문 앞에서 집회를 가진 후부터였다. 랑그도크에는 카타리라는 세력이 이단의 세력을 넓혀가고 있었다. 이단을 좌시하지 않는 도미니코는 이단의 중심이 되어 가는 톨로사에서 이단과 싸우기 위해 수도사의 공동체를 만들어야 했다. 이미 교황은 격노해 있었고, 카타리의 세력은 알비(albi)를 넘어 아쟁(agen)에까지 주교구를 설립했다. 교회와 교황은

1206년에서 1208년까지 카타리를 개종시키기 위해 노력했지만 노력은 수포로 돌아가고 급기야 1208년 1월 랑그도크(languedoc)에 파견했던 교황의 특사가 카타리에게 암살되었다. 이미 교회는 카타리를 이단을 넘어 암살 집단으로 규정하고 십자군 전쟁에서 소환한 시몽 드 몽포르를 앞세워 알비의 카타리를 멸하려 했고, 시몽 드 몽포르는 교회의 결정에 충실히 이행하여 사력을 다해 카타리를 몰아세웠다. 하지만 여기에는 이단이라는 정의보다 동방으로의 모험과 먼 여행을 하지 않아도 되는 부유한 땅에 대한 약탈이 영적인 교회의 축복이라는 허울로 매력으로 다가와 있었다. 파리 이외의 남부는 아라곤을 중심으로 독립된 귀족들이 영지를 점령하여 통치하고 있었다. 모든 것은 영토를 장악하고 있는 귀족들의 싸움이고 전쟁이었다. 이단은 곧 선량한 서민들이 덮어쓴 누명이었고, 죽음을 부르는 지옥으로 변해가고 있었다. 랑그도크를 서쪽으로 정복해 간 몽포르와 교회에는 십자군이라는 명분으로 합류한 왕을 자처한 귀족들의 합류로 영토 편입 전쟁으로 발전해 나갔다. 십자군들의 최초 목표는 베지에(beziers)와 트랑카발(trencaval) 이었다. 베지에는 곧 함락당했으며 베지에의 영토에 있는 수많은 좁은 골목들의 집들이 부서지고 굴뚝은 무너졌다. 카타리와 가톨릭을 구분하지 않고 베지에의 모든 백성이 살육의 대상이 되었다. 뒤늦게 톨로사의 영주 레몽과 프랑스 국왕의 힘이 커지는 것을 두려워한 아라곤의 페드로가 스페인군을 이끌고 카타리에게 합류했지만, 공성마저도 그들의 힘이 될 수 없었다. 피비린내 나는 전장의 한복판에서 가족을 잃은 어린아이들과 부녀자들이 속출했지만, 이들을 지켜줄 신은 어디에도 없었다. 마지막 전쟁은 가론강과 루즈 사이에서 일어났다. 몽포르가 이끄는 기병들과 카타리의 민병은 수적으로 전투력으로 상대가 되지 않았다. 카타리의 배후를 친 몽포르의 기병에 쫓겨 카타리의 이단들은 가론강으로 잎새처럼 떨어졌고 강은 붉게 변했다. 1244년 카타리의 최후는 피레네산맥의 그들의 거처 몽세귀르(montsegur)에서 이백 명이 화형을 당함으로 끝이 났다.

아킬리노가 교회의 역사를 알았더라면 어떠했을까? 그날 밤 칼뱅과 도서관 장 사이 밀담의 비밀을 알았다면 어떠했을까? 나바르를 떠나오면서 아킬리노가 생각했던 곳은 단 하나 자코뱅 수도원이었다. 프롱을 가슴에 안은 아킬리노는 급히 수도원으로 말을 몰았다. 때로는 동쪽 바람이 검은 말의 갈퀴를 휘날렸다. 몇 개의 장원을 지날 때는 남쪽 바람이 불어와 말의 거친 호흡을 도와주었고, 숲을 지나 황량한 들판을 달릴 때는 북쪽 바람이 지평선에 낮게 내려와 뒤에서 불어주었다. 강을 건널 때는 미처 비밀을 거두지 못한 안개가 수면 위에서 불안한 회색으로 분주하여 더 짙어지려 하면 남쪽 바람이 불어와 차분히 안개를 도와 회색 세상을 맑게 변화시켜 주었다. 드디어 안개도 다음 강의 안개에게 미리 길을 터줄 것을 부탁하고 서로의 인내를 재확인 시켜주었다. 밤을 몰아서라도 자코뱅 수도원에 도착하여야 했고, 아킬리노는 낮달이 뜨는 새벽까지 나바르로 다시 돌아가야 했다. 말굽에서 튀는 흙들과 자갈이 가끔 아킬리노의 종아리와 허벅지까지 건드렸지만 아랑곳하지 않았다. 멀리 야경군들이 보초를 서있는 작은 마을은 혹시 모를 검열에 돌아가는 바람에 지름길이 멀어져 아까운 시간을 허비했지만, 그럴수록 아킬리노는 검은 말의 움푹 팬 배에 박차를 가했다. 갈퀴가 심하게 휘날릴수록 아킬리노의 머리도 헝클어졌다. 아득히 불이 켜진 외딴 농가들이 듬성듬성 보였고, 검은 하늘에는 별들만이 선명했다. 인기척을 느낀 귀가 밝은 농가의 개들이 늑대라도 마주한 것처럼 처절하게 짖어 선명한 하늘이 일렁이는 기분이 들었다. 나바르를 떠나올 때부터 감각만이 발달한 아킬리노는 하루 종일 굶은 허기진 배고픔마저 잊고 있었다. 선명한 북극성과 반쪽이지만 누런 하현달이 보이자 멀리 구릉 넘어 뾰쪽한 종탑이 보였다. 아킬리노에게 그 순간 종탑은 어마어마하게 큰 왕국의 첨답과 같이 보였다. 수많은 전선과 비밀이 산재해 있는 왕국, 그 속으로 빨려 들어가는 느낌으로 사지에 더욱 힘이 들어가면서 한 치의 망설임도 없이 달렸다. 고삐를 쥔 손에 땀이 배어 자칫 고삐가 손에서 미끄러질 지경이었지만, 프롱을 안은 왼손의 감각이 이미 무뎌진 것은 아랑곳없이 신경만이 팽팽해져 버티고 있었다. 조금씩 어둠 속에서 명확해지는 붉은 수도원의 성채가 드러났고, 종탑 위로 솟아오른 여섯 개의 기둥이 마치 어둠 속 기사의 왕관처럼 도드라져 보였다.

"콤포스텔라!"

어이없게도 아킬리노의 입에서 불쑥 이 말이 뱉어져 나왔다.

"바르의 성당에 모셔진 성인이시여! 야곱과 야곱을 동경하시는 천사들이시여! 바람에 문을 닫지 않는 생 제르망과 생 뱅상의 목조상이시여! 제가 저 문을 가뿐히 통과하게 해주소서."

그것은 기도였다. 케룹을 알지 못하고 성인의 이름을 알지 못하고 교회 안의 성령을 알지 못하는 아킬리노가 외울 수 있는 유일한 몇 개의 단어와 조합하는 문장이었다.

수도원의 정문에 이르자 검고 늙은 말은 입에서 구토와

비슷한 침을 흘리며 고개를 심하게 좌우로 흔들었다. 그 충격으로 안장 위에 앉은 아킬리노도 힘이 빠진 채 중심을 잡지 못하고 떨어질 위기에 처했지만 순간 고삐를 낚아채 힘 있게 말머리를 잡아당겼다.

"워워 아니야 아직 이럴 때가 아니야!"

아킬리노는 진정 감사의 표시로 오른팔에 힘을 주어 고삐를 쥔 채로 말의 머리를 두 번 부드럽게 어루만져 주었다. 유난히 별이 밝은 밤이었다. 어디선가 이 밤에 뿔 나팔 소리가 희미하게 환청처럼 들려왔다. 자코뱅 수도원을 마주 보는 물길이 좁고 수심이 얕은 강둑 너머 어두운 먼 숲속에서 들리는 소리 같았다. 어쩌면 밤에 출몰해 농가의 가축을 덮치는 늑대를 잡으려는 사냥꾼들이거나 사람들의 눈에 띄지 않는 습지에서 야영하는 떠돌이 부랑자들과 도시와 외딴 마을의 집들을 교묘하게 습격해 아이들을 납치해 낯선 도시로 데려가 팔아먹는 거간꾼들과 이들과 손잡은 뒷골목에서 밀수와 살인을 저지르고 도망친 현상금이 붙은 범죄자들을 뒤쫓는 민병들이 서로에게 보내는 신호인지도 몰랐다. 그런 일들은 주변에서 심심찮게 일어났고, 밤이면 문단속이 심했다. 불빛 하나 없는 암흑천지와 같은 수도원은 마치 비극처럼 보였다. 성령이 깃든 수도원이 아니라 금방이라도 검은 천사들이 날개를 휘저으며 허공에서 날아와 아킬리노를 잡아챈 뒤 지옥의 가장 깊은 골짜기에 떨어뜨려 평생을 노역에 부리먹는 플뤼톤(악마 장. 불의 왕)이나 여우 귀와 수염이 난 두 개의 머리를 가지고 커다란 숫염소의 모습을 한 레오나르(악마 중 마녀 집회의 총감 독)에게 잡혀 살갗이 벗겨지고 뼈가 산산조각 난 채로 기어 다닐 것 같았다. 아킬리노의 교회에 대한 상상은 아름답지 못했다. 충성심이 없는 것은 아니었지만, 그것은 신에 대한 모독이거나 편견과는 달랐다. 아킬리노의 성장 과정과 부조리한 사회가 보여준 결과였다. 튼튼하고 굳건하게 닫힌 수도원 정문 앞에서 아킬리노의 방황이 길어질수록 아킬리노의 초조함과 조급함은 거세졌다. 그때 노쇠한 검은 말이 휘적대며 날뛰기 시작했다. 멀리서 간간이 들려오는 뿔 나팔 소리에 반응을 시작하며 예민해지고 있었기 때문이었다. 적막한 어둠 속에서 퍼져 나온 뿔 나팔 소리는 검은 말의 상상조차 자극해 아킬리노에게서 시작된 동요가 검은 말에게도 작동되고 있었다. 드디어 크고 유쾌하지 않은 말 울음소리가 한밤의 정적을 깨뜨리고 잠시 지나자 굽이 낮은 신발이 메마른 흙바닥을 끌며 다가오는 인기척이 수도원의 정원을 지나 벽 너머에서 들렸다. 좁은 문틈 사이로 겨우 보이는 횃불의 불빛 하나가 일렁거렸고 발걸음이 멈췄다. 문을 사이에 두고 분명히 사람이 안쪽에

서있었지만 왠지 숨소리조차 없이 고요했다. 분명 상황을 살피고 있었다. 잠시 정적이 흘렀지만 그 정적은 아킬리노에겐 꽤 긴 시간이었다. 말에서 내린 아킬리노가 차디찬 새벽의 습기를 머금은 수도원의 정문을 두드렸다. 습기는 둔탁한 소리마저 이내 흡수해버리고 조용해졌다. 바깥의 동정을 살피는 것이 분명한 안쪽에서 조금씩 호흡이 거칠어지기 시작한 것이 그때였고, 아킬리노가 문에 바짝 붙어 말을 건넨 것도 그때였다.

"시간이 없소! 멀리서 왔으니 당장 이곳의 제일 높으신 분을 만나야 합니다."

아킬리노의 목소리가 높아졌다. 그러나 건너편에서는 대답이 없었다.

"문을 열어주시오! 나는 이 문을 꼭 통과해야 합니다."

말을 마치자 격노한 아킬리노는 문을 두드리며 거세게 어깨로 밀치기 시작했다. 감정을 추스를 사이도 없이 격해지고 있었다. 평소의 아킬리노와는 너무나 다른 모습이었고, 칼뱅과 지낸 오랫동안의 교류에서 습득한 인내와 교훈도 쓸모없었다. 다급해진 자신도 어쩌지 못하는 통제를 상실한 유치한 짓이었다. 덕분에 당황한 기색이 역력한 안쪽에서 크게 횃불이 춤을 추듯 바닥으로 떨어졌고, 횃불이 꺼지지 않게 다시 줍는 어처구니없는 사태가 일어나더니 곧 불빛이 점점 멀어지고 있었다.

"젠장, 멍청한 놈! 저놈은 대체 누구란 말이야!"

머리를 세차게 두꺼운 문에 박은 아킬리노가 호흡을 가다듬기를 얼마나 지났을까? 이번에는 한 명의 발자국이 아닌 서너 명의 발자국이 급하게 다가오고 있었다. 그만큼 횃불의 수도 늘어났고, 그들 또한 불안과 호기심이 충만해 보였다. 문틈 사이로 어둠 속에서 식별되지 않는 눈동자 하나가 문밖의 사람 수를 정확하게 헤아려 낸 다음 천천히 그리고 엄숙하게 무거운 문이 열렸다. 그 과정은 분명 즐겁지 않아 보였다. 밤 깊은 수도원의 정적을 깬 무모함과 신의 품에 안겨 곤하게 잠든 자들의 안식을 방해한 건방짐과 방문을 별로 환영하지 않는 무표정이 문이 활짝 열리자 방어의 태세를 갖춘 세 명의 수도사 얼굴에 확연하게 나타나 있었다. 그 표정은 아무리 짙은 어둠 속이라도 단번에 알아낼 수 있었다.

"어디서 오신 분이길래 이렇게 늦은 밤을 혼란스럽게 하시나요?"

마주 보고 있는 세 명의 수도사 중 유난히 키가 작고 마른 몸에 갸름하다 못해 턱이 송곳처럼 뾰족한 수도사 한 명이 신경질적으로 아킬리노 앞으로 한 발짝 나서려 하자 검고 얇은 린넨 후드를 뒤집어쓴 육중한 체구의 다른 수도사가 그를 제지하며 물었다. 아직 흥분을 다 삭히지 못한 아킬리노가 그때서야 크게 한번 숨을 쉬고 공손해진 말투로 정중하게 인사했다.

"칼뱅을 모시는 아킬리노라고 합니다. 예전에 그분을 모시고 한 번 방문한 적이 있었지요. 오늘은 저 혼자 왔지만, 꼭 드릴 부탁이 있습니다. 제발 제지하지 말아주십시오. 이곳에 누군가를 만나야 합니다. 아마도 제가 평생 우러러 뵐 높으신 분인데…."

순간 아킬리노는 당황했다. 칼뱅을 모시고 왔으면서도 종탑 아래 희미한 어둠 속 수많은 책과 숨어 지내는 늙은 수도사의 이름을 알지 못하고 있었기 때문이었다. 그리고 갑자기 왜 자신이 책방의 수도사를 높으신 분이라고 지칭했을까? 튀어나온 말이었지만 분명 아킬리노에겐 그렇게 인식되어 있었다. 아마도 그것은 그날 그에게서 본 고결한 무언가가 그 후로 오랫동안 아킬리노의 의식 속에 자리 잡고 있었는지도 모를 이유였다. 하지만 당황한 건 아킬리노가 아니라 수도사들이었다.

"칼뱅! 당신 지금 칼뱅이라는 이름을 말했는가?"

"그렇습니다. 분명 제가 모시는 분은 칼뱅이십니다."

단호한 아킬리노의 어조에 서로 얼굴을 쳐다보는 수도사들은 잠시 할 말을 잊은 듯했다. 처음 보는 초라한 행색의 이방인 경건함도 예의도 없는 무례하게 보이는 태도. 거기에는 낯선 남자에게 보이는 경계심만이 산뜩 묻어 나왔다.

"높으신 분이라면 원장님을 말하는 건가? 수도원장님은 이 밤에 당신이 쉽게 만나실 분이 아닌데."

대답 대신 아킬리노는 종탑 아래 원형 아치창이 보이는 비밀스러운 공간을 쳐다보았다.

"어서 문을 닫고 원장님께 고해라!"

그때 그들 뒤에서 어떤 수도사의 명령이 묵직하게 어둠 속에서 흘러나왔다. 하품을 한 흔적이 눈 자국에 남은 뚱뚱하지도 마른 체구도 아닌 급하게 잠옷을 벗고 다른 옷으로 바꿔 입고 나온 수도원장 앞에 아킬리노는 서있었다. 약속 되지 않은 방문자를 맞아 짜증 내지 않고 이렇게라도 맞이한다면 수도원장은 최소한의 인격을 갖춘 꽤 지성적인 인물이라고 봐야 했다. 화려하지 않은 내부로 봐서 분명 원장의 집무실은 아니었다. 벽에 대충 기대어 있는 삼단 높이의 책장과 아킬리노가 눈을 씻고 훑어봐도 전혀 알 수 없는 라틴어로 된 여러 권의 책들이 정렬되지 않은 채 꽂혀있었다. 단지 그것뿐이었다. 바닥에는 낡고 더러운 양탄자가 깔려있었는데 아주 오랫동안 사용한 흔적이 남아있었다. 팔걸이에 가고일이 장식된 단 한 개의 나무의자만이 덩그러니 중앙에 놓여있는 그런 방이었다.

"그대는 어디서 온 누구이며, 어떻게 이 어두운 밤에 굳이 방문을 하였소? 밤에 방문할 목적이 충분히 있어 보이긴 하지만 아무래도 실례라는 생각은 들지 않습니까?"

의자에 앉은 수도원장은 그의 등 뒤에서 보좌하는 잠시 전에 만나 명령을 내리던 수도사를 다시 바라보며 아킬리노에게 앉을 의자를 하나 내어주라고 손짓을 했다. 수도원의 서열이 엄격하다는 것은 그들의 행동에서 나타났다. 수도원장이 지시를 하자 지시를 받은 수도사가 후드를 벗으며 오른 손바닥을 하늘로 보이며 수도원장의 좌우로 선 각각의 수도사 중 왼쪽을 바라보자 마르고 신경질적이던 작은 체구의 수도사가 재빠르게 방을 빠져나가 이내 의자 하나를 가지고 왔다. 당연히 수도원장이 앉은 의자보다 폭이 좁고 높이가 낮은 의자였다. 그때까지도 아킬리노의 오른 품속에는 프롱이 인기척 없이 존재하고 있었다.

"이제 말해 보시오! 그대가 찾아온 목적을."

수도원장의 목소리는 한밤중에 잠을 깨어 목이 잠겼다는 추측을 하더라도 높낮이가 없어 보였다. 오히려 가늘게 느껴지는 음색에서 묵직한 음량보다 더한 위압감이 있었다. 자코뱅 수도원은 규모가 작은 수도원은 아니었다. 프랑스 남부에서도 톨로사는 교회와 위그노가 긴박하게 대치하는 곳이었고, 톨로사를 주변으로 위그노와 이단의 세력들이 집중되어 있는 곳이었다. 파리의 왕궁. 카트린느 드 메디치와 특히 교황은 톨로사를 반역과 이단의 도시로 규정하고 있었다. 리옹에 버금가는 위그노의 선지자들이 암암리에 활동하는 곳이었고, 통제를 상실한 무척 위험한 존재들이 우글거리는 도시였다. 그런 곳에서 도밍고 펠릭스 데 구스만, 즉 도미니크 성인을 이어받은 도미니크 수도회를 이끄는 수도원의 원장이라면 대단한 성령이 충만한 인품으로 그도 반드시 사후에 성인의 반열에 오를 인물이거나 반대로 카트린느 드 메디치와 같은 정치적인 수단과 때론 교묘한 이기심으로 폭정을 휘둘러 톨로사의 모든 시민을 발아래 두는 부정한 인물인지도 모른다. 그것도 모두 아니라면 미천한 백성들이 메디치를 잘못 평가했다면 메디치에게도 프랑스를 구하려는 순수한 열정이 남아있는 불쌍한 한낱 여자와 같이 그도 중년의 남자일 뿐이다.

"당신, 코뱅 님을 거론했다던데 그분이 어떤 분이며, 그분의 부친이 어떤 분이신지는 알고 하는 말인가? 내가 알기로는 함부로 거론할 분이 아닐세. 그대가 알고 있는 코뱅 가문도 잘못된 것이네. 그분은 교회의 성실하신 장로로서 칼뱅이 아니고 코뱅(calvin)이시네. 아마도 칼비누스(calvinus)라는 라틴어식 이름을 지으신 게 와전이 된 모양이야. 어쩌면 누아용(noyon)에서 보내신 불우한 유년을 잊으려 하신 탓이 칼비누스라는 이름을 따로 가지게 된 계기가 될지도 모르지. 아무튼 말이야, 코뱅 님의 부친이 쏟아내신 1533년 11월 1일 만성절의 기념사는 파리의 교수들을 격분시키기에 충분했다네. 당신은 잘 알아야 하네. 코뱅 님을 허투루 알고 코뱅 님을 팔아 뭔가 이득을 취하고자 나를 찾아왔다면 신의 은총으로 오늘 밤만은 자네 죄를 사하고 보내주겠네."

수도원장은 말을 마치자 굉장히 은혜롭다는 듯이 미소를 띠며 팔걸이에 장식된 가고일을 만지작거렸다.

"그게 아니라면 말이야, 당신이 충분히 알고 있는 코뱅 님에 대해서 말을 해보던가? 나를 이해시키지 못한다면 당신을 지옥에 가두는 기도를 드려야겠네 어떤가?"

꽤 밝다고 생각했던 실내의 명암이 그 순간 아킬리노의 눈을 흐리게 하며 어두워지는 기분이었다. 당연히 동쪽으로 난 자그마한 창틀에 놓인 촛대에 꽂힌 단 한 개의 촛불에서 나오는 불빛으로 실내 전체를 밝히고 있었으니 어두운 것은 당연했고, 그 촛불마저 시들해지고 있었다. 딱히 칼뱅과의 인연을 증언할 수 있는 증거가 없었던 아킬리노는 망연해지는 자신을 어찌할 도리가 없었다 이 무슨 해괴한 일이란 말인가? 머릿속이 하얘지는 느낌을 받으며 다리에 힘이 쭉 빠져나갈 때 삐거덕거리며 문이 열리고 수도원장을 비롯해 네 명의 수도사를 마주 보고 앉아있는 아킬리노의 등 뒤에 누군가 다가와 서더니 아주 맑은 목소리가 들렸다. 공손하고 애틋했으며, 풍부한 지성을 갖추었으며 담대한 목소리였다.

"원장님이 허락하신다면 제가 이 사람을 면회해도 될까요? 제가 증언하건대 그의 말대로 그는 칼뱅 장로의 제자가 맞습니다."

수도원장을 비롯한 수도사들이 일제히 과녁을 보듯이 눈길을 아킬리노를 지나 문을 바라보았다. 거기에 두건과 소매가 없는 어깨너비의 천을 앞뒤로 걸치고 무릎 밑까지 내려오는 투니카 대신 기도 복인 흰색 꾸룰라를 말끔하게 입고 서있는 노인이 있었다. 수도원장은 한동안 말없이 노인을 바라보더니 자리에서 일어나 몇 걸음 걸어 앞으로 나왔다. 다시 정중하게 걸음을 옮긴 수도원장은 아킬리노를 지나쳐 등 뒤의 노인에게로 가더니 두 손을 모으고 "도미니쿠스."라고 외친 후 "그럼 신부님의 뜻대로 하소서."라고 말했다. 이상한 경험이었다. 필시 수많은 비밀이 수도원에 산재되어 있다고 믿는 수도원 밖의 사람들이 상상하던 것과 똑같은 경험이었다. 갑자기 뜻 모를 비밀이 풀리는 기분이었다. 말이 누그러진 수도원장이 아킬리노의 양쪽 어깨에 오른손과 왼손을 올리고 기도하듯이 말했다.

"내가 당신을 오해했군요. 아마도 신부님께서 당신에게 원하는 해답과 도움을 줄 수 있겠습니다. 방문을 환영합니다. 우리는 당신을 도와줄 수 있어요. 여기 계신 수사님들도 그러하실 겁니다. 며칠 충분히 쉬어가실 수 있도록 준비를 해드리죠."

한순간에 해답을 얻은 기분이었다. 다시 용기를 얻은 아킬리노는 그제야 뒤를 돌아보았다.

12

"난 그대 인품을 알고 있었어요. 물론 칼뱅께서는 다른 동행을 데리고 다니지 않는 분이시라 그분이 누군가 동행을 선택하셨을 때는 믿고 의지하는 사람이라는 확신이 서죠. 다만 칼뱅 님과의 첫 방문에서 그대에게 의문이 들지 않았다고는 말하지 않을 수 없습니다. 낮추어 드리는 말씀은 아니지만 당신은 신학이나 정치와 관련하여 아둔해 보이는 건 어쩔 수 없었으니까요. 내가 무례하다면 용서하세요. 대신 당신의 신념은 확실히 나타나 있었습니다."

장원을 길게 덮으며 강둑까지 점령한 채 늑대와 숲의 정령들조차 긴장과 불안을 조장하게 만드는 회색과 회색 속에 갇힌 살 곳 없는 영혼들이 울부짖는 풍경과 같았다. 너무 엄숙해서 책들과 책의 거 풀 위를 덮은 먼지조차 역사가 되어야 할 도서관은 아킬리노에게 수많은 장서가 갈 곳 없는 영혼처럼 갇혀 울부짖는 듯했다. 다시 방문할 목적이 없어 보이던 곳. 책들의 무덤. 바로 그곳이었다.

"난 당신의 이름을 알고 있어요. 아킬리노! 나바르의 아킬리노라고 부르면 되겠군요."

꽤나 솔직해 보였다. 수도원장의 부드러움 속에 보이는 거만함과는 확실히 달랐다. 그렇다고 하여 권력과 사기와 얄팍한 술수에 휘둘리며 살아온 사람에 대한 신뢰가 무너진 아킬리노는 칼뱅 이외에는 선뜻 다른 사람을 믿지 못하는 못된 버릇이 남아있었다. 아무리 선의를 베푼다고 해도 수도원장이 신부라고 지칭하는 이 사람도 예외는 될 수 없었지만 이미 겪은 칼뱅과의 돈독해 보이는 관계와 더불어 지금은 딱히 아킬리노를 구원할 다른 사람을 만날 대안이 없었다.

"기도 중이었는데 밖이 소란스러운 탓에 나왔더니 당신이 보이더군요. 이 넓은 수도원에 아는 이가 없는 것은 분명하고 나를 만나러 왔다는 직감이 들더군요. 내가 조금만 더 꾸물거렸더라면 깐깐한 원장에게 곤욕을 치를 뻔했습니다."

수도원장을 대면했던 방보다는 편안했다. 아킬리노를 맞은 대화는 편했으며, 수사들이 모두 물러간 뒤라 신부는 상대를 곤혹스럽게 하지 않고 질문에 답을 이끌어내는 노련미가 있었다.

"얼마 만인가요? 칼뱅 장로를 모시고 온 그때처럼 지금도 긴장되는가요?"

푸르스름한 공기처럼 옅은 미소를 띤 신부는 아킬리노에게 허리를 숙이더니 품속의 프롱에게 손을 뻗쳤다. 반사적으로 몸을 뒤로 젖히며 아킬리노가 물러서자 고개를 흔들며 신부는 아킬리노의 왼편 어깨를 왼손으로 잡았다. 무척 자연스럽고 부드러운 동작이었다.

"나를 찾아온 당신의 목적은 품속 아이 때문 아닌가요?"

비로소 목적을 깨달은 아킬리노는 순간 부끄러웠다.

"그전에 한 가지 물어봅시다. 칼뱅 장로의 행방은 수소문되었나요?"

회피하고 있었던 죄책감이 다시 몰려왔다.

"사실 우리도 장로에 대한 추적을 비밀리에 진행 중입니다. 장로에 대한 이야기를 좀 해줄 수 있나요?"

이상한 일이었다. 위그노와 교회는 마주할 사이가 아니었다. 자코뱅 수도원이 이단이 아닌 이상 그들이 칼뱅을 찾아야 할 이유가 없었다. 물론 칼뱅 자신이 자코뱅 수도원을 방문할 이유도 없었지만 칼뱅과 수도원의 관계는 의구심을 불러일으키기에 충분했고, 만약 이 은밀한 사실이 교단에 알려지면 수도원도 무사하지 못할 게 뻔했다. 그런 위험성이 충분한데 어떤 이유에서 수도원은 칼뱅의 행방에 의문을 가지고 추적한단 말인가?

아킬리노는 혼란스러웠다. 아니면 신부와 칼뱅과의 밀교와 언약이 있었던가? 그러기엔 원장도 칼뱅을 언급하지 않았던가? 오히려 원장은 칼뱅에 대한 적개심이 없어 보였다.

"당신은 오랫동안 장로를 모신 분이고 장로의 행방을 누구보다 자세하게 알고 있으리라 추측되오만…. 당신의 도움이 있다면 우리에겐 큰 축복이 되겠습니다."

신부의 이야기는 이러했다. 다음의 이야기는 아킬리노도 칼뱅에 대해 전혀 알지 못했던 사실이고 칼뱅 또한 자신의 이야기를 아킬리노에게 다 털어놓지 않은 이유에서였다.

13

위그노(*huguenot*)는 칼뱅을 중심으로 교회에서 이단으로 축출한 새로운 교도들이다. 1572년 8월 숱한 반대를 물리치고 메디치가의 마르그리트와 나바르의 앙리 사이에 성사된 국혼의 목적은 종파 간의 화해였다. 그러나 적대와 광기는 교회와 위그노의 귀족들이 모여 어울려 술을 마시고 춤을 추어 해결될 일은 아니었다. 정치적 계산과 암투가 이미 깔려있는 권력의 깊은 내부에서 시작된 축복은 축복이 아니라 파리의 하늘에 죽음의 거대한 그림자로 휘몰아쳤다. 마르그리트에겐 이미 연인이었던 기즈 공작이 있었지만, 모후인 카트린느 드 메디치는 마르그리트와 6촌 간의 동갑이었던 나바르의 앙리를 선택했다. 넓은 영지 그리고 막강한 재력을 겸비한, 거기에다 위그노였던 나바르의 앙리는 꽤 쓸모 있는 인물이었다. 루브르 궁에서 행해진 결혼식의 혼배성사에도 나타나지 않은 나바르의 앙리를 대신해 마르그리트의 오빠였던 앙주 공작이 신랑 역할을 맡으며 내재된 불신은 도드라졌고, 교회와 귀족들은 격앙되었다. 기즈의 미리 계획된 위그노 학살의 결단과 위그노의 또 다른 지도자인 콜리니에 대한 암살은 모든 교회가 위그노의 척살을 반겼다. 학살은 로마에도 알려졌고, 신의 은총이 대신할 종소리가 축포로 바뀌었다. "위그노의 절멸!"을 외치며 그레고리력을 보급한 그레고리우스 13세조차 학살을 기리는 성화를 만들어 반겼다.

거기에 칼뱅이 있었다. 조금 더 거슬러 올라가면 위그노를 하나의 교회로 이끈 칼뱅의 부친 장 코뱅(gean cauvin)이 있었다. 칼비누스라고 다른 라틴어 이름을 사용했던 장 코뱅은 1509년 7월 10일 누아용에서 출생했다. 하층민이었던 아버지 제라르 코뱅은 각고의 노력 끝에 교회의 서기를 맡고 있었다. 같은 하층민 출신이었던 유순한 어머니는 코뱅이 유년이었던 시절에 세상을 떠나고 말았다. 대성당과 교회당의 도시인 누아용은 걸으면서 교회의 종소리를 들을 수 있는 곳이었다. 성직자는 도시의 뒷골목 오물만큼 가는 곳마다 눈에 띄었고, 하루 종일 떠드는 설교자들로 두통이 생길 지경이었다. 자연스럽게 그리고 오만하게 교회는 시민들의 삶 속에 깊이 박혀있었다. 그곳에서 교회는 안식처가 아니라 통치를 하는 곳이었다. 시민들에 대한 행정력이 법원보다 막강해 살인도 법원의 판단보다는 종교의 판단으로 처분이 이루어졌다. 교회의 통제를 벗어나면 부녀자와 여덟 살 아이도 마녀로 규정되던 프랑스에서 누아용도 예외는 아니었다. 코뱅도 어린 시절부터 종교적 성향이 몸에 배었지만 신의 오른편보다는 왼편이 궁금했다. 1523년 파리에서 신학 공부를 시작하고 곧 오를레앙으로 법학을 공부하러 떠났다. 법학뿐만 아니라 인문학에도 관심을 가진 코뱅은 생애 첫 저작으로 『세네카 관용론에 대한 주석』을 출간했는데, 철저한 인문학적인 저서였다. 그때까지도 코뱅에게 신학적 의미는 부족해 보였다. 학자로서의 삶, 청빈한 신앙의 길, 법관으로서 경제적인 수입을 원했다.

그러던 어느 날, 푸른빛인지 붉은빛인지 그마저도 아니라면 대지를 물들이는 빛과 어둠 사이의 시간에 마지막 걸쳐진 햇살 한줄기가 신의 허락을 얻어 그의 마음을 돌려놓았다. 이미 교회의 질서를 흩트리고 로마와 정면으로 대치하고 있던 마르틴 루터(martin luther)의 95개 조 반박문 사건이 지난 지도 십여 년이 흘렀고 제라르 코뱅, 즉 아버지의 죽음도 맞이한 후였다. 신에게 일생을 바치고 금욕의 삶을 살리라 맹세한 젊은 청년에게 새로운 시대와 흐름이 보였다. 단순한 흥미와 파리 대학의 학장이던 니콜라스 콥과의 친분만으로 해석하기에는 애매한 사건. 1533년 11월 1일 만성절 기념식에서 교회의 불친절함에 대해 쏟아내고 교회의 사유화와 권력에 대해 직설적으로 성토했다. 그것은 새로운 질서에 대한 편입과 교회가 적시한 이단. 위그노의 시작을 알리는 투쟁사였다. 수배령이 내리고 파리 대학 기숙사에 숨어있던 장 코뱅은 친구들의 도움으로 침대 보를 엮어 창문 밖으로 던진 뒤 탈출했다. 고향인 누아용의 뒷골목과 앙굴렘, 푸아티에를 전전하며 도망자

생활을 이어가는 동안 프랑수와 1세는 잔인하게 위그노의 탄압과 함께 위그노가 잡힌 곳곳에서 회형대를 세우기에 바빴다. 도망자의 신세는 처절하고 외로운 것이다. 생명에 대한 불안과 부조리한 눈초리들이 시시각각 장 코뱅의 그림자만큼 항상 따라다녔다. 하지만 장 코뱅에게는 그런 사소한 위험보다는 자신의 발언과 사상이 절대 부도덕하지 않다는 것을 증명해낼 의무가 남아있었다. 인문학의 폭넓은 지식, 문헌에 대한 날카로운 해석, 법률을 익힌 논변술로 대담하게 프랑수아 1세에게 『기독교강요』라는 소책자를 헌정했다. 물론 장 코뱅이 헌정한 책이 프랑수아 1세를 감동시켜 마음을 돌리는 데 성공하지는 못했지만, 이단이라 일컫는 교회와 교회의 선지자들 사이에는 마르틴 루터와 동일시되는 인물로 추앙받게 되었다. 그리고 그때부터 진정으로 평정한 교회를 이루려는 세력들은 이단과 교회를 구분하지 않고 생겨났다.

장 코뱅의 위대함을 가장 처음 인정한 사람은 제네바로 피신하여 활동하고 있던 또 다른 개혁의 선지자 기욤 파렐 (guilaume farel)이었다. 설교를 하는 사제를 걷어차고 성물을 빼앗아 강물에 던져버린 다혈질의 기욤 파렐은 장 코뱅에게 깊이 감동하였다. 이렇게 이루어진 장 코뱅과 기욤 파렐의 새로운 시대에 대한 도전과 노력으로 오히려 제네바

의회가 로마를 이단으로 규정하는 교회로서는 충격적인 상황이 발생되었다. 제네바 의회는 곧 미사 금지, 성상 파괴를 지시했다. 실로 재앙과 같은 엄청난 일이 일어난 제네바에서 그러나 기욤 파렐은 정교하고 우아한 교회가 설립되도록 장 코뱅에게 부탁했다.

"그대에게 부탁하겠소. 나는 나의 한계를 잘 알고 있습니다. 내가 십자가를 들고 앞장선다면 그대는 어미 잃은 양들과 거처할 지붕이 없는 낯선 사마리아인들을 이끌고 황량한 들판과 어두운 산을 넘을 지도자입니다."

집요한 기욤 파렐의 예의 있고 정중한 부탁은 끝내 장 코뱅의 허락을 받아냈다. 장 코뱅에게 내려진 제네바에서의 직함은 '성서 강해 교수'였다. 장 코뱅은 그의 직함으로 시민들의 생활을 보다 경건하게 만들어 갔다. 베른과 로잔에게까지 성심이 가득한 개혁 작업을 지휘했지만, 성찬식의 횟수를 줄인 이유가 제네바 의회와 논란이 되었다. 의회는 장 코뱅과 기욤 파렐에게 굴복을 요구했고, 1538년 4월 강제적인 추방을 선언해 버렸다. 마음의 상처는 생각보다 깊었다. 기욤 파렐과 헤어져 스트라스부르로 간 장 코뱅은 『기독교강요』의 증보판과 『로마서 주석』을 편찬하며 목회 활동을 이어갔다. 온화하고 순종적인 아내 이들레트 드 뷔르를 만난 것이 그때였다. 하지만 그녀와의 결혼 생활은

9년을 다 채우지 못하고 이들레트 드 뷔르가 병으로 장 코뱅의 이름을 따른 아들 하나를 남기고 세상을 떠났다. 사랑하는 아내의 죽음은 그에게 눈물을 흘리게 했다. 신앙이라는 이념보다 사랑하는 아내에 대한 이념이 그를 격하게 만들었지만, 그의 눈물을 빼앗은 사건은 얼마 후에 따로 있었다. 장 코뱅과 기욤 파렐이 떠난 도시 제네바는 2년도 안 되어 방종과 타락의 도시로 물들어 가고 있었다.

"다시 그 십자가를 져야 한단 말인가?"

그의 귀환을 요청하는 한 통의 편지를 손에 들고 아내가 죽은 슬픔보다 더 격렬하게 눈물을 흘려야 했다. 제네바로 돌아간 장 코뱅은 세속 권력은 시의회에게 있었지만, 장로회의 일원으로 경건주의를 앞세워 거리에 오물을 버리지 말도록 하며 2층에는 아이가 추락하지 않도록 난간을 설치하며 상품 가격을 임의로 올리지 않도록 하는 실생활의 제도 개선을 먼저 추진하였다. 하지만 반대도 있었다. 그의 경건주의는 교회에도 적용되어 미사 중에 하품을 하지 못하도록 하였으며, 도박과 음주도 구속하였다. 방종 주의자들은 끊임없이 그를 모략으로 함정에 빠트리려고 하였으나 삼위일체와 원죄설을 부정하고 교회에 쫓기는 몸이 된 세르베투스(*michael servtus*)라는 인문학자가 장 코뱅에게 고발되었다. 같은 이단으로 제네바에서 쫓겨난 카스텔리오

*(sebastian castellio)*가 장 코뱅의 완고함과 냉혹함을 두고두고 거론했지만, 방종 주의자들을 해결하기에는 완벽한 처사였다. 하지만 어떻게 보면 장 코뱅이 행한 경건주의는 마르틴 루터의 '기독교의 자유'를 다른 모든 정신적 자유와 함께 사람들에게서 빼앗아 버렸는지도 몰랐다. 자유 의지에 의한 성경의 해석을 막아버렸는지도 몰랐다. 장 코뱅 자신이 설교한 자유 의지를 지닌 모든 사람은 자신의 자유 의지에 의해 성경을 해석할 권리를 가진다는 이념에 스스로 목을 매는 실수를 자행해 버린 것이다. 방종주의자들 혹은 장 코뱅이 함정에 들기를 고대하던 자들은 기어코 이 사건을 덮어두려 하지 않았으며, 1555년 5월까지 장 코뱅을 괴롭혔다. 어쨌든 시간이 지나며 이해하는 자들과 그렇지 못한 자들 사이에도 화해의 손길은 있으리라 믿었지만 정작 장 코뱅 자신을 괴롭힌 것은 다름 아닌 결핵이라는 몹쓸 병이 그의 건강을 좀먹기 시작했다. 1564년 한 해가 시작되는 겨울과 봄 사이에 그의 영혼이 지치고 육신이 낡았다는 것은 누가 보아도 쉽게 짐작할 수 있었다. 정신을 가다듬고 육신의 마른 힘을 짜내어 설교를 이어나갔고 집필을 계속했지만 "주님께서 언제 오실지 모르는데 나의 게으름으로 주님을 뵐 면목이 없구나. 이를 어쩔 텐가?" 5월을 며칠 앞두고 더 이상 힘에 겨웠던 장 코뱅은 신변 정리를 했

다. 그에게 축복을 내리고 힘이 되어주었던 사람들에게 친필로 쓴 편지를 모두 보내고 새산은 유인으로 남겼으며, 그를 가장 추종했던 기욤 파렐과의 마지막 만남을 끝으로 눈을 감았다. 그날이 5월 27일이었다.

14

"어떤가요? 이만하면 우리가 장 코뱅의 아들 장 칼뱅의 행방에 대해 궁금해하는 충분한 이유가 되겠지요."

신부의 목소리는 어딘가 허전해 보였다. 말쑥했지만 그의 꾸릴라는 오래 입은 티가 역력해 헤진 소매 단과 듬성듬성 찢기고 구멍이 난 자국이 선명했던 탓에 세월의 잔인함이 신부에게도 나타나 아킬리노의 마음을 애잔하게 만들었다. 그 감정은 아킬리노를 전염시켜 신부의 나이 든 얼굴과 목소리 그리고 구부정하게 휘어지기 시작한 허리가 자신과 닮아 보였다.

"장 코뱅이 일생을 바쳐 교회에 헌신한 까닭은 종교의 자유며 청빈한 삶이었지요. 당신도 교회를 욕한 적이 있겠지요. 교회의 미사와 수사의 설교가 농부가 이루어낸 황금 들판의 한치 나락보다 쓸모없다고 말할 텐가요? 아니면 무두쟁이와 비교할 텐가요? 여물을 삶아내는 아낙네의 가녀린 손목에서 한 가정이 굳건히 지켜져 아침 햇살처럼 무럭무럭 자라나는 아이들을 보면서 바로 그것이 종교라고 생각한 적이 있었습니다. 그래서 더욱 그가 이룩해 놓은 자유의 업적들이 중요하답니다. 그의 자긍심을 이어나가는 그의 가족들은 우리가 지켜주어야 할 자산들인 거죠. 물론 칼뱅도 장 코뱅의 유지를 이어받아 청빈한 삶을 살며 교회의 선지자로서 장로로서 중요한 분입니다."

느릿하지만 간결한 어조로 말을 이어나가며 동시에 사방이 적과 같은 책들 속에 숨어 사는 도서관장이자 신부라는 수도사는 기어이 아킬리노의 품속에서 프롱을 받아내었다.

"이 아이게도 특별한 비밀이 숨어있군요."

조심스럽게 프롱을 두 손으로 받쳐 든 신부는 점잖은 미소를 띠며 바라보았다.

"이렇게 맑은 눈을 가진 아이는 처음 보는군요. 아마도 아이의 부모도 맑은 영혼을 가진 주님께서 크나큰 축복을 내리신 분이겠죠."

신부는 프롱을 자신의 심장 가까이 가져가며 슬며시 눈을 감았다. 생각보다 오랜 침묵이 흘렀고, 침묵보다 기도라고 말하는 게 마땅했다. 프롱과 신부가 한몸이 된 모습을 지켜보는 아킬리노의 몸속에는 얼음처럼 차가운 피가 흘러 움직일 수 없었다. 분명히 이 방 안에 규명되지 않은 존재가 있었다. 천사일까? 악령일까? 악령일 것이다. 카미엘의 목에 겨눈 자신의 칼끝에서 창조되어 나온 특별한 악령이 지금 자신의 몸속을 지배하고 있다는 생각이 들었다. 그녀가 나를 용서하지 않는 것이라고 믿는 아킬리노는 몸에서 피가 모두 빠져나간 뒤 두꺼운 가죽만 남은 박피공의 손에 쥐어진 짐승의 흔적처럼 바닥에 툭 떨어졌다. 아킬리노가 마치 허물어진 집처럼 혹은 파괴된 성상처럼 나뒹굴자 신부는 프롱을 자신이 앉던 의자에 조심스럽게 내려놓고 아킬리노 곁으로 다가와 심장에 귀를 가까이했다. 다행히 실개천의 물줄기처럼 아킬리노의 심장은 뛰고 있었고 파리해진 얼굴색은 극심한 피로 탓이었다. 신부는 책상 속을 달그락거리더니 사라센의 장미 문양이 새겨진 밀랍으로 봉인된 작은 도자기 병을 꺼냈다. 장미 문양은 푸른색으로 화려하게 잎을 벌리고 있었고, 병은 희다 못해 은백색으로 보이기까지 했다. 신부가 아주 조심스럽게 다루는 것이 꽤 중요한 약재거나 활명수 같아 보였다. 봉인된 밀랍을 풀자 기가 막힌 천사의 향이 순식간에 방안을 가득 채웠다. 신부는 그 향을 한 방울 자신의 엄지에 묻힌 후 아킬리노의 코에 갖다 대었다. 퍼뜩 정신이 들었다. 기이한 일은 또 일어났다. 그 짧은 순간에 아킬리노는 꿈을 꾸듯 루브르와 피비린내 나는 파리의 길과 나바르와 아라곤의 태양과 끝으로 카미엘을 거둔 황량한 들판도 다시 보고 왔다. 길과 길의 끝에서 일어난 비극. 신부가 말한 칼뱅의 정의가 유효하다면 마벨을 지키기 위해 카미엘을 겨눈 자신의 칼도 정당해 보였다. 신부는 목화솜이 거의 빠져나간 등받이를 아킬리노의 머리에 받쳐주었다. 정신을 차리자 아킬리노는 부끄러웠다. 자신의 허약한 육체를 보인 탓도 있지만, 그보다는 성령 안에서 버려진 기분이라 몸을 가누어야겠다고 그래서 나의 단단함이 신께 알려지기를 원했다. 휘청거리며 일어나려 했지만 의지와는 상관없이 무릎이 꺾여 버렸다.

"천만에요. 그래선 안 됩니다. 당신의 기분을 짐작합니다. 눕진 않더라도 그냥 바닥에 기대어 봐요."

신부는 낡은 등받이를 아킬리노의 옆구리에 끼워주며 비스듬히 자세를 잡아주었다.

"조금만 더 진정하면 머리가 맑아질 겁니다."

신부는 자랑삼아 작은 도자기 병을 아킬리노에게 보여주며 말했다.

"이 작은 호리병만 속에 든 것은 아직 아무에게도 보여주지 않은 사라센 넘어 아주 먼 대륙에서 건너온 것이지요. 그곳으로 가는 길은 모험이 있어야 하지만 반대로 약탈과 목숨을 걸어야 하는 곳이라오. 신비로운 땅이지만 아주 멀어요. 몇 발자국만 걸어도 살갗이 날아버릴 뜨거운 모래 바다에 흔적도 없이 사라져 버릴 곳이라는군요."

신부의 말은 거짓말이 아니었다. 빠르게 머리가 맑아지고 호흡이 일정하게 돌아왔으며, 기분이 좋아지고 있었다. 아킬리노의 자세가 조금 엉성했지만 그렇다고 심하게 부끄럽거나 건방져 보이는 자세는 아니었다. 신부는 아킬리노를 그대로 둔 채 질문을 던졌다.

"이 아이의 이름은 무엇인가요?"

그러고 보니 지금까지 한 번도 의문을 가져보지 않은 당연한 질문이었다. 아이의 이름?

아킬리노를 빤히 쳐다보는 신부의 눈동자가 푸른색이라는 것을 비로소 알았다. 푸른색? 푸른색은 위험한 색이었다. 특히 눈동자가 푸른색이면 작은 사건이나 소송 혹은 정치적인 문제에 관여될 경우 마녀로 몰리기에 십상이었다. 그래서 신부는 이 어두운 무덤 같은 책들 속에 숨어 지내는 것인가? 푸른색의 눈동자가 리옹의 거리를 배회하다가 자칫 부랑자들과 어깨라도 부딪히거나 노름판의 주변을 어슬렁거리는 판돈에 눈이 먼 자의 소동으로 순찰자의 검문에 걸리면 재수 없는 공범이 될 게 뻔했다. 그런 리옹보다는 틀림없이 수도원 종탑 아래 어두운 계단 복도 끝이 안

전해 보였다. 머뭇거리는 아킬리노의 대답이 길어지자 신부는 수도원의 정원에서 막 피기 시작한 3월에 채집한 민들레를 말려 차로 우려낸 물을 한잔 권했다.

"어린잎으로 우려낸 차라 향기가 독특하진 않지만 영민한 그대의 영혼을 잡아줄 정도는 될 겁니다."

배고픔과 함께 오랜 피로가 한 모금의 물방울로 사라지고 있었다. 아무 말 없이 신부는 등을 돌려 의자에 누운 프롱을 바라보았다. 아킬리노에겐 전혀 관심이 없는 듯 한참을 프롱에게서 시선을 거두지 않았다.

"아이의 이름이 궁금하군요."

신부는 자신의 궁금증은 꼭 해소되어야 할 사람처럼 재차 아이의 이름에 대해 되뇌었다. 아킬리노도 아이의 이름이 궁금했다. 아이의 어머니에 대해서 아무것도 알지 못한 것도 내내 아쉬웠다.

"신부님…."

울음 섞인 아킬리노의 목소리였다. 죄의식에 가득 찬 반성과 연민이 혼합된 그런 목소리였다.

"신부님께 고해 성사를 받을 수 있을까요?"

그리하여 자정이 넘어 1시 진이 다 되어 가는 시간에 아킬리노와 자코뱅 수도원의 가장 연장자이며 존경받는 수도사이자 라틴어와 히브리어와 온갖 존엄한 언어의 아버지인, 희미하게 잊혀가는 책들의 무덤을 지키는 루이 오귀스트 신부의 고해 성사가 진행되었다. 먼저 아킬리노는 자신의 지은 죄 중에 가장 먼저, 도달하지 못한 칼뱅에 대한 복종과 추종의 실패에 대해 신부에게 고했다. 두고두고 회한이 될 칼뱅의 안위에 대해 말했다. 그리고 두 번째 생 메다르 성당에서 주교와 허약한 부녀자들을 살육으로 이른 배신에 대해 말했고, 마지막으로 나바르로의 귀환에 만났던 어느 어린 여인에 대해 고했다. 눈물이 얼굴을 적셨다. 얼마나 울었는지 콧물이 함께 뒤범벅되어 더 이상의 불쌍한 얼굴은 생각해 낼 수 없는 지경이었다.

"그대는 얼굴을 들라. 그대의 눈물이 이미 그대의 영혼을 치유했다는 증거이니라. 그대의 고해는 하느님의 백성으로서 실천해 온 회개와 치유, 그리고 화해의 방법이니라. 이제 그대는 고해로서 죄 때문에 받을 벌을 면제해 주며, 죄의 유혹과 싸워 이길 힘을 얻게 될 것이다. 보여줄 수 없는 상처는 하느님 앞에서 존재하지 않으며 그대의 노력에 의해 치료될 것이다. 그대의 입에서 소리로 고해를 했으므로 그대는 그대 스스로 영혼과 하나 되어 증인이 되었노라. 성찰이 이루어졌으므로 통회하는 마음이 하느님께 전해졌노라. 죄의 고백이 비로소 이루어졌나니 나는 하느님을 대신하여 그대를 보속하노라."

붉은 장미꽃 한 송이가 아킬리노의 심장에서 피어나고 있었다. 보속된 아킬리노는 아킬리노를 향한 신의 사랑이 얼마나 큰지 비로소 알았고, 무엇보다 당장 저 어두운 밖의 세상으로 나가 자신이 해야 할 마지막 임무를 거침없이 이룰 수 있는 막강한 힘을 얻게 된 데에 기쁨의 눈물을 흘렸다. 상쾌한 눈물이었다. 평생의 짐. 자신도 알지 못하며 지고 온 짐이 훌훌 사라지고 천사와 똑같이 겨드랑이에서 날개가 돋아 나와 공중으로 날아오를 기분이 되었다.

"성부께서 당신 성자의 죽음과 부활로 세상을 당신과 화해시켜 주시고, 죄를 용서하기 위하여 성령을 보내주시었으니 교회의 직무를 통하여 몸소 아킬리노에게 용서와 평화를 주소서."

루이 오귀스트 신부는 사죄경을 외운 후 아킬리노에게 다가와 이마에 성호경을 그어주었다. 루이 오귀스트 신부도 자신이 배우고 익힌 성령의 힘을 아낌없이 쏟아 아킬리노의 죄를 보속하는 데 썼다. 아마도 그에게도 이유가 있었나 보다. 교회와 위그노의 첨예한 대립은 빠르게 성장한 위그노 세력들의 종교적 영역을 넘은 정치 세력화의 기반이 큰 탓이기도 했다. 모든 곳에는 탐욕과 이권이 생기게 마련이었다. 이미 지방의 영주들을 발아래 둔 교회는 궁정 내부의 문제에도 깊이 관여하여 교회의 권위를 빌미로 왕과 귀족들을 발아래 두려 하였다. 악화되는 경제는 더욱 서민들을 시름에 잠기게 하였고, 힘없고 나약한 사람들을 등 돌리게 만들었다. 황폐해지는 민심과 분열이 절정에 이르자 조금씩 종교를 떠나 객관적으로 사태를 바라보는 사람들이 생겨났다. 아니 어쩌면 그런 보편적인 시각은 벌써 교회 내부에서 존재하고 있었다. 종교적 신념. 교회 안에도 잘못을 뉘우치는 회안을 가진 수도사들이 넘쳐났다. 이질적인 기도를 중재하는 것이 아니라 선의와 함께 점차 정의에 바탕을 둔 진리를 이끄는 세력들이었다. 거기에 마르틴 루터의 영웅적인 용기를 명석한 지성으로 이어받은 장 코뱅이 있었으니, 그렇다고 루이 오귀스트 신부가 장 코뱅의 추종자는 아니었으나 장 코뱅보다 후학이었던 신부는 신부의 나이 스물이었을 때 장 코뱅의 첫 저서 『세네카 관용론에 대한 주석』을 읽고 난 후 결정적으로 만성절의 기념사에서 동화되었다. 신부는 열정적인 파리 대학의 학생 신분이었던 것이다. 루이 오귀스트 신부의 행방도 장 코뱅 못지 않은 이념과 개혁 성향을 다분히 가지고 있었으므로 신부가 교회의 제문을 들고 미사를 봉헌하는 제단에 몸을 바치는 자가 되었다는 연유를 차치하고라도 오랫동안 장 코뱅의 가문과 대를 이어 인연을 맺은 이유는 합당해 보였다. 늦은 시각, 밝혀둔 촛불의 불빛도 생명을 다해 가물거리며 꺼져 가려 하고 있었다. 도서관 내부가 더욱 침잠해져 기력이 쇠퇴해진 아킬리노를 어두운 공기가 옥죄어 왔다. 고해성사가 주는 영혼의 해방이 아킬리노를 그런 굴레 속에서 버티게 해주고 있었다. 모든 자초지종을 이해한 루이 오귀스트 신부도 어느 때보다 편안해진 마음으로 진정 어린 미소를 띠며 아킬리노의 지쳐 보이는 양미간을 바라보다가 다정하게 말했다.

"아킬리노! 이제 순례자의 방으로 가서 쉬십시오. 이제 그대는 이루어야 할 목적을 끝냈으니 편히 쉬어야 할 의무가 남았습니다."

마치 미사가 끝나고 돌아가 이웃에게 복음을 전하라는 신의 말씀과 같았다. 하지만 자코뱅 수도원에서 안식을 취하지 못하고 돌아가야 할 이유가 남은 아킬리노는 루이 오귀스트 신부에게 마지막 다짐을 요구했다. 꺼진 촛불 옆에 새로운 촛대를 가져와 불을 밝힌 신부의 뒷모습은 닮을 대로 닮은 거죽 같아 보였다. 구부정한 허리가 더욱 빈약하게 보였고, 탄력을 잃은 발목 아래 뒤꿈치가 없는 슬리퍼를 신은 모습은 몸을 뒤덮은 흰색 꾸룰라에 덕에 고귀함이 그를 지탱하게 하고 있었다.

"신부님에게 이 아이를 맡깁니다. 제가 가질 수도원의 안식을 부디 이 아이에게 성령으로 내려주시기를 부탁드립니다. 이 아이는 제가 이생에서 마쳐야 할 마지막 소임이었습니다. 그리고 생각나는 곳은 이곳 그리고 신부님뿐이었습니다. 저는 다시 파리로 돌아가 칼뱅 님의 행방을 수소문해야 하고, 나바르의 앙리 왕을 구출하는 기사들과 합류해야 합니다. 부디 신부님께서 저의 소원을 들어주신다면 저는 편안하게 제 소임에 생명을 바칠 수 있겠나이다."

— 하나님은 은밀하게 택함 받은 자만을 구원하기로 정하셨지만, 복음 속에 자신이 모든 사람의 구원을 원한다는 사실을 선언하신다. 우리에게 열려있는 유일한 해답은, 비록 은밀하게 어떤 사람은 구원하고 다른 사람은 구원하지 않기로 정하셨을지라도, 하나님은 자신의 계시된 뜻을 통해 모든 사람에게 차별 없이 손을 내미신다는 것을 인정하는 것이다. 그럼에도 불구하고 하나님 선택의 목적과 복음의 보편적인 부르심 간에 궁극적인 부조화는 전혀 없다. 우리가 이 조화를 이해하는 것이 아무리 어렵다고 해도. —

"아킬리노, 내 말을 잘 들으시오! 장 코뱅 장로가 오래전에 구원받는 자신의 뜻에 대해 베드로 후서 3장 9절의 주석에 이렇게 말씀하셨지요. 그대는 그대의 죄를 고하였고,

그대가 해야 할 일을 분명하게 판단하였으며, 하나님께 도움을 청하였으니 아마도 그분의 옥좌 앞에 대기하는 미카엘이 그대를 이 수도원에 보내셨으며 미카엘 또한 속죄의 견해를 이해하신 증거가 분명합니다. 그만 일어나 남은 속죄의 행위를 거침없이 이루시길 바랍니다."

더 이상 방황과 좌절의 명분을 잃은 아킬리노는 스스로 명쾌한 해답을 다시 깨닫고 신부의 발밑에 머리를 조아렸다. 대신 아킬리노는 신부에게 존경의 표시로 신부의 발에 입맞춤을 했다. 신부의 살갗에서 어린아이의 몸에서 나는 단내가 났고, 꾸룰라에서도 민트와 장미꽃이 섞인 향기가 묻어 나왔다. 황홀했다. 드디어 음흉하고 잔인했던 자신을 한 꺼풀 벗겨낸 아킬리노는 가벼운 마음으로 일어났다. 희미한 촛불의 불빛 없이도 방안은 밝았고 장서들이 일제히 날개 달린 날아오르는 천사들 같은 환상이 보였다. 걸어나가는 아킬리노의 등 뒤에 루이 오귀스트 신부의 다급한 목소리가 마지막으로 아킬리노를 불러 세웠다.

"아이의 이름을 무엇이라 불러야겠소?"

"칼라스!"

너무 이상했다. 편안했다. 당연히 알고 있는 이름처럼 말했다. 꼭 누군가 귀에서 그렇게 말하라고 속삭이고 있었다.

"신부님! 칼라스(calas)라고 불러주세요!"

Revolt of Crocan

크로캉의 반란

15

콤포스텔라(*compostella*). 하나님의 아들, 성스러운 그리스도의 열두 제자 중 "땅끝까지 복음을 전하라."라는 그리스도의 말씀을 사명으로 여기고 가장 충실히 설교하던 야고보가 가장 먼저 순교하였다. 제대비오의 아들 야고보는 요한과 함께 바닷가에서 그리스도를 만났다. 그리스도는 말했다. "너희는 너희가 구하는 것을 알지 못한다. 내가 마시는 잔을 너희가 마실 수 있으며, 내가 받는 세례를 너희가 받을 수 있느냐?" 성격이 불같은 천둥의 아들 야고보는 "할 수 있나이다."라고 말했다. 다시 그리스도가 말했다. "사람을 낚는 어부가 되어라." 그 길로 수선하던 그물을 버리고 야고보와 요한은 그리스도를 따라나섰다.

무교절의 축제였다. 헤롯 왕 아그립바는 유대인의 환심을 얻기 위하여 그리스도의 제자 중 어느 제자들보다 감화력이 크고 활동적이었던 야고보를 죽이기로 하였다. 그러나 재판소에서 간승한 야고보는 형리마저 감동시켜 그리스도의 신앙 고백을 하게 만들었다. 어이없는 죽음일지라도 야고보와 형리는 기쁘게 받아들여 함께 처형되었다. 그리스도가 지상에 있을 때 그리스도의 잔과 피를 받아 마시겠다고 약속한 야고보는 마침내 고난의 잔과 피를 받았고, 순교자의 첫 면류관을 쓰게 되었다. 헤롯 왕은 야고보의 목을 칼로 베었다. 야고보의 시신을 수습한 나머지 제자들이 야고보를 배에 싣고 예루살렘을 떠났다. 일주일 만에 야고보가 첫 설교를 했던 이베리아의 바닷가에 닿았다. 그곳에 야고보의 무덤을 만들었다. 무덤은 세월에 묻혀 흔적 없이 사라졌다. 800년이 지난 어느 날 한밤에 빛나는 별을 보고 야고보의 무덤을 다시 찾은 성인이 있었으니 성 펠라지오였다. '별들이 빛나는 들판'의 야고보였다.

프랑스의 그 어느 곳에도 '콤포스텔라'는 보이지 않았다. 기사와 성직자 농노로 나누어진 삼 신분은 변함이 없었다. 기사와 성직자에는 왕과 귀족 그리고 특별한 교회의 신분이 있었다. 삼 신분인 그들에게서 제외된 유대인과 창녀, 문둥이들과 같은 천민 집단은 신분은 고사하고 불가촉이라는 굴레에 덮여 평생을 떠돌이나 이익을 취하지도 못하는 노동에 의존해 살아가야 했다. 물론 시대가 변하지 않은 것은 아니었다. 점차 도시와 상업이 발달하자 세분화되어 가는 사회적 신분 계층이 생겨나기 시작했다. 계층과 상관없이 부를 축적하는 상인과 수공업자들이 그들이었는데, 결국은 그들도 삼 신분의 구도 아래 권력과 탐욕이 준하는 제도에 들지 않을 수 없었다. 변하지 않는 존재들은 숨 쉬는 호흡마저 가쁜 불쌍한 천민들이었다. 그즈음 도시에는 교회가 선언한 이단이 증가하고 있었다. 상업이 발전하자 지적 부흥으로 인한 정신적 향상은 많은 사람을 사고의 중심으로 끌어들였다. '참회적 고해'가 교회 안에서 증가하자 흔들리는 건 세력화가 된 교회였다. '자아의 발전'을 이룬 참회적 고해는 교회를 새로 해석하려 했고, 동시에 발달하기 시작한 개인주의는 인문학과 더불어 교회의 성체성사와 같은 종교적 행위를 형식으로 보게 되었다. '내면적 신앙', 바로 그것이 '콤포스텔라'와 비슷해 보였다. 그러나 교회는 이미 이런 신앙 활동을 이단으로 규정하였다. 제외된 자들에 대해서는 관용과 포용이란 어디에도 없었기 때문이었다. 관용과 포용이 사라진 지는 1215년 라테란 공의회의 소집에서 이단이라는 탄압을 '재기독교화'로 천명한 후였다. '재기독교화'는 평신도와 천민 집단에 대한 통제를 의미했다. 하지만 통제는 또 다른 통제를 낳는 법. 삶의 방식은 끊임없이 변화되어 교회의 법칙으로는 이길 수 없었다. 시간이 지나고 이난이라 이름 붙여진 교회의 적들에게 단순한 통제가 가능해지지 않자 교회는 막다른 방법을 생각해 내었다. 주로 그 대상자들은 제도권 밖의 집단들. 대체로 무능력하거나 감화가 불가능한 집단들이었다. 그중에는 유대인도 있었으니 유대인들은 특별히 감화가 어려워 교회의 제도권 내에 들일 수 있는 존재들이 못되었다. 그리스도를 죽인 자들이라는 운명이 있었고, 또 한 가지는 대부분의 유대인이 교회가 금지하는 고리대금업자들이었다. 제물과 운명에 얽매인 유대인들은 교회의 가장 큰 적으로 규정되었다. 아니 규정되어야 했다. 12세기부터 카타리와 같은 이단의 증가와 맞물려 유대인들은 점차 통제되고 소멸되어야 할 중요한 집단이었으므로 '그리스도를 죽인 자'들이란 굴레에 묶여 악마로 낙인찍혔고, 교회와 위그노 전쟁의 시작과 더불어 '악마 신화'의 처단 대상이 되었다. 곧이어 닥칠 종교재판 마녀재판으로 학살이 되었다. 도시의 발달과 함께 또 다른 문제는 매춘이었다. 상인과 수공업자에 의한 도시의 활력은 화폐를 거래함으로써 매춘으로 이어졌다. 도시마다 공창을 운영했고, 매춘부들은 정기적인 검진과 영업규제를 당국의 규정에 따라야 했다. 향락적인 귀족과 젊은이들, 심지어 성직자들도 몰래 공창에서 매춘부와 어울렸다. 매춘과 동일시된 동성애는 더욱 위험해져 교회의 혹독한 비판을 받으면서도 음지에서 이루어졌는데, 거기에는 공인된 공창이 한몫하기도 했다. 여러모로 다가올 비극적 재앙이 도시마다 곳곳에서 눈에 띄게 일어나고 떠돌이 생활을 하는 문둥이들이 흔들고 다니는 딸랑이 소리만큼 도시는 시끄럽게 무너지고 있었다.

소빙하기로 겨울이 길어졌다. 농지가 줄어들었고, 흉작은 해마다 거듭되어 집집마다 부양할 수 없는 가족들이 늘어났다. 프랑스를 부유하게 만들던 이탈리아의 수많은 공국의 상인들은 플랑드르 지방을 버리고 라인강의 지류와 지브롤터 해협을 이용하기 시작했다. 프랑스에서도 상파뉴가 가장 먼저 몰락했다. 통행세가 줄자 모직 공업이 파산했고, 수공업자들은 거리로 나와야 했다. 도제들은 가르칠 후계자가 없어 기술과 기계를 땅에 묻어야 했다. 그 와중에도 각지의 영주들과 귀족들은 조세를 거두었다. 여전한 사치는 그들에게만 변함없는 축제였으니 연극도 그런 연극은 없었고, 그럴수록 거리에는 설교하는 자들이 넘쳐나 풍자가 만연했다. 농촌마다 약탈이 자행되었고, 약탈이 일어날수록 유대인에 대한 전염병 같은 소문은 확산되어 우물이 있는 마을마다 독약을 탄다는 거짓말이 넘쳐났다. 자연적 재앙과 인간에 의한 재앙은 동시에 프랑스 전역에서 쉽게 발견되었다. 세상은 광분에 가까워져 급기야 북부의 보베지란 곳에서는 인육을 먹은 자들이 그곳 시형집행인에게 처형되는 일이 발생되었다. 과중한 세금도 한몫했다. 장원을 크게 운영하는 일부 영주 중에서 아랑곳없이 거둬들인 세금으로 성난 농민들의 반란이 일어나는 곳도 있었다. 물론 이런 불만과 불안을 잠재우기 위해 시정을 권고하는 지성인들이 없지는 않았다. 그중에서 혁명운동을 주동해 최초의 시민혁명을 꿈꾼 자가 있었으니 에티엥 마르셀이 바로 그 장본인이었다. 파리 출신의 집안은 대대로 상인이었다. 모직물상으로 탄탄한 자금과 재산을 축적한 그였지만 파산에 가까운 상업 실패는 그를 정치적 혼란과 권력의 누수에 초점을 맞추게 했다. 마르셀의 가문은 파리 센강 우안에서 제법 대단한 실권을 잡고 있는 실력자였다. 그런 실력자가 파리의 전 상인조합장이 된 후로는 삼부회에 나가 왕정의 개혁을 요구하며 의회주의의, 즉 제헌 군주정의 확립을 도모했다. 결국, 국왕의 대 칙령으로 그의 소망이 이루어지는 듯하였다. 봉건 영주의 악습을 폐단하기 위하여 끊임없이 이어지는 크고 작은 농민들의 반란조차 탄압하기보다는 오히려 그들 편에 서서 시민군을 편성하여 영주를 공격하기도 하였다. 하지만 에티엥 마르셀조차 여름이 다가오는 7월 어느 날 오랜 친구와 휴식 차 파리 근교를 거닐다가 몇 명의 파리 시민에게 암살되었다. 에티엥 마르셀이 위그노라는 사실이 비밀리에 알려진 이유였다.

16

1589년 드디어 앙리 드 나바르가 앙리 4세로 왕위에 오르며 부르봉 왕가의 실질적인 주인이 되었다. 그러나 그는 앙리 3세와의 약속을 저버리고 개종을 차일피일 미뤘다. 측근들에게조차 개종의 약조를 설명하지 않은 채였다. 여전히 앙리 4세의 왕위를 인정하지 않던 신성동맹들은 새로운 왕에 대한 논의가 끝이 없었고, 급기야 그들끼리의 내분 속에 매일 하루가 저물어 갔다. 그동안 앙리 4세는 생산적인 고민 속에 하루의 시작을 맞이했다. 앙리 4세의 가장 큰 고민은 화합과 용서 그리고 배려였다. 왕가가 국민으로부터 잃어버린 신임의 회복을 갈구했고, 교회와 위그노의 전쟁으로 인해 황폐해진 국토와 국권의 회복이었다. 왕에겐 아주 중요한 문제였다. 앙리 4세의 결단은 1593년 7월 직접 삼부회를 소집하며 가톨릭으로의 개종을 선언했다. 교회의 환영은 대단했고 가톨릭이 대부분이었던 국민들도 함께 환영했다. 1594년 2월 27일 샤르트르 대성당에서의 축성식을 시작으로 3월에는 파리 노트르담 대성당의 웅장한 미사에도 참석하였다. 그것은 신의 축복을 받았다는 의미였으며, 국민의 지지를 이끌어냄과 동시에 신임에 대한 확인이었다.

앙리 4세는 현명한 군주였다. 앙리 4세가 나바르의 앙리로 파리의 루브르 궁에 감금되어 있을 때 나바르로의 귀환을 고대하며 목숨을 걸고 자신들의 군주를 구출하기 위해 나섰던 수색대의 기사들이 가볍고 메마른 잎사귀처럼 생미셸 다리 아래로 떨어진 아름다운 희생을 기억하는 군주였다. 국민의 화합을 위한 개종이었지만, 왕은 자신을 지탱해 준 이전의 종교였던 위그노도 잊지 않았다. 1598년 낭트에서 칙령을 발표한 그는 다음과 같이 말했다.

"교회는 하나여야 한다. 믿음과 신앙이 모든 사람들에게서 다를 수 없다. 나의 신과 너의 신이 달라서 안 되며, 나의 신과 너의 신이 서로 싸웠어도 안 된다. 믿음과 신앙이 차별화되어 고통받는 국민이 있었어도 안 된다. 교회는 자유로워야 한다. 교회가 자유로우면 자연스럽게 교회를 방문하는 자들이 부유해지며, 그들의 영혼이 자연스럽게 치유되는 은혜를 경험하게 될 것이다. 신뢰가 내 몸에 쌓여 타인을 바라보는 눈이 황홀해지고 사랑의 마음이 타오르게 될 것이다. 남을 탓하지 말고 남을 배신의 길로 들어서게 하지 말고 남을 악령의 자녀로 간주하지 않아야 한다. 모든 국민은 앞으로 선해야 하며, 모든 국민은 왕인 짐을 믿고 따라야 한다. 교회 안에서 누구나 평등해져야 하며 사귐이 행복해져야 하며 나의 기도가 성스러워져야 한다. 이에 모든 위그노도 공직에 임할 권리가 있으며, 자유롭게 예배를 드릴 권한을 가져야 한다. 이로써 오랫동안 황폐화된 영혼과 육신을 치유하려 하노라."

왕의 단언은 그에게 정치적 성공을 가져왔으며, 자신은 매우 흡족했다. 왕의 주변에는 '폴리티크'라는 측근 세력들이 있었다. 왕권의 강화에 앞장섰고, 합리성과 함께 현실적인 정치를 제안했다. 폴리티크를 주도하는 인물은 앙리 4세의 보좌였던 쉴리 공작이었다. 폴리티크와 쉴리는 수출을 매개로 국부를 성장시키며 농업을 다시 일으켜 세우고 견직물 공업을 활성하는 방안을 주도하여 상공업에 종사하는 대부분의 위그노들도 안정된 생활로 돌아가게 만들었다. 국토의 황폐화로 지역마다 끊어지고 고착된 길과 교량의 개축을 서둘러 센 강에 가장 먼저 퐁-뇌프 다리를 신축하였다. 앙리 4세의 치세는 순조로웠다. 오랫동안의 별거로 인해 카트린느 드 메디치의 딸 마르그리트와의 서먹한 관계를 빼고는 왕의 치세에 의문은 없어 보였다. 마르그리트와의 사이에는 후손이 없었다. 토스카나 대공의 조카인 마리 드 메디치와의 재혼은 그렇게 마르그리드와의 인연과 카트린느 드 메디치와의 완전한 이별을 뜻했다. 앙리 4세와 마리 드 메디치의 사이에 새로운 왕 루이 13세가 탄생했으니 1601년이었다. 평화와 번영은 1610년에 이르렀다. 치세가 이루어져 왔지만 그래도 왕권에 대한 도전과 불만은 완전히 제거될 숲의 관목이 아니라면 자라나는 법. 신앙이란 숨겨진 악령의 검과 같았다. 5월 13일 앙리 4세는 마리 드 메디치와 미뤄놓은 대관식을 거행하였다. 아홉 살이 된 아들 루이 13세가 총명함을 발휘하며 왕과 왕비 사이를 따라다녔다. 오월은 막연했던 수많은 날의 심장을 진정시켜 주었다. 비록 토스카나의 대공 프란체스코 1세와 오스트리아의 무적 여 대공 요하나 폰 외스터라이히의 딸 마리 드 메디치의 질투심와 욕심이 앙리 4세를 가끔 괴롭히기는 했지만, 마리 드 메디치의 중재로 재정적 지원을 받고 있던 터라 왕은 왕비를 인정하고 있었다. 대관식은 아름다웠고 귀족들은 다투어 충성심을 내보였다. 그러나 앙리 4세가 간과하였던 하나는 그 충성심에 숨어있는 악령의 검을 미처 깨닫지 못한 것이었다. 악령의 검은 늘 앙리 4세를 훔쳐보며 앙리 4세의 목을 겨누고 있었다. "하느님이 허락한다면 나는 일요일에 모든 국민들이 닭고기를 먹는 모습을 보겠다." 위대한 왕(henri ie grand)으로 칭송받으며 성격이 유쾌하고 친구가 많았던 왕이었지만, 종교의 자유를 위그노에게 선사한 앙리 4세에게는 교회의 원한은 죽음으로 내몰았다.

5월 14일은 대관식 다음 날이었다. 독일의 율리히 공작 계승 문제가 루돌프 2세와 위그노 제후들 사이의 첨예한 대립과 갈등으로 치닫자 앙리 4세는 늘 경멸해 왔던 합스부르크가를 약화시키기 위한 기회로 생각해 쉴리 공작과 대규모 원정을 의논하고 싶었다. 앙리에겐 위그노에 대한 관용과 배려가 습관처럼 배여있었던 까닭이었다. 앙리 4세에게는 누구보다 이를 의논할 쉴리 공작 막시밀리앙 드 베튠(maximilien de bethune)이 필요했다. 재무, 농업, 토지 관리에도 뛰어난 능력을 보이는 쉴리 공작은 앙리 4세에게는 국왕과 재상의 사이보다는 친구에 가까웠다. 국왕이었지만 공작을 만나는 일에 늘 먼저였던 앙리 4세였다. 그날도 몸살과 장염으로 한동안 고생하는 쉴리 공작을 위해 앙리 4세는 친히 길을 나섰다. 국토의 황폐화를 재정비시키고 부의 축적을 이루며 국민에게 자유를 선사한 국왕이었기에 그가 가는 길에는 회복되어가는 국권으로 인해 거리마다 마차가 넘쳐났다. 친구인 쉴리 공작을 만나러 가는 길이었으므로 편안한 마음과 마찬가지로 시종의 수도

간편화시켜 수를 대폭 줄였다. 국왕의 행렬이 마차로 인해 불편해도 앙리 4세는 언신 호딩한 웃음을 지으며 자신이 이룩한 치세를 즐기려 하였다. 시종들은 답답하였지만 국왕의 웃음 띤 얼굴이 도리어 안심시켜 주고 있었다. 달그락거리는 말발굽 소리. 왕의 행렬을 알리는 휘장과 나팔 소리가 파리 시내의 '무고한 자들의 분수'라는 이노상 분수(fontaine des innocents)에 다다랐을 때였다. 길이 조금씩 열리는 사이로 단말마의 마차 한 대가 앙리 4세가 탄 마차 우측으로 빠르게 접근하더니 부딪쳤다. 왕의 마차가 기우뚱거리며 멈췄고, 당황한 시종들이 넋을 잃는 사이 지붕에 온통 붉은 칠을 한 마차의 문이 부서지듯 열리며 재빠른 사내가 앙리 4세의 마차 안으로 날아들었다. 누구도 제지할 수 없는 순간적인 일이었고, 그 사내의 담력은 가히 기사와 같았다. 뒤늦게 사태를 짐작한 시종장이 말에서 내려 왕의 마차 문고리를 잡자 사내는 발로 문을 걷어차 얼굴을 정면으로 부딪친 시종장은 그대로 땅바닥에 뒹굴고 말았다. 코가 부서지고 오른쪽 눈두덩이 찢어진 시종장이 고꾸라지자 행렬은 아수라장이 되었다. 기이한 것은 앙리 4세였다. 자신의 암살을 직감하면서 암살자를 바로 코앞에서 대면하고 있는 앙리 4세는 태연했다. 눈동자가 서로 마주쳤고, 손가락 서너 마디의 아주 짧은 칼이 암살자의 손에 쥐여져 있었지만 앙리 4세는 국왕의 품위를 버리지 않았다.

"그대는 누구인가?"

앙리 4세의 침착한 질문이 끝나자 목에서 검붉은 피가 쏟아졌다. 1594년 예수회 학생 장 샤스텔의 암살 기도 후 이어온 스무 번째의 암살 시도가 마침내 성공하는 순간 이었다. 범인은 광신적인 예수회 신자 프랑수아 라바이약 (francois ravaillac)이었다.

소식을 들은 쉴리 공작은 앙리 4세를 영접하려 기다리던 문 앞에서 그대로 힘없이 쓰러졌다. 모든 것을 자신의 탓으로 돌리고 한 달 동안 거처에서 움직이지 않았다. 앙리 4세는 생드니 대성당의 바실리카에 안장되었다. 스산하게 하루 종일 비가 내리는 날이었다.

17

예수회는 프랑스에서 추방되었다. 왕비인 마리 드 메디치가 섭정을 시작하였고, 아홉 살의 장남 루이 13세가 왕위에 올랐다. 마리 드 메디치가 현명하거나 지혜롭다고 말할 수 없으나 앙리 4세는 그녀의 금발과 흰 피부에 성정을 보였었다. 생전 앙리 4세의 어싱 편력은 미리 드 메디치도 어쩔 수 없었으나 마리 드 메디치의 앙리 4세에 대한 사랑은 진실이었다. 앙리 4세의 사망 후에도 마리 드 메디치는 앙리 4세의 빈 침대에 누워 지난날을 회상하곤 했다. 그녀의 부친인 토스카나 대공 프란체스코 1세는 과학에 열정적인 인물이었다. 프란체스코 1세의 아내 요하나는 자신을 버리고 사랑하는 베네치아 여인 비앙카 카펠로에 대해 질투보다는 거만함을 유지했다. 이유는 비앙카가 낮은 신분이라고 여겼기 때문이었다. 요하나가 먼저 죽고 뒤를 이어 9년 후에 프란체스코 1세가 사망하자 토스카나는 대공 위 서열이었던 프란체스코 1세의 동생 페르난도가 이어받았다. 바로 페르난도가 앙리 4세를 적극적으로 도와 왕위에 오르게 한 인물이었다. 앙리 4세의 페르난도에 대한 마음의 부채 그리고 페르난도가 앙리 4세에게 가지고자 했던 친분은 마르그리트를 버리고 마리 드 메디치를 선택하게 하였다. 막대한 지참금을 가지고 앙리 4세에게 온 마리 드 메디치는 당시 앙리 4세에겐 구세주와 같았다. 그 정도로는 앙리 4세 사후를 온전히 마리 드 메디치가 섭정으로 권위를 이어나가기에는 부족해 보였다. 마리 드 메디치는 권력 유지의 방법을 몰랐다. 카트린느 드 메디치가 섭정으로 프랑스의 왕권을 유지해 나간 것과 달리 마리 드 메디치는 허약했다. 비리와 부패는 가장 가까운 곳에서 잉태된다. 그녀를 따라 이탈리아에서 온 유모 레오노라 갈리가이와 그녀의 남편 당크르 후작 콘치니가 마리 드 메디치의 섭정 이상의 섭정을 하며 권력을 뺏고 있었다. 루이 13세의 측근 리슐리외는 이를 좌시하지 않았다. 그의 매서운 눈매는 모친에게서 제외된 루이 13세를 측은하게 보지 않고 왕을 담금질하여 친정을 하게 만들었다. 루이 13세를 품은 리슐리외는 모든 골치 아픈 근원들을 단숨에 제거해 버리고 루이 13세로 하여금 마리 드 메디치를 블루아에 유폐하도록 만들었다. 다시 왕권은 땅에 떨어지고 고통받는 시대가 새롭게 시작되었다. 파리 시민들의 격한 미움의 감정은 토스카나 출신인 마리 드 메디치에게 향했지만, 그녀는 남아있던 국왕의 대항 세력들과 연합하여 루이 13세와 리슐리외에게 대항하였다. 패배는 처음부터 자명한 사실이었고, 아들인 루이 13세에게 용서를 빌며 궁정으로 다시 들어간 마리 드 메디치는 결국 '속은 자의 날'을 겪고 국외로 추방되었다. 마리 드 메디치가 마지막으로 머문 곳은 쾰른이었다. 마리 드 메디치의 궁전이었던 뤽상부르 궁전에 24점의 연작으로 걸려있는 마리 드 메디치의 자화상을 그려준 화가 루벤스가 1642년 그녀의 임종까지 돌봐주었다.

마리 드 메디치의 이야기를 하는 것은 앙리 4세의 죽음 후에 다시 암흑과 고통의 시대로 바꾼 장본인이 그녀이기 때문이다. 리슐리외는 탁월한 웅변가이며 야망이 넘치는 인물이었다. 루이 13세의 재상으로서 국가주의를 발표한 그는 무분별한 지방 세력들을 가장 먼저 파쇄시키려 했다. 위그노는 늘 그런 정점에 있었다. 1628년 위그노가 강성한 라 로셀 항구의 폐쇄로 장악을 시작한 리슐리외는 1631년 로렌 지방의 병합과 위그노의 소탕을 목적으로 대대적인 군대를 파견했다. 약탈과 만행. 처형은 당연한 결과였다. 병합과 장악으로 위장한 국가주의의 탄압은 자유로움에는 큰 해악이었다. 1636년 위그노의 안전지대 렉투르(프랑스 남서부 지역)에서 리슐리외의 치외 법권을 인정받아 농민의 땅을 빼앗고 소작농들에게 과한 조세를 거둬들이던 영주와 교회에 반기를 든 스물다섯 살의 자쿠오 르 크로캉이란 젊은 청년이 반란의 선봉이 되었다. 크로캉은 렉투르 지방 영주인 백작의 땅을 대대로 소작하는 농민이었다. 17세의 누이와 노모만을 모시고 살았다. 크로캉은 백작이 소유한 드넓은 장원 중에서 가장 한적하고 외진 곳의 땅을 경작하고 있었다. 다른 소작농들보다 빈곤했던 크로캉은 내세울 만한 게 아무것도 없는 빈천한 처지였지만 심성이 고왔던 그는 자신의 삶에 불만을 표시하지 않았다. 거리를 떠돌아다

니는 부랑자나 거지들을 돌아보며 자신의 처지를 비관하지
않았다. 풍족한 삶은 아니었고 착한 누이와 하루하루 쇠약
해지긴 했으나 아직 거동이 자유로운 어머니를 모신다는
다행스러움에 만족하고 있었다. 단지 세월이 지나면서 크
로캉을 조금씩 지치게 만들고 회의에 빠지게 한 것은 누이
의 출가에 관한 문제였다. 누이는 성장할수록 시골 마을에
처박힌 자신의 삶에 답답해하는 눈치였다. 그도 그럴 것이
여성의 삶이 법령으로 극히 제한되어 있었으므로 크로캉의
누이 또한 오빠와 함께 평생을 소작농의 딸로 살아가지 않
으면 딱히 다른 방도가 없었다. 크로캉의 누이는 착한 심
성이었지만 현명하고 용감한 여자였다. 나이가 들수록 자
신의 삶을 개척해야겠다는 의지가 생기기 시작한 누이는
바깥세상으로 눈을 돌렸다. 어느 날 렉투르의 광장에서 도
미니크 수도회에서 갈라져 나온 극렬 이단 종파의 설교자
와 마주친 누이는 종교와 인권에 눈을 뜨게 되었다. 프랑
스의 모든 세속적인 교회 그리고 그 교회와 타협한 권력자
들, 즉 삼신분의 양대 신분인 귀족들이 장악함과 동시에
프랑스의 모든 곳에도 이단이 존재하고 있었다. 렉투르에
는 1498년 교황 알렉산데르 6세에 의해 파문당하고 난 뒤
결국 5월의 아침, 시뇨리아 광장에서 화형 당한 피렌체의
산 마르코 수도원의 부원장이었던 도미니크 수도회 출신의

지롤라모 사보나롤라가 구축한 지하조직이 있었다. 사보나롤라는 인문수의자보다 더 섬세한 미학자에 가까웠다. 종교에 광신적인 그는 철학적 삶의 완성을 추구했으며 미를 하나의 특질로 보았다. "신체는 영혼을 표현한다. 그러므로 신체는 아름답다. 그리고 신체의 미는 영혼의 미에 비례하여 성장한다. 그리하여 사람들은 영혼보다 신체에 더 많은 관심을 쏟아야 한다."라고 말했다. 교회가 바라보는 사보나롤라는 매우 이상한 사람이었다. 온당한 품위도 찾을 수 없는 수도사였으며, 부원장의 직책에도 어울리지 않는 실패한 자에 불과했다. 하지만 그 누구도 사보나롤라를 이성적으로 설득할 수 없었으며, 점점 더 세어지는 그의 영향력도 간과할 수 없었다.

어느 날 사보나롤라는 자신의 침실에서 광장으로 향한 쪽문을 열고 크게 외쳤다.

"새로운 예루살렘의 주인은 누구인가?"

그의 외침에 광장에 앉아있던 수많은 비둘기 떼가 공중으로 날아오르는 장관이 연출되었고, 마침 광장을 하인과 지나가던 시 참사관의 귀에 들렸다. 참사관에게는 반란과 같은 충격이었다. 렉투르의 시민들은 6월을 기다렸다. 정확하게 렉투르의 시민이 아니라 렉투르의 이단들이었다. 그 중에는 일부 개종한 유대인들도 있었고, 신앙과는 전혀 상관없는 노숙자들과 부랑자들 그리고 떠돌이 집시들도 섞여 있었다. 시민들에게는 허허로운 일상에서 마주할 수 있는 아주 재미난 놀이였다. 그들이 6월을 기다리는 이유는 세례 요한의 축제이기 때문이었다. 세례 요한의 축제는 봄부터 미리 준비되었다. 두 달여부터 도시의 모든 곳이 분주해지기 시작해 직능조합들은 초청장을 발송했으며, 축제 기간에 사용될 물품들이 각지에서 쏟아져 들어왔다. 중요 건물마다 화려한 장식이 수놓아지고 며칠 동안 이어질 축제에 소비될 식료품들이 관청의 창고마다 쌓이고 있었다. 축제 기간에는 경마가 진행되었다. 렉투르에 한정된 종마들을 구하지 못할 경우 다른 도시에서 '경마(palio)'에 사용될 종마들이 비좁은 마차에 실려왔다. 드디어 축제가 시작되면 축제의 첫날에는 한껏 치장한 시민들이 너도나도 거리로 쏟아져 나왔다. 온몸을 금빛으로 두른 치렁치렁한 옷들이 서로 스칠 정도로 빽빽하게 들어찬 광장과 거리 곳곳마다 제일 앞에 앞장선 광대들의 나팔 소리가 고막을 두드렸다. 폭죽이 터진 하늘은 연기로 자욱했고, 화약 냄새가 너무 역해 고통스러울 지경이었다. 지상 낙원의 날. 세례 요한의 순교와는 아무 연관성이 없어 보이는 축제였다. 교회를 따르는 시민들에겐 자랑스러운 일탈의 축제였지만 사보나롤라의 추종자들에겐 그렇지 못했다. 축제의 마지막

날. 가장 뜨거운 금요일 밤이었다. 경마가 이루어지는 광장과 골목마다 광기에 찬 아우성이 소리치는 가운데로 흰옷을 차려입은 사보나롤라의 '아이들(fanciulli)'이 천천히 그리고 엄숙하게 모세의 바다처럼 행렬을 시작했다. 신비로운 일이었다. 흥분으로 날뛰던 종마들도 흰옷의 행렬을 보고 난 후에 온순해졌다. 요란한 장식과 격렬한 경마가 순식간에 사라지는 순간이었다. 어안이 벙벙해져 사태를 미처 짐작하지 못한 시민들과 주최자들이 멀뚱멀뚱 쳐다보는 사이 행렬의 맨 앞에 선 설교자가 외치기 시작했다.

"참회의 금요일! 부디 안식과 반성이 우리 앞에 행해져야 한다. 주여! 내 기도를 들으시며 내 간구에 귀를 기울이시고 주의 진실과 의로 내게 응답하소서. 주의 종에게 심판을 하지 마옵사와 주의 눈앞에는 의로운 인생이 하나도 없나이다. 원수가 내 영혼을 핍박하여 내 생명을 땅에 엎어서 나로 죽은 지 오랜 자 같이 나를 암흑 속에 두었나이다…. 그러므로 내 심령이 속에서 상하며 내 마음이 내 속에서 참담하나이다. 내가 옛날을 기억하고 주의 모든 행하신 것들을 읊조리며 주의 손이 행하는 일을 생각하고, 주를 향하여 손을 펴고 내 영혼이 마른 땅같이 주를 사모하나이다…. 주여 속히 내게 응답하소서. 내 영혼이 피곤하나이다. 주의 얼굴을 내게서 숨기지 마소서. 내가 무덤에 내려가는 자 같을까 두려워지나이다."

충격에 휩싸이기 충분했다. 그 누구도 입을 떼지 못하고 행렬을 쳐다보기만 할 뿐이었다. 눈앞에 갑자기 일어난 희한한 광경은 옳고 그름의 판단이 서지 않았다. 설교자는 계속 외쳤다.

"하나님의 가르침을 왜곡하지 말라. 그분의 참뜻이 무엇인가를 되돌아보라. 헐벗고 굶주린 자들의 편에 서라. 소돔과 고모라가 되어 가는 자신들을 보라…!"

그 순간이었다. 둔탁한 소리를 내며 설교자의 한치 발 앞에 노란 튤립의 화분 하나가 가까운 이층의 창에서 떨어진 것은 설교자가 시편의 낭송을 끝내고 하나님의 목소리로 꾸짖기 시작한 순간이었다.

"빌어먹을 놈들! 훼방꾼들은 물러가라!

헝클어진 머리. 셔츠도 입지 않은 상반신을 창가에 기댄 중년의 여자가 악다구니에 가까운 소리를 질러대었고, 그것을 신호인 양 시민들이 웅성대며 손에 잡히는 것들을 행렬을 향해 마구 던져대기 시작했다. 소요는 아주 짧은 시간에 걷잡을 수 없이 시작되었다.

"사기꾼들! 악마 같은 놈들!"

여기저기서 터져 나오기 시작한 비난은 폭죽의 연기만큼이나 가득했다. 격렬해진 군중들이 행렬을 포위하며 좁아져 들어왔지만, 행렬 속은 누구도 흩어지지 않고 차분했다. 그들은 차분히 신앙심으로 맑고 오히려 외로워 보였다. 마침내 군중의 손에 쥐어진 벽돌 한 장이 설교자의 머리를 내리쳤고 검붉은 피가 하늘로 치솟았다. 피를 본 군중들은 더욱 험악해져 난동을 이어갔다. 축제를 가장한 살육에 가까운 광기가 보였다. 밀려 들어온 군중들은 금방 행렬을 흩트려 놓았고 흰옷들은 찢어지고 벗겨졌다. 광경이 얼마나 잔인했던지 멀리 물러서있던 구경꾼들조차 고개를 돌렸다. 부모의 손을 잡고 따라 나와 단지 일상의 희열을 맛보려던 아이들은 울음을 터트렸다. 사보나롤라 행렬의 탈출은 용이하지 않았다. 군중들의 심리는 단순했다. 내가 가지지 못한 것들에 대한 기대. 속박과 억압의 유일한 탈출구. 더 부유해지리라는 기대와 세례 요한이 가져다줄 영광스러워지리라는 헛된 예언이 현실로 부서지는 데 대한 분노였다. 경비병들과 공무원들 심지어 직능조합원들조차 사태를 추스르기보단 관망하고 있었다. 더구나 소식을 접한 렉투르의 추기경은 오히려 회심의 미소를 보였다. 손쉽게 이단자들을 반란으로 몰아 한꺼번에 처단할 수 있는 기회로 삼은 것이다. 시간이 지나고 군중 속에서 의아하게 바라보고 있던 사람들이 행렬에게 손을 뻗쳤다. 동정심과 정의감을 가진 시민들이 없지 않았으니 오히려 이들은 삼신분 중의 농민들과 떠돌이들이었다. 축제에 소비되는 엄청난 재물들이 눈앞에 보여도 그것들이 그들에겐 쓸모없는 쓰레기와 같았다. 렉투르의 세례요한의 축제는 허상인 교회와 귀족들의 통제에 필요한 축제일뿐이기 때문이었다. 추기경은 주동자의 체포와 색출을 지시했다. 단번에 골치 아픈 이단들과 위그노를 정리할 절호의 기회였기 때문이다. 추기경은 참사관을 불렀고, 따로 시장에게 명령했다. 교회가 시정을 통제하고 종교재판이라는 허울 속에 권력의 대부분을 차지한 탓에 추기경의 명령을 단순하게 여길 사람은 렉투르에 없었다. 아니 프랑스에 교회의 명령이 미치지 않은 곳이 없었다. 추기경의 명령은 교회와 합종연횡하던 영주에게도 좋은 기회였다. 소작농들에게 거둬들이는 현물과 곡식들. 즉 조세가 줄어든다고 여기던 차에 소작농들의 농간을 일거에 제압하고 다스릴 수 있는 기회였고, 조세의 형평성을 내세워 농지마다 새로운 조세를 할당할 좋은 방법이 머릿속에 떠올랐기 때문이었다. 영주인 백작에게도 본보기가 될 소작농들이 필요했다. 소요는 무뎌지지 않았다. 행렬은 군중들의 발길 아래 처참하게 무너지고 있었고, 곧 사보나롤라의 아이들은 모두 피투성이가 될 처지였다. 아랑곳하지 않는 군중들이 더욱 옥죄어 오는 순간 설교자가 우뚝 일어났다.

"보라, 그대들이여! 주의 부르심으로 그대들 앞에 선 나를 보라! 내가 그대들에게 들려주고자 외친 시편을 묵상하라! 이곳에 있는 모든 양들은 죄가 없도다…. 내가 그대들에게 손가락질하지 않는 것처럼 그대들도 나에게 침을 뱉지 말라. 사막을 거쳐 간 주의 낡은 옷자락 아래 주의 발 아래 우리는 모두 공평할 것이며 화평할 것이다. 주는 그대들을 애타게 찾았으며 긍휼하게 여기신다. 박해받은 사마리아인들과 똑같이 그대들을 대하신다. 이것은 그대들의 잘못이 아니다. 다만 그대들이 스스로 깨닫지 못한 잘못을 세례 요한께서도 전해주고자 하심이다. 잠시 손에 들린 악령을 내려다보라. 과연 이것이 신앙이며 성령이고 정의인가! 내가 그대들을 핍박하지 않았는데 그대들은 어찌하여 선한 이웃을 핍박하려 드는가? 왜인가? 도대체 무엇 때문인가? 누가 그대들을 사악한 롱기누스의 창(예수를 찌른 로마 병사의 창)을 쥔 병사로 만들었는가? 대답해 보라! 그대들 중에 가장 선한 자가 있다면 당장 이 자리의 나의 눈이 밝게 보이는 가장 앞자리에 나와 대답하라! 주님께선 살인을 명하시지 않았으며, 타락도 명하시지 않았다. 주님께선 사랑을 명하셨으며, 성령 안에서 서로 보호하라 명하셨다. 그러나 지금 그대들을 보라! 이것이 주의 뜻이며, 주의 말씀을 행동으로 보이는 정당함인가? 누가 그대들에게 명령했고 지시했으며 책임진다 하였는가? 모두 가족이다. 이웃이 가족이며, 이웃이 생명이다. 이웃들은 서로 땅에 떨어진 곡식 한 알도 양보할 줄 알아야 한다. 이웃 없이 홀로 살 수 있는가? 서로 땀 흘려 이룬 추수 없이 기나긴 겨울을 이겨낼 수 있는가? 말해 보라. 그런 용감함이 충만한 자는 나와서 말해 보라. 신성한 노동을 모욕하지 않을 자. 여기 나와서 말해 보라! 자세히 여러분의 꼴을 보라. 희희낙락거리는 여러분 자신을 보라. 세례자 요한께서 그대들을 보고 무어라 말씀하시겠나? 며칠간 세례 요한의 이름으로 쌓인 이 많은 재물을 보라! 바로 이것은 그대들 노동의 대가이며, 피 묻은 영혼이다. 저기 보라! 어머니의 손을 잡고 있는 저 어린아이의 낡은 옷과 마른 얼굴을 보라! 또 저기 보라! 갓 태어난 아이를 안고 있는 당신들의 허약한 아내를 보라! 스스로 너희에게 너희들은 무엇을 했는가? 두려움과 불안이 영혼의 창문을 두드릴 때 무엇을 했는가? 회피? 복속? 그것만을 선택한 우둔하고 무지한 자들이여! 그대들이 나약한 겨울나무의 잎새처럼 떨어졌을 때 그대들의 처량한 아이들은 거리와 들판을 헤매었다. 그대들의 아내들은 한 톨의 나락으로 너희 자녀를 돌보려 애썼다. 나약함이 그대들을 점령할수록 정의는 사라지고 희망도 자취를 감출 것이다. 십자가의 고통을 느껴보았는가? 단순히 사람을 십자가의 나무에 매단 것으로만 생각하는가? 아니다. 주의 아들 그리스노께서도 십자가에 매달리셨지만 곧 골고다의 언덕으로 가는 길에 가한 그 채찍질이 그리스도를 모욕과 아픔에 멍들게 하셨다. 지금 그대들의 꼴이 바로 골고다 언덕으로 가는 형제들에게 가하는 채찍질이다. — 땅은 갖은 악(*ogni vizio*)으로 억압받아 멍에(*la soma*)를 스스로 버릴 수 없고, 바닥으로 추락한 세상의 우두머리(*il suo capo*), 로마는 결코 위대한 직분(*grande offizio*)으로 돌아갈 수 없다. — 사보나롤라! 영적인 그분께서도 말씀하셨다. 둘러보라 그대들에게 과연 "하나님 당신만이 나의 피난처(*solus igitur deus refugium meum*)가 될 수 있겠는가? 다시 물어보라. 부끄럽지 않고 집에 돌아가 아내를 만나고 남편을 만나고 자식을 만나며 부모에게 평안을 이야기할 수 있겠는가? 이제 나의 이야기는 다해 간다. 이 많은 군중이 내게 던진 돌팔매가 나는 야속하지 않다. 그대들의 분노가 만약 환희로 돌변할지라도 나는 그대들을 탓할 생각이 없다. 나는 내일을 다했으므로 나의 정의와 신념이 비록 그대들을 부추겨 잘못 전달되었어도 내가 나를 탓할망정 그대들을 앞세워 신의 영역에 들어가긴 싫다. 아득한 하늘을 보라. 그대들이 피워올린 향과 폭죽들로 뒤덮인 하늘을 보라. 맑고 청명하여 모든 케룹의 수장들이 내려다보고 있을 그대들의 고향을! 아름다운 그대들의 고향이 파문될 권력자들과 검은 어둠 속에서 종횡하는 사도들을! 꼭두각시 같은 날들을 보내고 있는 피바람 치는 교회를! 오늘의 화려함이 언젠가 거세질 정의로움 속에서 무너질 날을 나는 알고 있다. 이제 비난을 멈추어라. 나도 그대들의 형제이며 그대들도 나의 형제들이다. 그리스도께서 명하신 모든 사마리아인이다. 그리스도 아래에서 그리스도의 주께서 명하셨으니 오늘 나의 복음이 그대들에게 피난처가 될지어다. 그리고 나의 복음이 새어들지 않는 귀를 가진 악령들은 회개하라. 오늘 밤이 지나 세례 요한께서 그대들이 일으킨 횡포와 무례함을 용서하실 것이다. 이제 돌아가 식탁에 불을 밝히라. 가족에게 사랑을 고하지 못하고 놓친 자들은 무릎을 꿇을 것이며, 이웃에게 배신을 행한 자들은 통곡할 것이며, 남을 해한 자들은 그리스도 앞에서 고백하고 자수하라. 그리하여 유가족의 매를 달게 받을지어다. 아무리 나쁜 것도 더 나쁜 것 앞에서는 용서받아야 한다. 나쁜 짓을 행하고 내 도리를 깨닫는다면 이미 그것은 용서되었다. 스스로 용서 구하는 마음이 세상을 단란하게 만들 것이며, 나의 영혼이 가장 먼저 치유되는 옳은 방법이다. 이제 밤이 되었구나! 길을 열라!"

아주 오래전, 잊힌 시절과 같은 아주 옛날. 오데온의 석축에 기댄 카르바스가 떠올랐다.

수많은 군중의 소요가 조용했다. 이디선가 찌르레기 소리와 벽 속에 숨은 귀뚜라미 소리가 들릴 정도로 사방은 고요했다. 멈춰진 시간. 마법과 같았다. 우는 아이도 그저 어머니의 손에 이끌려 서있었고, 아이를 재촉하던 그 어머니도 그냥 우두커니 서있었다. 휘파람을 불며 소요를 부채질하며 구경하던 아비뇽에서 온 종마 몰이꾼들도 입을 다물고 멍한 채였다. 노란 튤립 화분을 집어 던진 이층 여자는 창문을 닫고 어느 틈에 숨어버렸고, 괴춤을 털어볼까 순간만을 노리던 소매치기들과 잡상인들은 등을 돌리고 서있었다. 광기의 공기가 갇혀있었다. 설교자의 얼굴은 알아보지 못할 정도로 피에 얼룩져 있었다. 여전히 흘러내리는 피는 옷깃을 타고 내려 바닥에 떨어지고 있었다. 설교자가 숨 쉴 때마다 피가 숨에 날려 흩뿌려졌다. 그에게는 복음의 전파였다. 그는 혼신의 힘을 다한 복음으로 인해 모든 기력이 쇠잔해 건드리면 부러질 나뭇가지처럼 땅에 꽂혀 있었다. 어느 누구도 쉽게 그에게 다가서지 못할 때 설교자의 몇 줄 뒤에 있던 이미 피와 땀으로 얼룩진 흰옷의 여자애가 다급하게 설교자의 왼쪽 겨드랑이에 자신의 오른쪽 어깨를 밀어 넣어 부축했다. 카르캉의 열일곱 살 누이였다. 동시에 광장을 가로질러 네댓 명의 남자들이 설교자를 향해 달려왔다. 후드를 쓴 검은 외투와 외투 안에 소매가 짧고 무릎 아래 한 단이 내려온 흰색 꾸룰라를 받쳐 입은 남자들은 아주 재빠르게 군중들을 갈라놓았다. 당황한 군중 중 덩치 좋은 직능조합원 몇 명이 그들을 가로막자 손잡이가 제법 길게 달린 번뜩이는 단도를 꺼내 위협했다. 펄럭이며 옷이 휘날렸다. 자세히 보니 꾸룰라라고 하기에는 몸에 달라붙는 셔츠와 같았다. 매우 민첩하고 훈련된 동작이었다. 그들 중 하나가 설교자를 부축한 크로캉의 누이에게 면 수건을 손에 쥐여주며 말했다.

"아미엘! 우선 보두엥 수사님의 얼굴을 좀 닦아드려라."

거친 수건 한 장은 이내 보두엥 수사라고 불린 설교자의 혈흔으로 벌겋게 물들어 아미엘의 손조차 끈적해져 버렸다.

"아미엘, 지금부터 우리가 수사님을 모시고 길을 열겠다. 너는 아이들을 데리고 최대한 거리를 좁혀 우리 뒤에 바짝 따라오너라."

여기저기서 소란한 목소리들이 생겨나기 시작했다. 그 소리 중에는 참회가 담긴 울음소리도 있었고, 야유에 찬 욕지거리도 있었다. 많은 군중 속에서 의외로 행렬에 관한 동정이 터져 나왔는데 일부의 자유 시민들은 보두엥 수사 일행의 모습이 감추어지도록 원을 그려 숨겨주었다. 크로캉의 누이 아미엘은 나이와 달리 강인했지만, 그녀의 나이에 걸맞지 않은 이런 긴박한 상황은 위험하고 위태로웠다. 그녀는 태어나서 처음 겪는 무자비한 일들로 심장이 뛰고 손이 떨려 얼굴은 창백해져 있었다. 그러나 그녀의 어디에서 그런 침착함과 노련함이 생겨났는지 알 수 없는 일이었다. 아미엘은 행렬의 후미를 돌아보았다. 쓰러진 동료들이 보였다. 쓰러진 아이들, 두려움에 멈춰버린 아이들, 동공이 확대되어 기진맥진한 아이들이 아미엘의 눈에 들어왔다. 아미엘은 그중 나이가 동년배쯤 되어 보이는 금발의 사내아이에게 뛰어가 상기된 뺨을 두드리며 말했다.

"정신 차려! 같이 가야 해. 네가 나를 도와주었으면 좋겠어!"

스무 명이 채 안 되는 숫자였지만 아미엘의 판단에도 대단한 무리라는 생각이 들었다. 벌써 앞장서기 시작한 선두는 안간힘을 짜내 길을 내고 있었다. 밀치고 밀어내는 사람들 속에서 아미엘은 엉겁결에 자기보다 어린 남자아이 둘을 양손에 이끌고 무작정 보두엥과 거친 남자들을 뒤따라 달리기 시작했다. 멀리서 이 모든 광경을 조급하지 않게 지켜보는 사람들이 있었으니 추기경의 보좌 사제와 시청 참사관과 법원 서기였다. 소문은 흔적을 남겼고, 방관자들이 나서서 더욱 잔인하게 소문을 퍼날랐다. 렉투르의 좁은 골목마다 암울한 바람 소리가 다가올 위험을 알려주고 있었다.

18

베르사유와 트리아농 궁을 완전하게 점령한 리슐리외 공작이자 파리의 존엄한 추기경인 루이 프랑수아 아르망 드 비뉴로 플레시스는 아무도 범접하지 못할 야망을 지닌 자였다. 그의 생각에는 프랑스의 절대 왕정을 회복한다는 반박하지 못할 명분이 있었지만, 국왕인 루이 13세조차 리슐리외에게는 수단일 뿐이었다. 그에게 어떤 도전도 용납되어선 안 되었고, 왕정의 회복이란 곧 교회가 전 국토와 모든 프랑스 자유민들을 복속시키기 위한 방법이었다. 국왕보다 리슐리외의 명령을 따르는 렉투르의 영주는 자신의 땅에서 일어난 사건들이 리슐리외에게 잘못된 충성의 빌미가 되지 않기를 바랐다. 그것은 참사관에게도 동일했다. 렉투르가 암암리에 이단의 안전지대로서 더욱 확대되는 것을 바라지 않는 그들은 세례 요한의 축제에 일어난 일련의 사건들을 모티브로 위그노 일당을 일거에 제거해 버릴 계획을 세웠다.

다가오는 일요일에 렉투르의 추기경은 성당의 미사실에서 주의 환영을 보았다. 주는 온몸에 피땀을 흘리며 롱기누스의 창이 옆구리에 꽂힌 채로 나타나 십자가에서 부활이 아니라 다시 절명의 모습을 보였다. 추기경은 사시나무가 되어 바닥에 주저앉아 토를 하고 눈물을 흘렸다. 기도 사이에 일어난 일에 미사실의 모든 교인이 놀라 무릎을 꿇고 뒤로 자빠졌다.

"주님께서 말씀하신다. 우리 곁에 악령 들린 자들이 돌아다닌다. 그들을 잡아들여 회개시키지 않고 십자가 앞에 복속시키지 않으면 너희가 연옥에 떨어지는 새로운 악령이 되리라고 말씀하신다."

더 이상의 끔찍함을 상상하지 않아도 되는 계획의 시작이 추기경의 일그러진 얼굴과 쇳소리가 되어 몸에서 터져 나왔다. 그리고 그곳은 아수라장이 되었다. 곧 렉투르의 관할 경비병들과 영주의 기사들. 직능조합들이 민병으로 편입되어 구성되었다. 렉투르의 반은 발고와 고소를 하기에 정신없었고, 렉투르의 반은 서로 숨겨주기에 안간힘을 썼다. 사흘 만에 렉투르에는 아비뇽에서 파견된 백여 명의 아비뇽 궁정 부대가 보강되었다. 재빠른 리슐리외의 지시였으며, 국왕과는 무관한 일이었다. 그중에는 궁정을 친위하는 총사들도 일부 있었는데, 총사들은 렉투르에서 일어나는 일들을 파발로 직접 리슐리외에게 보고했다. 가장 먼저 라멜이라는 대금업을 하는 그의 아홉 살 된 아들이 붙잡혔다. 라멜은 대금업을 할 뿐이지 고리대금업자는 아니었다. 그는 성실했다. 과도한 이자를 받은 적도 없으며, 정부가 정한 기준에 약간 못 미치는 이자로 농노와 상인에게 급전을 빌려주는 사람이었다. 아마도 성실한 라멜은 렉투르의 시민이 빚을 진 급전을 일부 탕감해 주기를 원했는데 이를 받아들이지 않은 탓이었다. 라멜은 대금업과 함께 조그만 식료품점을 운영하고 있었다. 팔고 남은 상하지 않은 식재료는 보육원으로 가져가 고아들을 먹이는 데 아낌없이 제공해 주었다. 라멜의 식료품점에는 배고프고 가난한 사람들이 찾아와 찌꺼기 음식이라도 얻어 가기를 원해 그의 자선은 심심찮게 이루어졌고, 그의 심성 또한 알려지는 만큼 매출도 늘었다. 선의가 선의로 받아들여지는 렉투르라면 라멜이 굳이 신념과 이상이 있는 사람이라고 말하지 않더라도 그는 착한 사마리아인으로 칭송받아야 할 테지만 꼭 그렇지만은 않았다. 폭리를 취하는 자들. 신선하지 않은 물건을 판매하고도 제값을 받는 자들이 대부분인 렉투르에서 라멜의 행동은 동종의 상인들에겐 곱지 않은 행위였다. 라멜의 아들이 6월의 행렬에 있었는지는 중요하지 않았다. 누군가의 발고는 이루어졌고, 발고가 된 이상 확인은 필요 없었다. 조치가 취해진 이틀 만에 라멜의 아들 외에 다섯 명의 아이들이 더 붙잡혔다. 두 명은 자유민의 아이였고, 세 명은 농노의 아이였다. 남자아이가 네 명이었고, 여자아이가 한 명이었다. 농노의 자식들은 모두 영주의 소작농들이었다. 자유민의 아이 둘도 부모가 모두 영주의 장원 근처에서 농사를 짓는 사람들이었다. 영주에겐 좋은 기회였다. 이단의 굴레를 씌워 그들의 농지를 장원에 편입시킬 검은 마음이 있었기 때문이었다. 세례 요한의 축제 사건과는 상관없이 렉투르 전역에 이단으로 덧붙여진 위그노의 색출이 넓게 번져갔다. 아무 이유 없이 위기를 느낀 일부는 오를레앙으로 도망쳤고, 심지어는 더 먼 트루아와 랭스까지 달아났다. 그나마 그렇게 달아난 사람들은 달아난 곳에 작은 연고라도 가진 사람들이었다. 터전을 버린다는 것은 쉽지 않은 일이었다. 다시 사흘이 지난 후 십여 명의 아이들과 그의 부모들이 시청 광장에 잡혀 왔다. 온몸이 꽁꽁 묶인 채로 둘러앉은 앞에서 라멜의 아들은 마녀의 아이라는 죄를 쓰고 화형에 처해졌다. 가차없는 형벌이었다. 라멜은 악을 쓰고 하늘에 저주를 퍼부었다. 라멜은 기절했고, 기어이 심장이 터진 채로 영영 일어나지 못했다. 그때까지도 착하고 성실하기만 한 스물다섯 살의 청년. 자쿠오 르 크로캉은 자신과는 상관없는 비극인 줄 알았다. 6월은 농사를 짓기에 아주 바쁜 날들이었다. 비가 자주 온 탓에 걱정이 넘쳐나는 날이 대부분이었지만 폭우 속에서도 땅에 물길을 내고 젖은 몸으로 돌아와 쇠약해지는 노모의 평안을 위해 노모의 머리맡에 앉아 바람의 길과 숲의 흔들림과 새들의 노래를 전해주었다. 얇은 지붕을 두드리는 빗소리. 언제 무너지더라도 당연한 가볍고 낡은 집이 크로캉에게는 종탑이 높은 성에 비길 바가 아니었다. 드넓은 장원을 지닌 포악한 영주보다 자신이 행복하다고 느꼈다. 곧 가을이 오고 추수가 이루어질 것이다. 동서남북 사방에서 불어와 밀이 익어가며 바람에 흔들리는 모습은 황홀했고, 그 소리는 복음과 같이 경청해야 할 천상의 소리였다. 그런 크로캉이었다.

하루는 늦은 오후였는데도 안개가 자욱했다. 비바람이 그치고 강둑에서 넘어온 눅눅한 습기가 여름임을 깨닫게 했다. 아미엘이 보이지 않았다. 그러고 보니 아미엘이 집을 비우는 시간이 잦았다는 것을 그제야 깨달은 크로캉이었다. 산비탈에서 저물기 시작한 해는 빠르게 어둠으로 집을 덮쳐왔다. 들판에 서서 집을 바라보며 크로캉은 생각에 잠겼다. 가톨릭도 위그노도 아니었던 크로캉은 단순한 농노였다. 급하게 집으로 달리기 시작한 크로캉은 장화에 묻은 흙을 털 생각도 하지 못한 채 집으로 뛰어들어 아미엘의 침대와 부엌 선반을 뒤지기 시작했다. 크로캉이 직접 누이를 위해 참나무를 베어 테두리를 장미꽃문양으로 조각하고 깨끗하고 흰, 두 겹의 린넨 이불보로 만들어준 침대의 밑바닥에서 사보나롤라가 쓴 시 「세계의 몰락(de ruina mund)」과 시편 「탄식의 노래」가 숨어있었다. 글을 배우지 못한 아멜리는 한 자 한 자 구겨 넣은 주석을 딛며 그 책들을 공부하고 있었다. 한동안 말없이 책을 손에 들고 있던 크로캉은 심장이 무너져 내리는 소리가 자신의 뇌에도 진동되며 아미엘의 침대에 얼굴을 묻었다. 크로캉의 상상과 똑같이 밖에도 짙은 어둠이 깔렸다. 그 날 밤 아미엘은 행방불명이었다. 겨우 노모를 진정시킨 크로캉은 시내로 아미엘을 찾아 나섰다. 그 날은 세례 요한의 축제와 소요가 일어난 지 열흘째 되는 날이었다.

19

총사들의 보고는 리슐리외에게 철저하고 재빠르게 이루어졌다. 첫 성과는 리슐리외가 군사 박물관의 벽면에 장식할 루이 13세가 프랑스 수비 연대의 창병과 근위 기병을 치하하는 석판화를 제작하는 일을 베르사유 궁에서 국왕과 직접 의논하고 나오는 궁정 회랑에서 이루어졌다. 국정이 자신의 계획하에 차근차근 이루어지는 리슐리외의 상쾌한 기분처럼 막 정오를 넘긴 날씨도 화창했다. 리슐리외

는 루브르 궁과 가까운 파리 시내에 마련한 자신의 집무
실로 돌아가 국왕에게서 하사받은 일급 요리사들이 만들
어준 오르되뵈르(전채요리)로 싱싱한 샐러드에 걸맞은 보르
도의 화이트와인과 부르고뉴의 가벼운 레드와인을 곁들
인 어린 양고기 요리로 식사할 생각에 입맛이 돌고 있었다.
아니면 론의 와인이나 앙주의 와인을 곁들인 기름기를 싹
뺀 돼지 바비큐도 먹음직스러웠다. 서너 명의 시종들이 머
리를 조아리며 식사 시중을 들고 식사가 끝나면 국수 모양
의 흰 크림이 산처럼 올려지고 밤과 꿀이 입맛을 함께 사로
잡는 몽블랑(mont blanc)이 정오의 피로를 씻은 듯이 낮게
해줄 것이었다. 리슐리외는 고소하게 달지 않은 디저트 몽
블랑을 떠올리며 개운한 표정으로 베르사유 궁정 회랑으
로 걸쳐지는 햇살을 온몸으로 즐기고 있었다. 렉투르에 파
견한 총사대의 부총사가 리슐리외에게 다가와 머리를 숙였
다. 석회로 문지른 티가 역력한 가공되지 않은 가로 10cm
세로 7cm의 양피지에 빽빽하게 쓴 글씨가 있었다. 렉투르
에 암약하는 위그노의 숫자와 그들이 모이는 대충의 비밀
장소와 말미에는 확인할 수 없는 렉투르 영주의 보고 사
항이 간단하게 첨부되어 있었다. 부총사의 보고 또한 맑은
햇살만큼 리슐리외의 기분을 고조시키기에 좋았다. 순간
근엄함을 잊어버린 리슐리외는 회랑이 울릴 정도로 호탕하

게 웃으며 부총사의 옆구리를 툭 쳤다. 부총사는 리슐리외가 자신을 신뢰한다고 믿었으며, 그의 충성심 또한 고조되었다. 덕분에 회랑을 지나치려던 궁중의 많은 시종이 머뭇거리며 눈치를 보고 돌아서야만 했다. 궁정은 희극이었고, 렉투르는 비극이었다. 그즈음 국왕인 루이 13세는 달랐다. 부왕이었던 앙리 4세가 교회의 광신도 라바이약에게 살해당해 황망하게 세상을 뜨자 불과 아홉 살의 나이에 왕위를 물려받은 그는 모후인 마리 드 메디치의 섭정과 리슐리외 공작의 섭정 아닌 섭정이 이어지며 눈에 보이지 않는 혼자만의 갈등이 깊어 갔다. 루이 13세는 아버지인 앙리 4세를 존경하고 흠모했다. 루이 13세에게 냉담했던 마리 드 메디치는 장남인 자신보다 동생인 가스통을 아낀 모후가 싫었다. 애정 결핍이 그에게 있었고, 그 애정 결핍은 남몰래 국사와 친정에도 영향을 끼치고 있었다. 부왕의 죽음 이후에 이탈리아인들을 궁으로 불러들여 국사를 맡긴 모후에게 국왕은 불안에서 오던 심리적 장애가 결국 어머니와의 정치적 대립으로 이어지게 만들었다. 정통적인 프랑스 왕실의 정치 노선은 콘치노와 갈리가이와 같은 외부 세력에 의해 빠르게 친 이탈리아와 합스부르크가의 정책으로 변질되어 갔다. 마리 드 메디치와 정통성을 파괴하는 세력에 대한 증오는 곧 발현되었다. 루이 13세에게는 여우 같은 지략과 괴팍스럽지만 민첩한 리슐리외가 있었다. 국왕을 등에 업은 리슐리외의 정적 처단은 그리 어렵지 않았다. 모든 것이 마무리되어 입지를 굳힌 리슐리외에게 남은 과제는 위그노에 대한 적대적인 입장으로 나타났고, 예외적인 특권들은 국가주의를 벗어날 수 없었다. 국왕 참사회를 시작으로 왕국 전체에 왕의 권위를 확고히 하겠다는 리슐리외의 계략은 당연히 자신의 권위를 공고히 하겠다는 뜻과 같았다. 철저한 교회주의자인 리슐리외는 상식적이고 보편적인 교회가 아니라 국왕을 대변한 자신의 통치를 국민들에게 제공하고자 했다. 그렇다고 궁정 내부에서 리슐리외의 정책과 계략이 만만하게 이루어진 것은 아니었다. 리슐리외에게 가장 걸림돌이 된 인물은 바로 루이 13세의 왕비였던 안 도트리슈였다. 교회의 가르침에 따라 국왕에게는 늘 관용의 대상이었던 왕비 안 도트리슈는 가문의 이익에 충실히 따른 또 다른 외부 세력이자 에스파냐에 프랑스 왕실의 첩보를 제공하는 인물이었다. 크고 작은 반란은 곳곳에서 일어났다. 모후 마리 드 메디치가 루이 13세에게 상처만을 주며 감쌌던 왕제 오를레앙 공작 가스통의 반란과 함께 리슐리외와 국왕의 앞날도 순탄해 보이지는 않았다. 1630년으로 접어들어 수많은 전쟁으로 정적들을 제거하고 위그노를 탄압하며 왕국을 팽창시켰다는 생각이 들자 루이 13세도 조금은 무료해졌다. 국왕은 이름 모를 새가 잔디 사이의 벌레를 잡아먹는 모습을 보니 창가에 턱을 괴고 바라보고 있었다. 햇살이 며칠째 자취를 감추고 질퍽한 사냥터의 소식을 들은 지도 몇 주가 지난 후라 우울함은 극도에 달하고 있었다. 마침 로렌 지방의 조세 할당에 관한 자료를 들고 온 리슐리외를 맞이하자 한숨을 내쉬었다.

"공은 어떻게 생각하시오! 나의 치정이 국민들에게 흡수되었다고 생각하십니까?"

루브르 궁의 삼엄한 경비를 통과하여 궁내부에 발을 들이지 못한 프랑스의 대다수 자유민은 지금 국왕이 내다보고 있는 중앙 정원의 넓은 면적을 상상하지 못할 것이다. 센 강의 오른쪽 1546년 프랑수아 1세가 피에르 레스코에 명하여 짓기 시작한 궁은 리슐리외에 의해 아직도 확장 공사가 시끄럽게 진행 중인 곳이었다. 루이 13세는 루브르 궁의 완성이 자신의 업적으로 모두 완성되기를 바라고 있었다. 시간 날 때마다 자신이 거처하는 2층을 떠나 살 데 카리아디드(여인 기둥의 방)와 왕의 거실에서 남쪽 복도로 연결된 갤러리를 순찰하기를 즐겼다. 간헐적으로 들려오는 소음에 귀를 기울이더니 리슐리외를 돌아보며 무표정하게 말했다.

"저 시끄러운 망치 소리를 끝내고 우아하게 왕비의 노랫

소리를 들을 날이 언제가 될지 짐은 몹시 궁금하오?"

아마도 2층에서 실눈을 뜨고 바라보는 새들도 국왕의 호기심에서 멀어진 탓이었다.

"폐하! 날마다 국왕을 칭송하는 국민들의 소리가 저 망치 소리와 같사와 곧 폐하가 원하시는 모든 것들을 눈으로 확인하실 수 있을 겁니다."

리슐리외가 말을 마치자 루이 13세는 매우 놀랍다는 투로 얼굴을 있는 대로 찌푸리며 리슐리외의 말을 받았다.

"뭐라고? 나의 치적이 겨우 저 잔잔한 망치 소리밖에 안 된단 말이오!"

의아하기는 리슐리외도 마찬가지였다. 건물에 부딪혀 들려오는 저 쿵쾅거리는 시끄러운 소리가 잔잔하다니…. 리슐리외는 국왕의 욕심에 경외심을 가지며 머리를 조아릴 수밖에 없었다.

12년이 더 흘러 1642년 루이 13세의 정치적 동반자였던 리슐리외가 악행의 원조였던지 갑작스러운 폐결핵으로 세상을 뜨자 그다음 해 국왕도 5월 13일 장염이 덧난 병으로 생의 종말을 고했다. 국왕이 장염과 구토 증세의 악화가 사망의 원인이라면 리슐리외는 폐결핵보다는 잦은 사혈과 관장이 주된 죽음의 원인이었다. 루이 13세에게는 부친인 앙리 4세와 마찬가지로 늦은 나이에 얻은 후사(왕비 안 도트리슈 사이에 *23년 만의 출생*) 루이 14세인 '루이'와 둘째 아들 필리프가 있었다. 루이 14세의 등극은 리슐리외가 이끈 국가주의를 이어받은 이탈리아에서 귀화한 또 다른 추기경 '마자랭(*jules mazarin*)'에 의해서 계승되었다.

20

렉투르 시청사의 지하 감옥으로 통하는 계단은 미끄럽고 음습했다. 지하와 달리 청동판으로 덮은 시청사의 지붕은 그 위엄이 바라보는 자들의 시선 안에 충분히 위압감을 가지게 했다. 일반 회의실과 참사 회의실, 그리고 식당과 청사의 후면으로 연결 통로를 만들어 방문자 숙소까지 갖추었고 청사의 오른쪽편에는 부속건물로 청사와 어울리지 않는 예배당까지 마련되어 있었다. 예배당을 건축하는 지방 청사는 흔하지 않았다. 렉투르의 지방 장관은 아마도 리슐리외에게 공을 많이 들이는 편이었다. 아무튼, 황금 십자가를 모신 예배당은 규모가 작은 웬만한 시골 수도원에 비길 바가 아니었다. 렉투르의 시청사는 심심찮게 파리에서 오는 관리들과 온갖 청탁을 일삼으러 방문하는 상인들과 낮은 신분의 귀족들이 가득하여 그들이 마시고 먹는 음식 찌꺼기와 청사에서 나오는 쓰레기들이 후문을 거쳐 수레에 담겨 들판에 버려졌다. 렉투르의 지하 감옥을 경비하는 경비병들은 그들의 부족한 급료를 충당하기 위해 허가받지 않은 면회를 10리브르로 교환해 주었다. 하루 세 번, 특히 청사가 비는 일요일, 경비들 사이의 교대가 일어난 직후가 유용한 시간이었다. 경비병들은 자신들의 비리를 정당화하기 위해 "렉투르의 시민으로서 같은 형제들의 눈물과 우의를 어찌 저버리겠나?"라고 말했다. 질척한 돌계단과 곰팡이가 피어난 벽면을 손을 짚고 내려가는 크로캉은 자신의 눈앞에 펼쳐진 어두운 광경이 믿기지 않았다. 세례요한의 축제가 끝나고도 한 달 후에 일어난 일이었다. 누이인 아미엘의 행방불명에 밤과 낮으로 아미엘을 찾아다닌 끝에 간신히 아미엘이 시청사의 지하 감옥에 여러 명의 다른 위그노들과 갇혀 있다는 소식을 소문으로 들은 것이 어젯밤이었다. 크로캉은 소문의 진위를 밝혀야 했다. 내 누이가 어떤 이유로 반정부적이고 악랄하다는 이단의 위그노 교도들과 지하 감옥에 갇혀있는지를 꼭 알아야 했다. 무지렁뱅이 크로캉에게도 렉투르에서 연줄이 없는 것은 아니었다. 렉투르의 경비대장에게 아주 비싼 값의 몸값으로 청탁해 시청사의 가장 말단 경비병으로 보초를 서고 있는 어린 시절의 친구 한 명이 있었다. 친구의 아버지는 렉투르 모직 상인 조합에서 조합원으로 일하고 있는 자유민이었다. 어찌 보면 그것은 비리가 아닌 어떻게 내 친구에게 검을 겨누겠냐는 친구의 당연한 배려가 맞았다. 지하 2층으로 내려가는 계단의 벽면 군데군데 꽂혀있는 황 냄새가 코를 찌르는 횃불만으로는 시야가 밝지 않았다. 자칫 발을 헛디뎌 미끄러지기라도 한다면 머리를 처박고 굴러떨어져 허리를 분지르기에 딱 맞는 그런 위험한 계단이었다. 마치 눈을 감고 내려가는 기분이었다. 마침 크로캉 자신과 비슷한 처지였던 또 다른 방문자도 두 명이 더 있었다. 마흔이 넘어 보이는 남자와 여자도 경비병들의 적당한 요구에 응하고 누군지 모를 자신의 가족을 찾아 크로캉과 함께 지하 돌계단을 내려가고 있었다. 뒤따라 오는 중년의 남자와 여자는 남자가 앞서고 여자는 남자의 어깨에 손을 올려 내려오는 탓에 크로캉보다 대여섯 걸음이 뒤처져 있었다. 남녀의 긴장한 호흡과 두려운 맥박이 크로캉에게도 전해 오고 있었다. 계단의 끝에 다다르자 더욱 어두워 사위를 구분하기 힘들었다. 더 이상의 계단이 없다는 것을 깨달은 크로캉은 용감하게 계단 끝 벽의 횃불을 뽑아 손에 들었다. 우뚝 선 크로캉은 횃불을 눈높이에 들고 주변을 둘러보았다. 지하 감옥은 예상외로 아주 넓었다. 그도 그럴 것이 예전에 이곳은 경비병들의 휴식 공간과 함께 '황금창고'라고 칭하며 온갖 장서들로 꾸며진 도서관이었다. 그때는 바람이 통하도록 지상과 연결된 통로가 있었다. 하지만 최초에 시청사의 지하에 도서관 수용을 생각한 설계자는 설계의 기본을 모르는 자였다. 아무리 관리가 잘 되어도 지하에 종이로 된 책을 보관한다는 것은 상식 밖의 일이었다. 하지만 떠도는 소문에는 그런 상식을 무시하면서까지 지하에 책 보관소인 도서관을 꾸민 데에는 다음과 같은 이유가 있었다.

십자군 전쟁은 1096년을 시작으로 200년이 넘게 이어져 온 성지 팔레스티나와 성도 예루살렘의 탈환을 위한 전쟁이었다. 전쟁에 참여한 왕과 기사들은 가슴과 어깨에 십자군 표식을 하고 이슬람교도들과의 원정에 나섰다. 하지만 이면에 각국과 각국의 영주들은 자신들의 새로운 영토 지배의 야망이 있었고, 기사들을 추종하며 따라나선 상인들과 농민들은 경제적 이익과 제약이 따르는 사회 신분의 탈피가 목적이었다. 특히 낮은 신분의 사람들에게는 희망이었다. 희망 속에는 모험과 호기심이 발동되었고, 그 모험과 호기심은 신앙과 잘 어우러졌다. 교황인 우르바누스 2세의 회의에서의 한마디가 십자군 원정을 일으켰다.

"보라! 그리스도의 형제들이여! 성지인 예루살렘을 포악한 이교도가 점령하고 있다니 그리스도의 십자가가 그곳에

서 비바람에 젖어있으니 어찌 부끄러운 일이라 말하지 않
겠소! 이제 성지를 되찾고 우리의 합당한 구실을 그리스도
에게 보여야 할 줄 압니다. 형제들이여! 혹시 예루살렘에서
여러분이 목숨을 잃는다면 틀림없이 이는 천국의 보상이
여러분에게 주어진 것이오!"

교황의 말에 모두 찬성했고 원정은 이루어졌다.

"옳소! 반드시 예루살렘으로 가서 성지를 탈환해야 합니다."

하지만 예루살렘을 지키는 이교도. 이슬람인 셀주크 투
르크는 달랐다. 여러 속셈이 달랐던 십자군의 기사들과 원
정자들과 달리 이교도는 단일한 목표. 성전의 사수만이 있
었다. 곧이어 수많은 나라에서 원정을 호응하는 탁발승의
설교가 도시마다 가득 찼다. 심지어 여자와 노인들도 설교
에 따라 예루살렘으로 떠났다. 그러나 떠났던 사람들과 달
리 돌아오는 사람은 그다지 많지 않았다. 이슬람의 성지 수
호는 두터웠고, 부족한 식량과 원정의 정의는 사그라지고
말았다. 온갖 약탈이 예루살렘에서 자행되었고, 그 약탈은
모험과 호기심으로 다시 정의되었다. 그나마 다행인 것은
약탈과 모험 속에 영토를 빼앗는 데에만 관심을 쏟은 것이
아니라 물건을 파는 상인들이 있었으며, 그들이 획득한 많
은 것들 속에는 진귀한 보화와 같은 이교도의 서적들도 숨
어있었다. 이슬람어로 풀이된 성전에 관한 것. 그것은 보물

이었다.

시청사의 지하에 도서관이 숨어있던 시대는 융통성과 정의가 통용되던 렉투르의 시간이었다. 정의의 자부심은 무너졌고 십자군 원정의 약탈이 이름을 바꾸어 프랑스의 곳곳에서 그리고 렉투르에 자행되자 점차 죄수들이 넘쳐났고 죄수들을 수용할 공간이 필요했으며, 죄수에게 가장 곤혹스러운 공간으로 지하가 마땅했다.

지하의 차갑고 습한 기운이 돌바닥을 뚫고 올라와 여름인데도 크로캉을 오싹하게 했다. 천장에서 뚝뚝 떨어지는 물이 횃불에 닿자 피식거리며 소리를 냈다. 마치 연옥의 제사장이 기분 나쁜 숨소리를 뱉어내는 상상을 하게 만들었다. 크로캉의 상상과 달리 지하 감옥은 죄수를 수용하는 창살로 된 감옥이 아니었다. 감옥의 풍경이란 수도원의 긴 회랑처럼 공간이 넓었고 석축들로 이어져 있었다. 그 석축들에 죄수들이 쇠사슬로 묶어져 있었다. 마치 금방 도살한 가축들을 통째로 묶어놓은 것과 같았다. 서서히 어둠 속에 눈이 밝아져 왔고, 하나하나 광경들이 크로캉의 눈에 들어오자 충격과 공포 그리고 비탄으로 크로캉은 자리에 얼어붙었다. 다리가 떨려왔고 오줌이라도 지릴듯한 두려움이 엄습했다. 얼마나 찰나의 시간이 흘렀을까? 크로캉이 다른 생각도 다른 행위도 취하지 못하고 있을 때 뒤따라 왔던 남자와 여자. 특히 여자가 외마디 비명을 지르며 쏜살같이 크로캉을 밀쳐내며 앞으로 날려나갔다. 충격으로 그 자리에 무릎을 꿇고 쓰러진 크로캉의 시야에 세 개의 석축 너머 희미하게 아미엘의 모습과 같은 소녀가 보였다. 당연히 크로캉은 누이를 알아볼 수 있었다. 늘 아련하게 애태웠던 누이. 금발과 얼굴이 갸름하고 미소가 아름다웠고 말이 무거웠으며 생각이 깊었던 누이. 누이에게도 생의 전환점이 필요했을 테고, 척박하고 희망이 부족한 삶의 현실이 두려웠을 누이. 미안한 누이였다. 돌바닥의 시큼하고 축축한 물자국 냄새를 코로 들이마시며 크로캉은 천천히 머릿속의 혼란을 진정시키며 일어났다. 야윈 맨살의 발목에는 시커먼 멍이 들어 있었다. 허리가 접힌 채 정신을 잃고 늘어져 있는 아미엘을 부축했다. 팔이 뒤로 묶인 탓에 크로캉은 더욱 조심해서 아미엘을 가슴 깊이 안았다. 어깨에 깊게 파인 상처가 보였고, 이미 피는 굳어있었다. 여전히 정신을 차리지 못하는 아미엘의 고개가 흔들리고 있었다. 눈물이 나지 않았다. 아니 정확하게는 눈물이 날 수 있는 상황이 아니었다. 눈물이 나려면 슬픔에도 여유가 있어야 했다. 크로캉에겐 누이에게 닥친 지금 상황이 이해되지 않았다. 상황의 이해보다는 아미엘을 구해야 한다는 조급함이 공포로 다가오고 있었다. 공포. 공포라고 표현하는 것이 적

절해 보였다. 한동안 말없이 아미엘을 안고 있던 크로캉이었다. 누이의 냄새를 맡고 싶었다. 아직 어린 탓에(크로캉에게는 그랬다.) 단단하지 않은 성인의 냄새가 아니라 연하고 맑은 라벤더와 갓 짜낸 젖소의 젖 냄새와 비가 내린 후의 숲에서 날아오는 비 냄새에 섞인 온갖 정령들의 싱그러움이 늘 누이에게서 났다. 아미엘의 체취는 그랬다. 크로캉은 누이 냄새를 확인하려 했지만 석축에 단단히 묶여있는 아미엘에게서는 그런 냄새가 나지 않았다. 죽음의 냄새. 피 냄새가 나고 있었다. 먼지와 살이 벗겨진 후에 고름이 피부를 뒤덮고 거기에 오랫동안 지하의 습한 곰팡이가 약처럼 발라져 있는 그런 냄새였다. 크로캉이 혼란스러움을 진정할 여유도 없이 건너편 석축에서 한 개의 그림자로 뒤엉킨 세 사람의 울음소리가 천둥처럼 들려오고 있었다. 어느덧 크로캉의 눈에도 눈물이 흘러 심장을 가득 채우기 시작했다. 그렇게 한시 진이 지나 아무런 대책도 없이 크로캉은 지하 감옥을 나와야 했다. 경비병들이 다급하게 다가와 약속한 시간을 다 소비했다고 말했기 때문이다. 크로캉은 10리브르 이상을 주겠다며 경비병들에게 시간을 더 줄 것을 간청했지만, 경비병들은 자신들의 안위를 설명하며 요구를 거절했다. 요구는 남자와 여자도 마찬가지였다. 크로캉은 누이와 단 한마디의 말도 나누지 못했다. 거의 절명한 상태였던 누이를 가슴으로 안아 몸을 데워주는 외에 할 수 있는 일이 없었다. 크로캉은 바싹 말리버린 나뭇잎 같은 누이를 차디찬 돌바닥에 다시 누이고 지하 감옥을 빠져나와야 했다. 크로캉이 누이를 지하 감옥에서 가슴으로 안은 후 사흘이 지나고 일사천리로 진행된 이단자들에 대한 반란의 목적과 마녀라는 각각의 법원 판결을 받은 서른다섯 명의 죄수들은 렉투르의 광장에 일렬로 목이 밧줄에 묶인 채로 끌려 나왔다. 그중 서른 명은 아미엘과 같이 렉투르 외곽 농가에서 이단의 미사를 보는 중 이웃의 밀고로 인해 체포되었고, 나머지 다섯 명은 부랑자들이었는데 성인 남자 한 명과 성인 여자 한 명, 그리고 14세 미만의 아이가 셋이었다. 그들은 유대인으로 방화와 유괴를 목적으로 도시를 떠돌고 있다고 했지만 누가 들어도 어처구니없는 판결이었다. 사회 안정과 체제를 위한 본보기였다. 사흘 동안 크로캉은 영주와 함께 국왕의 행정 명령과 프랑스 남부 지역에서 에스파냐와 일차적인 외교분쟁을 담당하기 위해 렉투르에 파견되어 있는 참사관을 만나기 위해 동분서주했다. 렉투르는 남부지역에서 꽤 큰 도시였다. 큰 도시에는 권력을 나누는 힘 있는 자들이 많았다. 하지만 자유민이라고는 했지만 스물다섯, 아무런 인맥을 가질 리 없는 크로캉이 그들에게 줄을 댄다는 것은 이치에 맞지 않았다. 자신의 무능을 탓하고 있던 사이에 자신의 누이가 어느새 반란의 공모자라는 판결을 받고 초라한 행색으로 목에 짐승 같은 밧줄이 걸려 광장에 끌려 나와있었다. 획획 거리며 공중으로 화약이 터져 오르고 있었다. 피리소리인지 고함소리인지 모를 쇳소리와 비슷한 노랫소리가 들리고 있었고, 광대들이 달그락거리는 북소리를 기분 나쁘게 내며 광장을 돌아다니고 있었다. 처형 소식이 있다는 소문을 듣고 거미줄처럼 얽혀 있는 좁은 골목길에서 쏟아져 나온 사람들이 어느새 밀리고 밀치는 소동이 일어나기 시작했다. 그 모습들이 어찌나 성실해 보였는지 누군가의 죽음이 일상에 환희로 변해가는 어이없는 광경이었다. 광장 앞에 뾰쪽하게 솟은 '만민의 탑(50m 이상의 높이로 건축 당시 부역한 시민의 수가 만 명이거나 렉투르의 시민이 무려 만 명이라는 이야기가 있음)'은 정오의 태양을 받으며 그림자가 광장의 서쪽으로 기울기 시작했다. 목 좋은 자리를 차지하기 위해 아침 일찍부터 나온 시민 중 일부는 기다림을 참지 못하고 칭얼대기 시작했다. '만민의 탑'을 중심으로 광장을 동서로 나누어 동쪽에는 화형대가 설치되었고, 서쪽에는 꽤 높은 계단을 만들어 멀리서도 관측 가능한 교수대가 설치되었다. 누가 보더라도 크고 화려한 처형식이었다. 이단의 그림자를 감추기 위해 사회적 불안을 잠재우기 위해 권력자들이 얼마나 정성을 들였는지를 쉽게 유추할 수 있었다. 처형 시간은 정오를 넘겨 더 이상 지체할 수 없었다. 렉투르의 안위를 생각하더라도 혹은 빈린으로 규정한 세력의 진압으로 포장하더라도 하루 종일 이따위 말도 안 되는 행위로 시간을 소비하기에는 도리어 다른 불안을 야기할 수도 있었다. 렉투르의 치안 경비병들과 사후에 일어날 소요를 대비한 영주의 기사들까지 광장의 요소에 배치되어 있었다. 친히 렉투르의 추기경이 친위병들의 호위를 받으며 광장으로 들어서고 있었다. 삼엄한 친위 경비들은 검과 창으로 무장하고 추기경의 마차 앞에서 말에 탄 채 위엄을 보였다. 긴 행렬이었다. 마치 교황의 무장 행렬보다 위엄이 있어 보였고, 리슐리외가 지방을 순회할 때 맞닥뜨린 시민들이 기겁하며 땅에 머리를 처박고 움직이지 못할 정도의 위엄이었다. 추기경이 지방 도시마다 교회를 아우르고 있지는 않았다. 추기경이 상주하거나 오랫동안 지방에 나가 돌아오지 않는 경우는 예외라고 할 수 있었다. 렉투르는 그런 도시였다. 추기경은 도토리나무로 만든 물잔에 포도주를 담아 입술을 적실 정도로 홀짝거리며 태연하게 전용 마차에 앉아 밖을 내다보았다. 여름 모기떼처럼 웅성거리는 소리가 귀를 시끄럽게 했고 신경을 거슬리게 했다. 그리스도의 은총을 한 바가지 내려주어도 전혀 동화되지 않고 복음을 이해조차 할 수 없을 벌레만도 못한 인간들이 왜 그리도 시끄럽기만 한 것인지 성가심에 눈썹이 치켜세워졌다. 하지만 오늘은 그런 날이 아니었다. 수많은 이교도와 이단들 앞에서 혹은 영혼이 오염된 자들 앞에서 자신의 몸에서 뿜어져 나오는 성광을 보여주어야 했다. 그 럴수록 태연해야 했고, 죄수들에게 단호한 모습을 갖추어 야 했다. 교수대의 제단 앞에 마차가 도착하자 추기경의 마차에 휘장이 걷히고 문이 열리자 추기경의 부속 집사가 말에서 내려 계단을 마련해 주었다. 한참 동안 마차 안에서 거추장스러운 옷을 추스른 추기경이 의연하게 계단을 밟고 내려왔다. 이제 추기경은 교수대의 계단을 올라가 마치 교회의 중앙제단에서 행하는 주님의 떡과 포도주로 '성변화(transubstantiation)'를 집례하는 사제가 아니라 죄수의 살과 피로 대신하는 참혹한 집례자의 축사를 할 예정이다. 추기경이 올라가는 교수대의 계단은 그렇게 성변화의 제단이 아니라 살육의 제단인 것이었다. 크로캉은 수많은 사람 속에서 행렬을 비집고 앞으로 나아갔다. 자신이 우유부단한 것인지 자신이 죄를 지은 것인지 도대체 설명할 수 없었고 경험하지 못한 현실에 전혀 대처 능력도 없는 자신이 어떤 선택을 해야 하는지도 답답하기만 했다. 팔과 다리가 떨려 서있기도 불편했으며, 머릿속은 멍해 온통 벌레 소리만 요란했다. 드디어 긴 나팔 소리와 함께 교수대를 앞뒤로 빼곡하게 둘러싸 도열한 경비병들 앞에 추기경이 우뚝 섰다. 성광은 전혀 없었고 늙은 남자만이 보였다. 그의 입에서 나오는 소리는 주님의 말씀 그리고 성경에 견주어 쓸모없는 교회의 찬양과 자신의 허황된 찬사만으로 가득했다. 군중 속에서 키득대는 웃음과 비아냥거리는 말소리가 알아채지 못하게 흘러나온다는 것을 당연히 추기경은 알지 못했다. 시민들은 단순했다. 시민들은 그냥 일상의 재미가 필요할 뿐이었다. 추기경이 아우구스티누스와 야자수 잎을 들고 있는 성 토마스와 교황 인노센트 3세가 주님의 복음을 전하는 축복을 대신 전하려 입을 떼자 저 멀리 마치 진짜 성인이 나타난 것처럼 군중들 사이에서 붉은 사제복을 입은 남자가 나타났다. '만민의 탑' 그림자가 완전히 정오를 넘어섰을 때였다.

21

밀고는 아주 단순하게 이루어졌다. 밀고자는 그냥 이웃이었다. 마흔이 넘은 흔한 농민이었고 그 남자에게도 자녀와 아내가 있었다. 그도 영주의 소작농이긴 했지만 영주에게 아첨하고 영주의 장원에서는 아마도 그 누구도 그를 비하하지 못했다. 그는 소작농을 대표했고 소작농들 전체를 관리하는 위치에 있었다. 영주는 그를 신임하기보다는 그런 그가 밉지 않았다. 어차피 종속적인 관계에서 아첨하는 그가 필요했을 뿐이다. 소작료를 다소 경감해 주는 특권을 그에게 부여했으며, 그에 따라 그의 충성은 불가피해 보였다. 영주의 장원을 자유롭게 돌아다니고 영주를 알현하는 특권이 주어졌으므로 영주의 성내에서는 기사 아래에 위치했으니 그만하면 그도 렉투르에서는 날고 기는 수단을 가진 자였다.

수사 혹은 신부로 불리는 보두엥은 미사를 이어갔다. 해마다 늘어나는 신자들의 수는 얼마나 교회가 황폐해졌는지를 알 수 있게 했고, 교회의 개혁을 바라는 갈망이 목전에 차올랐는지도 깨닫게 했다. 세례 요한의 축제에서 겨우 빠져나온 것도 사실은 렉투르 시민 중에서 알게 모르게 보두엥에게 도움을 준 사람들이 많은 까닭이었다. 보두엥은 늘 생각에 잠겨있었다. 나바르의 앙리 4세가 왕권을 회복한 후로 위그노의 종교 자유가 눈앞에 보이는 듯했다. 1598년 낭트 칙령이 발표되고 모든 위그노의 예배 자유와 공직의 자유가 보장되었지만 지금 현실은 그렇지 못했다. 교회 개혁은 여전히 안갯속이었고, 위그노의 예배는 쫓기

고 있었다. 자신도 과격분자로 낙인찍혀 렉투르에서 안전이
보장되지 않고 있었다. 순수하고 열망에 찬 신사들을 네리
고 주님의 복음조차 마음 놓고 말하기에도 위험한 세상이
었다. 세례 요한의 축제가 끝나고 다가온 일요일이었다. 렉
투르 외곽에 자리한 믿을 만한 농가에서 저녁 예배를 보
러 백여 명의 신자들이 모였다. 늙은이도 있었고 어린아이
들도 있었고 톨로사에서 온 보좌 수사도 있었다. 농가를 빌
려준 자신은 대대로 위그노라고 말하는 신심이 강렬한 남
자였고, 자작농이었지만 보두엥도 그도 그 농가가 영주의
장원에서 멀지 않다는 위험을 그리 심각하게 인지하지 않
았다. 이제 영주의 아첨쟁이라고 대놓고 말할 그 소작농
의 눈에 일몰이 지고 난 후, 마흔이 넘어 지평선에 오고 가
는 실루엣이 눈에 띌 정도의 시력을 지닌─ 재수 없게 눈에
띈 것도 어쩌면 신의 계획이었을까? 그리고 그것은 신이 계
획한 순교였을까? ─ 아첨쟁이의 호기심에서 시작된 밀고
는 아주 재빨랐다. 신발이 벗겨지도록 영주에게 달려간 아
첨쟁이는 자신의 뛰어난 눈으로 본 것을 상세하게 이야기
했고, 영주는 사태를 직감했다. 아첨쟁이에게 사후 보상을
약속한 영주는 곧 추기경과 참사관 그리고 법원 서기에게
이를 알리는 파발을 보내고 자신은 무장한 병사들과 함께
아첨쟁이를 앞세워 농가를 멀리서 포위했다. 위그노의 미

사는 농가의 헛간에서 진행되었고 말먹이 통을 중앙에 단상으로 둔 헛간에는 그 흔한 십자가상도 없었다. 그리 인상적인 미사 광경은 아니었다. 보두엥은 말했다.

"주여! 보소서! 우리에겐 아직 어둠만이 가득합니다. 이 좁은 거처에서 우리는 주님만을 찾나이다. 나약한 우리는 이집트 병사와 같은 그들을 두려워하여 밤에 헛간과 동굴과 인적 없는 장소에 모여 은밀한 예배를 드리고 있습니다. 주여! 저는 렉투르에 라 페리에(la ferriere)의 가정에 최초의 교회— 프랑스 파리에 세워진 최초의 위그노 교회 —가 세워진 것처럼 두려움 없는 거처를 마련하고자 합니다. 주여! 이 목마른 자들을 보소서! 이마저도 주님의 자녀들인데 우리는 어찌 주님에게 대한 미련을 버리지 못하여 슬픔에 싸여 도망 다니고만 있습니다. 이제 저도 '장 르 마송(jean le macon)— 라 페리에의 위그노 최초의 목사 —'과 같은 렉투르의 선지자가 되려 합니다. 같은 해에 모(meaux), 와 앙제(angers), 루동(loudon), 프와티에(poitiers), 아베르(arveit), 디에프(dieppe), 투르(tours)에 세워진 교회처럼 렉투르의 교회가 주님 앞에 세워져 필립 아구스트(philppe auguste)의 성벽에서 학살된 1572년의 순교— 바르톨로메오 축일의 학살에서 일부의 위그노들이 세느 강 쪽으로 탈출하려 했으나 그곳 필립 아구스트의 성벽에서 많은 학살이 일어남 —를 기억하려 합니다. 이제 우리는 단단한 하나로 모여 영원히 주님의 참뜻을 읽고 생각하며 말할 것입니다. 아무 두려움 없는 세상이 누구나 평등한 세상이 교회가 영혼을 짓누르지 않는 세상이 왔다는 것을 말하려 합니다. 아이와 어른이 공평하고 남자와 여자가 공평하여 제가 주님의 말씀을 이들에게 대신 가르치려 합니다. 오늘 미사는 그리하여…."

보두엥이 함께 머리를 조아리고 있는 백여 명의 사마리 아인들에게 다음 말을 전하려 할 때였다. 헛간 입구에서 미사 내내 초조하게 망을 보던 한 남자가 다급하게 보두엥에게 달려와서 기도하는 두 손을 낚아채며 말했다.

"사람들이 보입니다. 병사들이 보여요!"

그의 말소리는 심각하게 떨리고 있었다. 아니 떨림이 아니라 공포였다. 그와 동시에 헛간 입구에 횃불이 던져졌고 불길이 타올랐다. 말먹이 짚과 나무로 만든 연장들이 가득한 헛간은 한순간에 아수라장이 되었다. 그 정도면 보두엥이라도 다급할 만했지만, 그는 달랐다. 보두엥은 농가의 주인을 불러 입구의 반대편을 가리키며 말했다.

"빨리 벽을 허무시오! 그리고 아이들부터 빼내야 합니다."

다시 말했다.

"입구로 가지 말고 반대편으로 모이시오! 짚단을 입구로 던져버려요. 그들이 들어오지 못하게 더 센 불길로 막아버려야 합니다."

그의 목소리는 쩌렁쩌렁 울렸다. 보두엥으로 인해 다급한 사람들은 안정을 찾았다. 기도하는 사람. 자신의 안위를 두려워하지 않고 쇠스랑이나 곡괭이를 들고 불타오르는 문 앞에 보초를 선 사람. 손에 잡히는 온갖 연장들로 벽을 부수는 사람. 다양한 광경이 헛간 안에서 이루어지고 있었다. 이마저도 주님의 뜻이었을까? 어쨌든 그리 두텁지 않은 시골 농가의 헛간은 어렵지 않게 부서져 성인 남자도 충분히 빠져나갈 구멍이 생겼다. 아이를 포함한 동작이 민첩하지 않은 부녀자가 먼저 빠져나갔고, 부녀자 중에서도 건강한 여자들은 남은 아이들을 찾아 품에 안았다. 입구의 불길은 치솟았고 힘없이 퍽 하는 소리와 함께 문이 무너져 내렸다. 불꽃이 튀어 올라 헛간 깊은 곳까지 날아오자 보두엥도 남은 사람도 더 이상 지체할 시간이 없었다. 헛간 반대편은 멀지 않은 곳에 낮은 강둑으로 연결된 수로였고, 수로를 넘으면 곧 숲으로 들어갈 수 있었다. 여름이었다. 풀들이 싱그러운 계절이라 몸을 엎드리면 어깨도 숨길 수 있는 높이였다. 어둠이었고 동작만 빠르다면 충분히 탈출할 수 있었다.

"뒤쪽 수로로 도망간다!"

수풀 속에 기어 다니던 새들이 날아올랐고 컹컹거리던

개들이 몸을 돌려 눈에서 불이 떨어졌다.

"벽을 부수고 숲으로 도망가고 있다!"

카랑카랑한 목소리. 안달 난 목소리였다. 핏대가 끊어질 정도로 마구 외쳐대는 소리는 아첨쟁이의 절규였다. 빌어먹을 놈. 영주의 개들보다 못한 짐승이었다. 수백 개의 횃불이 어둠 속에서 이리저리 일렁거리더니 단숨에 횃불들은 헛간 뒤로 난 수로 쪽으로 일제히 달려갔다. 미처 헛간을 빠져나오지 못한 몇 명의 사람들이 불에 타죽어 지르는 비명이 들렸다. 그 비명 속에서도 병사들은 몇 개의 횃불을 헛간 안으로 계속 집어 던졌고 불씨가 바람에 날려 농가에도 불이 붙었다. 타닥타닥거리며 타들어 가는 소리는 연옥의 풍경을 보여주었다. 어느새 나무 들보가 무너져 내렸고 그 속에서 몸서리치며 불길 속을 고통스럽게 뛰어다니는 벌건 사람들이 보였다. 남자도 있었고, 여자도 있었다.

22

크로캉의 누이 아미엘이 어떻게 세례 요한의 축제 행렬에 참석했으며, 렉투르의 농가에서 복음을 받고자 무릎을 뚫고 보두엥을 따랐는지는 알 수 없었다. 아마도 17세의 어린 여자에게도 살아갈 목적이 필요했고, 세상의 불편함이 눈에 보였을 것이다. 누구를 탓할 수 있을까? 알 수 없는 일들로 가득해 보이는 어린 여자의 눈에 알 수 없는 일들을 해결할 수 있는 구체적인 가능성이 보였다면? 바로 그것이 주님의 복음이었다면? 그것은 누이를 돌보지 못한 크로캉의 잘못이 아니다. 세상은 그런 것이다. 크로캉처럼 누군가는 조용히 자신의 삶을 살면 되는 것이다. 그 삶이 빈곤하든 화려하든 그것은 자신이 마음먹기에 달린 것이다. 크로캉은 자신의 삶이 빈곤했지만 빈곤하다고 생각하지 않았다. 집이 있었고 가족이 있었기 때문이다. 소작세를 제하고도 긴 겨울을 이겨낼 수 있는 곡식이 있었으며, 겨울 한동안은 렉투르의 모직 공장이나 시장이나 좁은 골목을 돌아다니며 오물 치우는 일을 하며 받는 돈으로 일상을 유지할 수 있었다. 지게를 지고 골목의 벽을 부딪치지 않고 다니는 기술을 획득했으며, 가끔 마주치는 귀족들이나 먼 지방의 상인들이 행차하는 모습은 그에게 진귀한 풍경이었다. 그때는 꼭 행렬의 맨 앞에 울긋불긋하게 치장을 한 옷을 입은 광대들이 행렬의 분위기를 띄웠다. 귀족이나 큰 상인들은 행렬의 앞에 얼마나 많은 광대로 자신의 위엄을 세우느냐가 중요한 덕목이었다. 광대들도 마찬가지였다. 귀족의 행차나 먼 지방에서 오는 상인들의 행차- 특히 에스 파냐, 이탈리아, 이슬람에서 오는 싱인 -는 유독 더 했다. 광대들은 그 행차를 미리 알고 있었다. 광대들에게도 아주 중요한 돈벌이의 수단이었으므로 서로 달려가 자청했다. 광대를 두는 이유는 즐거움이었다. 시민들에게 즐거움을 전해주며 권력자들은 자신들의 존재를 뽐냈다. 딱히 새로 운 일상을 가지지 못하는, 아니 가지면 안 되는- 사회 안 정과 권력에 대한 도전의 충동을 느끼지 못하게 하는 - 시 민들에게 광대란 존재는 하나의 안락함을 대신해 주는 충 분한 이유였다. 또한, 그 안락함도 권력자들만이 줄 수 있 는 유일한 특권임을 가르쳐주는 행위였다. 광대를 두는 또 다른 이유는 공포였다. 모든 사람이 광대를 보고 즐거워 하지는 않았다. 특히 심성이 약한 사람들에게는 해괴망측 한 복장과 행동만으로 이상함과 함께 위협적으로 다가왔 다. 그것은 은연중에 광대가 곧 권력임을 광대를 부리는 권 력자의 공포를 광대가 대신하여 심어주는 것이었다. 일부 는 광대에게 공포증을 가지기도 했으니 광대만 보고도 소 름과 오한이 생기기도 했다. 그러나 광대들은 달랐다. 돈벌 이였다. 광대들은 사람들에게 기쁨을 주기 위해 얼굴에 미 소를 띠었다. 불편하게 큰 신발을 신고 불편한 동작을 참 으며 쓰러지지 않으려 애썼다. 대부분 광대의 얼굴은 비틀어져 있었고, 무슨 생각을 하고 있는지 알 수 없었다. 과장된 몸짓으로 아이들에게는 괴물과 기형으로 보였다. 생소함과 혼란. 가끔 기겁을 하고 달아나는 아이들을 보며 광대 자신들도 무언가 잘못되어간다고 느꼈다. 광대들을 부리는 권력자들도 광대를 반사회적인 무리로 보고 있었다. 한 번은 리옹에서 광대를 보고 놀라 기절을 한 아이의 부모가 광대에게 칼부림을 한 사건이 발생되었다. 아이의 부모는 리옹의 속관(교회를 관리하는 자)이자 알아주는 보석상이었다. 우연찮게 광대 무리를 본 속관의 아들은 입에 거품을 물고 늘어졌는데, 반 시진 이상을 그 상태로 발작을 일으켰다. 속관은 광대가 아이를 위협했다고 관청에 고소했지만 사실은 아이는 발작중이었다. 결국은 광대는 위협과 납치 미수의 반사회적인 행위로 판결을 받고 도르래에 목이 묶여 처형되었다. 광대는 자신의 역할을 너무나 충분히 이행한 것이 자신의 목숨을 앗아가고 말았다. 크로캉은 그런 광대를 바라보며 자신이 광대의 삶을 살지 않는 것만으로 충분히 행복했다. 크로캉의 일상은 그렇게 행복했고 편안했다. 이른 새벽에 일어나 자신이 가꾸어야 할 들판을 바라보며 풍요로움을 느꼈고 해거름의 저녁에는 멀리 어머니와 누이 아미엘의 온기가 살아있는 집을 바라보며 신에게 감사했다. 어디서부터 잘못되었는지 알 수 없었다. 도대체 무슨 일로 이 지옥 같은 현실을 자신이 마주하는지 알수 없었다. 이단, 이교도. 그들은 누구일까? 순진한 누이를 꾀어 간 그들은 누구일까? 광대와 같은 사람들일까? 크로캉의 생각이 거기에 미치자 목에서 불같은 것이 올라왔고 침이 말랐다. 해진 옷과 분명 고문의 흔적이 역력한 팔과 다리. 축 늘어져 간신히 걸음을 옮기는 아미엘을 보고 있노라니 당장에라도 군중 속을 뚫고 달려나가 누이를 구출하고 싶었다. 사실은 다른 선택이 없는 크로캉은 미력하지만 무작정 아미엘 쪽으로 걸음을 옮기며 경비병들 사이에서 아미엘을 구출할 생각을 하고 있었다. 크로캉의 머릿속에는 단순한 생각밖에 없었다. 어떤 방법도 구체적인 계획도 세울 수 없는 크로캉이었다. 죄수들의 행렬은 느릿느릿 교수대로 향하고 있었다. 이미 동쪽 화형대에는 다섯 명의 죄수가 묶여있었다. 장작더미에는 기름 냄새와 황 냄새가 역하게 코를 찌르며 온통 광장을 가득 채우고 있었다. 유대인으로 북쪽에서 마녀를 끌고 온 마녀의 부활을 도왔다는 죄목이었다. 렉투르의 들판에서 한밤중에 불을 피우고 춤을 췄다는 행위는 유대인이 아니라도 집시들이 즐겨하는 행위였다. 군중 속을 조금씩 빠져나온 크로캉은 죄수의 행렬 맨 마지막에 목에 밧줄이 묶여 걸어가는 아미엘을 향하여 다가갔다. 이제 빠른 걸음으로 달려나가 품에 감춘

단검으로 줄을 자르고 아미엘을 안은 채 한바탕 소동을 일
으킨 후에 빠져나오면 될 것 같았다. 달리는 데에는 자신
이 있었다. 그리고 민첩한 동작과 한두 명의 경비병을 때려
눕힐 자신도 있었다. 그리고 모든 사람이 처형을 원하지는
않을 것이라는 수많은 렉투르의 시민 중에는 자신과 누이
를 동정해 줄 것이라는 기대도 가지고 있었다. 추기경은 재
단 아래 렉투르의 시민들을 바라보며 헛기침을 했다. 시민
들이 일제히 추기경을 응시하는 틈을 타 크로캉은 경비병
을 뚫고 아미엘에게 다가가려 했다. 군중을 빠져나온 크로
캉이 막 뛰어나가려 하자 억세고 완력 있는 손길이 크로캉
의 허리춤을 잡았다. 그리고 묵직하고 낮은 목소리가 크로
캉의 귀에 대고 말했다.

"저길 보시오! 재단 아래 붉은 신부를"

23

"존경하는 교회의 주인이신 추기경 폐하! 오늘 여기 광장
에는 수많은 사람이 모여있습니다. 그들 중에는 렉투르의
모든 사람들 발이 다치지 않도록 감싸준 신발을 만든 신발

공이 있습니다. 그들 중에는 재단사도 있습니다. 어느 도시에나 있는 재단사시만 렉투르의 재단사는 특별히 추기경 폐하의 옷도 제가 입은 붉은 미사 옷도 각별하게 재단하였을 겁니다. 그들뿐이겠습니까? 목수도 있으며 직공도 있고 저기 대장장이도 있습니다. 아! 닭 백정도 있군요! 그가 없다면 추기경 폐하의 식탁에 아마 고기는 없을 것입니다. 통메장이는 어떻고요. 통메장이가 없다면 추기경 폐하의 피곤한 몸을 담글 목욕통은 누가 만드나요? 렉투르에 고귀하신 백작님과 여러 귀족들. 그리고 교회와 관리만이 있는 것은 아닙니다. 지붕 수리공이 있고 빵 만드는 자가 있으며 운하를 오고 가는 선원이 있으며 타작꾼과 덫을 놓는 사람들도 있습니다. 이들이 없다면 과연 렉투르의 시민 중 누가 남겠습니까? 추기경 폐하께서 친히 오물을 치우고 식탁을 닦을 것이며 밤의 경비를 자청하시겠나이까? 아닙니다. 주님은 갈릴리 해변에서 바울에게 말씀하시며 세상에 모든 자들은 행할 일이 있다 하셨나이다. 그런데 오늘 교회는 이 모든 사람을 하나의 영혼으로 보지 않았나이다. 누군가는 권력을 다투기 위해 모였고, 누군가는 권력에 조아리기 위해 모였고, 누군가는 권력에 희생되기 위해 모였나이다. 그들 각자가 신발을 만들고 재단을 하고 빵을 굽는 데, 심지어 닭의 목을 비틀어 죽이는 데 그리 큰 권력이 필요하진 않습니다."

보두엥의 목소리는 심하게 갈라져 있었다. 이미 며칠 밤을 한숨도 자지 않고 지샌 탓에 그의 근력은 몸에서 모두 빠져나가고 없었다. 보두엥은 불타오르는 농가를 바라보던 그때 이미 삶의 목적과 신에 대한 희망을 포기하였다. 서른 명이 붙잡혔고 스무 명이 들판에서 죽었다. 잔인하게 죽어가는 사람들의 비명을 들으며 가까스로 아이들을 옆구리에 끼고 강둑과 수로와 들판의 나뭇가지에 몸을 찔리며 숲으로 달렸다.

"오늘 우리는 주님의 말씀을 들어보아야 합니다. 귀를 열고 스스로의 눈으로 내 앞을 직시하여야 합니다. 주님은 형제자매라고 말씀하셨습니다. 과연 그분의 말씀대로 이 모든 사람들이 형제자매인지를 깨달아야 합니다. 누가 형제자매를 죽이라 명령하며 누가 형제자매를 태연하게 속박하여 그 살과 몸에 불 질러라 명령하였습니까? 그럴 권한이 우리에게 주어졌나요? 우리는 아무런 권한이 없습니다. 권한이란 무엇입니까? 그것은 권리가 아니라 의무입니다. 권리는 법에 의하여 집행되어야 합니다. 법에 의하여 집행되지 아니한 권리는 범죄입니다. 더구나 권한을 부여받은 자들이 행하는 그릇된 권리는 범죄를 넘어 사악한 악이 될 것입니다. 또한, 그 범죄가 주님을 팔아 이루어진다면 더더구나 씻을 수 없는 치욕과 거짓된 십자가의 그림자만이 렉투르를 지배할 것입니다. 주님이 바라시는 단 하나입니다. 주님이 부활로서 보여주시고자 한 아름다운 성령이 이 땅을 지배하는 것입니다. 평범하게 새벽의 풀포기에 이슬이 맺히고 작은 미물들이 이슬을 주의 피인 양 받아마신다면 들판의 화려한 꽃들이 간지러움에 화답합니다. 우리는 어떤가요? 고단한 하루일지라도 가족이 있다면 행복하지 않을까요? 하루를 가족과 함께 시작하고 하루를 가족과 함께 끝마치는 평범한 일상이 어떻게 이리 어려운가요? 또 하나 말씀드리자면 추기경 폐하! 폐하께서는 친히 교회의 문을 닫아 어둡게 하셨나이다. 교회의 제대 앞에 엎드리는 일을⋯."

충격적인 발언이었다. 보두엥은 자신의 발언이 미칠 파장을 충분히 알고 있었다. 광장을 동서로 나눠 도열해 있던 경비들이 술렁이며 간격을 좁히기 시작했고, 군중 사이에 숨어있던 비밀스러운 치안관과 그의 부하들이 움직이기 시작했다. 치안관은 렉투르의 경비를 담당하는 장교였으며 그의 휘하에 수백 명의 병사가 딸려있었는데, 특히 외곽 경비보다 시내의 치안 업무를 따로 담당하는 병사들은 군복을 벗고 적은 수로도 렉투르의 좁은 골목을 휘저으며 시민들의 동태를 파악하고 다녔다.

"단지 평범한 기도를 원했으며 렉투르의 시민으로서 당연하게 봉사할 의무를 원했으며 일원이 되기를 원했나이다. 그뿐입니다. 주님의 성경을 해독하는 데 뭐 그리 대단한 능력이 필요하겠나이까? 그 두껍고 어려운 성경책 속 주님의 말씀은 단 하나 '나의 가르침대로 착하게 살아라.' 그것뿐입니다. 교회는 이제 교회의 권력을 유지하기 위해 이 모든 주님의 말씀을 버리고 주님의 자녀들을 속박하기에 이르렀나이다. 주님의 자녀를 일렬로 세우고 교회의 테두리 내에 넣어 지배당하는 자와 그렇지 아니한 자로 양분했나이다. 교회의 지배를 따르는 자들은 온전히 교회에 자신의 영혼과 재산을 팔고 보호를 약속받았으며, 그렇지 아니한 자들은 위험에 내몰려 오늘 이렇게 죄수가 되었나이다. 정말 보호받아야…."

보두엥의 목에 마지막 핏발이 서고 그의 목소리가 천둥처럼 들리는 것과 때를 같이하며 어디선가 "반역자를 잡아라!"라는 외침 소리가 들렸고, 추기경의 손에 들린 황금색의 십자가가 하늘 높이 치켜세워졌다. 크로캉의 옆에 서있던 회색 후드를 쓴 남자는 어느새 붉은 신부를 향해 달려나가며 이렇게 말했다.

"당신이 누군가를 구하고 싶다면 지금이 최선의 시간입니다."

그는 심장 가까운 곳에서 날이 선 짧은 칼을 꺼냈고 그
칼을 크로캉의 손에 쥐여주었다.

"누군지 모르겠지만, 이 칼로 그의 목에 있는 밧줄을 잘
라주시오!"

민트향인지 아니면 복숭아꽃에서 나는 그런 달콤한 냄
새가 그의 옷에서 풍겨 왔다. 도저히 이해 가지 않는 순간
이었다. 이 살벌한 장소에서 박하향과 같은 냄새를 풍기는
사람이라니 정말 믿기지 않는 정체를 숨긴 사람이었다. 얼
마나 낭만적이며 지적인 사람인가? 그의 냄새에 찰나의 방
황을 하고 있는 사이에 군중의 소요는 생각보다 심각해졌
고, 설상가상으로 혹시나 자신에게 해가 돌아올지도 모른
다고 생각한 시민들이 광장을 벗어나려 방장형으로 펼쳐진
골목 속으로 숨는 바람에 경비병들과 대치하는 소동이 벌
어졌다. 놀란 말들이 앞발을 들어 흥분하자 말발굽 편자
에 채인 몇몇 사람들이 얼굴과 가슴을 움켜쥐고 땅바닥에
나뒹굴며 울부짖었고, 일부는 욕을 하며 악다구니를 했다.
하늘 높이 펑펑 쏘아 올라가는 화약 놀이는 광장을 벗어난
골목들과 광장에서 얼마 떨어지지 않은 시장 입구에서 상
황을 알 리 없는 일부의 광대들과 부랑자 사이에서 신나게
이뤄지고 있었다. 그것은 축제와 같았다. 희극과 비극이 교
차하는 너무도 아름다운 서사라고 할 수 있었다. 뒤엉켜버

린 사람들로 광장은 마치 연옥 같아 보였다. 여기저기에서 나팔 소리가 울려 퍼졌고 차가운 검과 창이 바닥에 끌리는 소리가 들렸으며, 어린아이의 이름을 애타게 부르는 어머니들의 목소리가 그사이로 터져 나왔다. 교수대 제일 높은 곳에서는 검은 가죽옷을 입고 눈만 드러낸 얼굴에 고깔과 비슷한 모자를 쓴 사형 집행인이 세 명의 조수를 거느리고 어쩔 줄 몰라 하며 이 상황에 허둥대고 있었다. 참관인들인 추기경과 참사관 그리고 지방 영주인 백작은 참사관과 영주가 서로 얼굴을 마주 보며 추기경의 안색을 살피는 사이 추기경의 노한 얼굴에 볼이 실룩대며 입꼬리는 쳐졌고 눈썹은 하늘로 향했다. 추기경의 진홍색 복장은 멀리서도 눈에 띄는 옷이었다. 설사 흐린 날의 행렬에도 그 진홍색 복장만은 온통 하늘에서 내려온 천사처럼 아름다운 위엄을 보이기에 충분해 보였다.

"이러고서야 어디 주님에게 큰 경의를 보인다고 말할 수 있겠소! 저 미친 신부인지 도적인지 모를 놈이 감히 내 앞에서 주님을 앞세워 교회를 헐뜯고 내게 모욕을 주다니 이번 주 강론을 어떻게 마쳐야 할지 심히 걱정이오!"

추기경은 얼굴을 찌푸리며 마차로 몸을 숨겼다.

"오늘 해야 할 일을 미루지 마시오! 저 이단자들의 목에 틀림없이 밧줄을 걸고 렉투르의 모든 자녀에게 악을 심은 악마의 무리는 화하여 멸하시오!"

지엄한 주기경의 한마디가 그들에게 비수처럼 날아와 꽂혔다. 추기경은 마차 안에서 렉투르의 삼엄한 경비들에게 둘러싸여 밖을 내다보며 큰 소리로 재판의 판결을 읽어 내려갔다.

"나는 오늘 렉투르의 선한 자들과 교회를 보호하기 위해 판결을 하노라! 주님은 이미 나의 판결에 응답하셨으며, 교회를 사악하게 하려 의도하는 악의 행위를 응징하라 말씀하셨노라! 보아라 너희들은 굳건한 결속으로 맺어온 자녀들이 오늘 의도하지 않은 광의의 소요로 소중한 믿음이 훼손되는 광경을 목도하였느니라. 이제 예외는 없다. 그동안 베풀어온 믿음과 질서에 반한 악의 세력들은 모두 화형과 교수형에 처하는 것이 마땅한지라…."

그때였다. 추기경의 마차 가까이로 젊은 청년이 삼엄한 경비를 밀치고 뛰어나오며 외쳤다.

"주님의 판결이 과연 무엇입니까? 주님은 어떤 판결을 내리셨습니까? 그 판결을 주님의 판결이라고 말하는 근거는 무엇이오!"

청년은 경비에 막혔지만 그의 목소리는 또렷했다.

"나는 렉투르의 농사짓는 사람이오! 내가 교회에 반한 적이 없거늘 어찌하여 교회는 나의 누이를 짐승처럼 묶어 교수대에 세워 욕보이려 합니까? 주님의 아들이 아주 오래 전의 세상에 나와 구원을 선포하셨을 때 이단과 마녀를 구분하신 적이 계셨다면 말해 보시오! 오늘 화를 당할 자들과 교수를 당할 자들이 과연 주님의 복음에 어떤 잘못을 행하였는지 상세하게 말해 보시오!"

크로캉은 당당했다. 어쩌면 한 남자의 민트향이 크로캉을 잠에서 일깨웠는지 모를 일이었다. 보두엥의 목소리가 바람을 타고 크로캉의 목젖을 건드렸을까? 아니라면 보두엥의 이념과 사상이 공기 속에 전파되어 크로캉의 뇌를 건드린 것일까? 알 수 없는 일이었다. 크로캉 자신 또한 어떤 믿음과 용기가 한순간에 생겨났는지 이해되지 않았다. 진홍색이 원인이었을까? 추기경이 선하다고 믿어지지 않는 순간 추기경의 진홍색 옷이 눈에 띈 시각적 탓이었을까? 크로캉은 추기경의 얼토당토않은 판결이 들리자 조금 더 자세히 말하면 추기경의 기분 나쁜 목소리가 들리자 평소에 인정해 줄 경의와 감동. 믿음은 고사하고 증오가 가슴 속에서 터져 나와버렸다.

"어이없는 판결을 취소해 주시기 바랍니다. 저는 아직 제 누이의 잘못을 알지 못합니다. 면회를 수없이 요청했지만 이루어지지 않았습니다. 변론의 기회를 가졌는지도 의문입니다. 판결은 누구나 이해할 수 있는 공정한 과정을 거쳐야 하며 설사 잘못이 드러나더라도 목숨을 거둘 만큼 죄가 있는지도 의문입니다. 어쩌면 이 판결이 무차별적 증오에서 이루어지는지도 생각해 보아야 합니다. 한 번의 성급한 판단으로 인해 하나의 목숨들이 되돌아올 수 없는 길을 간다면 그것은 추기경님께서도 주님에게 죄를 짓는 꼴이 아니겠습니까? 이 또한 어떻게 감당하실 수 있겠습니까?"

크로캉의 의지는 매우 성실하여 제 누이를 위한 변론에 영주와 참사관은 기가 막혀 말문을 닫을 수밖에 없었다. 멀리서 이 광경을 지켜보던 보두엥은 예상치 못한 상황에 주변의 측근들과 경비들이 엉킨 소란 속에서도 크로캉을 보려 발돋움했다. 농가의 미사 후에 겨우 탈출한 보두엥은 남은 측근들과 결탁하여 목숨을 걸고 이날의 교수를 소요로 무산시키고 탈출을 도우려 하고 있었다. 아주 미련한 짓이었지만 보두엥이라면 충분히 선택할 상황이었고, 그의 성격은 앞뒤를 가리지 않는 다소 과격한 면이 없지 않았다. 어쨌든 느닷없는 크로캉의 등장은 보두엥에게도 충격으로 다가왔다. 크로캉은 또렷한 목소리로 남은 말을 계속 이어가려 했다. 하지만 이내 경비의 제지에 말이 막혔고 크로캉의 목에도 거친 매듭이 진 밧줄이 걸렸다. 그리고 크로캉의 어깨를 짓누르는 발길이 느껴지자 욱신거리는 통증과 함께 말안장 위에서 내려다보는 영주의 눈빛이 보였다. 여전히 크로캉을 제외한 소요는 시끄럽게 진행 중이었다. 경비들은 닥치는 대로 시민들을 채찍으로 내려쳐 바닥에 꿇어 앉게 애를 쓰고 있었다. 재수 없는 연약한 여자들은 옷이 찢어질 정도로 휘두른 채찍에 맞아야 했다. 조금씩 시민들은 왜 이런 대우를 받아야 하는지 각자 의문이 생겼다. 단지 일상의 환희를 느끼고 싶었을 뿐이었다. 누가 죽던지 그것은 알고 싶지 않았다. 누군가의 목이 교수대에 매달리는 순간의 고요와 그의 몸이 살고자 마지막 몸부림을 치는 진동에서 느껴지는 짜릿한 전율을 그냥 느끼고 싶었을 뿐이었다. 또 황 냄새가 진동하는 속에 타들어 가는 사람의 살 냄새가 짐승의 가죽을 벗기고 살을 태울 때 나는 냄새와 별반 다르지 않다는 것을 확인하고 불 속에서 꼼짝없이 내지르는 비명이 얼마만큼 지속되는지에 내기를 거는 재미란 매일 즐길 수 없는 특별한 구경이었다. 그 모든 것에 대한 죄책감은 교회가 판결했으므로 잊어도 되는 것이었다. 딱 그것이었다. 죄책감의 해소였다. 그런데 그 단순한 죄책감의 해소가 자신들에게 채찍으로 다가오는 것이 쉽게 이해되지 않았다. 손으로 얼굴과 머리를 가리고 숨을 곳을 찾아 발버둥 치는 자신들의 꼴이 억울하고 우스워지자 서서히 추기경과 영주에 대한 배신이 싹트고 반감이 생기기 시작했다. 가만히 생각해 보니 붉은 옷을 입은 이상한 신부의 말이 복음처럼 와닿았으며, 저기 저 젊은 청년의 제 누이에 대한 애달픔도 일리 있어 보였다. 특히 어린 자식을 가진 어머니와 노인이 그랬다. 물론 제 자식을 길거리로 내보내 구걸을 시키는 부모도 허다했지만, 대부분 가족에 대한 애정이 있었기 때문이었다. 그 와중에 우는 여자들은 하루 종일 남자의 성 노리개와 끊임없는 집안일의 피곤함에 생각지도 못한 복수심이 심장에서 터져 나와버렸다. 분명 모두 잘못된 일이었다. 아무리 교활해도 추기경은 달랐다. 의연한 목소리로 영주를 제지하며 느긋한 동작으로 명령했다.

"그는 나에게 진심으로 청할 일이 있는가 보오."

열린 마차 문밖으로 반쯤 몸을 내보이며 여전히 오른손에 쥔 황금색 십자가상을 영주에게 향하며 말했다. 그 말 속에는 황급히 깨달은 시민들의 소요가 예상외로 흘러가는 짐작을 눈치채고 있었다. 동시에 참사관이 치안관에게 명령하자 일제히 몇 발의 총성이 하늘로 향했다.

"그렇군. 그대는 누구의 아들이며, 누구의 누이인가?"

크로캉은 목에 밧줄이 걸린 채 불편해하고 있었다.

"주님의 판결을 대신하는 나에게 반목한다는 건 참으로 불온한 일이지만 주님은 늘 말씀하셨지. 단 한 사람의 죄인이라도 그가 온전한 사마리아인으로 돌아올 수 있는 기회는 주라고….”

추기경의 말이 이어지고 덕분에 광장은 안정되었다. 물론 그 안정이 소요가 끝났다는 것을 의미한다고 생각하는 사람은 없었다. 충격이라고 말하는 것이 옳았다. 충격으로 인해 사람들이 움찔하는 그런 순간적인 공황상태였다.

“나는 그대에게 기회를 주고자 하네. 그대의 누이가 참으로 건실한 주님의 자녀라고 판단된다면 당연히 그대의 누이는 주님 앞에 다시 데려가야 할 테지.”

여름이 다가오고 있었다. 정오를 지난 그늘이 없는 광장은 달아오르고 있었고, 추기경은 어이없고 귀찮은 상황들을 빨리 끝내고 안락한 집무실로 돌아가 레몬을 짜서 넣은 시원한 씨트롱 프레세와 스페인 무르시아의 당도 높은 과일로 만든 퓨레가 먹고 싶었다. 생각만으로 입맛이 돌며 머릿속에는 순간 그 생각뿐이었다. 하지만 위엄을 보여야 했다. 벌레 소리같이 윙윙거리며 내지르는 하찮은 것들이지만, 광장의 시민들은 추기경이 감당하고 청소해야 할 쓰레기들이었다. 그 사이에 죄수들은 하나씩 교수대 위로 이동했고, 화형을 당할 유대인 가족들은 나뭇더미 위의 기둥에 묶여있었다. 아직 크로캉의 누이 아미엘의 순서는 다가오지 않아 아미엘은 공포에 찬 눈으로 교수대를 바라보고 있었다. 그런 누이를 보는 크로캉은 분노로 몸이 떨려왔다.

아미엘을 보는 크로캉의 시선을 확인한 추기경이 치안관에게 명령했다.

"저 여인에게 불에 달군 쇳덩이를 쥐게 하라. 그리고 손에 상처가 나지 않는다면 저 여인은 죄가 없도다."

아무런 감정도 없는 건조한 추기경의 목소리가 끝나자 크로캉이 "그렇다면 내가 주님의 뜻에 따라 한 치의 죄가 없는지 당신의 심장에 칼을 꽂아 죽지 않는다면 믿을 수 있겠군."이라며 말하고 추기경에게 비수를 겨누며 달려들었다. 얼마나 크로캉의 의지가 절박하고 다급했던지 크로캉의 목을 밧줄로 걸어 쥐고 있던 영주가 가볍게 말에서 떨어져 바닥에 고꾸라졌다. 어이없게 영주는 그의 운명이 다했다. 수많은 농노를 거느리고 재물과 권력을 휘두르던 영주였지만 그에게도 죽음이란 한순간이었다. 죽음 앞에서 귀한 운명과 하찮은 운명이란 있을 수 없다는 증명이 이루어진 셈이었다. 그대로 바닥에 머리를 처박은 영주는 단말마의 비명도 지르지 못한 채 목이 부러져 버렸다. 크로캉의 의지는 영주와 상관없이 추기경에게로 향했다. 한 번 주춤거렸던 크로캉은 영주의 손에서 밧줄이 풀리자 더 날렵하게 추기경을 향해 작은 칼을 쥔 손에 힘을 주고 마차 계단을 손으로 짚고 몸을 일으켰다. 추기경의 당황한 눈빛과 크로캉의 분노한 눈빛이 교차하는 순간이었다. 다시 시장 입구에는 불꽃이 유쾌한 소리를 내며 하늘로 치솟아 오르고 있었다. 매캐한 기름 냄새가 크로캉의 코끝에 다가왔고, 타닥타닥 나무 타오르는 소리도 귀에 들렸다. 동시에 사람들의 비명과 웅성거리는 소리, 나팔 소리, 쇠붙이 소리가 들렸고, 뒤통수를 가격하는 둔탁한 느낌이 뇌를 흔들자 이내 멍해졌다. 온몸에 힘이 빠지며 어지러움을 느끼자 땅바닥이 꺼지듯 몸이 지하로 빨려 들어가는 기분이었다. 하늘이 보였다. 맑고 밝은 하늘이었다. 구름도 없는 하늘을 본지 꽤 오랜만이었다. 크로캉의 반쯤 감긴 눈 속에서 왜 지금에야 그런 하늘이 보였는지 몽롱해지는 의식 속에서 다급하게 움직이는 몇 개의 그림자가 더 보였고 추기경의 고함 소리와 서너 명의 경비병들이 말에서 떨어지고 여러 명의 또 다른 경비병들이 주위에서 달려오며 마차를 에워 쌓고 붉은 옷이 다른 사람들과 함께 춤추듯 크로캉의 허리를 안았다.

24

렉투르의 사건은 비극이었다. 루브르 궁에 보고된 사항

은 이례적으로 리슐리외의 분노를 촉발시켰다. 리슐리외
도 주기경을 누눈하고 싶었지만 이난을 평정하고자 시도했
던 판결과 더불어 교수형을 시도했던 날, 어이없이 일어난
광장의 소요는 누가 보아도 민중 봉기로밖에 볼 수 없었다.
거기에 지방 영주인 백작은 분노한 한 청년으로 인해 말에
서 떨어져 죽었고 추기경은 팔이 찔리는 상해를 입었으며,
네 명의 경비병들이 중경상을 입었다는 결과는 실로 어마
어마했다. 더구나 수많은 군중이 지켜보는 앞에서 공개적
으로 추기경과 이단의 신부가 토론을 일삼았다는 사실은
충격이었다. 심지어 죄수 중 일부가 소요를 틈타 탈출했는
데, 그 삼엄한 경계 속에서 무려 다섯 명이었다. 거기에 운
이 좋은 아미엘이 있었다. 리슐리외는 즉각 사태를 파악하
고 도망간 죄수들을 다시 잡아들이며 소요가 일어난 렉투
르의 치안을 위해 친위 총사들을 중심으로 새로운 치안 세
력을 보냈다. 리슐리외는 주동자의 면면이 궁금했다. 주동
자들을 색출하여 잡아들이지 않는다면 렉투르의 치안은
묘연해 보였다. 리슐리외의 집무실에는 렉투르에 관한 여러
가지 정보들이 보고되었고, 곧 크로캉의 이름도 알려졌다.
보두엥은 어디서도 알 수 없는 인물이었다.

　자쿠오 르 크로캉. 렉투르의 사건은 '크로캉의 반란'으
로 명명되었다. 크로캉의 반란으로 이름 지어진 사건이 일

어난 날 밤. 크로캉의 집에 여러 명의 남자가 들이닥쳤고, 크로캉의 어머니는 그들의 집요한 추궁 끝에 절명했다. 충격과 나약한 몸이 견디기에는 무리였다. 그렇게 어둠 속에서 차디찬 시신으로 홀로 남아야 했다. 자정이 다 된 무렵, 크로캉의 집 밖 수풀 속에 엎드린 그림자 하나가 그 광경을 모두 지켜보고 보두엥 신부에게 상세하게 전했다. 물론 그 그림자가 크로캉의 집에 도착했을 때 이미 남자들이 도착한 뒤였다는 해명도 따랐다. 보두엥은 이 사실을 바로 크로캉에게 알리지 않았으나 이틀이 지난 후 크로캉이 말끔히 회복한 후 알렸다. 이틀 동안 아미엘의 집요한 질문이 있었지만 이를 다독이는 데도 꽤 많은 신경을 써야 했다. 아미엘은 생각 외로 의연한 여자였다. 아직 17세의 어린 소녀였지만 그녀의 지성과 함께 몸도 성장을 마친 후였다. 아미엘은 자신의 성급한 호기심이라고 크로캉에게 고백했다. 보두엥은 자연스럽게 그런 아미엘의 등을 두드리며 위로해 주었다. 사흘이 다시 지난 후 크로캉은 보두엥 신부와 함께 집으로 갔다. 버려진 어머니를 땅에 묻기 위해서였다. 족히 석 달은 렉투르의 모든 골목, 집들과 들판, 심지어는 야산마저도 수색의 대상이 되었다. 수색을 위해 집안 곳곳을 살펴보는 일은 당연했고, 수색대의 방문에 쉽게 응하지 않는 집들의 문은 단번에 박살내었다. 어떤 집은 굴뚝을 수색하는 바람에 굴뚝이 무너져 내렸지만 사과는 이루어지지 않았다. 수색은 엉주의 장원에서도 이루어졌다. 넓은 장원에는 숨을 곳이 많아 보였다. 숲으로 이어진 길의 어디 즈음에 반드시 비밀 구덩이가 있을 것 같았고, 그런 호기심은 어이없게 수풀의 바위 덩어리까지 들추어내게 만들었다. 렉투르의 외곽으로 이어지는 모든 길은 통제되어 밤과 낮을 경비병들과 야경꾼 들이 순찰하며 돌아다녔다. 야경꾼들은 특별 수당으로 일주일에 20리브르의 돈을 받았으므로 낮에 생업에 종사한 후에 받는 일로서는 꽤 좋은 수입이었다. 그렇다고 야경꾼들이 잠을 자지 않는 것은 아니었다. 네 명에서 많게는 열 명으로 이루어진 야경꾼 무리들은 두꺼운 모포와 먹을 것을 넣은 배낭을 짊어지고 다녔다. 주로 수로가 잘 보이는 강둑에서 순찰하던 야경꾼들은 각자의 자리에서 보초를 세우고 나머지는 쪽잠을 자고 있었다. 사실 그들에게 도망자들을 잡는다는 것은 대충 둘러대는 이유일 뿐이었다. 그들의 관심은 돈이었으므로 변변찮은 수입을 채우기에 야경꾼이 되는 일은 관심사였다. 그렇다고 아무나 야경꾼을 할 수 없었다. 시청에 등록되는 야경꾼은 감찰의 자격은 없었으나 치안을 보조하는 역할로 제법 어깨에 힘을 줄 수 있는 위치에 있었다. 시에서 돈을 받는 야경꾼들은 그러나 임무에 관심이 없었으므로 그다지 큰 효과를 발휘하지 않았는데, 오히려 무보수의 야경꾼들 정확하게 민병으로 이루어진 야경꾼들이 제 몫을 톡톡히 해내었다. 하지만 렉투르는 무보수의 야경꾼들이 자발적으로 생겨날 만큼의 애정 어린 도시는 아니었다. 야경꾼들의 직업은 다양했다. 파리를 비롯한 리옹과 같은 큰 도시에서 주로 돈벌이가 되는 직업은 이동 용변 통을 들고 다니는 이들이었다. 그들은 길거리에서 용변이 급한 사람들에게 자신이 들고 다니는 통을 빌려주고 돈을 받았다. 거리를 누비면서 오줌이나 대소변을 받아내는 일은 아주 흔했다. 참 신기한 일이기도 했지만, 이들을 사용하는 손님 중에는 너무 급한 나머지 부끄러움도 잊어버린 귀족들도 가끔 있었다. 물론 손님들이 사용할 때는 파라솔과 비슷한 가림막을 쳐주기도 했지만, 용변을 보기 전의 급박한 마음은 용변을 보고 난 후의 부끄러움에 비해 해결할 중요한 일임은 틀림없었다. 밤거리의 과자 장수도 있었는데 종교적인 단식을 하는 사육제 기간에는 과자 장수가 아주 중요한 사람이었다. 오블라텐(oblaten)이라는 과자는 밀가루와 설탕에 계란 그리고 꿀을 섞어 얇고 바싹하게 구운 과자로, 기름기가 없어 사육제의 기간에 배고픈 시민들이 먹기에 적격이었다. 이들보다 돈을 더 많이 버는 향신료 장수들은 아마도 파리에서 가장 많은 집단이었을지 모른다. 위생이 척박했으므로 몸과 옷에서 나는 더러운 냄새들로 얼굴을 찌푸리기 일쑤였으니 그나마 귀족들은 온갖 향수보 몸과 집안의 곳곳을 뿌렸지만, 서민들은 그렇지 못했다. 냄새를 씻어내거나 냄새를 잊어버리기 위해 뇌의 조장이 필요했는데, 서민들은 비싼 향수보다 그나마 가격이 저렴한 향료를 식재료와 음식에 버무려 먹었다. 그 순간만큼 신분이 상승되는 착각에 빠질 수 있었다. 물론 향료를 구입할 수 있는 계층도 중산층은 되어야 했지만 그들에게 향수 대신 향료가 존재한다는 것은 참으로 다행이었다. 야경꾼들에게 이런 직업은 없었다. 돈을 잘 버는 이들이 굳이 밤잠을 설치고 위험을 무릅쓰며 이슬에 젖은 강둑에서 쪽잠을 잘 필요는 없었기 때문이다. 야경꾼들은 대장장이, 무두장이 등 주로 근육을 쓰는 직업을 가진 이들이 많았으며, 배를 견인하는 호블러도 있었다. 가끔 박봉에 시달리는 성 문지기가 낮교대를 마치고 야경꾼 일을 하거나 문장관(문장을 식별하거나 읽는 사람)의 종자들도 야경꾼으로 나서는 경우가 있었다. 그들은 검증된 자들이기 때문에 마다할 이유가 없었으나 신분이 낮은 사람, 특히 거처가 불확실한 부랑자들은 절대 야경꾼이 될 수 없었고 오히려 감시 대상이었다. 아무튼, 시의 소요가 일어난 그날 이후로 야경꾼들은 밤에 렉투르 외곽의 치안을 맡았고, 렉투르의 경비병들은 시내를 쏘다니며 뭐라도 하나 정보를 얻기에 혈안이 되어 밤에 길거리를 활보하는 일은 당분간 금기시되어야 했다. 물론 시간이 지날수록 인내가 부족한 시민들의 불만이 터져 나올 것이 뻔함으로 크로캉과 보두엥 그리고 관련자들을 잡아들이는 일은 필수가 되었다. 날씨가 우중충해지더니 급기야 비가 내렸다. 며칠째 흐린 날씨로 사람들의 마음까지 우울해지더니 기온이 떨어지자 밤에는 오한이 들었다. 체력이 떨어진 아미엘을 달래고 보살피는 일이 크로캉에게 버겁지는 않았지만, 어머니의 시신을 한시라도 잊어버리지 못한 크로캉은 심장이 마르고 머릿속이 터질듯해 하루 종일 이상한 소리들이 경적 울리듯 머리에 맴돌았다. 시신의 처리를 더 이상 미룰 수 없었던 크로캉은 혼자 용감하게 은신처를 나와 집으로 가려 했지만 보두엥의 완력이 그를 제지했다.

"크로캉, 이 문제는 이제 당신만의 문제가 아닌듯하오. 아마 내게도 어머니가 살아계실 때였다면 당신과 똑같이 행동했을 테지만, 지금 나에겐 어머니가 계시지 않으니 당신보다는 좀 더 현명한 판단을 할 수 있을 것 같소! 내 말을 들으시오! 혼자 가는 건 무척 위험해 보입니다."

보두엥 신부는 그렇게 말하고 다른 사람의 동행도 물렀다.

"지금은 한 사람의 생명이 소중하고 우리는 매우 위태로운 상황입니다. 때를 봐서 렉투르를 벗어나 아미엥이나 톨로사로 탈출해 우리를 보호해 주고 반겨줄 교회로 이동해야 합니다. 그때까지 며칠 더 상황을 지켜보며 조심하도록 합시다."

좁은 공간의 은신처 안에 숨소리조차 죽인 사람들 앞에서 보두엥 신부는 처연하게 자신의 의견을 말했다. 한 토막의 촛불만이 어둠이 아님을 밝혀주고 있었다. 크로캉을 돌아보며 차디찬 손을 내밀어 크로캉의 두 손을 쥐고 다시 말을 이어갔다. 수난으로 면역력을 잃은 보두엥의 몸도 지쳐 혈색은 시커멓게 변해있었다.

"오늘 밤 나와 함께 갑시다. 어머니께 주님이 수난의 성지에서 돌아가신 후의 영광은 드리지 못하더라도 성령이 주님의 올바른 자녀로 태어나도록 인도해야 하지 않겠습니까?"

보두엥 신부는 진심으로 크로캉을 위로하며 말했다.

"주님의 말씀만이 이제 우리를 살릴 수 있습니다. 우리는 언제나 주님을 따르며 주님이 행하신 선함을 실천하려 했나이다. 예루살렘의 폭도와 광인들 속에서도 주님의 거룩하신 빛이 세상을 밝힌 것처럼 오늘 우리에게 주어진 시련이 내일 끝나리라 믿습니다. 그들이 아무리 잔혹한 억압을 우리 면전에 요구하더라도 의연한 믿음으로 주님을 따르겠나이다."

흙바람이 지하로 몰려왔다. 키 높이의 출구는 언제 무너져도 당연해 보였지만 모두 흙 속에 갇혀 죽더라도 미친 광인들의 손에 순교자가 되고 싶은 마음은 없어 보였다. 좁디좁은 공간에서 언제일지 모를 자유를 위해 기도하는 방법밖엔 없어 보였다. 은신처는 오히려 수색자들의 허를 찌르는 곳에 있었다. 최초의 기도소. 즉 허물어진 농가의 헛간 바로 아래 지하였다. 농가의 헛간은 이미 보두엥을 중심으로 하는 렉투르의 비밀 교회가 집회를 위한 공간으로 활용한 지 오래였고, 검색을 피하기 위한 아주 정교한 위장을 위한 곳이었다. 하지만 그곳마저 대처할 시간 없이 발각되고 불이 나자 허물어지는 대들보 아래에서 지하로 숨어내려가기란 위태로워 숲으로 탈출을 감행하며 희생이 이루어졌다. 보두엥은 모험과 지략이 출중해 보였다. 그의 용기와 모험심이 렉투르의 비밀 교회를 유지하고 동료들을 단합으로 이끄는 힘이었다. 어떻게 헛간 아래 지하 교회를 마련할 계획을 세웠을까? 비록 규모는 작았지만, 지하 은신처는 제 몫을 다하고 있었다. 헛간은 누구나 이해하는 범위의 헛간일 뿐이었다. 말먹이 통이 여기저기 놓여있었으며 이층이 따로 마련되어 위에는 아래에 다 재우지 못한 짚들로 가득 차 있었다. 나무 대들보는 비록 비쩍 마른 참나무를 사용했지만, 그 굵기가 제법 튼실해 보였다. 헛간의 반

이상을 차지하는 이층은 계단으로 올라가게끔 설치되어 있었는데, 무거운 무세를 받치기 위해 여러 개의 기둥으로 둘러싸여 있었다. 지하로 내려가는 입구는 바로 그 기둥의 가장 안쪽 헛간 정문으로부터 비스듬히 보이는 우측의 온갖 농기구들이 산재한 들보 아래였다. 바닥은 단단한 목재로 엮어 얼핏 보면 아주 큰 바구니처럼 보였지만 사실은 눈을 속이기 위한 위장에 불과했다. 정교하게 잘린 목재는 어른인 남자가 위로 들어 밀쳐내면 들 수 있게 만들어져 있었다. 밑에는 한 뼘 정도 두께의 평평한 바닥 나무로 입구를 만들어 계단을 타고 아래로 내려갈 수 있었다. 평소에는 짚으로 덮어놓은지라 아무도 그곳이 비밀 장소라고 상상할 수 없었다. 불이 난 후에 잿더미가 된 곳의 지하 비밀 장소. 그곳은 당연하게 수색 장소에서 제외되었다. 보두엥과 크로캉은 은밀하게 지하에서 지상으로 향했다. 보두엥은 태연했지만 크로캉은 그렇지 못했다. 어머니에 대한 죄책감과 며칠 동안의 지하 생활을 나와 맞이하는 신선한 공기가 오히려 슬픔에 젖게 했다. 평화로운 일상의 소중함. 얼마 전까지 아무렇지 않게 소유했던 행복한 시간들이 변질되어 있다는 혼란이 숨을 쉬자 폐에 전달된 공기 때문에 막연한 분노와 불안을 만들었다. 폐 속에 전달된 공기는 크로캉을 얼어붙게 했다. 얼마나 공기가 신선했던지 렉투

르의 겨울 수로 아래 물보다 시렸다. 하얀 서리 같은 얼음
이 얼었던 강물을 생각하니 그리워졌다. 만지면 손끝으로
전해지던 시림이 몸을 오싹하게 만들었다. 그 오싹함을 참
으며 손을 떼지 않고 있노라면 체온으로 녹은 흔적이 손가
락만큼 동그랗게 생겨났다. 가끔 투명한 얼음 아래로 지
나가는 작은 물고기들도 보였다. 얼음 아래 물길을 따라 지
느러미를 흔드는 자유로운 물고기들은 행복해 보였다. 그
때는 미물인 물고기들의 자유가 사람보다 특별하다는 것을
쉽게 알지 못했다. 어떤 날은 유속이 빠르게 변해 작은 돌
자갈들도 떠내려갔는데, 중간중간 작은 돌더미에 부딪치면
물속에서 튕겨 올라 얼음을 두드렸다. 그 소리는 얇은 그
릇이 내는 소리 같았고 때론 묵직한 종소리처럼 들리기도
했다. 한 번은 강둑의 풀숲에서 겨울 철새들이 푸드덕거리
며 날아오르는 소리가 얇고 청아했다. 그 겨울 철새들은
북쪽으로 가는 길을 잃었는지 한동안 렉투르의 수로에서
긴 다리를 바삐 움직이며 얼음이 얼지 않은 가장자리에서
물속 깊이 머리를 처박고 있었다. 철새들이 제때에 북쪽으
로 날아갔다면 넓은 루아르 강에서 험난한 여정을 끝내고
겨울을 날 수 있었을 것이다. 루아르 강 위를 스치듯 날아
다니며 날개가 강물에 젖을 때마다 힘차게 튀겨내는 그 아
름다운 비상을 즐길 것이다. 아름다운 날갯짓의 끝에는 쉬

스팽뒤 드 생 상포리엥(*pont suspendu de saint symphorien*) 다리 위 돌난간에 앉아 붉게 물드는 노을을 배경으로 풍경이 되거나 투르 성의 기즈 탑(*앙리 3세가 기즈 가문을 가둔 탑*) 원형 돌출 회랑 꼭대기에 서 중앙부와 상단의 석재가 오랜 세월에 풍화되어 몰락하는 전설 같은 이야기들을 대신 기억해 줄지도 모를 일이었다. 크로캉은 여러 가지 생각 끝에 보두엥 신부를 바라보며 자신의 걱정을 이야기했다.

"신부님! 신부님에 대한 저의 믿음과 충성은 변함이 없지만, 저의 누이 아미엘은 걱정되는군요. 어제는 불편한 잠자리에서 이상하게 누이와 멀어지는 꿈을 꾸고 말았답니다. 아무래도 제가 더 이상 제 누이인 아미엘을 지키지 못한다면 어떻게 해야 할지 모르겠습니다."

크로캉의 목소리에는 새벽 습기가 잔뜩 묻어있었다. 오히려 크로캉의 물음에 연기만 피어오르는 잿더미 같은 건조함으로 보두엥은 대답했다. 영주의 넓은 장원의 들판에 바짝 엎드려 기다시피 앞서가는 보두엥은 잠시 드러누워 몸을 돌려 검은 하늘을 쳐다보았다. 몇 개의 별이 빤히 마주보았다. 검은 하늘과 마찬가지로 검은 숲속에서도 별 대신 알 수 없는 소리들이 꼬리를 물고 계속 들려왔다.

"신부님! 신부님은 누이를 지켜주시겠죠?"

크로캉은 온통 아미엘 생각뿐이었다. 검은 하늘과 검은

숲처럼 검은 얼굴을 한 보두엥은 행색에 어울리지 않는 맑은 눈으로 하늘로 쳐다보았다. 그리고 이렇게 말했다.

"죽음이 두렵지 않은 사람이 과연 누가 있겠소! 하느님의 아들이었던 그리스도께서도 그 잔인한 고문과 창끝의 날카로움이 옆구리에 파고들 때 두렵지 않았을까? 모든 사물은 낡고 형태는 쓰러지기 마련인데 다만 가장 찬란하게 오래가는 것은 기록으로 남겨지는 기억뿐이네. 아미엘의 보호자 그리고 자신의 위대한 영혼 크로캉이여! 우리는 가장 오래 남아 존재하는 것을 위해 행동할 뿐이라네."

신부의 말이 잠시 중단되자 신기하게도 하늘에 더 많은 별이 보이기 시작했다. 별들은 우주를 선회하듯 보두엥 신부와 크로캉을 내려다보며 들판 위 하늘 멀리서 하나둘씩 나타났다. 시커먼 어둠 속의 별빛들. 더 빛나는 별이 있는가 싶더니 그 별 주위로 약하게 나타났다가 이내 사라지는 별도 있었다. 수도 없이 나타나고 사라지는 별들의 되풀이는 반딧불의 형상과 닮았다. 보두엥은 무심히 하늘을 쳐다보다가 크로캉의 야윈 뺨에 살짝 손을 가져대었다가 하늘을 가리켰다.

"크로캉, 아름답지 않은가? 저 별빛들이 단 한 번이라도 당신의 눈에 빛나게 보였던 적이 있었나요?"

들판은 축축했지만 나풀거리며 날아오는 바람이 시원해

져 뺨을 간질이며 희롱하고, 어느새 숲에서 들리는 수많은 성령의 비밀스러운 소리도 해독되었다.

"크로캉! 크로캉! 너를 느껴봐! 나 자신 안에서 가장 아름다웠던 때를 느껴보렴. 네가 소년이었을 때, 그때 바람과 비와 구름도 모두 네 옆에 있었지. 네가 렉투르의 모든 언덕과 계곡 그리고 숲길에서 자연에 헌신하는 법을 배울 때마다 우리는 모두 네 옆에서 지켜보았지. 약간의 인내가 필요하다는 것을 알았겠지만 그건 힘든 일은 아니었지. 숲에서 만난 침묵과 고독 따위는 너는 충분히 인내로서 감당할 수 있었지. 우린 그러길 바랐어. 왜냐하면, 너는 남들과 달랐으니까. 네가 만난 상상도 할 수 없는 고요는 숲이 주는 마음이었지. 흰색으로 피는 향기가 있는 묵은 가지의 잎겨드랑이에 산형꽃차례를 이루는 호랑가시나무 아래에서 어둑한 저녁을 맞이했던 때를 기억할지 모르겠군. 긴 달걀 모양의 두껍고 윤기 나는 잎을 주워들고 너는 꽤 신기하게 바라보았지만, 가장자리에 가시가 있다는 것을 너의 호기심은 아무 걱정이 없었지. 그때부터 크로캉 너는 세상의 위험한 단면이 아니라 아름다움만을 보고 있었지. 착하고 순하고 아름다운 소년이었네. 크로캉! 혹여 오늘 너의 길이 단단하지 않아도 걱정하지 말기를 바라네. 우리는 처음부터 네 편이었다는 것을 말해 주고 싶어. 너의 유년이 우연히 찾은 신비가 아니라는 것. 굴뚝 연기가 피어올랐던 너의 외딴집이 전혀 낯섦의 외로움이 아니라 익숙한 행복이라는 것도 말해 주고 싶어. 넌 자신의 생각을 자유롭게 했고 그래서 수많은 사람의 평범한 눈보다 아름다웠었지. 오랜 세월은 아니었을지 몰라도 충분히 고뇌했던 시간들이었어. 크로캉! 아침의 대지에 펼쳐졌던 녹색도 다 네 덕분이었지. 너의 땀방울이 이슬과 함께 수분을 제공한 덕분이었어. 흙이 마르지 않고 숨을 쉴 수 있었던 것도 너의 정성 탓이지. 너의 순수한 대지에는 혼돈과 긴장 따위는 시작부터 존재할 수 없었지. 너의 손길 속에는 무엇 하나 부족함 없이 생명이 살아 숨 쉬는 신비가 있었지. 우리는 그런 모든 것을 보고 있었네."

정령들의 속삭임은 이내 크로캉의 눈에 눈물이 흐르게 했다. 도저히 알 수 없는 무언가가 크로캉의 허전함과 함께 타오르는 분노마저 잠재우고 있었다. 크로캉은 꼼짝없이 주체할 수 없는 감정에 흔들리며 움직일 수 없었다. 짙은 안개가 어느새 두 사람을 도우려 수로를 타고 올라와 강둑 위로 번지더니 온통 세상을 정복한 마냥 들판에 퍼지고 있었다.

"가슴에 품은 무언가가 있었던 사람은 결코 외롭지 않다네. 보통 사랑이라고 말하지는 않지만 대부분 그렇지. 우리 안개는 사람들이 싫어하지만, 우리가 할 일은 불행한 사람들의 얼굴을 가려줄 때 제격이라네. 그들은 잠시 세상을 등지고 생각해 볼 뿐이지. 자신의 미약한 점을 깨달았다면 이내 안개를 벗어나기 마련이지. 길은 어느 곳에나 어디에서나 모든 곳으로 연결되어 있지만 안개 속에서는 길이 끊이지. 왜 그런지 아나? 고민하지 않는 자들과 반성하지 않는 자들 때문이지. 그들에게는 길을 가르쳐줄 필요가 없어 길 위에서도 길을 모르기 때문이지. 자만과 이기심과 허영으로 가득 찬 자들은 오히려 안개의 모호함을 사랑하려 들지. 안갯속에서 일어나는 저주와 불안을 더욱 교묘하게 이용하려 들기 때문이야. 어느 날 안개 속에서 자신의 죽음을 마주한 사람이 있었어. 그는 처음에는 간단하게 자신의 영혼을 만나더군. 생전에 죄를 짓지 않았다고 생각했나 봐. 하지만 곧 아니었지. 안갯속에서 더욱 희미해지는 자신의 영혼을 대해야 했기 때문이었어. 그는 서둘러 영혼을 자신의 육신에 다시 넣기를 고대했지만 이미 안개에 젖은 영혼은 그 무게가 상당하여 육신이 감당할 수 없는 지경이 되어버렸다네. 안개란 그렇다네. 모든 걸 숨길 수 있지만 모든 것에 익숙하지는 않지."

안개마저 말을 마치자 크로캉의 정신은 맑아졌다. 비록 안개에 가려 별빛은 희미했지만 믿음이란 꼭 보이고 약속받지 않아도 생겨나는 법이란 것을 알게 되었다.

안개에 젖은 문은 무겁게 닫혀있었다. 짧은 나무 기둥을 보로 만들어 낮은 지붕을 덮어쓴 어김없이 어두침침한 집 안 내부는 그러나 크로캉에게는 익숙했다. 크로캉은 그러나 조심스럽게 자신의 집으로 들어갔다. 익숙하지만 이상하게 느껴지는 집이었다. 얼마나 오랫동안 비워둔 집이었을까? 불과 며칠 동안의 일이었지만 몇 달 아니 몇 년이 지난 느낌이었고, 새로운 방문처럼 느껴졌다. 몇 걸음 발을 내딛자 굴러다니는 무언가에 발끝이 멈추었다. 단단한 느낌이었지만 동그란 테두리에서 이내 나무로 다듬은 자신의 물 잔이라는 것을 알 수 있었다. 천천히 몸을 숙이고 크로캉은 그 물 잔을 손으로 집었다. 한가로운 날. 숲이 보이는 마당에 의자를 놓고 햇볕을 쬐며 나무를 깎고 다듬어 만들었던 물 잔이었다. 추수가 끝나면 따가운 가을 햇살 아래에서 여러 개의 물 잔을 습관처럼 만들었던 크로캉이었다. 이상한 기분이 들었다. 자신의 흔적과 시간들을 쉽게 마주하지 못한다는 이상하게 이해되지 않는 밤이 두려움을 넘어 섬뜩해졌다. 그러자 낯선 집과 같았다. 그렇게 생각하지 않으려 잠시 그 자리에 서서 주위를 둘러보았다. 칠흑 같은 어둠 속에서 조금씩 눈동자 커지더니 사물이 눈에 들어왔다. 온통 부서지고 무너진 것들뿐이었다. 낡은 식탁은 무언가 무거운 것으로 내려쳐져 부서져 버렸고, 그릇이 있던 선반들은 하나같이 비스듬하게 떨어져 한쪽 모서리만 벽에 걸려있었다. 유일하게 바닥에 깔아둔 모포만이 그대로였지만, 찢어진 채로 발이 걸려 넘어질 지경이었다. 과연 무슨 일이 일어났던 것일까? 멍하니 집 안을 둘러보는 크로캉의 머릿속에는 유추할 수 있는 사건들을 재구성하기에 바빴다. 낡은 침대 위에 어머니가 누워있었다. 반듯한 모습이 집 안 내부와 도저히 어울리지 않아 오히려 의문이 들었지만, 두 손을 가슴 위에 가지런히 올려놓은 모습은 마치 그리스도의 부활의 모습과 같았다. 외형은 전혀 다치지 않아 보였고, 얼굴과 피부에도 자줏빛 얼룩조차 없는 깨끗한 모습이었다. 눈은 감겨 있었지만 완전히 눈꺼풀이 감기지 않아 아마도 크로캉과 아미엘이 돌아오기를 기다렸는지도 몰랐다. 크로캉은 어머니의 품에 얼굴을 묻었다. 눈물이 나지 않았다. 오히려 차갑고 담담해지는 마음에 자신도 의문이 들었다. 오랫동안 영원히 움직이지 않을 것처럼 그렇게 엎드렸다. 수많은 시간이 흘러갔다. 유년과 청년이 어머니의 손에서 이루어졌다. 그 따뜻함이란 아무런 이유가 없는 사랑이었다. 새벽과 저녁이 늘 어머니와 함께였고, 어린 아미엘이 어머니의 품속에 있었다. 크로캉의 어머니는 유순하고 헌신적인 여자였다. 많은 부모들이 아이들을 버리거나 꽤 두둑한 돈을 받고 농노나 유랑 악단에 팔아버리고 있었지만, 그렇지 않았다. 선원이었던 남편이 일찍 바르셀로나에서 전염병으로 죽었을 때도 그녀는 거침없이 아이들만 품에 안았다. 크로캉은 어머니의 뺨에 자신의 입술을 갖다 대었다. 부드러움은 그대로였지만 살갑게 간지럼을 타던 웃음소리는 나지 않았다. 크로캉은 다시 어머니의 젖가슴에 얼굴을 묻었다. 불룩했던 가슴은 힘없이 처져있었고 온기가 없었다. 얼굴을 묻은 채로 그대로 팔을 뻗어 어머니의 몸 구석구석을 손으로 만져보았다. 분명히 살아나 손을 뻗어 크로캉의 머리를 안아줄 것이라 믿고 있었다. 얼마나 시간이 지났을까? 크로캉도 어머니도 함께 죽은 것처럼 보였다. 어머니의 온기 대신 보두엥 신부의 두 가슴의 온기가 크로캉의 등에 전해졌다. 보두엥 신부는 크로캉을 뒤에서 안아주었다. 어둠 속 부서진 낡은 집에서 죽은 한 사람과 그의 아들과 어쩌면 죽음의 원인을 제공한 신부가 한 덩어리가 되는 모습은 매우 어렵고 신비로웠다. 안개의 도움은 컸다. 크로캉과 보두엥 신부가 마차도 없이 단지 죽은 시신을 온전하게 메고 넓은 들판과 능선을 따라 올라 결국 자신들이 말하는 곳. '주님의 하늘 밑' 혹은 '나의 죄(mea culpa)'로 은밀히 간 시간은 족히 세 시진이 넘는 노동이 필요했다. 렉투르에서 이단을 믿는 위그노가 죽어 묻힐 곳은 아무 데도 없었다. 성체성사를 마친 사제들만이 수도원 뒤 정원에 평화롭게 묻힐 수 있었나. 때로는 길거리에서 죽은 자들이 섞여 그 뼈다귀가 발견될 때까지도 아무도 모르는 경우가 있었다. 물론 시체 청소를 하는 장의사들의 조수가 관청에서 돈을 받고 연고가 없는 부랑자들은 마차에 거적을 씌워 렉투르의 도시 외곽으로 옮겨 마련된 공동묘지의 한편에 구덩이를 파고 던져버렸다. 사람의 사체 외에 고양이나 개들과 같은 사체가 썩은 물이 공동 우물로 흘러들어 간 뒤 그 물을 먹은 사람들이 설사나 구토를 하기도 했다. 심지어는 걸어가다가 설사를 맞은 사람들이 거리에 앉아 용변을 보는 경우도 허다했다. 사람들은 아직 그것을 몰랐다. 우물이 심각한 전염병을 제공하리란 것을, 곧 닥쳐올 재앙에 모두가 무능하다는 것을 모르고 있었다.

보두엥 신부는 눈을 감고 있었다. 새벽바람이 귓가에 소리를 내며 얼굴을 식히고 있었다. 불그스름한 얼굴의 열기는 시원한 바람 탓에 식어가고 있었지만 가슴은 그리 시원하지가 못했다. 석판조차 없는 무덤은 말 그대로 흙을 파낸 뒤 돌과 자갈을 골라낸 그냥 구덩이에 불과했다. 대여섯 그루의 시신들이 능선을 따라 차례로 묻힌 렉투르에 암약하는 위그노들에겐 유일한 성지였지만 렉투르의 시민들은 누구도 알 수 없는 알아서는 안 될 곳이었다. 크로캉은 어머니의 시신 위에 보라색 천을 덮어주었다. 한 뼘도 안 되는 어머니의 얼굴이 차디찬 땅에 누워 하늘을 보고 있었다. 평지처럼 펼쳐진 산꼭대기에서 바라보는 렉투르의 시가지는 온통 어둠뿐이었다. 드문드문 강둑에서 외곽을 드나드는 밤손님들을 관찰하는 경비병들이 늑대를 쫓기 위해 밝혀놓은 횃불들만이 반짝 빛을 내며 보였다. 버드나무들이 줄지어 선 개천들은 낮이면 은빛의 작은 물고기들이 튀어 오르는 곳이지만 조용했고, 수없이 연결된 거리와 골목은 어디를 봐도 식별이 되지 않았다. 산 능선 아래 아주 멀리 구획된 경작지는 은버들과 호랑버들 같은 나무들로 빽빽이 둘러싸여 있었다. 평온해 보였다. 산의 높이만큼 하늘과 가까워 신과 만나는 거리가 좁혀졌다는 위안만이 크로캉이 가진 어머니에 대한 죄책감을 조금 사그라지게 만들었다. 보두엥 신부가 크로캉의 손을 잡아끌며 무덤 앞에 꿇어앉았다. 크로캉은 침묵만큼 무거운 마음으로 나란히 보두엥 신부가 이끄는 대로 아무 말 없이 그의 곁에 함께 무릎을 꿇었다. 바람 소리와 이따금 들리는 밤벌레 소리 그리고 어느 나무인지 모를 곳에서 소리를 내는 소쩍새의 간헐적이며 일률적인 소리가 밤의 평정을 깨트리고 있었다.

"주님, 그녀에게 낙원의 문을 열어주소서. 죽음이 없는 곳, 영원한 기쁨이 넘치는 본향으로 돌아가게 하소서. 그녀에게 영원한 안식을 주시고, 그녀의 영혼을 빛으로 채워주소서."

바람에 날려간들 보두엥 신부의 목소리는 바람의 무게보다 무겁지 않았고 그렇다고 가볍지도 않았다. 어둠 속에서 달빛도 마주하지 않는 곳에서 드리는 죽은 자를 위한 미사는 경건했다.

"전능하신 주님. 십자가의 신비로 저희를 굳건하게 하시고, 성자의 성사로 저희를 주님의 자녀로 삼았으니 그녀에게 자비를 베푸시어 주님이 뽑은 이들 대열에 들게 하소서. 성부와 성령과 함께 영원히 살아계시며 다스리시는 성자. 우리 주 그리스도를 통하여 비나이다."

보두엥 신부의 짧은 미사가 끝나자 크로캉의 눈물과 억눌린 울음소리가 터져 나왔다. 신부는 한동안 그 자리에서 미동도 하지 않은 채 시신을 바라보았다. 어떤 생각과 어떤 고뇌가 신부의 머릿속을 스치는지 알 수 없었다. 광활한 하늘 아래, 바람의 줄기만 요란한 속에서 죽은 어머니의 시신을 묻어야 하는 아들과 애잔한 주님의 자녀를 묻어야 하는 신부도 할 말이 없어 보이기는 마찬가지였다.

"주님의 이름으로 그녀에게 부활의 보증을 내립니다. 죽은 이들을 대신해 믿음을 공적으로 고백하려 합니다. 주님! 그녀는 살아있는 동안 주님의 가르침을 받은 적도 주님의 발아래 몸을 기울인 적도 없습니다. 그렇다고 그녀가 주님의 자녀가 아니라는 명백한 증거는 어디에도 없습니다. 오히려 주님의 자녀임을 가장하여 주님을 험담하고 주님의 가르침을 먹고 마시는 행위가 의로운 천국에 들고자 하지 않은 이들이 많음을 아실 겁니다. 그녀는 그 수많은 위선자에 비해 착하고 어질었나이다. 비록 그녀가 일찍 세례를 받지 못하였지만, 그 잘못은 주님 앞에 데려가지 못한 저의 잘못이며 우리의 잘못입니다. 이제 숭고한 죽음이 그녀에게 왔으므로 주님이 베푸시는 뜨거운 기쁨의 성령이 세례로 대신하도록 하여야 합니다."

보두엥 신부는 검은 하늘을 우러러보며 마치 신이 강림한 것처럼 말했다. 이윽고 신부는 시신 위에 십자가를 그으며 말했다.

"주님을 대신하여 이제 너는 베로니카로 천국에 들지어다."

교회에서 죽은 자가 세례를 받는 행위는 우스운 이야기였다. 세례는 살아있는 자에게 해당하는 것이므로 가끔 죽은 자를 대신하여 가족이나 다른 사람이 대신 받는 경우가 있었지만 그것은 풍습에 관한 것이었고, 교황청마저도 해괴한 일로 치부하는 정도였다. 죽은 자의 세례를 대신하는 경우로는 연옥 교리가 있었다. 죽은 자가 바로 지옥에 가는 것을 막아 연옥에서 머물며 남은 죄를 사하면 속죄의 제사를 드린 후에 천국으로 갈 수 있다는 믿음이었다. 면죄부. 그것이 면죄부였다. 바로 그 면죄부가 베드로 대성당의 건축자금을 모으는 데 돈을 주고 죄 사함을 요청하는 기가 막힌 용도로 사용될 줄은 나중에야 알게 되었다.

유다 광야에서 처음 세례자 요한이 나타나 "회개하여라. 하늘나라가 다가왔다."라고 말했을 때 예언자 이시야는 "광야에서 외치는 이의 소리가 들린다. 너희는 주의 길을 닦고 그의 길을 고르게 하여라."라고 말했다. 보두엥 신부도 그런 마음이었을까? 그 자리에서 신부는 크로캉에게도 세례를 주었다. 크로캉은 무언가 모르는 환희가 차올랐으며, 어머니의 천국에 관해서는 더 이상 두려워하지 않을 마음이 생겼다. 드디어 모든 일을 끝낸 보두엥 신부는 산꼭대기 평지의 외로이 서있는 한 그루 나무 밑으로 걸어가 무거운 몸을 기댔다. 마치 그 옛날 카르바스가 오데온의 석축에 기댄 모습과 같았다. 신부는 숨을 고르는 듯 몇 번인가 깊게 들이마시고 토해내기를 반복했다. 비로소 얼굴이 맑아진 신부는 그때까지도 흙은 덮은 묘지 앞에서 무릎 꿇은 크로캉을 불렀다.

"베드로! 나와 함께 어둠이 새벽에서 깨어나는 풍경을 보지 않을 텐가?"

희끄무레한 하늘은 약간의 청색과 회색이 섞인 풍경으로 변하고 있었다. 바람은 더욱 가벼워지고 맑아졌으며, 견딜만한 추위가 몰려왔다. 하지만 신선했다. 어느새 나란히 나무에 기대어 앉은 보두엥 신부와 '베드로'가 된 크로캉은 서로 드넓게 펼쳐진 대지를 바라보고 있었다. 둘의 눈동자 속에 들어온 풍경은 하늘과 땅이 반반으로 갈라져 있었다. 점점 어둠이 걷히자 렉투르의 도시도 보이기 시작했다. 아직 미명이라 집들과 굴뚝과 그보다 넓은 농지와 강물과 뾰쪽한 첨탑도 명확하지는 않았지만 옅은 안개와 구름 아래 광활하게 펼쳐진 반석 같아 보였다.

"베드로! 이제 당신은 베드로라고 불리어야 하네. 아마 주님의 뜻이 당신을 여기로 불렀던 모양이네. 당신을 내 옆에 세워 아름다운 주님의 세상을 내게 경험하게 하신 모양이야. 이제 그대는 크로캉이 아니라 베드로의 여정을 떠나야 해. 내가 신부로서 그대에게 주님을 대신하여 베드로라고 불러주는 이유는 명확하네. 성격이 소박하고 정직했던 베드로는 일찍 그리스도의 열두 제자 중 야곱, 요한과 함께 사랑받아 제자 중의 우두머리가 되었지. 베드로라는 이름도 곧 '반석'이라는 뜻이었지. 그리스도에 의해 교회를 돌볼 사명을 부여받았던 것이었어. 그리스도는 열두 제자에게 사람들이 그리스도를 어떻게 생각하고 있는지 물었지. 베드로는 이렇게 대답했다네. '주는 그리스도이며 살아 있는 하느님의 아들이십니다.' 그리스도는 베드로에게 '너는 베드로이므로 내가 반석 위에 내 교회를 세우리니 음부의 권세가 이기지 못하리라. 그리고 내가 너에게 천국의 열쇠를 주리니 네가 땅에서 무엇이든지 매면 하늘에서 매일 것이며, 네가 땅에서 무엇이든지 풀면 하늘에서도 풀릴 것이다.'라고 큰 축복을 내리시며 선물로 권능을 가진 열쇠를 주었다네."

보두엥 신부는 가장 온화한 표정을 지으며 마치 그리스도가 축복의 선물을 내리는 것처럼 크로캉의 두 손을 마주 잡았다.

"내가 그대에게 내릴 축복은 비록 권능의 열쇠는 없지만 교회로 들어갈 수 있는 특권을 부여하겠네. 교회의 문이 아무리 두텁고 좁더라도 이제 베드로 그대는 교회로 들어갈 수 있어. 오늘 비록 어머니를 차디찬 땅에 묻었지만 이 땅 어디라도 주님의 은총이 미치지 않는 곳이 없다네. 그대가 늘 두려워하던 어둠과 섭섭함이 싹 씻겨가기를 바라네."

크로캉은 무언가 모르는 영적 환희가 가슴속에서 차오름을 느꼈다. 바로 그것이었다. 온갖 억눌렸던 내적 갈등이 비로소 이유를 알아내었고 치유가 되고 있음을 깨달았다. 삶이 새롭게 시작되고 있었다. 무익하고 빈곤했던 삶이 광야에서 헤매다가 길을 찾고 있었다. 세상에 숨겨왔던 메말라가던 자아와 의심이 한 줄기 빛을 찾아 몽땅 사라져 버렸다. 스스로 힘들었지만 고된 사역을 자신의 당연한 업보로 생각했던 것조차 삶의 구원이 아니라 그저 잘못된 노동이었음을 알게 되었다. 이유가 있었음을 하느님은 단 한 번도 멈춘 적 없이 꾸준히 나를 시험하고 계셨음을 또 그 시험이 나를 나답게 만들어 주게 했음을 알았다. 하느님의 구원은 아주 강력한 계획이었고, 명확한 판단으로 부르고 계심도 알았다. "아버지, 내가 하늘과 아버지에게 죄를 지었사오니 지금부터 아버지의 아들이라 일컬음을 감당하지 못하겠나이다." 크로캉의 내면에서는 진리를 알고 난 후의 부끄러움이 넘쳤다.

"너는 가만히 있어라. 내가 주님을 알게 하리라."

보두엥 신부는 얇고 가느다란 그리고 차디찬 손으로 크로캉의 이마에 십자가를 그었다. 참된 경외가 장엄한 침묵 속에서 진행되고 있었다. 과연 둘의 참된 경외를 어떻게 식별할 수 있을까? 어느새 새벽은 완전히 동쪽에서 떠오르는 태양에 자리를 비켜주고 엄청나게 찬란한 햇살이 나무를 비추고 있었다. 나무의 그림자는 방금 흙으로 덮인 작은 무덤까지 길게 드리워져 있었다. 황금색을 덮어쓴 산은 초록조차 분간할 수 없어 온통 누렇게 보였다. 푸드덕거리며 날아오르는 새의 깃털도 황금색이었으며, 산개하는 빛으로 인해 공기마저 번했다. 천국이었다. 온유와 청명과 화평이 지배하는 산상수훈이었다.

"타인의 죄를 긍휼히 여기고 타인의 유익함을 더욱 애틋하게 여겨 속량받은 내 영혼이 주님에게 더 가까이 가기를 바라옵니다. 그리하여 온 세상에 뻗어 있는 주님의 은총으로 세상의 수심을 덮어주시고 가슴 벅차 주님의 마음 그 깊이와 넓이를 알게 하소서!"

보두엥 신부가 선창하고 크로캉은 신부의 말씀을 따라 후창했다. 낭랑한 기도 소리. 찬송은 산속을 돌고 돌아 개울을 타고 흘러 흘러 좁고 좁은 골목을 바람의 등에 업혀 사람들에게까지 전해졌다.

25

은신처를 보두엥 신부와 크로캉이 빠져나간 후 얼마 되지 않아 주의 깊게 훑어보는 사람들이 나타났다.

"빌어먹을 이따위 썩은 곳까지 우리더러 보초를 서고 수색하라는 건 너무 앞서나가는 일 아닌가? 고작 우리를 서너 푼의 급료에 부려먹을 생각인 거지."

불룩거리는 볼이 부풀어 오른 탓에 얼굴이 심하게 일그러져 보였지만 백묵판을 들고 시내를 쏘다니며 법원이나 교회의 포고문을 알리는 사내가 틀림없었다. 그렇다면 그는 시청의 행정에서 얻는 정보가 많은 자였으며, 그런 값비싼 정보를 이용하여 분명 상인들을 상대로 뒷돈을 받는 대가로 배를 불리고 있을 터였다. 그런 그가 굳이 싼 급료에 이런 밤에 불려 나왔을까?

"이봐, 자넨 그래도 다행인 셈이 아닌가? 나는 마누라의 등쌀에 밀려 나왔다네. 요즘은 한 푼이 아쉬운 세상이야! 열쇠쟁이들도 조합에 가입하지 않으면 일거리가 없다니까. 감옥에 죄수가 넘쳐나 방마다 열쇠가 필요하면 뭐하나 그것조차 조합이 차지하는 세상이니 원."

숯가마가 되다시피 한, 다 타버린 농가의 창고 입구에 서서 목구멍 깊은 곳의 가래를 바닥에 뱉은 맞은편의 남자는 눈이 부리부리하고 콧잔등이 튀어나온 얼굴을 하고 있었다.

"그래도 혹시 모를 일이야. 경비대장이 우릴 여기로 보낼 때는 뭔가 틀림없이 이유가 있을지도 몰라. 만일 무슨 일이라도 일어나면 지붕으로 올라가 횃불을 피우라잖아."

자신을 열쇠쟁이라고 소개한 남자는 백묵판의 남자보다

는 소심하고 겁이 많아 보였다.

"이렇게 시끄러워서야. 이런 악마쟁이들은 모두 잡아 들여야 해. 어디에 숨어있든지 모두 잡아들이고 발가벗겨 거꾸로 매달아 뼈마디를 모두 발라내야 해."

악의에 찬 말이 백묵판의 입에서 튀어나왔다. 거친 그의 말투로 미루어 백묵판은 이번 사건에 대한 해결 의지가 많은 사명감이 엿보였다. 창고 안을 발로 차며 돌아다니던 그가 뭔가 생각난다는 듯이 열쇠쟁이를 돌아보며 말했다.

"자넨 어떻게 생각해? 이곳이 최초 악마쟁이들의 근거지였는데 그 후로 렉투르에서 그들을 본 적이 없단 말이야. 그나저나 렉투르의 모든 농가와 집을 수색하고 심지어 산 중턱까지 수색했는데 그들이 렉투르를 벗어나지 않고서는 숨을 곳이 없단 말이야."

"해가 뜰 때까지만 여길 지키고 있으면 오늘 밤 우리 급료는 나오는 게 아닌가? 너무 머리 굴릴 필요 없어. 자넨 그 호기심이 문제야."

열쇠쟁이는 심각하지 않게 백묵판의 말을 무시했다.

"그건 그렇지."

이내 단순하게 표정을 바꾼 백묵판이 시커멓게 변한 창고 가장자리로 옮겨 잿더미를 이리저리 치우고 가지고 온 담요를 한구석에 폈다. 해가 뜰 때까지 남은 시간을 적당히 보내기엔 밤하늘을 보며 집에 두고 온 마누라의 사타구니를 생각하거나 담배를 피우는 게 가장 좋은 방법이었다.

"젠장 찌꺼기가 낀 포도주라도 한 병 있으면 좋으련만."

백묵판은 허벅지만 한 굵기의 성한 나무 하나를 끌고 와 담요를 그 위에 반쯤 걸치더니 등을 기대고 주위를 두리번거렸다.

"딱 좋은 밤이란 말이야. 이럴 때 선술집으로 팔려 가는 여자라도 있으면 낚아챌 텐데."

그는 상상만으로 바짓가랑이가 젖을 정도로 행복해 보였다. 백묵판은 엉성하게 몸을 기댄 채 열쇠쟁이에게 보란 듯이 자신의 성기를 손으로 가리키며 의미 있는 웃음을 지어 보였다. 백묵판은 자신만만해 보였고, 그런 남자를 바라보는 열쇠쟁이는 왠지 위축되어 있었다. 그런 열쇠쟁이의 심리를 파악한 백묵판은 이내 배려와 여유를 보이며 손사래를 치며 크게 웃었다.

"아! 자네가 나에게 경외심을 가질 필요는 없네. 자네와 나의 위치가 다르다는 것을 몰랐군그래. 자네만 인정한다면 우리 사이에 위아래의 계급이 필요하겠나? 난 오늘 번 급료마저도 자네에게 줄 수 있어."

백묵판의 호기로움은 도를 지나쳐 열쇠쟁이의 인격에 심한 상처를 남기고 있었다. 하지만 열쇠쟁이는 그런 백묵판의 말에 대꾸하지 않고 그저 고개만 끄덕이고 있었다. 아마도 두 사람 사이에는 직업의 경계와 경제적인 차이기 이미 그들의 위치를 정하고 있었다. 열쇠쟁이는 그것을 당연하게 받아들이고 있었다. 상인과 도시민 그리고 농노의 차이는 갈수록 극명해지고 있었다. 대부분의 부는 자유민 중에서도 상인들이 차지하고 있었다. 농노들의 대부분은 소작농인 탓에 그들이 내는 세금을 제외하면 일 년 내 집에서 수확한 곡식으로 겨울을 지내기란 빈곤했다. 전염병이라도 도시에 도는 경우에는 그 빈곤이란 무지막지한 고통이었다. 암암리에 일어나던 노예란 것은 빈곤이 목구멍까지 차오르는 실정이 되면 어린 자식도 내다 파는 지경이었으니 열쇠쟁이의 입장에서 백묵판은 남다른 사람이었다. 감히 대적하기가 곤란한 자였다. 백묵판의 생각과 열쇠쟁이의 생각은 달랐다. 그것은 상인과 도시민들 그리고 농노의 생각이 달라 삶의 방식이 같을 수 없는 차이였다.

"그러고 있지 말고 이리 오게. 오늘 밤은 아무 일 없을 밤이야. 보라고! 조용한 게 별들만 숫자를 세기에 얼마나 조용한 밤인가? 만일 무슨 일이 일어난 데도 모두 내가 처리할 테니 자네는 내 곁에서 처신만 잘하면 되는 게야. 안 그런가?"

백묵판은 비스듬히 기댄 성한 나무를 등으로 밀었다 당

겼다 구부리기를 반복하며 자기 옆자리의 빈 구석을 손바닥으로 두들겼다.

"이리 와서 자네 마누라 이야기나 한번…."

바닥을 두들기던 백묵판의 손동작이 조금씩 둔해지기 시작한 건 바로 그때였다. 곧이어 입을 다물고 천천히 미간이 좁혀지고 눈썹이 치켜세워지고 콧구멍도 넓혀졌다. 짧은 순간이었다. 그동안 열쇠쟁이는 자신의 마누라를 입에 올린 백묵판을 향한 약간의 분노가 끓어오르기 시작해 허리와 어깨 근육에 힘이 막 들어가기 시작하고 있었다. 흥분한 열쇠쟁이가 백묵판을 향해 무언가 말을 하려고 하는 순간 백묵판은 자신의 입을 오른손으로 막으며 열쇠쟁이를 노려보았다. 무언의 압박이 열쇠쟁이에게 가해지자 그조차 움찔하며 백묵판을 바라보았다. 둘의 시선이 교차되었고 이내 백묵판의 시선이 바닥을 향했다. 그러나 여전히 상황을 직감하지 못한 열쇠쟁이는 어리둥절하다가 다시 흥분한 입꼬리가 올라갈 때였다.

"조용히 못 해? 떠들지 말라고! 너 때문에 판이 깨질 것 같아."

백묵판의 험악해진 표정과 함께 쇳소리와 비슷한 나지막한 말이 새벽 찬 공기 속에 깔렸다. 그때서야 사태를 짐작한 열쇠쟁이가 멀뚱거리며 백묵판에게 한걸음 다가왔다.

허리를 구부정하게 반쯤 구부리고 백묵판이 손바닥으로 두드리던 바닥을 엉거주춤 비러보았다.

"여기 말이야, 이상해. 바닥이 단단하지 않고 텅 소리가 울린단 말이야."

백묵판은 그대로 바닥에 귀를 대었다. 지푸라기와 무너진 벽돌과 검게 비에 얼룩진 잿더미가 전부인 바닥에 심상치 않은 의문을 제기했다.

"이것 봐라. 공기가 올라오는데 그리고 말이야…"

백묵판의 눈썹이 이마에 닿을 정도로 올라가더니 코를 벌름거리며 볼까지 씰룩대다가 사냥개 흉내를 내기 시작했다. 그의 행동이 마냥 수상하더니 웃기기까지 한 열쇠쟁이는 마침내 참지 못하고 웃음을 터뜨렸다.

"이런 멍청한 놈! 지금 웃을 상황이야?"

백묵판은 여전히 바닥에 귀를 댄 얼굴을 돌려 구부정하게 바라보는 열쇠쟁이를 노골적으로 비난하며 쏘아보았다. 백묵판의 노여움에 금방 기가 꺾인 열쇠쟁이는 송구스러운 듯 고개를 숙이며 시선을 피했다.

"자네는 그게 문제란 말이야. 상황 파악을 못 하니…"

백묵판의 노골적인 무시가 다시 열쇠쟁이에게 가해지고 혀를 차는 소리가 날카롭게 열쇠쟁이의 심장을 파고들어 무력화시켰다.

"그래서 자네에겐 내가 반드시 필요한 거야. 이젠 깨달을 시간이 되질 않았나? 안 그래?"

어쩌면 그의 말이 맞는지도 모른다는 자책을 열쇠쟁이는 했다. 그는 훨씬 융통성이 있었고 남의 비위를 잘 맞춰주었으며 무엇보다 주교나 공무원들이 바라는 문제의 해결을 잘 알고 있었다. 그런 그를 따라가기에는 자신은 한참 못 미친다는 것을 늘 인정해 오고 있었다. 아마도 그런 그이기에 지금 자신을 나무라는 데 이유가 있을 것이고, 어떤 증거를 잡은 것임이 틀림없어 보였다. 생각이 거기에 미치자 열쇠쟁이도 강한 호기심이 발동되어 백묵판의 지시에 열정적으로 변하기 시작했다.

"자네, 여기 귀를 대봐 뭔가 이상한 낌새가 느껴지지 않아. 살살 손바닥으로 바닥을 두드려 보란 말이야."

백묵판의 지시를 따르기 시작한 열쇠쟁이는 눈을 동그랗게 뜨고 볼살에 공기를 집어넣은 채 바닥에 배를 깔고 납작 몸을 뉘었다.

"아니야. 아니, 그렇게 하란 말이 아니고 귀를 대어보란 말이야. 이 멍청이야!"

순간 목소리가 올라간 백묵판이 자신의 목소리에 기겁을 하고 몸을 움찔거렸다. 분명 백묵판의 직감은 틀리지 않았다. 그리고 바닥에서 은은하게 새어 나오는 향초 냄새가 시커먼 잿더미의 탄 냄새 사이로 배어 나왔다. 은신처를 발견한 부랑자나 다름없는 두 사내기 뒷걸음으로 농가를 벗어나자 두 사내 중 열쇠쟁이는 농가가 빤히 보이는 풀숲에 엎드려 보초를 서고, 백묵판은 이 엄청난 사실을 참사관과 추기경에게 전하기 위해 시내로 달렸다. 가슴은 두근거렸고, 포상에 인생이 바뀔 거라는 기대에 찬 욕심이 심장 박동보다 더 빠르게 뛰었다. 한걸음에 참사관의 숙소에 도착한 백묵판은 겸손과 예의를 모두 버린 채 문이 부서지도록 두드렸고, 두 명의 경비를 대동한 집사의 손에 뺨을 얻어맞고서야 정신을 차릴 수가 있었지만 오히려 백묵판의 얼얼한 볼 따귀의 감각은 기쁨으로 이미 신경이 마비되어 있었다. 얼마나 세차게 달려왔던지 급여의 일부로 제공받은 가죽 신발 두 짝은 버려져 맨발인 채였다. 하지만 다급했던 백묵판과 달리 지체 높은 귀족이었던 탓에 아무리 한밤중에 일어난 소란이었지만 참사관은 달랐다. 백묵판의 뺨을 때린 집사의 보고를 침실에서 받은 참사관은 속옷인 셍즈(chainse) 위에 상의로 푸르푸엥(pourpoint)을 입고 무릎까지 올라오는 긴 양말인 쇼오스(chausses)를 단정히 입고 나왔다. 참사관이 격식을 갖추는 데 걸린 시간은 족히 반 시진이 걸렸고, 그 시간 동안 백묵판의 입은 간질거렸고 인내는 짧았다. 참사관의 칭찬이 백묵판에게 전해졌고, 참사관

의 손이 백묵판의 어깨를 두드리자 그는 기쁨에 겨워 끅끅
거리며 눈에서 눈물이 흘렀고 두 볼이 실룩거렸다. 그동안
밖에서는 족히 백 명이 넘는 렉투르의 경비병들이 순식간
에 소집되어 농가를 향해 떠났고 곧 농가는 쥐 한 마리 빠
져나가지 못한 채로 포위되었다.

보두엥 신부와 크로캉의 찬송이 바람에 얹혀 농가에도
전해졌다. 아침 햇살이 황금색으로 변해 온 산과 대지를 초
록으로 변화시키고 있었다. 주님의 은총이 분명 그들에게도
전해지고 있었다. 은신처의 통로가 묵직한 쇳덩이에 의해
박살이 나고, 좁고 어두운 지하에 그 황금색의 햇살이 비치
는 순간 아무도 두려움에 떨지 않았다. 당연한 순교의 순간
이 왔음을 기쁘게 받아들였다. 아미엘은 기도했다. 비로소
영혼의 안식을 얻을 수 있음을 기도했다. 그녀는 그렇게 거
대한 신앙으로 신의 왼편으로 다가가고 있었다.

산에서 내려오고 있던 두 사람이 멀리서 아주 멀리서 농
가에서 전해지는 경비들의 나팔 소리와 황금색의 햇살 속
에서 피어오르는 잿빛 먼지를 보고 뛰어갔지만, 결박된 행
렬이 이미 떠난 뒤였다. 그날 렉투르에 이단자들을 색출하
고 체포한 소식은 집집마다 사람마다 전해졌다. 특히 백묵
판의 행위는 용감한 시민과 교회의 충성스러운 자녀로 포
장된 귀감이 되어 선전용으로 이용되었다. 어깨가 한껏 올

라간 백묵판은 오후 내내 광장에서 자신을 소개하며 스스로의 공을 치하기에 바빴다. 렉투르의 공무원과 교회에 관련된 어느 누구도 백묵판을 제지하지 않았다. 시민들은 부러운 눈으로 바라보기도 했지만, 질투를 느끼는 사람들은 입을 삐죽거리거나 돌아서서 손가락질하며 욕을 해댔다. 거기에는 곧 따라올 거금의 포상이 미웠고, 백묵판의 경거망동이 몹시 못마땅했기 때문이었다. 밤사이의 습기를 머금은 스산한 날씨와 다르게 한낮은 따스했다. 넓은 광장을 온통 제 것인 양 돌아다니며 만나는 사람 모두에게, 심지어는 어린아이에게도 자신의 활약상을 떠벌리고 다니던 백묵판도 오후로 접어들자 목에서 쇳소리가 나고 얇은 튜닉 사이 겨드랑이로 씻지 않은 몸에서 쉴 새 없이 땀이 나오자 쉰내가 났다. 그를 멀리서 가장 시기하는 눈빛으로 보고 있던 사람은 바로 열쇠쟁이였다. 풀숲에 엎드려 온갖 벌레들에게 온몸을 쏘이며 보초를 선 것은 자신이었지만 공은 모두 백묵판의 것이었다. 지난밤 자신의 마누라를 입에 올릴 때를 생각하면 그의 머리통을 내려쳐 부수지 못한 것이 약이 올라 미칠 지경이었고, 자신이 아주 의젓한 사람인 양 행세하던 것을 떠올리니 속이 뒤틀렸다. 열쇠쟁이는 광장 한 모퉁이에 앉아 아침부터 외상으로 얻은 포도주 찌꺼기를 홀짝거리며 백묵판을 숨죽여 바라보고 있었다. 하루 종일 빈속에 쏟아붓는 술 찌꺼기가 정신을 몽롱하게 만들며 조금씩 분노를 삭여주고 있을 때였다. 아무런 행사가 없는 일상의 광장은 오후가 되자 단조로웠다. 상인들의 마차 몇 대가 다니고 설교를 하는 수도자들이 광장의 끝에서 동서로 나뉘어 서로의 목청을 뽐내는 외에는 아이들이 분주히 뿔 나팔을 부는 소란스러움밖에 없었다. 백묵판이 그 속에서 시민들의 흥미에서 제외되어 시들해 갈 즈음 백묵판을 향해 빠르게 달려드는 한 남자의 그림자가 광장에 깔리고 이내 백묵판이 그 남자를 부여잡고 비명을 지르며 발버둥 치고 있었다. 하지만 백묵판은 남자에게서 빠져나올 수 없었다. 발버둥 칠수록 남자는 백묵판을 안은 채 미동이 없었고, 끝내 흥건하게 백묵판의 가슴에서 흘러내린 끈적한 피가 광장의 돌바닥을 적셨다. 몇 마리의 비둘기가 퍼덕거렸고, 몇 마리는 피 냄새를 맡고 호기심에 궁둥이를 뒤뚱거리며 모여들었다. 아이들의 뿔 나팔 소리가 얼마나 요란했던지 처음에는 백묵판의 비명 소리에 아무도 관심이 없었다. 열쇠쟁이조차 백묵판이 기쁨에 질러대는 미친 소리로 들렸을 뿐이었다. 점차 열쇠쟁이의 눈에 두 남자의 기이한 모습이 들어왔고, 검은 머리칼이 단정한 젊은 남자의 행동은 실로 이상하지 않을 수 없었다. 술에 취한 희멀건 눈에 힘을 주자 젊은 남자의 손에 쥔 짧은 은색 빛의 칼이 백묵판의 심장 가까이 박혀있음을 볼 수 있었다. 그때까지도 얼쇠쟁이는 의이한 생각뿐이었다. 그것이 한낮이 광장에서 일어날 수 있는 살인이라고는 생각할 수 없었기 때문이었고, 얄미웠지만 자신과 지난밤을 함께 보냈던 백묵판에게 일어날 일이라고는 상상할 수 없었기 때문이었다. 백묵판의 외마디 비명은 그 후에도 짧게 서너 번 더 터져 나왔다. 버둥거리던 몸에서 조금씩 힘이 빠져나가자 백묵판은 결국 미끄러지듯 젊은 남자의 품에서 흘러 바닥에 비스듬히 쓰러졌다.

크로캉은 광장 분수대 앞에서 무용담을 쏟아내는 백묵판을 한 시진 전부터 바라보고 있었다. 긴 튜닉 소매 속에는 짧지만 예리한 칼을 품은 채였다. 분노와 절대 용서할 수 없는 적의가 피 끓고 있었다. 살의가 발끝에서부터 머리끝까지 차올라 이미 이성은 마비되어 있었다. 미명 속에서 은신처로 향하던 보두엥 신부와 크로캉의 눈에 들어왔던 모습은 실로 형언할 수 없는 절망이었다. 곧바로 행렬을 뒤쫓아 갔지만 너무 먼 거리였다. 두 사람이 할 수 있는 선택마저 남기지 않은 최악이었다. 보두엥 신부는 자신의 몸을 던져 그들의 누명과 복속을 탄원하려 했지만 크로캉의 생각은 달랐다. 위선자의 처단. 복수가 먼저였다. 보두엥 신부는 렉투르에서 합리적인 교회 인사들을 매수하거나 면담하기 위한 방법을 모색하려 했다. 그사이 백묵판의 고발 소식이 렉투르 시내의 공기를 타고 크로캉의 귀에 전해지자 크로캉은 위험하고 잔인한 선택을 택했다. 백묵판은 자신의 무용담에 취해 오고 가는 모든 사람을 붙잡고 이야기하고 있었다. 그 모습은 마치 예루살렘으로 떠났다가 돌아온 십자군 기사 같아 보였다. 얼마나 섬세하고 정교하게 이야기하는지 마치 사람들이 십자군 기사의 행렬에 같이 있어 보였다. 크로캉이 참을 수 없는 건 그 추잡한 이야기 속에 사랑하는 누이 아미엘과 은신처의 사람들이 아주 극악한 이단자이거나 마녀와 같이 부풀려진 것이었다. 주님의 교회가 왜곡되고 있었다. 주님의 교회가 방탕한 그릇 속의 썩은 물로 보였다.

비로소 공기 속의 햇살처럼 먼지 속의 흙냄새처럼 혹은 깊은 숲속에서 찾아낸 약초 냄새처럼 짙은 피 냄새가 코끝에서 폐 깊숙이 스며들어 크로캉을 약간이나마 진정시켰다. 손가락 사이에서 흘러내리는 끈적임이 싫지 않았다. 가슴골을 중심으로 아래로 온통 벌겋게 적셔진 자신의 옷을 바라보자 두려움보다는 무언가 시원하고 상쾌한 성취감이 생겼다. 자신의 발아래에서 버둥거리다가 조금씩 움직임이 둔해지는 한 남자. 눈동자는 뒤집어지고 악다문 입과 달리 머리는 떨리듯 흔들리고 있었고, 두 팔은 젖혀져 흔들고 싶지만 그러하지 않고 두 나리는 쭉 뻗은 채 들썩거리고 있었다. 크로캉의 주위는 순식간에 느리게 움직이더니 점차 모든 사물이 정지되어 가고 있었다. 크로캉은 공기 속의 습기와 심지어 광장에 머무는 사람들의 냄새마저 느낄 수 있었다. 마차에 잔뜩 실린 이국의 풍물 중 여우 가죽으로 발목을 덧댄 겨울용 장화에서는 아직도 피 냄새와 노릿한 짐승 냄새가 남아있었는데 가죽은 덜 자란 새끼의 것이었다. 한쪽에서 풀쩍거리며 광장을 돌아다니는 열 살짜리 남자아이의 뒷덜미를 후려쳐 잡아가는 박피공의 겨드랑이에서 스물거리며 나오는 땀 냄새와 어젯밤 술집에서 목구멍으로 털어 넣은 독한 압생트와 밤일을 미처 끝내지 못한 정액 냄새까지도 맡을 수 있었다. 냄새와 함께 소리와 색도 선명해졌다. 버둥대는 그 아이가 박피공의 주먹질에 뒤통수를 얻어맞아 내는 둔탁한 소리는 오히려 아이의 두개골 안에서 울려 북소리처럼 공기 중에 퍼졌다. 색은 어떠했을까? 구멍 난 남자의 심장이 아직 멈추질 않아 힘겨운 숨을 쉴 때마다 울컥하며 뿜어져 나오는 피 색깔은 짙은 갈색과 장미꽃의 연한 보라색이 섞여 돌바닥에 흘러내리자 햇살에 표면이 반사되어 반질거리더니 투명해졌다. 아마도 북쪽 바람이 가까이 있었던 모양이다. 크로캉의 단정한 머리칼 수

천 가닥, 아니 수만 가닥이 한 올 한 올 나풀거리며 날아 오르자 두피의 신경이 이내 알아차리고 일제히 증거를 드러내기 시작했다. 머리칼 사이로 북쪽 바람이 숲의 정령을 만날 때처럼 조심스럽게 스며들자 크로캉은 얇고 날카로운 칼에 베이듯 정신이 명료해졌다. 그것은 환각과 비슷했다. 분명 자발적인 살인의 두려움이 해결해야 할 '의식'으로 판단되어 죄의식이 사라졌다. 크로캉은 곧 귀가 닫혀 먹먹해졌다. 아무런 소리도, 아무런 냄새도 아무런 느낌도 없이 조금 전과 다른 환상이 눈앞에 나타났다.

밝게 펼쳐진 들판. 아미엘의 어린 모습이 너무나도 아름다워 바라보는 내내 눈물이 흘러내렸다. 짧은 머리가 이마를 덮고 갈색과 검은색이 합쳐진 눈동자는 짙어 멀리서도 시선을 맞출 수 있었다. 머리 위에는 흰색, 보라색, 붉은색, 노란색이 넓은 날개에 수를 놓은 것처럼 뿌려진 작은 나비가 날고 있었다. 처음에는 한 마리였던 나비는 순식간에 헤아릴 수 없이 날아와 아미엘을 에워싸더니 조금씩 허공으로 떠올랐다. 아미엘은 한 치의 두려움도 없이 마치 천사처럼 허공에 떴다. 들판의 지평선에 낮달이 선명하게 보였고, 낮달 주위로 무지개가 비쳤다. 지평선이 너무 멀어 낮달이 곧 숨어버릴 아쉬움이 들었지만 낮달은 한동안 그대로 보이더니 태양과 자리를 바꾸었다. 익숙한 농지를 걸었고, 실개천에서 튀어 오르는 눈에 잘 보이지 않는 조그마한 생명들이 살갗을 스치며 지나갔다. 맨발의 촉감은 진혀 불편하지 않아 자갈도 모래처럼 부드러웠다. 얼룩지듯 풀에 매달린 지난밤의 이슬은 아직 차가웠으며, 바람은 익숙했다. 계절을 구분할 수 없었다. 팔과 목과 다리. 온통 맨살을 파고드는 햇살은 지치지 않았다. 여름 들판에는 재스민의 향기가 가득할 것이다. 향기 좋은 재스민은 달콤하기도 했고 새콤한 향기도 났다. 아미엘의 일상은 재스민을 채취하여 넓은 마당에 말리기를 정성스럽게 했다. 아미엘의 정성이 담긴 말린 재스민을 따뜻한 물에 우려내어 마시던 그 맛은 크로캉의 위통을 달래주었고, 어머니의 우울을 위로하기도 했다. 재스민의 섬세한 향기는 아미엘과 닮았는지도 모른다. 새벽 들판에 이슬을 헤치며 나간 아미엘에게서는 집으로 돌아올 때 재스민 향기가 따라와 하루 종일 행복하게 해주었다. 들판의 재스민이 허리를 접고 사라지는 계절이 오면 아미엘은 말린 재스민을 항아리에 보관하거나 투명한 천에 싸서 집 안 곳곳에 걸어두었다. 황량한 겨울이 오더라도 집 안에서 퍼져 나오는 향기는 온기보다 더한 생명력을 가져다주었다.

"네 덕분에 재스민이 겨울에도 피어있어."

크로캉은 아미엘을 보며 이렇게 말했다. 그 말은 진심이었다. 아미엘은 생명을 유지시키는 재주가 있어 보였다. 가끔 아미엘의 얼굴을 보면 너무 맑아 재스민보다 투명해 보이기도 했다. 그럴 때마다 크로캉은 아미엘이 누이가 아니라 신이 내려보낸 천상의 존재로 착각되었다. 대부분의 시간을 집 안에서 어머니와 보내는 아미엘이 들판으로 나갈 때는 그렇게 꼭 향기를 채집하고 돌아와 신의 축복을 대신 전해주는 듯했다.

그 시간 아미엘은 동료들과 함께 다시 어둡고 습한 지하 감옥에 팔이 뒤로 묶여 매달려 있었다. 이미 두 번째였고, 이상하게 두려움과 공포는 없었다. 오히려 고통보다 어떤 지루함이 아미엘에게 다가왔다. 아미엘은 지루함을 잊으려 눈을 감았다. 어느 해에는 들판에 보지 못한 꽃들이 피었다. 렉투르의 성문이 보이는 곳에서부터 광활하게 펼쳐진 농작지를 뺀 모든 들판과 산에 그 꽃들이 피었다. 순결해 보이기도 했고, 너무 샛노란 탓에 눈이 혼란스러워지기도 했다. 그 꽃을 처음 본 사람들은 동방에서 온 상인들이 뿌려놓은 씨에서 난 꽃이라며 '천상의 꽃'이라 말했다. 아무튼, 봄에 핀 꽃은 한동안 렉투르를 지배해 사람들을 즐겁게 했다. 아침부터 저녁까지 아낙들과 아이들 심지어는 귀족 부인들까지 꽃에 매료되어 놀이를 즐기며 일을 하지 않자 지방 장관과 추기경은 그 꽃을 '천상의 꽃'과 다르게 '악마의 꽃'이라 규성하고 모두 뽑아낼 것을 명령했다. 곳곳에 자리 잡은 꽃을 일시에 제거하리란 쉽지 않았지만 수많은 사람들과 경비 병력이 동원되어 산이란 산과 들이란 들은 온통 파헤쳐 꽃을 모두 제거해 버렸다. 그날 밤 아미엘은 꿈에 샛노란 꽃이 무더기로 자란 들판에서 노란 물결에 둘러싸여 있었다. 점점 꽃들의 키가 자라더니 멀리서 사람 형상을 한 꽃이 대롱채로 다가오고 있었다. 얼핏 무섭고 두려웠지만 아미엘은 침착하게 꽃의 향기를 맡으며 눈을 감았다. 느린 바람이 불고 일제히 흔들리기 시작한 꽃들은 아미엘을 꽃들의 품속으로 가두어버렸다. 낮달이 노란색으로 꽃과 같이 변하고, 빛이 비치자 옅은 핏빛 같은 붉은색이 살짝 비쳤지만 역시 노란색은 따뜻해지기 시작하는 3월의 햇살과 같아 보였다. 그대로 빠르게 하루가 지나고 밤이 되고 사람의 흔적이 사라지자 꽃들이 아미엘에게 말을 걸기 시작했다. 아미엘은 희망과 귀여움으로 자신이 변하는 아주 희한한 경험을 하고 있었다. 밤인데도 나비와 벌이 모여들었고 옅은 안개가 몰려와 사방을 보호해 주었고 곧 보름달이 떠올랐다.

"노란빛이 나요. 마치 내가 천국에 와있는 기분이군요."

아미엘은 혼잣말을 중얼거렸다. 마치 누군가 곁에 다가와 있는 느낌이었고, 아미엘은 홀려 있었다. 어쩌면 언젠가 이런 느낌을 분명 가진 기분이 들었다. 달빛 아래 육체가 드러났었고, 빛의 조각들로 새로 태어나 행성의 수호자이자 지배자, 올리브유에 담긴 여신, 순도 높은 꽃향기가 숨을 쉴 때마다 뿜어져 나왔었지. 여전히 아름답고 위험한 언어. 이상한 세계의 국경에 있었던 느낌 그대로였다.

"내가 가진 전부를 이곳에서 잃어도 나는 후회하지 않을 자신이 생겼어요. 늘 그랬죠. 지평선 너머에 보지 못한 수많은 세상이 있을 거란 상상을 해왔지만 이제는 부럽지 않아요. 삶이란 내게서 나오죠. 나의 확신이 세상을 바꿀 수 있을 것이란 믿음이 다른 사람에게도 전달되리라 믿어요."

보름달은 점점 커져 갔다. 결국, 태양만큼 커지자 눈을 감은 아미엘의 눈동자 속에서도 보름달은 선명해졌다.

"눈을 떠요. 아미엘! 이제 상상만으로 세상을 보지 말아요. 이미 당신은 세상의 주인이 되었으니까요."

분명한 대답이 어디에선가 아미엘에게 들려왔다. 눈을 뜨자 아미엘은 집으로 돌아와 있었다. 낡고 비좁은 집은 비록 그대로였지만 온화하고 향기가 나며 빛이 나는 집이었다. 문이 열리고 활짝 웃는 크로캉과 어머니가 나란히 서있었다. 집 주변에는 대부분 노란색 꽃인 알라만다(allamanda) 사이로 아미엘이 가꾸어 놓은 재스민과 알라

만다의 부드러운 분홍빛 색의 꽃인 블란체티(*allamanda blancheti*)가 아름답게 씌어있었다.

　둔탁한 소리를 내며 쓰러지는 소리가 들렸다. 아미엘의 서너 걸음 옆 기둥에 묶여있던 늙은 남자였다. 그는 렉투르 상인 조합에 소속되어 있던 자유민이었다. 굳이 그가 종교의 자유와 이성적 의지를 행동으로 부르짖으며 위그노에 합류할 필요는 없어 보였다. 그에게는 가족이 있었고, 약간의 경제적 자유가 보장되어 있었다. 그의 가족이 모두 그를 지지했는지는 알 수 없었다. 또한, 그의 죽음이 고난으로 가족에게 돌아갈지도 알 수 없는 일이었지만 추측건대 아이들이 성장했다면 반드시 렉투르를 탈출하는 방법이 옳을 것이다. 소리에 놀라지는 않았지만 아미엘은 눈을 떴다. 꿈속과 현실이 너무 달랐지만 이상하지도 않았다. 단지 꿈속의 빛에 어둠 속의 망막이 적응하지 않은 탓에 실눈을 떠야 했다. 사물이 완전히 아미엘의 눈에 선명해졌을 때 지하의 곰팡이 냄새와 찢어진 살 냄새와 고름 냄새가 아미엘의 코끝에 닿았지만 아무런 움직임 없이 그대로 마지막 기도를 했다.

26

"나 죽음 그늘 드리운 깊은 골짜기 지난다 해도 아무런 두려움 없이 가리라. 주께서 내 곁에 함께하시니 목자들이 지팡이와 막대기로 양 떼를 인도하듯이, 주께서 나를 인도하여 주시니 시름은 사라지고 이 마음은 이렇게 든든하여라."

크로캉은 처음에 낮게 읊조리며 시편 23장 4절을 외웠지만 조금씩 목소리가 커져 갔다. 곧 광장의 새들은 놀라서 모두 날아가고 아이들은 귀를 막고 놀라거나 어른들은 당황한 표정으로 사방에서 달려오는 렉투르의 경비병들을 바라보아야 했다. 그때까지도 크로캉은 아무런 동요 없이 자신의 기도를 이어나가고 있었다. 발밑에는 긴 목숨이 결국 헐떡이며 숨을 멈췄다. 그때서야 크로캉의 거친 심장이 사그라들었고 근육은 이완되기 시작했으며 눈동자도 제 모양으로 돌아왔다. 하지만 미세한 신경들은 흥분된 채로 남아있었다. 열 손가락 모두 마디가 떨리고 있었고 후각은 익숙하게 피 냄새에 젖어있었다. 심지어 흥분으로 숨이 고르지 못한 탓에 입을 벌리자 혓바닥에 미끈하고 찝찔한 피의 분자들이 공중으로 날아올랐다가 흡착되었다. 순간 피의 분자들로 인해 다시 감정이 고조되었다가 온몸으로 복수의 증거들을 확인하자 또다시 안정되었다. 살인은 정말 흥분되고 이상하게 순수한 경험이었다. 그로캉은 자신의 인생에 가장 창조적인 행위로 자부심이 생겨났다. 실눈을 뜨고 지그시 고통으로 일그러진 채 죽은 백묵판의 얼굴을 내려다보았다. 악행을 일삼은 자를 처벌한 자신이 용감해 보였다. 하늘을 올려보자 뭉쳐진 구름이 활짝 펼쳐졌다.

"저는 주님의 뜻을 따랐나이다. 고통을 대신하며 주님을 따르고자 하는 수많은 이들과 아미엘의 억울함을 조금 풀었나이다. 이제 저는 지금 한없이 훌륭하고 새벽바람처럼 한가롭사옵니다."

옷 사이로 증기처럼 피어오르던 땀이 식어가자 한낮인데도 추위가 느껴졌다. 비로소 이성이 발동되자 자신의 가슴 깊숙이 간직하고 있던 삶의 욕망이 꿈틀거렸다. 그것은 원대한 꿈과 같았다. 소작농으로 일상에 충실했던 때와 다르게 세상의 변혁을 생각하자 뱀처럼 고개를 쳐들고 다가왔던 모든 부조리가 떠올랐다. 추수를 하면 생산량의 할당을 어이없이 높이던 영주의 거만한 얼굴과 저울의 눈금을 한 눈금이나 높게 잡고도 항변을 하던 소작농들을 몽둥이질로 몰아세우던 집사들의 악랄한 표정이 떠오르자 어금니가 소리를 내며 입이 다물어졌다. "왜? 지금까지 나는 억울함을 억울하게 달래고만 있었을까?" 거친 눈빛이 이글거리며 크로캉은 죽은 백묵판의 가슴을 발로 거칠게 눌렀다. 세상을 살아가는데 그렇게 많은 관례들이 판을 치는지 터무니없는 세금과 약속되지 않은 징수는 누가 관장하며 누구의 생각인지 비로소 의문이 크로캉의 순수를 무너뜨리고 있었다. 때론 야경꾼들의 횡포와도 맞닥트려야 했다. 순찰과 범죄의 예방을 빌미로 한밤중에도 문을 두드리며 음식과 술을 요구하는 야경꾼들은 대부분 권력과 한통속이었다. 개인의 재화를 유용하는 야경꾼들은 야경국가에서 눈에 보이지 않고 밝혀지지 않은 폭압을 일삼는 또 하나의 거대한 세력이었다. 분명 절대왕정의 시대였다. 하지만 귀족과 교회 외에도 절대다수의 특권자들에게 권한과 자원이 배분된 상태에서 서서히 사유재산의 막대한 부를 축적한 상인들의 상인조합과 동업조합 그리고 도시 연맹들 사이에서 단순한 도시 빈민과 겨우 자유민이라는 신분을 획득한 크로캉과 같은 소작농들은 여전히 '보이지 않는 손'에게 핍박받고 있었다. 매우 구체적인 인간의 삶이란 사유재산이 보장받고 개인의 경제활동이 자유로우며 종교의 선택이 강요되지 않는 간섭과 강제가 없는 사회여야 한다. 이 모든 합리적인 행위가 보장되는 삶이야말로 자유민들이 누려야 할 특권이 아닌 보편적인 권리이자 의무였던 것이다.

새벽바람처럼 한가롭고 가끔 새벽바람처럼 차디차 스스로 살아있음을 느끼고 싶었다. 딘지 그것뿐이었다. 끝도 없이 펼쳐진 장원에서 겨우 조그만 자신의 소작 농지를 가꾸는 크로캉은 그 농지 안에서 부는 새벽바람의 근원을 알고 싶었다. 유년의 자신의 삶이 기억이란 태동 속에서 시작되었듯이 바람은 어디서부터 불어왔는지 알고 싶었다. 왜냐하면, 바람은 생명의 근원 중 하나이며 생명의 소멸에도 간섭하는 근원이었기 때문이었다. 미명의 새벽은 늘 신비로웠다. 더구나 비가 내린 후에는 온갖 숨어있던 냄새들이 비의 소동으로 흩어진 후에 제자리를 찾기 위해 공중으로 날리고 있었다. 명명되지 않은 비밀들이 숨어있다가 스물거리며 고개를 내밀었다. 크로캉은 온몸의 모든 촉각을 자제시키고 먼저 바람이 그 비밀들을 파헤치는 소리를 들어야 했다. 가장 먼저 공중에 부유하는 먼지를 안정시키고 바람이 거쳐 온 모든 곳의 비밀을 지켜주어야 했다. 바람으로서도 그런 곤란한 일을 매번 겪는다는 것은 고통스러운 일이었지만 그것은 오히려 바람에는 가장 위대한 특권이었다. 문제는 시간이었다. 이 모든 것을 관장하는 것은 시간이었다. 아직 아무도 몰랐던, 아니 생각하기 싫었던 가장 거대한 존재이며 또한 눈에 보이지 않는 존재라서 그 누구도 상상할 수 없었다. 심지어 자연과 사물을 함께 관장하는 태양조차 보이지 않는 시간과의 싸움에는 한낱 미물에 불과했다. 시간이 관여하여 해결되지 않은 일은 없었다. 기억조차 시간이 개입하면 과거와 현재 사이에서 대부분 적당한 타협이 이루어졌다. 새벽바람은 어쩌면 시간의 가장 친밀한 측근인지도 몰랐다. 바람은 태양이나 비 그리고 구름 그 외에도 크로캉을 인내시키고 자극하기도 했던 모든 요소와 풍경 중에 유일하게 시간과 함께 눈에 띄지 않는 존재였기 때문이었다. 새벽바람처럼 자신의 존재를 사라지게 할 요량으로 크로캉은 심오한 단계로 들어서고 싶었다. 어쩌면 크로캉이 새벽바람을 떠올린 건 몽상과 관계되어 있을지 모른다. 분명 크로캉은 자신의 행위가 살인과 범죄라는 것을 알고 있었고 또 깨달아야 했다. 하지만 자책과 혼돈으로 휩싸인 두려움은 거두기로 했다. 백묵판에 대한 조금의 위로와 참회도 생각하지 않기로 했다. 대신 그의 죽음이 세상에 표본이 되기를 작게는 그로 인해 죽음과 고통에 직면한 아미엘과 낯선 사람들에게 위안이 되어 백묵판이 사죄의 순간을 획득하기를 바랄 뿐이었다. 시간이 지나면서 크로캉의 충동은 살인의 정당성 그 조차에서도 제외되어가고 있었다. 바라던 모든 것이 이루어졌다. 자신이 할 수 있는 최소한의 의무를 다한 크로캉은 무념의 상태에서 마지막 백묵판을 위한 고해의 기도를 계속 이어나가고 싶었지만 그때였다. 왼쪽 옆구리에서 뜨끔한 감각이 느껴졌다. 무언가 매우 예리하게 다듬어진 그것은 못과 같았고 뾰족한 늑대의 송곳니와도 같았다. 최초에는 그 감각이 고통스럽지 않았다. 오히려 약간의 쾌감을 가져다주었다. 하지만 다시 찰나가 지나고 쾌감이 갈비뼈 사이로 전해오자 덤덤하던 고통은 이내 온몸의 신경을 그쪽으로 향하게 했다. 그 순간 미각, 시각, 후각, 청각, 촉각. 다섯 가지 감각 중에서 촉각이 곤두섰다. 다시 촉각의 네 가지 감각 중 눌리는 감각인 압각, 아픔을 느끼는 통각, 차가운 감각을 통제하는 냉각과 따뜻함을 느끼는 온각 중에서도 온각만을 제외한 세 가지의 감각이 밀려왔다. 예리한 금속이 틀림없는 그것이 먼저 얇은 린넨 옷을 찢고 여린 살을 건드리자 피부의 예민함이 극대화되었다. 피부의 가장 예민한 신경들이 금속과 만나자 여름이었지만 사람의 몸속 온도보다 낮은 금속의 온도를 측정해 내었다. 냉각은 피부로 몰려와 크로캉에게 감각을 전달했다. 아직 냉각은 피부에만 국한되었다. 피부가 얇게 덮고 있던 실핏줄과 정맥을 금속이 건드리자 냉각은 고조되었고, 통각은 안달 난 채 기다려야 했다. 크로캉에게 통각이 전달되기에는 냉각의 힘이 압도적이었다. 크로캉의 옆구리 몸을 침범한 금속과 피부 사이로 붉은 피가 실개천의 가장 좁은 수로처럼 한줄기 새어 나왔다. 이제 시작이었다. 금속이 손가락 한 마디를 지나 두 마디를 파고들자 기다리고 있던 통각이 밀려왔다. 통각은 정확하게 왼쪽 늑골을 관통한 열두 개의 늑골 중 열 번째와 열한 번째 사이인 부늑골에서 이루어졌다. 빗장뼈 아래로 가슴을 둘러싼 상부 일곱 개의 진늑골과 일곱 번째 아래로 아홉 번째인 가늑골 밑에 가슴뼈와 연결되지 않고 복근 속에 숨어있는 부늑골이었다. 다행스럽게 압각이 발동되기에는 금속이 뼈를 건드리지 않고 뼈와 뼈 사이를 관통하는 중이었다. 짧은 순간 외부의 침범에 크로캉의 몸속 세포들과 혈관들이 당황하자 크로캉은 자신의 몸을 돌아보았다. 옆구리에 박힌 반짝이는 창이 보였고 잘 닦은 창끝에 햇살이 묻어있었다. 그 순간에도 여름 햇살이 얼마나 투명한지 크로캉은 눈을 찌푸려야 했다. 예고되었던 상황처럼 천천히 오른팔을 돌린 크로캉은 창을 손으로 잡았다. 묵직함이 느껴졌고, 결코 창의 주인을 배신하지 않으리란 믿음이 크로캉의 손끝에 전해졌다. 물론 크로캉은 자신의 살인과 창의 믿음에 대비해 자신의 곤경스러움을 유추해 보았다. 그리고 혹시 일어나게 될 억울함을 접기로 했다. "그렇지. 모든 사건에는 발단이 있고 결과가 있는 법이지. 그 결과가 나에게 유리하지 않다 하더라도 결말의 보편성을 받아들여야겠지. 그 보편성이 나에게 고통이 된다면 그마저도 옳은 일이야!" 크로캉에게 전달된 통각은 겸손했다. 창이 제주인을 받느는 섯처럼 통긱은 크로캉에게 최소찬의 고통으로 대변하려 애썼다. 하지만 창의 주인은 다소 야만적이었다. 붉은 망토 외에는 시민과 비슷한 복장이었지만 셔츠 위의 오버 가운과 다리를 감싼 단단한 타이즈에 가죽 허리띠에 달린 단검과 무엇보다 뾰족한 새 깃털이 달린 모자와 등에 매달린 붉은색 가죽의 화살통이 분명 렉투르의 경비병임을 말해 주고 있었다. 경비병은 크로캉을 심각한 범죄자로 규정지었고 크로캉의 행동을 어이없게 받아드렸으며, 크로캉이 침착한 얼굴로 자신에게 돌아보려 하자 위협을 느꼈다. 경비병은 크로캉을 찌른 자신의 창에 힘을 주어 열 번째와 열한 번째 부늑골 사이에서 아래로 열두 번째 마지막 부늑골을 향해 한 마디 더 찔러 넣었다. 예리한 창끝이 뼈 사이를 통과해 정확히 열두 번째 부늑골의 뼈에 박히자 통각은 압각과 더불어 고통이 배가 되었다. 거기까지 침착과 고통을 견디고 있던 크로캉도 예측하지 못한 압각에는 어쩔 수 없었다. 그리스도의 옆구리를 찌른 로마 병사와 그 로마 병사의 창이었던 '롱기누스의 창'과 같았다. 뼈를 건드린 창은 그대로 박혀 버렸다. 불과 손가락 세 마디에 불과한 깊이는 크로캉에게 경험하지 못한 고통을 안겨주었고 인내와 순수를 저버리게 했으며 백묵판과 똑같은 일그러진 얼굴로 만들어 주었다. 크로캉은 창을 잡은 손을 놓지 않았다. 경비병도 창을 쥔 손에 힘을 주었고 그 팽팽함은 지속되었다. 햇살은 반짝이는 창을 타고 흘러내리는 크로캉의 피를 데워주었다. 그리고 마지막 네 번째의 촉각 온각이 크로캉에게 전해지자 크로캉은 창을 잡았던 손을 놓고 오른편으로 허물어지듯 쓰러졌다. 모든 고통의 끝. 명상의 끝도 함께 왔다. 몸이 바닥까지 닿는 동안 공중에 뜬 몸은 허공에서 지상에 다다르는 긴 비행과 같았다. 광장의 첨탑이 함께 기울어졌고 집이란 집도 모두 기울어졌으며 심지어 광장의 돌바닥을 빠르게 이동하던 비둘기떼들은 수직으로 날아올랐다. 비둘기뿐만이 아니라 피 냄새를 맡고 어슬렁거리던 몇 마리의 도둑고양이들도 수직으로 달렸다. 기괴한 현상을 마주하며 형이상과 형이학이 구분되지 않는 초자연적인 경험이 이루어졌다. 세상과 사물을 바라보는 새로운 관점을 이해하는 실로 굉장한 경험이었다. 죽음이라는 평범하게 경험해 보지 못하는 비극 속에서 어이없는 희극이 탄생되는 순간이었다.

　그 날도 마찬가지였다. 늘 마지막 순간에 아름다운 것일까! 대신 침묵이 찾아 왔다. 하늘에는 태양만이 있었고 구름마저 보이지 않는 화창한 날씨에 바람의 흔적도 없었다.

생명체란 생명체는 하나도 보이지 않았다. 그 흔한 도둑고양이들도 자취를 감췄고 똥을 떨어뜨리며 날던 비둘기 무리도 보이지 않았다. 아이들은 집에 갇혔고, 부랑자들은 멀리 외곽에 숨어있었다. 뿔피리 소리도 들리지 않았고, 화약 냄새는 추억처럼 아련했다. 꽤 많은 숫자의 교수대가 광장에 설치되었고 수많은 경비가 광장을 에워쌌다. 이른 아침이었으며, 너무 아름다운 장미가 주변에 피어있었다.

"앞으로 렉투르에서 이와 관련한 소문과 더 이상 이단자의 소요가 일어나선 안 된다는 것을 명심하시오!"

침실에서 거만하게 걸어 나온 추기경이 집무실과 마주한 문을 열자 의자에 앉아있던 주교가 황급히 일어섰다. 추기경의 목소리는 아직 잠에서 깨어나지 않은 젖은 목소리였지만 그 무거움은 확실하게 주교에게 전달되었다.

"그런데 아직 그 이상한 신부에 관한 소식은 없나?"

추기경은 주교를 바라보며 눈썹을 세웠다. 이마 사이가 좁아 약간의 표정으로도 매서움이 보이는 얼굴이었다.

"주교는 아직 주님 곁에 다가가기에는 많이 모자란 게요?"

멀리 교수대가 설치된 광장을 바라보며 추기경은 미소를 띠었다. 다시 혼잣말로 "오늘 주님의 징표를 전하기에는 너무 좋은 날이군."이라고 말했다. 창밖에는 찬란한 태양만이 보이는 빈 하늘이었다. 이른 아침 추기경을 영접하러 온

주교와 참사관은 때론 위협과 때론 무지의 혼돈 속에서 서
로 얼굴을 마주 보았다.

　아미엘 옆에 고개를 숙이고 금방이라도 쓰러질듯한 남자
가 서있었고, 그 옆에 크로캉이 서있었다. 아미엘과 크로
캉은 자신들 사이에서 시야를 가린 남자를 잘 알지 못했
다. 그의 머리에 보이는 세치로 나이를 추정하고 그도 렉
투르의 장원 어디쯤에 농지를 가진 소작농이란 것 외에
는 알 수 없었다. 그는 왜 여기에 있을까? 고통이 끝나버
린 크로캉은 자신의 옆구리에 깊게 팬 상처가 대수롭지 않
았다. 겨우 고통을 이겨내며 죽음 앞에 서있지만 이제 그런
두려움은 아무렇지 않았다. 영면할 수 있을까? 신은 있을
까? 먼저 가신 어머니는 행복하실까? 아미엘은 지금 슬플
까? 두꺼운 판자를 걸어오는 서너 명의 발자국 소리가 들
려왔다. 그들은 두 눈만 낸 검은 두건을 쓰고 있었다. 그
들의 손에 있던 검은 보자기들이 한 사람 한 사람의 머리
에 씌워졌다. 크로캉은 먼저 아미엘의 머리에 검은 보자기
가 씌워지는 모습을 보았다. 아름다웠던 얼굴이 사라지고
있었다. 옆의 남자에게 똑같은 보자기가 씌워지는 순간 남
자는 정신을 차리고 울기 시작하며 자리에 주저앉았다. 크
로캉의 얼굴이 가리어지자 세상도 종말을 고하려 준비해야

했다. 빛 그리고 신선한 바람. 무엇보다 온갖 소리들이 닫혀버렸다. 시각과 청각을 잃어버리자 갑자기 지난 노동 속에서 고약했던 땀 냄새가 나며 그로 인해 그토록 그리웠던 들판과 새소리와 곤충들의 작은 움직임이 시각과 청각으로 나타났다. 곧이어 멀리서 둥근 빛이 크로캉을 향해 다가오고 있었다. 그 속도는 빠르지도 느리지 않았는데 분명 빛 속에 누군가 존재하는 느낌이었다. 빛은 점점 커졌고 선명해지더니 노랗고 붉게 또 보라색과 분홍색 등 형언할 수 없을 정도로 수많은 색이 뒤섞여 빛의 둘레를 만들어 냈다. 크로캉은 전혀 눈부심 없이 다가오는 빛을 똑바로 쳐다보았다. 황홀함의 극치였다. 꿈인지 현실인지 도대체 분간할 수 없는 매혹 속에서 눈동자가 커지기 시작해 도리어 자신이 빛 속으로 다가가서 빨려 들어가고 있었다. 단 한 번도 느껴보지 못한 오르가즘의 세계였다. 온몸의 세포가 곤두서고 말초신경의 혈액들이 분주히 혈관을 타기 시작했으며 팔과 다리 심지어 심장까지 저리다 못해 바늘로 찌르는 느낌이었다. 결국, 빛과 크로캉이 합일을 이루어내자 빛 속에서 좌우로 나뉜 두 팔이 나와 크로캉을 안았다. 어머니와 아미엘이었다. 두 사람은 어느새 빛보다 더 밝은 흰옷을 입었는데 자세히 볼수록 흰색이 아닌 은빛 빛깔의 상의와 하의가 연결된 동방의 실크로 만들어진 옷이었다. 세 사람은 공중에 뜬 채로 서로를 안았다. 어머니도 웃고 있었고 아미엘의 미소는 마치 천사 같았다. 크로캉은 그제서야 다행이다 싶어 안도의 숨을 쉬었다. 곧이어 세 사람은 서로를 안은 채 빛 속으로 사라졌으며 천국의 문이 열리는 소리와 함께 크로캉의 목이 부러지는 소리가 동시에 들렸다. 그렇게 크로캉의 몸도 교수대에서 아래로 중력이 작동되었다. 다행스럽게 중력은 크로캉의 목을 단숨에 부러뜨렸고, 크로캉은 자신보다 간발의 차이로 교수대 아래로 떨어진 아미엘의 마지막을 보지 못했다. 렉투르의 파렴치한 힘을 지닌 자들이 광장을 통제하고 소문을 잠재우며 렉투르의 힘에 순종하지 않는 결과에 선례를 남기는 본보기를 보이려 할 때 수많은 사람 중 닫힌 문틈으로 골목에서 수레 밑에서 벽 뒤에서 공허와 분노를 삼키는 사람들이 있었다. 그들 중에는 자유민들도 있었고 부랑자도 있었으며 평소에 가장 억압받는 부녀자들도 있었다. 대부분 그들은 평상에는 자신의 신념과는 무관하게 살아가는 사람들이었다. 그들에게도 동정이란 것이 있었고, 양심이란 것이 있었다. 언제나 벽 뒤의 공허는 공포를 동반하여 두려움을 전하지만 상반되게 분노를 유발하기도 했다. 그리고 동정심과 양심이 그 분노 속에서 싹을 틔우는 순간 또 다른 시간에 힘이 광장을 통제하는 수고는 계속되는 것이다. 크로캉을 교수대 아래로 떨어뜨린 중력은 꽤 컸다. 시민들의 양심에 큰 울림을 주었으며 무엇보다 보두엥 신부의 외침은 벼락과 같았다. 많은 동료를 잃고 남은 신부의 상실과 자책은 이루 말할 수 없었다. 회한 속에서 자신을 돌아보았다. 무력감이 왔고 신에 대한 원망이 생겼다. 기나긴 밤을 뜬눈으로 보내고 밝고 빛나는 햇살을 받으며 광장으로 걸었다. 밤새 들판과 산을 배회한 그의 옷은 비에 젖은 사람처럼 눅눅했고 두건을 쓴 머리는 헝클어졌고 신발은 해어져 있었다. 구멍 난 가죽 사이로 삐져나온 엄지발가락은 발톱이 빠져 핏물이 흘러나왔으며, 무릎은 오랜 기도로 인해 옷이 찢어져 있었다. 멀리 광장이 보이자 잠시 발걸음을 멈춘 신부는 시선을 올려 시내의 상점과 지붕과 첨탑과 시청과 보이는 모든 지상에 이어진 선들을 감상했다. 그 평화롭고 아름다운 수평의 선 밑에 오직 비극으로 눈에 띄는 수직의 선들이 교수대 위 검은 두건을 쓴 사람들로 줄지어 있었다.

"오늘처럼 이렇게 비극적인 평화가 있었던가? 그 많은 사람은 어디로 갔을까? 차라리 구경이라도 나왔다면 저들은 분노와 모멸로 자신의 죽음을 이해하지 못한 채 죽기라도 하지. 신은 이마저도 허용하지 않았단 말인가?"

보두엥 신부는 눈을 감았다. 그의 감은 눈 사이로 눈물이 흘러내렸다. 눈물은 은빛처럼 맑았으나 며칠 동안 씻지 않은 얼굴에 자국을 만들었다. 한참을 그렇게 그 자리에 서있자 바람 한 줄기가 불어와 그의 등에 닿고 그를 앞으로 떠밀었다.

"그들을 위로해 주세요. 신부님이 그들을 다시 정화하고 영혼의 주인이 되어 함께해 주세요."

보두엥 신부의 귀에 무언가 속삭임이 전달되었다. 귀를 간질이는 속삭임은 고막을 건드려 신부의 감긴 눈을 뜨게 만들었다. 여전히 수평의 선과 수직의 선은 대비되었지만 조금 전과 다르게 보두엥 신부의 발걸음은 가벼워졌다. 신부는 걸으며 혼자 말했다.

"내가 그들을 정화하는 것이 아니라 내가 그들에게 정화되었으며 내가 그들의 주인이 되는 것이 아니라. 내가 그들에게 속박되어 용서를 구해야 할지니 옳은 것은 그들이 내게 이미 가르침을 주었으며, 정의는 세상에 뿌려졌도다. 이제 내가 할 일은 비천한 몸을 그들에게 보여 정의가 그들에게서 옮겨진 모습을 새삼 실천하는 것이다."

보두엥 신부의 모습은 예전의 온화함과 성스러운 성직자의 모습이 아니었다. 지금 그에게서 느껴지는 것은 악의에 찬 결기와 신에 대한 반항이었다. 먼지로 얼룩진 뺨을 타고 흘러내리는 검은 눈물이 선명했다.

"주님은 어찌하여 저를 버리시나이까? 그리하여 나를 믿은 저들은 거룩하게 만드시고 저는 홀로 남겨 비통의 나락으로 던지십니까?

신부의 하기도(lower respiratory tract)는 망가져 있었고, 후두는 말을 할 때마다 목구멍에서 피가 올라와 입에서 비린내가 났다. 누가 봐도 생의 목적을 잃어버린 사람이 분명했고 겁이 났다. 그런 모습의 신부가 천천히 교수대로 발길을 옮기자 가장 먼저 신부를 발견한 사람은 렉투르의 경비대 중에서도 죄수를 호송하는 마차의 마부였다. 마부는 자신의 임무를 충실히 실행한 후에 막 광장을 돌아나가기 위해 안대로 눈을 가린 말에게 채찍을 들려던 순간이었다. 큰 원을 그리며 마차가 광장의 가장자리로 이동하였으나 마부의 명령이 말에게 제대로 인지되지 않았다. 침묵과 정적. 긴장이 흐르는 광장에 혹시라도 단말마의 말 울음소리가 그 정적에 해가 될까 그것이 아니더라도 추기경의 신경을 거스르지 않을까 노심초사하던 마부였다. 마부는 채찍을 들어 두 마리의 말을 동요시켜 빨리 광장을 벗어날 목적이었다. 보두엥 신부와의 거리가 가장 가까웠던 마부는 한눈에 신부를 알아보았고, 신부의 광기에 오금이 저려왔다. 말문이 막혔으며, 자신이 해야 할 다음 임무가 생각나지 않았다. 마부의 멍청한 행동을 이상하게 쳐다보다가 신부를 두 번째로 발견한 사람은 추기경이었다. 신부를 발견하기 전에 마부의 행동을 지켜보던 추기경은 옆의 참사관에게 이렇게 말했다.

"저런 멍청한 녀석! 마부란 놈이나 말이나 똑같은 짐승으로밖에 보이지 않는군."

참사관은 그런 추기경에게 머리를 조아렸고 곧 경비대장을 바라보며 입꼬리를 씰룩거렸다.

그러나 곧 "아니, 저 잿더미 같은 남자는 뭐지?"라는 추기경의 말에 고개를 들었고, 참사관은 실눈으로 유심히 남자를 바라보았다. 참사관과 동시에 경비대장이 보두엥 신부를 알아차렸고, 경비대장과 수십 명의 경비가 재빨리 보두엥 신부를 에워싸며 모여들었다. 마치 여름 한밤중에 횃불을 보고 달려드는 나방과 같았다. 모든 사건은 동시에 이루어졌다. 추기경의 손짓에 늦은 가을바람에 잎사귀가 떨어지듯 가파른 중력이 교수대에 작동되었다. 보두엥 신부의 눈에 여전히 수직이었지만 천국에서 지옥으로 연결되듯 아래로 떨어지는 수직이 하나 그리고 둘 그리고 셋 다시 넷…, 숫자가 하나씩 외워지고 수직이 하나씩 아래로 사라질 때 보두엥 신부의 목에도 밧줄이 걸렸고, 동시에 수직으로 떨어지는 영혼들의 목이 하나씩 부러졌다. 신부는 숨을 쉴 수 없었다. 정신이 몽롱해졌고 말린 돼지 고환에 만드라고라(mandragora) 독초를 섞어 먹은 뒤의 뒤틀림처럼 몸이 굳어왔다. 그 순간이 되자 보두엥 신부가 그렇게 잦던 주님의 환영이 신부의 눈앞 바로 교수대 위에서 나타났다.

"아! 신이시여! 저는 생을 잘못 살았습니다. 저의 신념이 주님을 보호하지 못하였으며, 저의 신심이 거만하였나이다. 이로써 저는 아무것도 아닌 참회할 거짓 수도사였음을 인정하며 이제야 비로소 주님께 탄원하나니 저를 제가 버리게 하소서. 바로 저들이 주님이심을 저들을 끝까지 지키지 못하였음을 저 어린 주님의 자녀들에게 제가 고통을 주었음을 고하며 스스로 벌하나이다."

보두엥 신부의 눈이 번쩍 떠졌고 그의 목에서 천둥과 같은 외침이 터져 나왔다.

"그대들은 비켜나라. 내가 그대들에게 잘못이 없는데 그대들이 나를 핍박하는 이유는 무엇인가? 어서 물러나라."

아무도 더 이상은 신부의 곁으로 한 발자국도 움직이지 못했다. 신부의 목소리에 놀라거나 두려움을 느낀 병사들은 서로 눈치만 보았다. 그중에는 도리어 뒷걸음치는 병사도 있었는데 그 병사는 틀림없이 양심의 가책을 느꼈거나 애초부터 심장이 약하게 태어난 아이였는지도 모른다. 그렇지만 경비대장의 입장은 달랐다. 자신은 무리의 우두머리였고, 무리를 통솔할 권리와 의무를 지닌 자였으며 무엇보다 지금은 권위를 보여야 했다. 때로 권위란 권위를 지닌 자가 스스로 보여야 할 때 권위의 정당성이 훼손되거나 권위가 권위롭지 못하게 결말을 맺으면 무척 부끄럽거나 아니라면 권세와 목숨이 앗아갈 수도 있는 불행한 결말이 생길 수도 있었다. 지금 경비대장의 입장이 그러했다. 어느 순간 자신을 따갑게 바라보는 시선을 의식하자 경비대장은 더 이상 우물거릴 상황이 아니라는 것을 직감했다. 보두엥 신부의 눈빛은 짐승과 같았다. 금방이라도 눈에서 용처럼 불이 떨어질 것만 같았고 그의 팔과 다리, 온몸에는 퍼런 실핏줄이 도드라졌으며 입에서는 더 험한 말이 튀어나올 기세였다. 경비대장이 오른손을 왼쪽 허리에 찬 날이 잘 선 검으로 옮기자 병사들도 뒷걸음치던 동작을 멈추고 조금씩 몸을 앞으로 굽혔다. 마치 한 마리의 야생 짐승을 둘러싸고 먹이를 포획하기 위한 수많은 개가 공격 대형을 이루는 모습과도 같았다. 처음의 놀람과 달리 그런 모습을 지켜보는 추기경의 태도는 사뭇 자연스러웠다. 왼쪽 검지와 오른손 엄지에 낀 굵은 반지를 서로 깍지 낀 손으로 문지르며 높은 단상에서 마치 검투사들의 전투를 흥미롭게 놀라워하며 바라보는 로마 황제와 같았다. 거만함. 추기경은 완전히 렉투르를 지배하는 유일한 군주가 틀림없어 보였다. 숨막히는 대치상태를 허물어버린 것은 어이없는 보두엥 신부의 짧은 순간의 행동이었다.

"나는 이제 여기에 모인 모든 사람의 죄를 사하노라. 사랑하는 나의 벗들은 착한 얼굴로 착한 걸음으로 승천하여 천국으로 가리라. 그렇지 못한 내가 미워했던 그대들과 나를 지옥의 계곡으로 잡아가려 했던 악마도 가족이 있다면 오늘 저녁에 평안하리라. 단지 나는 내가 이루지 못한 정의와 평화를 두고 떠나노라. 아주 먼 옛날 오데온의 석축에 기대어 고뇌했던 그때로 다시 돌아가 신의 그늘을 벗어나려 하노라. 나의 죄는 그때부터 시작되었으니 신의 제단에 나아가지 못하는 자유를 영원히 획득하려 하노라. 다시 아주 긴 시간이 지나 우리의 아이들이 자손을 낳고, 그 자손이 자손을 낳을 때 다시 돌아오리라. 정의와 평화는 분명히 이루어지리라."

보두엥 신부의 마지막 말이 그의 목에서 뿜어져 나온 선혈과 함께 광장의 바닥에 선명하게 그려지자 신부는 가슴에 숨겨온 예리한 칼로 자신의 목을 찔렀다. 그날 밤 비가 내렸다. 폭우는 아니더라도 빗줄기는 굵어 비를 맞으며 목이 잘린 보두엥 신부를 마차에 실어 공동묘지 한편에 십자가와 이름표도 없이 구덩이를 파고 묻은 두 명의 장의사에겐 고된 밤이었다.

제 스스로 목을 찌른 보두엥 신부가 바닥에 쓰러지고 금방 숨이 멈춘 건 아니었다. 잠시 동안 해탈과 고통을 같이 가지던 신부의 목에서 자상의 흔적 사이로 거친 숨을 쉴 때마다 피가 솟구쳐 나오자 추기경은 눈살을 찌푸리며 돌아섰다.

"자살은 신에 대한 모독이지. 주님이 보시기 전에 율법에 따라 그의 머리를 잘라내라! 그리고 오늘 밤 가고일에게 줘버려."

the Jacobin Monastery

자코뱅 수도원

27

성 도미니크는 스페인 태생이며, 성 프란체스코는 이탈리아 아시시 출신이다. 이제 도미니크 수도회와 프란체스코 수도회가 건립된 배경으로 가보자. 프랑스의 많은 국왕들은 교황과의 유대를 중시했다. 교황의 지지와 왕의 신성은 불가피한 관계였다. 프랑스의 국왕 필립 4세는 보나파키우스 8세 교황이 서거하자 클레멘트 5세를 교황으로 추대했고, 교황은 1309년 프랑스의 아비뇽으로 교황청을 옮겼다. 이는 프랑스의 국왕과 교황이 로마를 버린 채 돈독한 세력을 과시하는 절대적 관계임을 세상에 표시하는 계기였다. 하지만 아비뇽의 유수는 68년을 넘기지 못했다. 1377년 이탈리아 시민의 압력은 추기경 회의를 통해 새로운 교황 우르바누스 6세가 탄생하였고, 교황청은 로마로 옮겼으나 추기경들의 권세를 두려워한 우르바누스 6세와의 대립은 추기경들이 새로 옹립한 클레멘트 7세에 이르렀고, 교황청은 다시 아비뇽으로 옮겨갔다. '교회의 분열' 로마와 아비뇽에 두 개의 교황청(1378~1417년)이 세워진 이상한 시대가 열렸지만, 분열은 1417년 콘스탄츠 공의회를 거쳐 새로운 교황 마르틴 5세에 의해 종결되었다. 오랜 세월 동안 교회의 보편적 지배는 교황의 위신 하락으로 실추되었고, 종교에 관한 국민의 의식은 진보되었다. 새로운 신앙에 대한 갈망과 추구는 역사의 흐름이었다. 특히 국민의 8할을 대표하는 서민들은 목이 말랐다. 프랑스의 교회에도 뜻하지 않은 바람이 불어왔다. '갈리카니즘' 신앙의 자유와 왕권과 교황권을 분리하여 프랑스 교회의 독립권을 주장하는 운동이었다. '갈리카니즘'은 1438년 '부르제(bourges)의 결의'로 시작되어 교황으로부터 프랑스 주교 임명권과 로마 교황청으로 보내는 교회세가 폐지되었다. 프랑스 교회의 독자적인 세력 구축이 완성되었다. 하지만 그만큼 프랑스 국민들의 교회와 신앙에 대한 자유 의식도 발전했다. 도시가 함께 발달하자 리옹을 중심으로 성장한 '발도주의 신앙(valdois)'처럼 신앙의 새로운 의식은 꾸준히 생겨났고, 강물처럼 흘렀다. 성경을 새롭게 해석하고 기도주의 교회의 행동을 역설적으로 규탄하는 때론 신비주의적인 새로운 신앙들은 프랑스 교회에 의해 이단으로 낙인찍혔다. 수많은 이단이 탄생되었다. 큰 도시들을 중심으로 탄생한 이단들은 각자의 해석과 종교적 신념이 있었지만, 보편적 신앙을 벗어난 무모한 교회들도 보였다. 12세기와 13세기를 거치며 다시 보편적 교회를 추구하는 수도사들이 등장했다. 소유를 버린 그들은 한 벌의 성스러운 수도복과 낡은 가죽신으로 구걸 연명하며 설교로 도시를 떠돌았다. 13세기 초 성 도미니크도 그와 같았다. 프랑스 전 지역을 여행하던 도미니크는 이단의 확산에 충격을 받고 랑그도크와 톨로사를 중심으로 이단의 배척에 종사했다. 청빈과 영혼의 구제. 복음의 전파를 목적으로 수많은 이단을 개종시켰으나 종교재판소를 세우고 이단 재판을 마녀사냥과 마녀재판으로 변질시킨 것도 바로 그들이었다.

1182년 이탈리아 아시시의 부유한 상인 집안에서 태어난 성 프란체스코는 그의 어머니가 '요한'이라는 이름을 지었지만, 프랑스와의 교역으로 명망 있는 상인이 되길 원했던 아버지는 '요한'을 '프랑스'를 의미하는 '프란체스코'로 개명시켰다. 프란체스코의 유년과 청년 시절에는 교회의 밝은 빛 따위는 그에게 비치지 않았다. 사치와 방탕한 생활뿐이던 그에게 주님의 빛이 비친 날은 어둡고 비가 오는 겨울날이었다. 비를 피하기 위해 어느 낡고 부서진 교회로 들어선 프란체스코에게 우뚝 몇 개 남은 교회의 기둥 뒤로 서서히 빛과 함께 나타난 싱모마리아의 현상은 그날부터 "무너진 교회를 재건하라."라는 말씀이었다. 그날 이후로 프란체스코는 기도와 명상에 몸을 맡겼다. 성모마리아가 프란체스코를 교회의 새로운 양치기로 만든 까닭은 분명히 있어 보였다. 기도와 명상을 이어가던 프란체스코에게 다시 어느 날 예배당에 울린 주님의 말씀은 도저히 거역할 수 없는 명령이었다.

"병든 자를 고치며 죽은 자를 살리며 나병 환자를 깨끗하게 하며 귀신을 쫓아내고 너희가 거저 받은 것은 거저 주라. 너희는 금이나 은으로 된 전대를 차지 말지이며 두벌 옷을 가지지 말 것이며 신이 나 지팡이도 가지지 말라. 이는 일꾼으로 자기의 먹을 것을 받는 것과 같으니라."

프란체스코가 예배당에서 들은 주님의 말씀은 마태복음 10장 중에서도 8절에서 10절까지였다. 그날 이후 프란체스코는 자신의 모든 재산을 기부하고 주님의 말씀을 따랐다. 청빈한 삶. 이웃에 대한 사랑을 실천하며 스스로의 노동으로 음식을 구했다. 곧 그에게 수많은 사람들이 생겨났으며, 1223년 교황청의 인가를 받은 수도회가 설립되었지만, 종교재판을 주도했던 도미니크 수도회처럼 프란체스코 수도회도 이단에 대한 폭력과 압박을 서슴지 않았다. 프란체스코 수도회가 도미니크 수도회와 달리 수도사들에게 더 강요된 것은 소유였다. 소유의 개념은 결국 수도회 내 사도들의 토론을 거쳐 14세기에 '콘벤투알'과 '카푸친' 등으로 분열되었다. 이단은 더욱 신비주의와 경건주의로 의식의 중요성을 띠며 발전해 나갔다.

왕국은 어떠했을까? 나바르의 앙리. 앙리 4세가 1593년 7월 삼부회를 거쳐 가톨릭으로 개종을 선언하고 국왕으로서의 권위를 다진 후에 1598년 낭트 칙령을 통해 위그노에 대한 종교의 자유를 허락한 후에 이단의 꼬리표를 단 위그노는 종교의 자유에서 승리했을까?

28

1643년 루이 13세가 죽고 5살의 어린 나이에 왕위에 오른 루이 14세의 시대는 마자랭의 시대였다. 리슐리외와 함께 추기경이었던 마자랭은 리슐리외의 국가주의를 계승하였다. 리슐리외보다 월등하게 현실적이었던 마자랭은 1648년 베스트팔렌 조약으로 30년 전쟁을 끝내며 오스트리아의 합스부르크가와 독일로부터의 위협마저 물리쳤다. 마자랭의 외교와 정치는 성공했지만, 프랑스 국민과 귀족들의 생각은 달랐다. '이탈리아 귀족'이었던 마자랭은 재정의 악화를 빌미로 거둬들인 세금과 함께 결정적으로 자유주의와 공화적인 일부 고등법원의 귀족들의 요구를 무시한 것이 빌미가 되었다. 고등법원의 법관들은 관리를 소환할 수 있는 권리와 조세에 대한 결정과 관직의 신설에 대한 권리를 요구하는 '성 루이 재판부의 명령'을 제시했다. 하지만 마자랭은 이를 무시하고 오히려 권리를 요구한 일부 법관을 체포하였다. 고등법원과 이에 동조한 파리 시민들은 마자랭의 집에 돌을 던지며 모여들었다. 파리 시민들은 집단적인 행동을 스스로 "투석기(fronde)의 난─ 프롱드의 난."이라고 불렀다. 고등법원과 파리 시민들의 협력은 실로 대단하여 선동에 위급해진 왕실과 마자랭은 피신하였다. 어린 루이 14세는 피신하는 국왕의 전용 마차 안에서 경험을 차곡차곡 쌓았다. 자신이 성년이 되었을 때를 대비하는 영민함을 잃지 않았다. 루이 14세가 국왕으로서 왕실에서 배척되지 않고 그 경험이 정치적인 자산이 되었다면 성년이 된 국왕의 판단은 현명했다. 마자랭이 재상으로서 가진 권한이 자칫 국가를 위태롭게 했다는 것. 국왕의 권한이 약해지면 그 또한 국가가 위험에 빠진다는 점을 이해한 루이 14세는 더 이상 권력을 지닌 재상을 두지 않고 친정을 시작했다. 루이 14세의 정치는 대단하였다. 지방 귀족인 영주들을 중앙 귀족으로 흡수하는 회유와 고문관 제도를 두어 강제로 무력화시키며 '자신이 곧 국가'라는 왕권신수설을 말하며 신의 대리자임을 자청했다. 하지만 절대왕정으로 국왕의 권위가 추켜세워졌다고 국민의 삶이 따라 회복된 것은 아니었다. 특히 교회의 고위 성직자들의 부정부패는 여전했고, 국가의 관료주의도 만연했다. 교회가 판매하는 면죄부는 날이 갈수록 늘어났다. 교회는 독자적인 예산을 집행했고 시간이 지날수록 엄청난 교회 재산에 눈독을 들이는 지방 군주들이 생겨나기도 했다. 교회의 종교적 위기는 이렇게 안팎으로 일어났다. 그럴수록 군중들은 신선하고 참된 신앙을 찾아야 했다. 이단이든 교회든 주님의 환영이 당장 눈앞에 나타나는 영적 신앙이 곧 자유였다. 군중은 그 속에서 자유의지를 가지기 위해 동맹을 시작하였으며, 장 코뱅은 프로이센어로 유래한 '동맹 (*eidgennosse*)', 즉 위그노라고 부르는 교조주의를 창안하였다. 제노바에서 프라이부르크와 베른을 중심으로 리옹과 노르망디, 랑그도크로 내려왔다.

세월은 시간의 급류를 따라 빠르게 흘러갔다. 국가의 국왕이라고 해서 불사의 생명을 가진 자는 아니었다. 루이

14세가 77세의 나이로 운명을 다했을 때 그의 왕위를 이어받을 가족은 두 살의 증손자뿐이었다. 다시 프랑스는 부르고뉴 공작 루이를 아버지로 사보이의 마리 아델라이드를 어머니로 둔 1710년 2월 15일 베르사유 궁전에서 태어난 '루이 드 프랑스(louis de france)', 즉 루이 15세의 시대가 되었지만 루이 14세의 사위였던 오를레앙공의 섭정으로 시작되었다. 오를레앙공은 섭정으로서 자신의 전횡을 염려해 루이 14세가 권력분산의 또 다른 장치로 마련해 두었던 툴루즈 백작과 루이 14세의 서자였던 맨공의 권한을 고등법원의 간주권을 회복시키며 무력화했다. 그리고 국왕 참사회의 권한도 회복시켜 귀족들의 힘을 강화하였다. 국왕 참사회에서 배출된 참사관들은 막강한 권력을 쥐었고, 자유로워진 귀족들은 오를레앙 공과 더불어 방탕하고 화려한 생활에 젖어 향락은 일상이 되었고 도덕은 타락의 길로 접어들었다. 왕국은 왕의 나라일까? 백성의 나라일까? 국가는 귀족의 나라일까? 시민의 나라일까? 다행히 오를레앙의 섭정은 국왕이 성년이 되어 국왕의 지시를 받은 루이 15세의 정치 위임자 플뢰리에 의해 제거당하며 끝났지만, 국가 안의 권력 대립에서 피해는 여전히 국민, 그들 중에서 서민과 이름 모를 불가촉천민의 것이었다. 최소한 보다 온화한 섭정이 탄생되어 국민들의 피해를 줄이는 데까지는 시간이 필요해 보였다.

29

아직 눈이 남아있는 습지는 을씨년스러웠다. 날씨조차 청명하지 못한 페르네의 겨울은 인간의 본성을 어둡게 만들었고, 집 안을 서성이는 아루에의 기분을 온통 우울로 초조하게 만들기도 했다. 그의 수많은 책들은 금서로 조치되어 세상에서 유배당하고 있었다. 어젯밤에도 잠결에 파리 대학의 계단에서 외쳤던 자신의 목소리에 깨어 잠을 설친 탓에 몽롱해진 머릿속은 나이 탓인지 더욱 온몸을 나른하게 만들었다. 두텁고 긴 겨울옷을 꺼내 입은 아루에는 여명이 남은 밖으로 나왔다. 2월은 겨울이 틀림없었다. 따뜻한 봄을 그토록 그리워하는 그에게 봄은 뭔가 특별한 기록을 채워줄 기대를 안겨주었다. 질척거리는 길을 걷다가 습지가 보이는 평원 끝에 다다랐다. 페르네는 온통 습지와 허허벌판으로 둘러싸인 황무지라고 표현할 곳이었다. 베르사유 궁에서 멀고 제네바에서 가까운 제네바 북쪽 프랑스 접경 지역인 페르네의 지역적 특성은 아루에로서는 소식과 이동이 바람처럼 가벼운 곳이었다. 그러나 페르네의 습지는 을씨년스러운 풍경과 달리 무척 특별했다. 여름에는 일정 기간 물에 잠겨있었지만 호수와 다르게 수심이 얕았으며 갯벌처럼 펼쳐진 늪이 있었고, 이탄지대와 소택지가 있었으며 초원이 넓게 자리 잡고 있었다. 수화토의 토양은 혐기성으로 충분히 젖은 수생식물들이 눈에 보이지 않는 작은 동물들과 더불어 뱀, 토끼, 심지어 사슴도 출몰하는 곳이었다. 아루에가 습지를 거닐기로 한 후에 몇 년 동안 해마다 수생식물 사이로 뒤틀린 뿔을 보이며 천천히 움직이는 작은 사슴을 발견한 적이 한두 번이 아니었다. 아루에는 페르네의 습지를 건조한 파리 시내보다 언제부터인가 더 사랑하고 있었다. 물길을 피하고 녹지 않은 눈길을 걷기란 불편했지만 아루에는 질척거리는 길 대신 뒤꿈치가 계속 벗겨지는 슬리퍼를 신고 나온 자신의 선택을 후회해야 했다. 아루에의 눈에 습지 건너 멀리 레망 평원과 쥐라 산맥이 보였다. 그렇게 페르네는 평원과 산맥의 첫 번째 경사지의 고도에 자리 잡고 있었다. 쥐라산맥은 알프스와 연결되어 아루에의 방에서 창을 통해 추운 겨울 풍경이 눈에 들어왔다. 아루에의 페르네 생활이 길어질수록 그의 기억 속에 존재하는 파리의 추억들은 가끔 그를 괴롭히며 정신을 병들게 하고 있었다. 아루에가 프로이센을 떠나 스위스의 고도인 페르네로 들어온 지도 이미 10여 년이 지났다. 1717년 오를레앙공을 비방한 죄목으로 바스티유의 수감 생활을 시작으로 점철된 그의 망명은 아루에를 도와주던 에밀리 뒤 샤틀레와 그녀와의 샹파뉴 저택에서의 생활이 아루에의 기억 속에는 가장 아름다운 순간이었다. 아루에의 기억에 샤틀레만큼 매력적이고 파격적인 여성은 없었다. 12살에 이탈리아어와 그리스, 라틴어에 통달한 그녀는 곧 철학, 수학, 과학 교육을 습득했으며, 남장을 하고 아루에와 살롱을 드나들었다. 아루에의 천문학을 뒷받침해주던 샤틀레는 '빛 속의 또 다른 힘을 증명해낼 위엄'을 통해 빛 속의 빛(적외선)의 실체를 입증하려 했다. 샤틀레는 라틴어로 쓴 아이작 뉴턴의 《자연철학의 수학적 원리》를 번역한 뒤 아루에를 만나 이렇게 말했다.

"생각의 힘이란 사라지는 게 아닌가 봐요. 물체를 움직이는 힘도 마찬가지죠. 우리는 그렇게 믿죠. 세상을 작동시키는 힘은 신에게서 나오는 것이니 신이 언제나 세상을 구원해야 한다고 믿죠. 하지만 아니에요. 세상은 신이 구원하는 것이 아니라 신은 인간으로 작동되어 구원되도록 힘을 부여할 뿐이에요."

그날 아루에는 샤틀레의 움직이는 입술과 볼록거리는 뺨의 근육에 매료되었다. 아루에의 심장 속에서 늘 차오르는 신념이 샤틀레에게 전이된 그 엄숙한 순간을 스스로 치하하게 되었나. 그런 그녀가 세상을 떠난 지도 12년이 흘렀다. 43년을 빛처럼 살다간 그녀에게 하직 인사를 하지 못한 건 아루에에게 멍에를 남겨주었다.

습지에 오면 한 가지 아루에를 기쁘게 만드는 일은 숨어있는 생명을 찾아내는 일이었다. 그의 수학과 과학적 관심이 총동원되어 생명의 근원을 추측해 보고 몇 가지 종들이 페르네의 습지를 지배하고 있는지 추리하는 일은 언제부턴가 아루에를 철학자, 수학자, 과학자에서 환경학자로 변화시키고 있었다. 원을 그리며 물그림자가 생기는 이유는 분명 물속에 숨은 갈색빛 민물송어가 숨을 쉬는 이유였지만, 아루에는 물그림자의 넓이를 보며 물속 생명체의 크기를 가늠해 보았다. 어느새 조심하던 그의 발걸음에는 슬리퍼의 뒤축을 따라 튀어 오르는 진흙을 감당하지 못해 바짓가랑이에 붉은 황토물이 번져있었다. 분명 집으로 돌아가지 않고 습지에서 보내는 시간이 길어진다면 아루에의 비서 장 루이 와니에르가 득달같이 달려와 기침과 오한을 들먹이며 뜨거운 레몬차를 눈앞에 들이밀 것이었다. 오늘도 아루에는 우울한 자신을 탓하며 나왔지만 어느새 자연에 매료되어 체온이 식어가는 몸에 흘러내리는 외투도 잊은 채 습지 가장자리에 쭈그려 앉았다. 소금쟁이들이 계절을 구분 못 하고 오락가락하는 모습이 보였고, 물그림자가 커졌다 작아졌다 하는 모습이 마냥 신기하게 아루에의 흥미를 유발했다. 얼마나 시간이 지났을까? 물그림자 갑자기 커지며 군데군데 흔적을 나타내고 있었다. 그것은 동시다발적인 사건이었다. 아니 물구덩이를 만들어낸다고 하는 게 옳은 판단이었다. 곧 서늘한 바람이 불어왔고 아루에의 귀에 차갑게 스치는 물방울이 느껴졌다. 그와 동시에 아루에를 부르는 맑고 젊은 목소리가 들렸고 원형의 양가죽 우산을 든 와니에르의 모습이 멀리서 다가오고 있었다.

"장로님! 비가 옵니다. 이른 아침에 또 습지에 나오시면 제가 이제 장로님을 찾아다니는 일도 지겨워집니다."

매몰찬 와니에르의 말은 그도 아루에를 원망하기에 적절한 세월을 함께 생활한 탓에 충분한 권위를 가지고 있음이 분명했다.

"내일부터 장로님이 어디에 계시든지 찾아다니지 않을 거예요. 습지에 발목이 빠져 저를 애타게 부르셔도 돌아보지 않을 겁니다."

와니에르는 아루에를 발견하자 몸을 돌려 등을 보였다. 그의 등은 여전히 탄력이 있었고, 강인한 근육도 숨길 수 없었다.

"왜 이러나 와니에르 나는 살날이 얼마 남지 않은 노인이야 봐주게나 내가 아이처럼 기발하거나 흥미를 가진들 이 세상을 얼마나 너 즐기겠나? 안 그래?"

아루에는 쭈그려 앉은 채 미동도 없이 말했다. 아루에의 말에도 와니에르는 대답 없이 서로 등을 보인 채 한동안 침묵이 흘렀다.

"비가 오는가?"

결국, 침묵을 깬 아루에의 혼잣말에 와니에르는 다가와 아루에에게 우산을 씌웠다.

"세상의 모든 물리와 신의 생각까지 간파하시는 장로님께서 자연의 법칙은 금방 깨닫지 못하시나 봅니다. 비가 옵니다."

무릎 어긋나는 소리가 들렸다.

"이 몸도 법칙을 알아 소리를 내니 얼마나 신비로운 사건인가?"

아루에는 힘겹게 일어나다가 무릎의 통증을 견디지 못했는지 잠시 휘청거렸다. 와니에르는 말과 행동이 달랐다. 아루에의 불편을 짐작한 와니에르가 아루에를 자신의 몸으로 부축하는 순간 측은하고 애절한 표정이 얼굴에 스쳐 지나갔다.

"와니에르 그런 표정은 짓지 말게나 삶은 시작과 위대한 결말이 함께 온다네."

아루에는 미안한 내색 없이 와니에르의 부축에 몸을 맡겼다. 비 오는 습지에 짙은 구름이 드리웠고, 아루에와 와니에르의 말소리에 머리와 뺨이 황갈색인 북방 검은 머리쑥새가 놀라 황급히 날아올랐다. 비의 굵기와 몸속으로 스며오는 한기는 습지라는 풍경과 함께 금방 음산했다. 이미 맨발인 아루에는 발목까지 흙탕물이 튀어 올라 붉고 검게 변했고, 슬리퍼에는 꽤 많은 덩어리의 진흙이 붙어 걸을 때마다 불편하게 만들었다. 불편함에도 아루에는 아랑곳없이 레망 평원의 지평선을 보며 오른손을 우산 밖으로 내밀어 비의 밀도를 확인하려 했다.

"와니에르, 난 하늘에서 떨어지는 모든 것은 신이 내린 선물로만 생각했는데 어떻게 뉴턴은 질량과 관성까지 생각해 내었을까?"

거의 슬리퍼를 질질 끌다시피 걷던 아루에의 발에서 결국 오른발의 슬리퍼가 벗겨지자 아루에는 걷던 발걸음을 멈추고 남은 왼발의 슬리퍼마저 벗었다. 그런 모습에 와니에르는 한두 번이 아니란 듯이 자신의 가죽 신발을 벗으려고 허리를 굽혔다.

"아니야, 와니에르. 난 너의 큰 신발이 불편하다네. 비가 올 때 진흙길을 걷는 것은 새로운 경험을 하게 해준다네. 발바닥에 전해오는 촉감 속에는 땅속에 숨어있는 생명의 느낌도 있지. 거기에다가 얼마나 건강해지는 기분인지 모를 질세. 향락이란 이런 거야. 혹시 아냐? 이런 향락 속에서 뉴턴의 물질에 관한 명제를 새삼 내가 떠올릴지."

아루에의 기분은 좋아 보였다. 습지에 앉아 홀로 물그림 자나 관찰하던 모습과는 달라 보였다. 틀림없이 아루에는 와니에르를 신뢰하고 있었고, 그 신뢰 속에서 노년의 외로 움을 해탈하고 있는 듯이 보였다. 그와 달리 와니에르의 기분은 묘하게 얼룩져 보였다. 아루에의 비서로서 충성심 은 남달랐으나 자신의 주인이라 말할 예순일곱 살의 노인 을 모시는 일은 그리 유쾌하지 못했기 때문이었다. 그것은 아루에 일상의 자유분방함과 반대로 사건의 재구성 면에 는 치밀한 성격과 관계가 있었다. 그의 학문적 업적 그리고 정치적 식견과 교회에 반대하는 종교적 자유를 외치는 평 범하지 않은 신념 때문이었다. 반 교회적 신념은 교회와 프 랑스 왕실의 눈총을 받기에 위험한 처지에 놓인 것이 한두 번이 아니었다. 아루에의 사회적, 사상적 자유는 체제 비판 으로 이어졌고, 1734년에 발간한 철학서간으로 인해 '체제 에 던진 최초의 폭탄'으로 명명되어 정부의 추적을 받게 되 었다. 발간서는 당연히 금서로 분류되었다. 망명은 그때 시 작되었다. 영국으로의 망명은 샤틀레가 주선했고, 샤틀레 가 죽기 6년 전 루이 15세의 총애로 파리로 돌아와 아카

데미 프랑세즈의 회원이 되었지만, 출세를 시기한 귀족들의 위협은 아루에를 프로이센으로 다시 망명하게 만들었다. 와니에르가 그런 아루에를 존경하는 건 틀림없지만, 자기만의 방식을 고집하는 늙은 고집쟁이 노인인 것은 틀림없는 사실로 보였다. 특히 건강을 염려하는 비서의 말을 전혀 들어먹을 준비가 되어 있지 않은 처신에 관해서는 와니에르의 불만은 걱정을 넘어서고 있었다.

"장로님, 지금 뉴턴 교수를 칭찬하실 때가 아닙니다. 비를 피하는 게 최선이죠. 그다음은 의사 선생을 불러 장로님의 맥을 짚어보는 게 제가 할 일입니다."

침착한 와니에르도 비가 굵어지자 다급해 보였다. 조금씩 뉴턴의 질량과 관성의 법칙을 적용하더라도 질퍽한 흙바닥에 떨어지는 비에 진흙이 튀어 오르자 와니에르는 아루에의 말에 장단을 맞춰주기를 포기해야 했다.

"교수는 무슨…, 자네 그걸 아나? 뉴턴이 한때는 농부가 될 뻔한 사실을…. 지금에서야 뉴턴이 구체 덩어리인 우리가 사는 세상과 사과 사이에 또 달 사이에 무언가 작용하는 비밀이 있다는 걸 제시한 사실을 인정하지만 부유한 농부였던 그의 아버지가 뉴턴이 태어나기도 전에 죽자 뉴턴의 어머니가 재혼하고 뉴턴의 농장은 할머니에게 갔다네. 그러고 나서 말이야…."

아루에가 말을 끊고 실눈을 뜬 채 어느새 가까이 도착한 집을 바라보았다. 와니에르는 아루에의 불필요한 동작에 의문을 가지다가 자신도 놀라며 긴장했다.

"사과 사이에…. 그리고 달 사이에, 와니에르 내가 어디까지 이야기했던가?"

평소와 달리 아루에는 머뭇거림을 숨기려는 듯 말을 이어갔지만 눈동자와 말소리는 달랐다. 아루에에게는 치명적인 약점이 있었다. 그것은 바로 정치적 순교를 걱정할 정도로 파리에 그의 정적들이 수없이 많았다. 프로이센에서 페르네로 숨어들어올 때도 페르네에 독서실과 사무실을 겸하는 가옥과 시계 제조 장인들과 사용하는 안전가옥이 더 준비되어 있었다. 이 모두는 정적을 피하기 위한 엄밀히 말하면 도주로였다. 프랑스 왕실이든 교회든 어느 한쪽과 마찰을 빚거나 그들이 추적하면 언제든지 피할 수 있는 안전가옥들을 페르네에 산개하여 마련해 두고 늘 와니에르에게 이렇게 말했다. "나쁜 개들을 피하기 위해서는 나와 같은 철학자라면 땅속에 굴이 서너 개는 있어야 하지." 말은 그렇게 했지만 지금 아루에의 눈에 들어온 집 앞에 버티고 서있는 금색으로 문손잡이를 칠하고 푸른색의 벨벳으로 지붕을 덮은 마차를 보는 순간 아루에의 생각도 조금 달라질 수밖에 없었다. 와니에르도 마찬가지였다. 습관적으로 허리춤에 찬 단검을 찾던 와니에르는 허전함에 당황한 기색이었다. 아직 서른 중반의 날렵하고 건강하며 검술에 뛰어난 와니에르도 언제 찾아올지 모르는 아루에의 수많은 정적의 환영하지 않는 방문에는 늘 긴장으로 대비하는 수밖에 없었다. 하지만 아루에도 아루에를 충성스럽게 따르는 와니에르도 그들의 신념과 세월이 단련시켰기 때문에 품위를 지킬 줄 알았다.

"와니에르, 흥분하지 않아도 되겠어. 자네에게 못 볼 꼴을 보이고 말았군. 이런 시골 동네에서 오래 살았더니 심장이 얼마나 약해졌는지…. 저 마차는 베르사유에서 온 마차임이 틀림없어. 아마도 내 오랜 친구 마담 퐁파두르의 전갈을 가지고 온 조력자이거나 시녀가 틀림없을 거야."

아루에는 와니에르의 시선을 부끄러운 듯 피하며 노년에도 여전히 풍성한 금발 머리를 살짝 흔들었다. 일흔에 가까운 노인의 완곡하며 애교가 섞인 몸짓은 오랜 세월 아루에의 도피생활을 도우며 함께 지낸 와니에르에겐 비극적 사상가의 마지막 몸부림처럼 보였다. 비는 더욱 거세져 군데군데 얕은 웅덩이를 만들기 시작했고 와니에르의 몸도 젖은 솜뭉치가 되어 있었다.

"여자라고요?"

와니에르는 이마를 타고 내려와 눈썹을 간질이는 빗물을

손으로 닦아내며 아루에에게 질문을 던졌다.

"그럼, 낭연히 퐁파두르만큼 당당한 여자이겠지."

와니에르는 페르네의 대지 위에서 갑작스럽게 맞은 장대비를 피할 생각을 잊고 결말을 상정하고 추리를 이어가는 아루에의 대화법에 말려들어 가고 있었다. 우산의 반경을 아루에에게 제공한 탓에 와니에르는 꼼짝없이 모든 비를 몸으로 맞이했다.

"첫째, 저 마차는 베르사유의 귀족 부인들이 사용하는 마차인 게야. 보라고 와니에르! 자세히 보란 말이야! 지붕까지 나무로 만들어 육중한 무게를 감당하는 다른 마차와 달리 저 마차는 지붕을 벨벳으로 덮지 않았나 말이야. 그리고 바퀴와 몸체의 이음 부분의 충격 완화를 쇠사슬이 아닌 가죽을 이용한 점. 둘째, 4인승의 대형 마차가 아닌 고작 2인승이란 점. 세 번째, 마부가 마차에서 보이지 않는 점."

아루에는 빗물이 얼굴을 뒤덮은 와니에르의 얼굴을 바라보며 와니에르를 측은해할 여유도 없이 자신의 추리에 만족한 듯 어깨를 들썩거렸다.

"그렇다면…."

와니에르의 추리도 아루에의 추리에 더해졌다.

"남작 이상 귀족의 마차는 부인들과 달리 금칠을 해서 위엄을 보이니까 그렇다 치고."

아루에가 와니에르의 말을 가로챘다.

"벨벳으로 지붕을 두른 마차가 빗속을 달릴 일은 없지. 거기에 베르사유에서 이곳 페르네까지…. 아마도 기상에 둔감한 탓일 게야. 4인승의 마차가 아니고 2인승이란 점은 장거리용 마차가 아니고 단거리용인데 아마도 갑작스러운 선택을 한 게 틀림없지."

"그렇다면…."

와니에르는 마지막 의문을 풀지 못했다.

"베르사유에서 출발했다는 의문을 어떻게 푸느냐고? 퐁파두르 부인이라는 확신은 무엇이냐고?"

아루에의 호탕한 웃음이 빗속에 울렸고, 비의 분자를 타고 흐른 까닭에 공기가 울렸다. 공기는 파동을 만들었으며 그 파동은 집 안 내부에서 아루에를 기다리며 서성이던 퐁파두르의 부인의 친구이자 집사인 쟌느 드 세브르에게 전해졌고, 세브르 남작 부인은 빗속에 선 두 남자를 맞이하려 문을 열었다.

"퐁파두르 부인이 내게 대사를 보냈군…. 자신이 타던 마차와 함께."

30

와니에르의 홍차 끓이는 솜씨는 대단했다. 달그락거리며
말린 홍차 잎을 아루에가 프로이센을 떠나며 구입했던 바
덴뷔르템베르크의 마울브론 수도원의 수도사들이 빚어낸
로마네스크와 고딕 양식으로 문양을 넣은 주둥이가 넓적
하고 옅은 푸른빛을 띠는 그릇에 막 옮겨 담고 있었다. 이
제 적당한 온도의 끓인 물을 붓고 다시 프로이센 최초의
길드이자 찻잔의 완성자 '마이센'의 나뭇잎 문양이 화려한
찻잔에 담을 것이다. 와니에르는 조금 흥분되어 있었다. 와
니에르의 요리에 대한 정성은 남달랐다. 물론 대부분 아루
에가 동방에서 수집한 요리의 비법서를 전달받은 영향이었
지만, 와니에르의 천성은 긴박함에 대응하는 과감성과 다
르게 천진하고 평화로운 인물이었다. 홍차 한 잔을 끓이는
와니에르의 정성은 그대로 아루에를 향한 충성이었다.

베르사유 남쪽의 작은 성과 부속 장원을 가진 단명한 세
브르 남작의 미망인인 세브르 부인은 아직 서른이 안 된
이십 대 후반의 총명하고 야심 찬 여자였다. 그녀와 퐁파두
르 후작 부인의 관계를 아루에는 알지 못했다. 다만 퐁파
두르 부인이 아무나 측근으로 삼지 않는다는 점은 분명했

다. 퐁파두르는 능력 있는 여자였다. 1747년 1월 17일 베르사유 궁전 루이 15세의 처소 가까운 방에서 퐁파두르는 직접 본명이 장 바티스트 포클랭(jean baptiste poquelin)이었던 '몰리에르'의 연극 「타르튀프」를 연출하고 오르곤의 가정부 도린 역을 맡았다.

"내가 보지 못하게 그 아름다운 가슴을 가려주오!"

도린을 유혹하는 타르튀프의 대사였다. 국왕 루이 15세와 그곳의 관객들은 모두 주인공 타르튀프가 아닌 도린(엄밀하게 도린이 아니고 퐁파두르였다.)의 새하얀 가슴과 연기에 매료되었다. 퐁파두르는 국왕의 적당한 애첩이자 정부가 아니었다. 퐁파두르는 왕의 비서이며 야심가이자 정치가로서 예술과 수많은 계몽주의자들, 특히 아루에를 지원하는 막후 실력자였다. 퐁파두르의 서재 책상 의자 왼쪽 뒤에는 기타가 놓여있었고, 책상 위에는 백과사전파 계몽주의자 드니 디드로의 『백과전서(encyclopedie)』와 몽테스키외의 『법의 정신(de lesprit des iois)』이 놓여있었다. 하지만 항상 퐁파두르의 시선을 잡는 가장 두꺼운 책은 아루에의 서사시 『라 앙리앙드(la henriade)』였다.

미망인 세브르 남작 부인은 다소곳이 와니에르의 정성이 담긴 홍차를 작은 입술로 불어가며 마셨다. 마치 평민들이 하는 경박한 모습처럼 보였지만 예절을 갖추지 못한 귀족 부인이라고 단정하기에는 성급했다. 아루에는 그린 세브르 부인의 모습을 물끄러미 바라보고 있었지만 그녀는 그런 아루에의 행동에 조금도 신경 쓰지 않았다. 아루에는 곧 세브르 부인을 소탈하지만 신념이 강한 여자로 규정지었다. 아주 간단했다. 서른아홉의 퐁파두르와 정확하게 열 살 터울의 미망인 귀족 부인이란 현명한 선택인지 모른다. 철저한 확인을 거친 야심가 퐁파두르의 선택에 자유분방한 아루에조차 안심이 되었다. 세브르 부인이 바닥을 보이며 거의 홍차를 다 마셔갈 때 어색한 침묵을 깬 건 아루에의 뒤쪽에 서있던 와니에르였다.

"부인, 따뜻하게 요리한 다른 음식을 드릴까요?"

와니에르는 역시 섬세했다. 턱선이 갸름하고 피부가 맑은 부인의 용모에 와니에르는 호감을 보였다. 아루에는 그런 와니에르의 행동에 "이런 물러빠진 놈."이라며 속으로 헛웃음을 삼켰지만 왠지 그런 와니에르가 밉지 않았다. 솔직히 와니에르의 호감은 배려였다. 미명의 페르네에 도착하기 위해 베르사유를 떠났다면 아무도 눈에 띄지 않는 새벽이었고, 마부 없이 직접 마차를 몰고 거친 길을 달려왔을 여자에 대한 연민이었다. 습지에서 은근하게 아루에를 몰아세우던 와니에르의 목소리가 아니었다.

"부인, 우리도 아침 식사 전이오만 어차피 부인의 방문 목적을 듣기에는 시간이 필요하니 함께 식사를 끝내는 게 어떻겠소? 그동안 친절한 와니에르가 부인의 젖은 마차를 마구간에 옮길 테니."

아루에의 상냥하지만 노련한 말씨에는 상대의 긴장을 완화시키는 탁월한 능력이 있었다. 세브르 부인은 찻잔을 내려놓으며 미소를 띠고 공손하게 아루에의 청을 받아들였다. 아루에와 세브르 부인의 선한 눈빛이 서로 교환을 끝내자 기다렸다는 듯이 와니에르가 밖으로 나가 젖은 마차를 마구간으로 끌며 지친 말을 진정시키고 있었다. 그동안 아루에는 세브르 부인이 남은 한 모금의 홍차마저 음미하며 마실 수 있도록 기다린 뒤 조심스럽게 부인에게서 찻잔을 건네받았다.

"오늘 아침 손님께서 내 집의 지붕 아래 있는 동안 나는 가장 행복한 아침 식사를 제공할 의무가 있답니다."

아루에는 화려한 만찬이라도 준비하려는 것처럼 마음과 몸을 서둘러 움직이기 시작했다. 물론 요리는 와니에르의 몫이었기에 아루에는 식탁을 과하거나 사치스럽지 않을 만큼 준비하고 싶었다. 그릇을 보관하는 선반 아래 서랍에서 세탁해 둔 채 보관 중이던 흰색 보를 물르통(molieton- 식탁과 식탁보 사이에 식기와의 충격과 소음을 줄이기 위해 깔아주는 목적의

시트) 위 식탁 사면 끝에 맞춘 뒤 주름 없이 폈다. 식탁보는 가장자리로 늘어뜨려 앉은 사람의 허벅지에 닿지 않을 길이여야 했다. 저녁식사였다면 아루에는 분명 잉어가 받침대를 장식한 동방의 촛대를 식탁 중앙에 가져다 두었을 것이다. 하지만 즉흥적으로 준비된 이른 아침 식사에 아루에는 과하다는 자신의 판단을 존중하기로 했다. 접시를 준비했고 포크는 접시 왼쪽에 프랑스식으로 뾰족한 부분이 바닥을 향하도록 놓았다*(반대로 켈트식 브리튼은 뾰족한 부분이 위로 향한다)*. 수프용 스푼과 나이프는 접시 오른쪽으로 접시를 향하게 놓았으며, 마실 물을 담을 유리잔도 접시 사이에 선을 맞춰 두었다. 마지막으로 손을 닦을 젖은 천을 단정하게 접어 접시 위에 올렸다. 이 모든 행위가 일사불란하게 끝나자 아루에는 자랑스럽게 세브르 부인을 쳐다보았다. 그리고 미소를 머금은 채 부인에게 말했다.

"손님이 내 집을 방문한 지 까마득해 식사예절을 잊어버린 지 오래되었죠. 와니에르와 난 한 번도 포크와 나이프의 방향을 생각하고 사용해 본 적이 없답니다."

이제 와니에르의 요리만 그릇에 가득 채워져 식탁으로 옮겨진다면 아루에는 틀림없이 부인을 상석으로 모실 것이다. 아루에의 배려와 겸손은 때때로 몸에 밴 미덕이 아니라 자신이 판단하는 그때마다 달라지는 인격에 대한 존중이었다. 쉽게 말하면 아무에게나 미덕을 베풀지 않는다는 뜻이었다.

"이럴 수가! 만찬의 준비를 끝내시다니."

와니에르가 들어서자 밖의 한기가 몸에 묻어 함께 들어왔다. 빗물이 젖은 외투를 벗으며 와니에르는 아루에가 마련한 식탁을 보더니 깜짝 놀라며 아루에를 원망했다. 하지만 와니에르의 원망은 아루에의 한마디에 가로막혔다.

"이 정도면 손님께서 허기를 느끼시며 짜증을 내시지 않을 단시간에 요리할 양이라고 생각하는데 안 그런가 와니에르? 난 그대의 요리에 대한 미학과 성실을 존중한다네. 무엇보다 그대의 재빠른 행동이 요리만이 아니라 일상에 통용되는 것이 기쁘다네."

아루에는 와니에르를 신뢰하는 것이 분명했다. 아마도 모든 면에서 오랜 세월 두 사람 사이에는 그런 신뢰가 확고하게 자리 잡고 있어 보였다.

"그건 장로님 생각이죠. 전 절대 아니랍니다."

와니에르의 분명한 투정의 말투가 아루에게 닿자 아루에는 손바닥을 비비며 애원하듯 와니에르를 바라보았다.

"자네는 너무 겸손해. 손님 앞에서 이럴 거면 난 다시 습지로 가겠네. 자네가 부인을 모셔야겠네."

그냥 놔두었으면 손님은 결코 아침을 먹지 못했을 것이

다. 두 남자의 말싸움은 화덕에 불조차 다시 지피지 못한 상태로 손님의 인내를 믹연하게 요구하고 있었다.

"전 쟌느 드 오르비에라고 합니다. 오르비에는 제가 세브르 남작부인이 되기 전의 이름이죠. 지금은 세브르 부인이라고 불러주면 고맙겠군요. 이제 제가 저의 신분을 밝힌 이상 두 분은 제 앞에서 토론을 멈추시고 제게 약속한 식사를 제공해 주시겠어요?"

침묵 끝에 나오는 연극 대사 같은 한마디가 소란을 정리해 주었다. 아루에와 와니에르는 얼굴을 마주 보며 와니에르가 찡긋거린 눈인사를 아루에가 받아 세브르 부인을 돌아보며 활짝 웃었다.

"죄송합니다. 둘만의 지루한 나날들을 부인께서 나타나화목하게 해주시니 신의 축복이 있는 하루가 될 겁니다. 세브르 남작 부인이시라면 지체 또한 높으신 분이니 저희들로서는 더욱 영광입니다."

세브르 부인도 두 사람의 소란이 기분 나쁘지 않았다. 퐁파두르 부인에게서 들은 아루에의 성격이 거침없이 보여 오히려 신뢰라는 판단을 하기에 시간이 줄었다.

"손님 앞에서 두서가 없는 건 장로님 탓이랍니다."

와니에르가 아루에의 손등을 자기 손바닥으로 어루만지듯이 때리고 화덕 앞으로 갔다.

"이런 젊은 사람! 한 번도 져줄 마음이 없는 게야."

다시 아루에의 투덜거림에도 와니에르는 돌아보지 않고 등을 보인 채 두 팔을 벌려 허공에 휘저었다.

"장로님을 군말 없이 모시는 제가 바로 하늘에서 가장 높은 계급이었던 케룹이었답니다."

계속되는 와니에르의 임기응변에 웃음이 터진 사람은 아루에가 아니라 긴박하게 베르사유에서 페르네로 달려 온 임무를 잊어버린 쟌느 드 오르비에. 즉 세브르 남작 부인이었다.

31

화덕에 불꽃이 일었다. 겨울 아침의 황량한 풍경 속으로 가족 같은 모습이었다. 아루에는 잊힌 삶을 되새기는 노인 처럼 시큰거리는 무릎에 힘을 주고 남작 부인과 와니에르를 남겨두고 밖으로 나갔다. 폐를 타고 들어오는 숲에서 날아 온 습한 냄새가 좋았다. 아침저녁으로 문밖을 서성이는 아 루에의 습관은 침실에 눕기 전 늦은 시간까지 이어지곤 했 다. 칠흑 같은 어둠 속에서 무엇을 보고자 했을까? 딱히 아루에의 흐려지는 눈에 담을 무언가는 없었지만 겨울밤의 매서운 칼바람 속에 흔들리지 않고 붙박이로 박혀있는 하늘의 별들과 여름밤의 귀를 간질이는 풍요로운 벌레 소리들이 좋았다. 관용이란 바로 그런 것이다. 타인을 계몽한다는 것은 나로 비롯되는 변화에 먼저 귀를 기울여야 한다. 자신 내면의 소리에 귀를 기울이고 배타적인 습성을 버리고 더 이타적인 타인의 정신으로 들어가 보아야 한다. 퐁파두르 부인의 전갈은 무엇일까? 사실 아루에는 궁금증이 폭발하는 속마음을 누르고 있었다. 지붕 위에 뚫린 굴뚝으로 연기가 피어올랐다. 멀리서 아루에의 집을 관찰하는 누군가가 있었다면 틀림없는 정보를 획득한 대가를 요구하며 상급기관의 보고자에게 달려갔을 것이다. 그건 그렇다 치고 그칠 것 같지 않은 굵은 빗줄기를 바라보던 아루에는 서늘한 한기가 몸에 들자 부르르 떨며 얇은 옷차림의 자신을 탓하며 실내로 들어갔다. 화덕의 열기가 적당하게 실내를 데워주고 있었다. 신선한 재료의 음식 냄새에 갑자기 식욕이 자극된 아루에는 와니에르를 바라보며 재촉했다.

"귀한 손님을 모셔놓고 기다리시게 하는 건 올바른 예의가 아니지."

아루에의 핀잔에 지극히 평범한 와니에르의 대답이 돌아왔다.

"제가 보기엔 장로님은 부인을 존중하시는 척 저를 몰아세우시지만, 정작 장로님께서 허기를 면하시려는 수작이시지요."

여전히 화덕 앞을 떠나지 않고 튼튼하고 건강해 보이는 등짝을 보이며 요리에 집중하는 와니에르는 아루에의 말을 거침없이 받아치는 내공으로 보아 아루에가 인정하는 조력자 이상의 믿음을 지니고 있음이 틀림없었다. 화끈거리는 얼굴로 다분히 성급한 척 기대 이상의 몸짓으로 세브르 부인의 맞은편 의자에 앉은 아루에는 무릎에 얼굴을 파묻으며 왼손으로 얼굴을 가리고 오른손은 허공에 내저으며 말했다.

"아! 신이시여, 제게 요리할 능력을 주셨다면 크레페 위에 녹인 버터를 묻혀 저 친구의 얼굴에 던지겠나이다."

살짝 덧니가 드러나는 세브르 부인의 자지러지는 웃음이 터졌고, 멍하니 얼굴을 돌려 아루에를 쳐다보는 심각하게 실망한 와니에르의 표정이 보였다. 그리고 이어진 와니에르의 한마디는 세브르 부인으로 하여금 페르네에 도착한 몇 시간 만에 처음으로 와니에르를 귀여운 남자로 만들었다.

"장로님은 크레페를 그렇게 사용하시는군요."

와니에르는 많은 재료를 어떻게 보관했을까? 얇게 다진 감자와 양파, 아직 따뜻한 온도를 유지하는 갈색의 달걀과 베이컨이 준비되었고, 페르네의 대지에서 수확되어 제분한 밀에 녹인 버터와 소금으로 간을 맞춘 빈죽이 있었다. 그리고 저택 뒤의 작은 농장에서 분주하게 깃털을 날리며 놀라 달아난 닭들 사이로 채집한 신선한 달걀보다 더 신선한 우유가 있었다. 이만하면 아루에의 노년은 누가 보아도 건강한 나날을 지내리라는 판단이 들었다. 세브르 부인은 물끄러미 두 사람을 쳐다보았다. 노인과 젊은 남자 사이의 세월은 차라리 손자뻘은 되어 보였다. 물론 와니에르의 또렷한 이목구비가 돋보여 나이를 가늠할 수 없도록 하였지만, 그들 사이에는 틀림없는 유대관계가 있어 보였다. 약한 불 위의 팬에 버터를 두르고 화덕에서 건져낸 설익은 크레페 반죽을 얇게 편 후 가장자리가 익은 것처럼 보이자 미리 준비된 시금치와 베이컨 등의 속 재료에 신선한 달걀을 깨트리지 않고 올린 후 다시 약한 불에 익히기를 반복하고 한쪽씩 살짝 접어 사각으로 모양을 만들어 완성된 갈레트를 우유를 섞은 홍차와 함께 감자수프를 곁들였다. 와니에르는 아루에가 마련한 식탁 위의 식기에 먹기 좋을 만큼의 양으로 옮기는 재빠른 손놀림 속에 뿌듯한 자신의 자부심도 함께 녹였다. 바람이 불자 비가 흩뿌렸다. 페르네의 대지는 자연의 순수하고 숭고한 법칙에 물들어 갔으며 노인과 젊은 남자 그리고 젊은 여자의 아침 식사는 모처럼 일상의

모습이었다. 화덕의 불이 꺼지고 재 사이로 반짝이는 불꽃
이 보였을 때 세브르 부인은 아루에게 붉은 장미 문양의
밀랍으로 봉인된 편지 한 통을 건넸다. 당연히 편지는 아루
에가 예상했던 마담 퐁파두르의 밀서였다.

"존경하고 친애하는 볼테르 경, 경의 존함을 외우지 않고
는 프랑스의 미래는 없어 보입니다. 경께서 제게 낭송해 주
었던 경이적인 사상과 문장들이 프랑스의 모든 국민들과
파리 시민들에게 고스란히 스며들면 저는 외롭지 않은 정
치적인 밤들을 보낼 수 있을 것 같군요. 경과 걸었던 퐁텐
블로 성의 정원을 기억합니다. 벌써 오래된 기억이군요. 잔
디 언덕을 건너 운하의 푸른 물결을 기억하시나요? 경과
나의 인생이 위태롭지 않다면 그날 운하의 물결처럼 잔잔
하기를 바랍니다. 아니라면 정원과 퐁텐블로 회랑을 장식
했던 프리마티초(francesco primaticcio)와 첼리니(benvenuto
cellini)의 황금 조각들에 비친 경의 신비한 눈동자를 위안
삼으면 되겠지요. 지금 경께서 저의 편지를 읽고 계시다면
신뢰하는 나의 오르비에가 수없이 많은, 밤의 올빼미 눈들
에게 발각되지 않고 안락한 경의 집무실에 도착했다는 증
거일 겁니다. 존경하는 볼테르 경. 파리의 왕궁을 떠나 베
르사유에 있는 저로서는 심약한 마음으로 하루하루를 보
내고 있습니다. 정적들의 권한은 날이 갈수록 강해졌으나

계몽이 사라진 루브르 궁의 국왕의 처소에는 프랑스의 불성실한 앞날만을 예견하는 귀족과 주교들로 가득합니다. 특히 각주의 주교들은 교회의 신성을 앞세워 몰염치하게 국민들을 현혹하여 프랑스를 마법과 이단의 혼동의 시대로 몰아가고 있습니다. 특히 수도사들의 초월적인 지성은 사라져 교회는 천국으로 가는 길에 대한 징수를 시작하였나이다. 작금의 교회는 저 멀리 부르고뉴의 니콜라스 롤랭 대주교가 비단과 모피를 입고 성모 앞에 두 손을 비비고 기도하였던 꼴과 같습니다. 화려한 금실의 옷이 교회를 장식하는 지금 오히려 교황은 프랑스 교회를 두둔하며 뜻있는 사제들은 동굴에 숨어 기도만으로 연명합니다. 왕실의 사료편찬자이자 왕실 도서관장이며 무엇보다 국왕을 대리하는 법무관이자 수사관인 볼테르 경, 이제 나는 경을 다시 복권하는 바입니다. 이 복권에 관하여 나는 국왕의 재가와 함께 권리를 이첩하는 바입니다."

심각하게 편지를 읽어나간 아루에는 비로소 긴 한숨과 함께 고개를 들었다. 편지를 쥔 왼손이 떨렸고 넋이 나간 사람처럼 표정을 지으며 쟌느 드 오르비에, 즉 세브르 부인을 쳐다보았다.

"복권이라. 그래서 무엇….."

식사가 끝난 식탁을 정리하던 와니에르는 슬며시 아루에

의 뒤로 돌아가 어깨너머로 편지를 훔쳐보려 했다. 그런 와니에르에게 아루에는 편지를 쥔 왼손을 허공에 쳐들었다. 재빠르게 편지를 낚아챈 와니에르는 선 채로 편지를 읽어 나갔다. 숨이 막힌 와니에르는 부들거리며 몸을 떨었고, 호흡을 몇 번이나 가다듬은 후에야 누가 듣기라도 하는 비밀스러운 목소리로 아루에의 귀에 입을 오므리고 물었다.

"이제 무엇을 해야 하나요?"

"그건 여기 계신 부인에게 물어볼 일이구나."

아루에는 와니에르의 말에 대답하며 세브르 부인을 바라보았다. 동시에 세브르 부인의 옆자리로 의자를 끌어당기며 앉은 와니에르는 당돌한 질문을 던졌다.

"편지에 담기지 않은 비밀은 무엇인가요?"

세브르 부인이 대답했다. 편지 속에 담기지 않은 비밀스러운 내용이 무엇인지 국왕이 정적들의 위협을 무시하며 복권을 시도해 아루에에게 명령하는 것이 무엇인지 또한 퐁파두르 부인이 베르사유로 도피한 이후 그녀의 정치적 입김이 얼마나 살아남아 있기에 아루에의 복권을 국왕에게 종용했는지가 세브르 부인의 입을 통해 나왔다. 먼저 이야기를 꺼내기에 앞서 부인의 눈빛부터 달라졌다. 아직 젊은 얼굴의 어딘가 앳된 홍조는 사라졌고, 서슬 푸른 눈빛으로 변하며 다부진 입술이 멍울이 벌어지는 꽃처럼 순식간에 웅변이라도 하듯 말이 아니라 천둥처럼 외쳤다. 편지에 담기지 않은 퐁파두르의 전갈은 이러했다. 선갈은 세브르 부인의 입을 통해 다시 편지의 양식으로 옮겨졌다.

"볼테르 경! 프랑스 왕실이 절대적인 왕정으로 나아가기 위해서는 국왕의 친정이 이루어져야 합니다. 국민들의 존경은 현명한 국왕에게서 나와야 합니다. 국왕이 현명해지기 위해서는 재상부터 시작해 저 아래 공무를 집행하는 말단의 문지기까지 청렴하여 국가를 위해 헌신하는 자세를 보여야 마땅합니다. 작금의 사태는 그렇지 못합니다. 특히 교회는 세속화되어 그 폐해가 국민들을 고통 속에 머물게 하며 로마는 독립된 프랑스 교회에 새로운 이권만을 탐하며 로마로의 복속을 획책하고 있습니다. 신앙이 바로 서지 않는다는 것은 통일된 프랑스 정신이 훼손되는 것을 의미합니다. 볼테르 경! 지금 경의 도움이 필요합니다. 왜곡된 성역을 앞세워 프랑스의 정신을 유린하고 정치 세력화된 교회를 바로잡을 기회를 이제 경의 힘을 빌려 추진하고자 합니다. 경은 톨로사의 자코뱅 수도원으로 가주기 바랍니다. 근래에 그곳의 좋지 못한 풍문들에 의하면 수도원은 적 그리스도화 되어 젊은 사제들의 의문의 실종사건이 흔적 없이 증거마저 사라진다고 합니다. 경은 그 실체를 명확하게 수사하여 파악해 주시기 바라며 배후도 밝혀주시기 바랍니다. 그렇다면 경의 뒤에서 왕실은 이를 바탕으로 어두운 교회의 실체를 축출하여 바로 세울 기회를 마련하고자 합니다."

아루에의 눈빛이 반짝였다. 세브르 부인의 이야기를 함께 듣고 난 와니에르는 심각해진 얼굴로 아루에를 보더니 말했다.

"장로님, 설마 마담 퐁파두르의 말에 현혹되시는 건 아니시죠? 지금 장로님의 처지는 페르네를 벗어날 수 없습니다. 말이 복권이지, 언제 어디서 장로님을 해칠 자들이 나타날지 모르는데 길을 나서시다니요. 그건 절대 아니 됩니다."

와니에르는 두 손을 아루에의 면전에서 휘저으며 만류했다. 얼굴색마저 검게 변하며 머리를 세차게 흔들자 그저 적당히 기름지지도 않고, 그렇다고 살이 붙지도 않은 볼 따귀마저 흔들렸다. 아무래도 와니에르는 진심이었다. 진심으로 아루에의 안위를 걱정하는 와니에르는 세브르 부인을 의심의 눈초리로 바라보았다. 종전의 호감과 배려는 모두 사라졌고 퐁파두르 후작부인과 마찬가지로 세브르 부인도 한통속의 위험하고 배척해야 할 인물로 낙인찍었다. 와니에르의 흥분한 행동에 집 안의 공기는 무거워졌고, 방금까지 화목했던 분위기도 사라졌다. 와니에르의 흥분은 더욱 고조되었고, 그의 말이 이어졌다. 이제 와니에르는 아루에의 얼굴에 자신의 얼굴을 바짝 들이밀더니 따졌다.

"가만히 생각해 보세요. 파리를 떠나 프로이센으로 망명하실 때부터 다시 곰곰이 생각해 보세요. 그때 왕실이 장로님의 편이 되어주었는지 장로님께서 온갖 부조리가 가득한 교회를 권위와 인습 그리고 미신의 상징이었던 교회를 계몽하시고자 하셨을 때, 장로님이 신의 권리를 이 세상을 창조한 의무를 다하면 더 이상 인간 세계에 관여하지 않는 것이 올바르다고 말씀하셨을 때, 교회가 장로님께 겨눈 칼날을 왕실이 보호해 주었나요? 오히려 아카데미 프랑세즈의 회원이 되신 후로 귀족과 교회가 장로님의 벼락출세를 질투할 때 결국 장로님은 홀로 체제에 맞서지 않으셨나요? 그것뿐인가요? 장로님의 수많은 금서는 어찌 되었나요?"

진심이었다. 특히 아루에의 많은 저서가 금서로 묶여 빛을 보지 못하는 실정은 와니에르에게도 안타까움이었다.

"그렇지 그 금서 중에 한 권 캉디드 원본을 교회에 빼앗겨 자코뱅 수도원에 보관 중이지."

아루에의 말이었다. 묵묵히 와니에르의 말을 듣고 있던 아루에가 와니에르의 입에서 금서라는 금언이 튀어나왔을 때 눈에 불이 뚝뚝 떨어지고 낯빛이 달라지더니 외쳤다. 갑작스러운 아루에의 외침에 당황한 건 와니에르였고, 세브르 부인은 놀라 조심스럽게 아루에를 쳐다보았다. 한편 와니에르는 자신의 실수를 깨달아야 했다. '금서', 그 말은 아루에의 침묵을 깨우고 방랑을 시작하게 하는 가장 적합한 조건의 말이라는 것을 알고 있었기 때문이다.

"장로님…. 그것과 이것은 다르다는 걸 아셔야 합니다."

와니에르는 조심스러워졌다. 자신의 흥분이 오히려 아루에의 신경을 건드렸고, 진정에는 해가 된다는 것을 새삼 확인했다. 스스로 미숙함을 인정해야 했다. 와니에르는 한숨을 쉬며 아루에에게 등을 보이며 돌아섰다. 아루에는 이미 결정을 내렸고, 와니에르는 자신의 만류가 도움되지 않는 것을 알았다. 여전히 세브르 부인은 한마디 말없이 조용하게 두 남자를 지켜보고 있었다. 의외로 스스로 자신을 설득하며 정당성을 부여하는 아루에를 바라보며 부인은 속으로 쾌재를 불렀다. 물론 아루에가 퐁파두르 부인의 전갈을 거부할 때를 대비한 조건을 몇 가지 생각하고 있었고, 부인 또한 아루에의 논리에 맞설 당당한 여자임이 틀림없었지만 일은 쉽게 성사되었다. 받아들인 쪽은 두 명의 승자이며, 나머지 한 명의 서투르고 비통한 패자만 남게 되었다. 노년이었지만 우리의 프랑수아 마리 아루에는 달랐다. 볼테르라는 필명으로 파리의 유수한 대학과 프랑스의 많은 궁전을 전전하며 귀족과 왕의 인척들 앞에서 유려한 말솜씨로 자신의 사상을 설교하던 당당함은 여전히 자유분방한 기질 속에 또한 재빠른 판단 속에 살아있었다. 이제 아루에를 볼테르라고 부르며 그를 소환해야 할 시간이 되었다.

32

1762년 3월 어느 날. 결국, 볼테르는 자신을 평생 돌보아준 비서이자 반려인인 와니에르와 퐁파두르의 유일한 집사이자 의학회 회원이기도 한 파리에서 유일무이한 여의사 세브르 남작 부인(이제 그녀도 쟌느 드 오르비에 줄여서 오르비에라고 부르자.)과 함께 톨로사로 가는 거친 길 위에 서있었다. 봄이 되었지만 군데군데 눈이 녹지 않은 탓에 땅은 질척거렸고, 희끗희끗한 눈 자국이 먼 산과 수풀에 가득했다. 이따금 물웅덩이와 질척이는 진흙길을 피하기 위해 멈추기를 반복했다. 오르비에는 퐁파두르 부인의 밀서를 가슴에 품고 2월에 볼테르의 안가에 찾아왔다. 국왕의 명령과 퐁파두르 부인의 부탁을 이해한 볼테르가 승인한 답서를 오르비에에게 주었다. 볼테르의 안가에서 허탈해하던 와니에르의 수발을 이틀 더 받으며 머물고 난 뒤 오르비에는 페르네로 찾아온 시간과 비슷한 새벽 나절 베르사유로 돌아갔다.

그리고 정확하게 한 달 후 오르비에는 볼테르와 함께 자코뱅 수도원의 사제 실종 사건을 조사하기 위해 페르네로 돌아왔다. 한 달 전의 오르비에 모습과 한 달 후의 오르비에의 모습은 달랐다. 밀서의 전달자가 아니라 당당한 수사관의 모습이었다. 물론 잠행이라는 비밀스러운 사연이 전제되었지만 말이다. 어찌 되었건 와니에르도 오르비에를 환영했다. 인연이란 사람을 가깝게 만드는 신의 영역임이 틀림없었다. 선남선녀인 탓에 비록 오르비에가 지방의 하찮은 영주의 미망인이긴 했지만, 프랑스에 남편 없는 미망인은 수두룩했다. 페르네에서 톨로사로 가는 길은 멀고 험했다. 일흔에 가까운 노구를 이끌고 길을 나선 볼테르를 염려한 와니에르는 줄곧 그를 걱정하며 말고삐에 쥔 손에 힘을 주며 볼테르가 탄 말 뒤에 바짝 붙어 졸졸거리며 따라갔지만, 정작 볼테르는 느긋했다. 아침저녁으로 산길을 걷고 습지에서 명상하며 이루어 낸 그의 체력은 스스로 사십 대 정도의 나이라고 자부하고 있었다. 실제 그러했다. 전혀 흐려지지 않은 판단력과 암기력이 있었고, 부랑자 한두 명 정도는 제압할 사상적 무장이 세 치 혀에서 나오는 결기와 함께 여전했기 때문이다. 볼테르를 노심초사하는 와니에르와 달리 볼테르 본인이나 오르비에마저도 담담하기는 같았다. 오르비에에 대해서 잠깐 덧붙이자면 그녀는 평범하지 않은 귀족 집안 출신이었다. 퐁파두르 부인이 평범한 평민 출신으로 루이 15세의 사냥길에 만나 후작이라는 귀족 신분을 하사받고 국왕의 총애하는 연인이 되었지만, 오르비에는 귀족 출신으로 파리의 상인 길드까지 점령한 부유한 부르주아였다. 그녀는 일찍 물리학과 예술. 특히 '부활한 미술'이라던 14세기에서 16세기의 르네상스 미술에 관한 연구에 관심이 많았다. 무엇이 그녀를 르네상스 시대의 미술로 데려갔을까? 어둡고 엄숙하기만 한 시대. 억압된 교회와 신분제의 시대. 로마와 아비뇽 시절을 겪던 절대권력의 교회가 서서히 무너지자 도시의 발달과 상업의 발전은 신의 세계에서 인간의 세계로 이동하기 시작했다. 바로 그것은 로마와 그리스의 과학과 수학 더불어 미술이 인간의 열망과 함께 불을 지피게 된 이유였다. 오르비에의 집안은 아주 먼 동방과 문물을 교역하던 덕분에 새로운 화법을 시도할 수 있는 알 수 없는 광물질을 손에 넣을 수 있었다. 오르비에에겐 호기심을 풀 수 있는 엄청난 행운이었다. 르네상스 시대의 화법을 공부하고 다시 재발견하는 데는 혁신적인 다음 화법이 필요했다. 유리를 곱게 갈아 테라핀과 기름에 섞은 유채 물감이었다. 물론 이 화법은 그 시대에 이미 유용하게 사용되었지만, 오르비에는 자신만의 독특한 세계를 구현해 내고 싶었다. 오르비에는 초기 르네상스 미술의 독보적인 화가였던 마사초, 도나텔리와 함께 특히 보티첼리 작품의 연구에 매달렸다. 르네상스 미술은 소실점을 중심으로 평면 위에 공간감과 거리감을 표현하는 원근법. 명암을 혁신적으로 묘사하는 명암 대조법. 격자 모양의 수평구도였던 종전의 방식에서 탈피한 차원적인 삼각 구도의 묘사가 주류였다. 오르비에는 기름과 템페라가 혼합된 안료가 탈색현상이 쉽게 이루어졌는지에 대해서도 연구를 했다. 하지만 불행하게도 오르비에가 자신의 지적 능력을 모두 해소하기 전에 불행을 맞아야 했다. 집안은 파산했고 귀족 신분을 버려야 했는데, 그나마 오르비에의 희생으로 신분은 유지되었다. 이름 없는 지방의 남작 부인 그나마 그 나이 많은 남작은 열렬한 가톨릭의 옹호자였고, 오르비에의 부친은 재산을 교회에 기부하는 조건으로 신분을 유지할 수 있었다. 이 모든 이유는 오르비에의 부친이 위그노였고, 부친의 증조부가 바르톨로메오 학살에 나바르의 앙리를 추종한 나바르 출신의 귀족이었기 때문이었다. 하지만 다행스럽게 어린 오르비에를 사랑했던 나이 많은 남작은 오르비에에게 의학을 공부할 수 있는 지적 탐구의 세계를 열어주었으며, 오르비에의 능력은 훗날 퐁파두르 후작 부인을 만나며 안정되었다. 남작이 죽고 홀로 남게 된 오르비에가 퐁파두르 후작 부인을 만나게 된 연유는 뒤로 미루자. 남작의 죽음에 관련된 소소한 사건들도 장황하게 설명할 필요는 없어 보이지만 오르비에가 크지 않은 남작의 장원과 영지를 이어받아 단기간에 몇 개의 언덕과 구릉이 포함된 메마르고 흉측해 보이는 농지를 개량하고 과실수를 심더니 제법 번듯한 저장고가 딸린 포도 농장으로 변모시킨 점은 그녀의 탁월한 경영 능력과 진취적인 면모를 보여주는 단적인 실례였다. 아마도 퐁파두르가 조심스럽게 그리고 눈에 띄지 않게 측근들을 모았던 비상함에 견주어 오르비에의 탁월함은 눈에 들고도 남을 일이었다.

어쨌든 일은 성사되었다. 역사적인 사건에 개입하게 될지 와니에르의 말대로 국가와 국왕을 위한다고 하지만 사실 퐁파두르 후작 부인의 정치적인 모색에 이용되는 꼴은 아닐지 알 수 없는 일이었지만 퐁파두르 후작 부인의 대리인인 오르비에가 간악하거나 모사스러운 여자가 아니라는 결론은 볼테르나 와니에르 모두 동의했다. 수년 동안 볼테르는 삶에 지쳤거나 따분했을 것이다. 서서히 퇴행하는 자신을 보며, 멀찍이 사람들과 떨어져 대우받지 못하고 하인 하나 없이 혼자 가는 세금 징수관이나 뚱뚱하게 기름진 삭발한 수도사같이 명예를 찾지 못하는 문장만 남은 계몽주의자로 사라지는 자신이 두려웠을 것이다. 그마저도 자신의 문장들은 대부분 금서로 처분받아 세상에서 사라졌으니 말이다. 볼테르에겐 위험을 동반하는 따위는 대수롭지 않았다. 그에게 위험이란, 오래전부터, 아니 '총명하고 비상했던 악동' 시절부터 그러니까 곧 예수회 학교를 졸업하고 난 후 루이 14세의 사후 섭정인 오를레앙공을 비방한 혐의로 바스티유에 수감된 첫 정치적 발현부터였다. 따라서 '위험'이란 변화의 시작이었다. 그런데 가끔 그 위험을 감수하여 변화의 시작으로 만드는 건 오히려 볼테르가 아니라 와니에르였다. 위험을 받아들이는 방법은 볼테르와 와니에르가 달랐다. 치밀한 분석과 준비가 볼테르의 영역이라면 와니에르는 앓는 이를 바로 빼버리는 적극성이었다. 와니에르는 매우 중요한 인물이었다. 볼테르에겐 말이다. 비록 와니에르를 볼테르가 파리를 떠나며 고아원에서 데리고 나온 아이였지만, 뚱뚱한 상인과 수도원을 몰래 나온 비밀을 간직한 수녀가 낳은 자식이라는 소문을 믿고 안 믿고는 볼테르 입장에서 파리에 수천 명이나 되는 떠돌이 고아 중 하나였을 뿐이었다. 단지 책상에 앉을 의자를 고쳐주고 안경을 제자리에 가져다줄 어쩌면 수없이 많은 고락을 헤쳐나갈 동반자를 일찍 선택했을 뿐이다. 지금 와니에르는 단순한 비서가 아니라 볼테르의 사상을 교육받은 볼테르 앞에 서서 길을 비추는 노년의 저녁에 단 한 명의 선구자였다. 분명 볼테르는 늦은 겨울의 이른 아침 퐁파두르의 마차를 보고 심장이 두근거렸을 것이다. 사건의 시작을 알리는 신호를 느꼈기 때문이고 오르비에와 아니에르 앞에서 그 두근거림을 감추기가 힘들었다. 이미 볼테르는 어떤 언급이 이루어진들 거기에 몸담을 의지가 충분했고 모험에 몸이 달아 있었다. 그때는 당연히 다시 '총명한 아이'로 돌아가 있었다. 볼테르와 와니에르와 오르비에가 만난건 또 신의 주문일지도 모른다. 그래서 3월 아침에 뜨거운 홍차를 마시고 와니에르가 창문이란 창문과 문틈까지 먼지가 밀려들지 않게 새의 깃털을 뭉쳐 털어 막은 뒤 손가락 세 마디는 충분한 길이의 나무못으로 현관문 아래 깊게 박아 넣자 그 삐걱대는 소리가 파리 대학의 계단에서 교회를 고발할 때 사용했던 입 나팔에서 나왔던 소리보다 비장했다. 그러나 볼테르는 아무렇지 않게 팔짱을 끼고 열심히 제 할 일을 하는 와니에르를 쳐다보고 있었다. 그동안 오르비에는 성긴 나무로 엮은 닭장의 문을 열고 몇 마리 닭들을 멀리 습지로 가는 길로 내몰았다. 얼마나 활개 치며 닭들이 닭장을 탈출했는지 와니에르가 그 광경을 보았어야 했는데 아마 그랬더라면 와니에르는 서운한 이별에 눈물을 보였을 것이다. 강수량이 많아 잦은 비가 내리는 페르네의 넓은 습지에서 닭들이 제 운명을 다하기란 분명 두려울 것이다. 볼테르는 기웃거리는 닭 모가지를 보며 앞뒤로 똑같이 모양을 따라 하더니 성호를 그었다. 이제 세 사람이 마주해야 할 사건과 톨로사로 가는 길에 대한 우여곡절에 대해 미리 이야기해 보자. 다시 말하지만 페르네는 황량한 벌판이나 마찬가지인 곳이다. 제네바에서 8km 거리라면 고작 1시 진도 안 되는 거리지만 겨울에 춥고 여름에 더운 프랑스 남동부 오베르뉴론알프지방의 척박한 토지를 최소한 며칠을 벗어나야 한다면 아직 3월이라는 계절은 충분히 무리가 있어 보였다. 거기에 거친 이단의 도시 리옹이나 그르노블로 직행한다면 에스파냐의 길목으로 가는 따뜻한 톨로사의 가론강에 닿기 전에 볼테르 주위에는 정적들로 가득할 것이다. 그리하여 사려 깊은 볼테르는 누구의 눈에도 띄지 않는 그리고 흔적을 남기지 않을 그르노블을 외곽으로 경유하여 남동쪽의 프로방스알프코트다쥐르 지방을 관통하는 길을 택하기로 했다. 물론 볼테르가 개인적인 여행 경로를 택했다면 비릿한 생선 수프 속에 흰색과 잿빛색 피부의 사람들이 뒤섞인 인종과 종교로 가득한 최초에는 그리스인의 항구였던 마르세유에서 푸른빛 지중해를 보고 싶었을 것이다. 그랬다면 볼테르의 철학 단편이 시간과 세대의 구애 없이 펼쳐질 것이다. 파리를 떠나 외국을 떠돌던 시절. 마르세유는 그에게 손길을 주지 않던 이방의 도시와 마찬가지였다. 아마도 원주민이나 마찬가지였던 북아

프리카의 베르베르인들과 파리 코뮌의 측근들의 지원이 없었더라면 해산물을 넣고 끓인 수프에 치즈와 마늘즙을 더한 빵과 생선과 가재만을 뜯어먹는 부아베스(*bouillabaisse*)만으로는 아무리 지중해의 태양이 따뜻하기로 견디기가 힘들었을 것이다. 볼테르는 입맛을 다셨다. 항구의 비릿함이 옛 기억을 떠올렸다. 톨로사로 가는 긴 여정은 결코 만만하지 않다. 낙엽송과 백리향 속의 식물, 라벤더 향이 나는 외진 들판을 만나는 한가로운 나그네의 길이라면 머무는 곳 어디에서나 황홀한 풍경을 만나 찬사를 보내면 그뿐이다. 불가사의한 동굴이 공존하고 은밀한 황무지에서 독수리가 들쥐를 낚아채 날아오르는 거대한 암석 아래에서 바라보는 시골 마을을 만난다면 어떨까? 어디까지나 그마저도 볼테르의 머릿속에 있는 한가했던 퓌(*puys*)산맥과 오베르뉴(*auvergne*) 단층지대를 여행하던 시절의 이야기일 뿐이다. 볼테르는 와니에르와 오르비에를 돌아보고 말고삐를 가슴 쪽으로 세차게 당겼다. 말의 재갈에서 흰 거품이 흐르더니 발굽에서 튀긴 흙이 볼테르의 종아리까지 묻었다.

33

이상한 일이 일어났다. 표현할 수 없는 참회와 후회가 수치스러움과 함께 죽은 얼굴에 낙인처럼 찍혀있고, 한 몸도 아닌 세 몸뚱이 서로 보호하고 감싸주듯이 얽혀 있었으며, 그 모습은 주님의 제대 앞에서 기도하고 있었으니 어찌 500년이 넘는 도미니크 수도원의 대본좌에서 일어날 수 있는가? 심지어 도미니크 수도회가 낳은 위대한 신학자 토마스 아퀴나스의 무덤이 있는 지하 성배소에서 그 거룩함에 이교도의 비웃음 같은 비탄을 가지게 하는가 말이다. 더구나 추악한 반 그리스도 시대였던 갈리아 시대가 저물고 순교자 세르넹이 전파한 교회의 도시 톨로사에서 옥시타니 레지옹(region) 오트가론 데파르트망(departement)의 주도에서 일어난 이 기막힌 일은 그러나 아무나 알 수 없었다. 종과 이후 한밤중에 일어난 일에 대해 성배소의 무거운 철문을 누가 열어주었는지 모르지만 열쇠는 수도원장만이 지니는 성스러운 재물에 포함된지라 젊고 순수한 세 사람의 사제가 자살이라는 죽음에 이르게 된 연유를 따지고 조사하기 전에 추측만 무성한 진실이 밖으로 전해지는 것에 수도원장은 몸을 사시나무처럼 떨고 있었다. 또한, 이 얼마나 어이없는가? 수도원의 본산에 대략 수백의 사제가 있는데 규율이 없었다면 말이 되는가? '사제'란 무엇을 의미하는가? 성서에 그리스어로 프레스비테로스(presbyteros), 즉 장로라는 말로 안수에 의해 사도로부터 받는 직제로서 안티오키아― 터키 남부 하테주의 주도. 사도 바울에 의해 가장 빨리 이방인에 대한 그리스도 선교가 되었으며, 그 신자가 처음으로 '그리스도교인'으로 불린 곳 ―의 이냐시오 무렵부터 주교 밑에 사제단이 되어 봉사자적 제사직에 참여하는 직제. 히폴리토의 '사도전승'에 보이는 서품식은 가장 오래된 식문으로 사제가 주교 밑에서 사제단의 평의에 참여하는 자라고 밝혀져 있다. 이로써 사제는 주교의 목직에 관여하며 교회의 목회가 위임된다. 아무튼, 꽃과 장미가 그려진 한 장의 성화조차 그들의 그늘이 되지 못했다. 어쩌면 유령이 그들을 토마스 아퀴나스의 무덤으로 인도했을까? 유령이라면 악마 중에 어떤 얼굴을 하고 있을까? 수도원 안에 돌아다닐 악마라면 그 대범함이 지나쳐 성사 중에도 옆자리에 앉아 태연하게 키득거리며 조롱하지 않았을까? 눈은 찢어졌을 테고, 손과 발은 분명히 갈퀴로 뼈가 드러나 차디찬 돌기둥을 매일 문지르지 않으면 손톱과 발톱이 자라는 무시무시한 형상일 터이다. 과연 가능한 일일까? 수도원장은 원장실의 문을 잠그고 안식의 기도에 집중했는데, 모든 수사가 문고리를 잡고 흔들었지만 소용없었다. 그날 톨로사의 오래되고 장엄한 수도원(그날까지는 그렇게 불렀다.)인 자코뱅 수도원은 알 수 없는 악령에 싸여 의문스러운 비통함에 물들었다. 새벽에 발견된 세 사람 사제의 시신을 두고 곧 회의가 진행되었다. 그때까지도 수도원장은 원장실에서 나오지 않아 수습의 몫을 담당한 이는 수도원의 부원장이자 도서관장이었다. 그는 먼저 이렇게 말하며 기도했다.

"거룩한 주님을 받들어야 할 우리가 오늘 악령에 들었음을 먼저 회개하고 악령이 남은 이들에게 들지 않도록 주님의 명령으로 버림받은 자들을 지옥으로 보내노라."

시신은 그렇게 부원장이 지목한 세 명의 다른 수사에 의해 마차에 실려 수도원의 은밀한 뒷문으로 내보내졌다. 이 모든 일은 날이 밝기 전에 수도원의 개들이 짖고 닭이 목을 풀기도 전에 일어난 일이었다.

34

이탈리아인인 토마소 다 발라로(*ballaro*)와 안토니오 펠라지오 코모(*como*)는 팔레르모의 부유한 상인 출신의 자제들이었다. 발라로의 집안이 대대로 팔레르모 지역에서 동방과의 무역과 견직물로 부를 축적한 시칠리아의 상인이었다면 코모는 밀라노 북쪽의 작은 호숫가 마을의 출신이었다. 코모의 집안이 어떤 이유로 이탈리아 북쪽을 떠나 비옥한 평야를 배후지로 둔 상공업의 중심지인 팔레르모로 이동하게 되었는지는 모르지만, 대략 150년 전의 코모가의 조상이 선택한 결정은 옳았는지도 모른다. 이후 시칠리아 섬을 아우를 만큼 이름난 두 가문은 항상 명예로운 사건에 목말랐고, 가문에서 사제를 한 명도 배출하지 못한 탓에 비록 부유했으나 이등 시민에 불과했다. 다행스럽게 두 가문의 자녀 중 발라로 가의 토마소와 코모가의 안토니오는 어릴 적부터 신에 대한 갈망이 남달랐다. 마땅히 유아세례를 받은 그들을 가문에서는 사제의 길을 걸어 상인이 아니라 로마 교회에서 추기경으로 배출되기를 원했다. 물론 꿈같은 일이었지만 신의 명령을 따르는 일은 당연한 귀결로 보였다. 그래서 11살에 로마의 산타 마리아 마조레 대성당의 신학교에 입학한 첫날, 두 소년은 더운 여름날 교황 리베리오가 꾼 꿈을 다시 꾸게 되었다. 꿈에서 두 소년은 성모 마리아를 만났고, 눈이 내리는 자리에 성당을 지으라는 계시를 받았다. 꿈에서 깬 두 소년은 함께 지도 수사를 찾아 꿈 내용을 이야기했고, 지도 수사로부터 바로 그 자리가 산타 마리아 마조레 대성당이 지어진 에스퀼리노 언덕이라는 이야기를 들었다. 한여름에 눈이라니…. 무척 궁금하게 생각하던 두 소년에게 여름은 곧 닥쳐왔고, 8월 5일이 되자 대성당에서 성모 마리아의 계시를 경축하기 위해 하얀 꽃잎을 뿌렸다. 토마소와 안토니오는 대성당의 지붕에서 눈처럼 떨어져 내리는 꽃잎을 보며 입을 다물지 못했다. 어떤 향기와 어떤 목소리가 꽃잎이 얼굴을 스칠 때마다 들려왔고, 향기는 막 태어났던 자신의 바구니 속에 웃음을 지으며 보던 어머니에게서 난 향기였다. 토마소와 안토니오는 생각했다. 어머니의 형상을 했던 그때 그분은 성모 마리아였음을 알게 되었다. 또다시 생각해 보면 자신을 안아 올렸던 품속은 죄악을 씻어 성모 마리아의 은혜로운 삶으로 보내려던 노력이었음을 아름다운 현실이 천국과 같음에 감사하게 되었다. 토마소와 안토니오는 분명 자신들이 성모 마리아에게서 선택된 깨끗한 사람들이라고 믿게 되었다. 둘은 팔레르모를 잊고 산타 마리아 마조레 대성당이 이제 자신들의 고향임을 인정하고 교회의 목자가 되기로 다시 다짐하게 되었다. 신학교 생활은 고단했다. 새벽에는 다른 신학생들보다 먼저 일어나 부속 성당인 카펠라(capella)에서 자신을 돌아보는 영적인 명상의 기도를 스스로 해야 했다. 두 개의 카펠라 중 토마소는 파올리나 예배당에서 기도를 했고, 안토니오는 시스티나 예배당에서 새벽 기도를 했다. 새벽 공기는 늘 자가웠다. 밤새 예배당 안을 머물던 성스러운 공기가 두 소년의 기도 소리와 만나자 울림은 대단해져 제단 위의 금촛대와 은촛대가 흔들리며 신이 대답했다.

"토마소와 안토니오! 너희들은 은혜롭구나! 너희의 기도가 나를 깨웠으니 마땅히 내가 너희에게 할 일을 정하노라! 지금 세상은 땅이 갈라지고 물이 그 땅속으로 스며 사라지는 형상과 같다. 메마른 땅에 어찌 생명이 살 것이며 나의 율법이 꽃을 피울까? 너희는 가장 척박한 땅을 개척하여 교회를 세우라. 그전에 너희가 정한 기간에 남은 기도를 마저 이루고 나의 명령이 진실임을 스스로 깨닫게 하라."

토마소와 안토니오는 머리를 세차게 얻어맞은 충격으로 기도에서 깨어났다. 둘은 파올리나와 시스티나 예배당을 나와 대성당의 중앙 홀에서 만났다. 머리 위 천장에는 그리스도의 모자이크가 내려 보고 있었고, 뒤에는 그리스도가 베들레헴에서 태어났던 성스러운 말구유 조각의 일부가 나무 제대 위에 있었다. 둘은 서로 다가가 누가 먼저랄 것도 없이 손을 맞잡고 그 자리에 무릎을 꿇었다. 6개월의 지원기를 거친 두 소년은 다시 6개월의 청원기를 거쳐 2년의 수련기에 들어섰다. 수도사들과 같은 생활을 하며 신앙의 참된 믿음에 복종하며 하루하루 자신들이 새롭게 태어나는 꿈과 현실에 만족하고 있었다. 수련기에 들자 신학생이 아니라 정식 수도복을 입고 수도자가 되었다. 물론 수련기가 끝나고 첫 서원을 하고 종신서원을 하기까지 10여 년의 세월이 더 걸리지만 토마소와 안토니오에겐 아무렇지 않았다. 자신들의 생애에 이만한 축복은 없었으니 일생일대의 꿈이 조금씩 이루어지고 있었다. 매일 기도 소리에 깨고 밤이면 기도 소리와 잠들었다. 무엇이 평이한 수도원의 일상을 견디게 하는지는 두 소년조차 알지 못했다. 어느덧 토마소와 안토니오도 소년이라고 하기에는 불분명한 나이가 되었다. 코밑에 거뭇한 수염이 나고 사타구니에 까칠한 음모가 자라는 나이가 되자 신의 목소리가 떠오르기 시작했다. "가장 척박한 땅을 개척하여 교회를 세우라!" 교황 리베리오가 산타 마리아 마조레 대성당을 세웠듯이 토마소와 안토니오도 성당을 세워 신의 명령이 전달되는 축복된 세상을 보고 싶었다. 하지만 자신들의 기도와 믿음이 부족하다고 믿었다. 산타 마리아 마조레에서 다시 한 번 신의 계시를 받고 떠나고 싶었다. 팔레르모에서 대성당으로 자신들을 부른 신의 결정이 떠남도 정해주시리라 믿고 있었다. 대성당의 첨탑에 매달린 거대한 크기의 종소리는 세상의 모든 죄악을 사하고 불운마저 평정할 것 같았다. 특히 시과와 종과를 알리는 종소리는 더욱 묵직하여 소리를 들을 때마다 심장이 벌려 도저히 죄를 짓기에 불편했다. 토마소와 안토니오가 10년을 채우고 다시 대성당의 지붕에서 하얀 꽃잎이 날리는 여름 8월 5일이 되었다. 그날 밤 서원(청빈, 정결, 순명)을 발하고 정식으로 축성 받았다. 매일의 미사 참례와 성무일도(성직자와 수도자가 의무적으로 하는 매일의 기도), 교리와 성경, 신학 공부를 더욱 굳세게 해야 하는 상당한 고행의 길이 두 사람 앞에 있었다. 하지만 토마소와 안토니오에겐 아무렇지 않았다. 오히려 행복했다. 며칠이 지나고 8월 5일의 경축 꽃잎을 조심스럽게 거두어 며칠 더 말린 다음에 대성당의 중앙 정원에서 불태우려는 그때 맑은 하늘과 햇살 사이로 반짝이는 물방울이 보이더니 소나기가 내렸다. 소나기는 정원을 비켜 회랑과 지붕만을 적셨다. 그곳에 모인 모든 성직자들이 신기한 광경에 입을 다물지 못하고 두리번거리거나 삼삼오오 모여 중얼거리는 사이 토마소와 안토니오에게만 소리가 들렸다.

"이제 떠나라. 너희가 새로 창조할 곳을 찾아라. 그곳에 나의 이름과 율법이 통하는 천국과 다름없는 그리하여 너희가 평생 의젓하게 대대손손 자랑스러워할 교회를 세우라."

새벽 예배당에서 들은 신의 울림이 다시 토마소와 안토니오를 인도하고 있었다. 이제 토마소와 안토니오는 소년이 아니었다. 팔레르모를 떠나왔던 어린 소년이 아니었으며, 가문의 명예 따위보다 자신들의 인내로 이겨낸 세상을 바르게 변화시킬 교회의 건립을 눈앞에 두고 있었다. 토마소와 안토니오는 대성당의 주교에게 산타 마리아 마조레에서 배운 신의 가르침을 겸허히 수용하며 감사를 표하고 난 뒤 세상으로 나설 것을 고했다. 주교는 그들에게 부제의 서품을 주었으며, 첨탑의 거대한 종을 울려 축복해 주었다. 토마소와 안토니오의 세상을 향한 큰 방랑이 시작되었다. 새로운 교회를 건립할 땅은 그러나 잘 보이지 않았다. 때론 동굴 속에서, 풀 한 포기 보이지 않는 메마른 땅에서, 물 한 모금 목에 축이지 못하고 고난의 기도를 이어갔다. 대성당을 떠나올 때 입었던 여름 수도복은 낡아 겨울이 되자 겨우 부끄러움을 면할 정도의 거적이 되었다. 둘은 팔레르모로 돌아갔다. 고향이었다. 하지만 그들은 부유한 자신들의 집으로 돌아가 기름진 음식과 포도주를 탐하지 않고 곧 꺼질 낡은 생명과 병든 자들로 가득한 카푸친 작은 형제회가 있는 가장 어둡고 외로운 땅의 수도원으로 갔다. 그곳에서 수도원 형제들에게 제공받은 고동색 고깔 모양의 후드가 달린 수도복으로 갈아입었다. 거친 면과 마가 섞여 피부가 여린 토마소에겐 스쳐 불꽃 같은 통증이 일어나는 옷이었지만 몇 달을 거적으로 생활한 그들에겐 부드럽고 향기 나는 옷이었다. 봄이 되었다. 팔레르모의 따뜻한 날씨도 가끔 괴팍스럽게 변해 보신 바람이 불었다. 오히려 대성당에서의 수도 생활은 팔레르모의 카푸친 수도회에 비하면 풍족하고 안락한 삶이었다. 고귀한 기도만을 이어갔던 그때를 돌이켜보자니 민망하고 부끄러웠다. 아마도 아시시의 프란체스코 성인도 그랬으리라. "가난한 이를 기억하라." 토마소와 안토니오는 비로소 가난에 대해 생각해 보았다. 거친 바람이 불고 지나간 어느 날 토마소와 안토니오는 각자 자신들의 집으로 갔다. 넓은 정원을 지나 웅장한 석축이 양쪽으로 받치고 있는 현관 앞에 서자 현기증이 일어났다. 10여 년을 떠난 집이었지만 반갑지가 않았다. 두려움이 앞섰고, 무언가에 홀린 듯이 미안했다. 누구에게? 처음 마주하는 낯선 사람의 집이었고, 선뜻 발을 들이지 못했다. 금방 하인들과 반점이 있고 다리가 가늘고 허리가 늘씬한 몇 마리의 사냥개가 정원을 가로지르며 달려와 짖어댔다. 무서웠다. 오랜 세월을 기도만으로 지내온 그들에게 개들은 공포와 같았다. 귀를 막고 두려움과 초조한 눈동자를 어디에 둘지 몰라 뒷걸음치려 하자 하인들도 구걸하는 탁발승 정도로 알았는지 나무 작대기로 수도복의 후드를 걷으려 했다. 그때 이층의 창문이 열리고 소란스러움에 짜증을 내며 내다보던 부친과 눈이 마주쳤다. 자식을 알아보지 못하는 건 부친의 잘못이 아니다. 대성당에서 사제로서 추기경의 꿈을 키우고 있을 아들을 생각하며 지내온 부친의 마음을 이해하지 못한 토마소와 안토니오의 잘못이 클지도 모른다. 곧이어 부친의 등 뒤로 고개를 내민 또 하나의 얼굴이 그들을 알아보고 비명을 질렀다.

"사랑스러운 나의 아들!"

세상의 모든 어머니가 가장 먼저 아들을 기억하노니 비통과 안타까움과 반가움이 담긴 비명과 함께 그들의 어머니는 맨발이 계단에 부딪히는 아픔을 감수하며 현관으로 달려 나왔다. 화려하고 잘 짜인 세수의 옷을 입은 그들에게 아들의 모습은 실망이었다. 추기경과 비슷한 성복을 입은 매끈한 아들을 상상했던 부친은 절망의 눈초리를 주었다. 동시에 성직자로서 아들의 출세를 기대하며 교회에 바친 수많은 재물이 아까웠다.

"돌아가라! 너에게 바란 것은 고작 거적 같은 수도복이 아니었다."

어머니의 만류가 이어졌다. 야윈 아들의 얼굴을 보며 눈물을 흘렸다. 튀어나온 광대와 구부정하게 휘어진 허리. 병든 환자들을 돌보느라 손가락 마디마다 생겨난 상처를 보는 어머니는 슬픔으로 감히 아들의 얼굴을 볼 수 없었다. 토마소와 안토니오는 말했다.

"가난하고 병든 자들을 위하여 음식과 약이 필요합니다. 그들을 긍휼히 여겨 축복해 주세요. 기부가 필요합니다."

하지만 돌아온 것은 부친의 매몰찬 대답이었다.

"이제 너 따위에게 줄 음식과 약은 없다. 다시 돌아가 교회의 성찬에 명예롭게 참석할 수 있다면 다시 생각해 보마."

그러나 토마소와 안토니오는 흔들리지 않았다.

"저는 누구도 탓하지 않습니다."

유년의 기억들이 고스란히 남아있는 집 안 구석구석을 돌아볼 필요도 없었다. 부속 건물 예배당 뒤쪽에 작은 구덩이처럼 파놓은 자신만의 동굴 속에 감춰둔 날개 달린 나무 말 조각과 천사상을 확인할 필요도 없었다. 분명 아침마다 침대보를 갈고 계실 어머니의 손길로 깨끗하게 유지되고 있을 자신의 방도 확인할 필요가 없었다. 토마소와 안토니오는 그 자리에 서서 성호를 그으며 축복을 내렸다. 진심이었고 마땅한 일이었다. 가족의 냉담이 충격이었지만 성직자로서 그들에게 섭섭함을 보이는 서툰 감정을 보이고 싶지 않았다. 오히려 그들에게 축복을 내리고 얼음 같은 마음이 풀리기를 아쉬워할 뿐이었다. 기대했던 온정에 토마소와 안토니오도 사람인지라 돌아서는 발걸음이 힘이 빠졌다. 하지만 닷새 후에 양가에서 보낸 하인들이 등짝에 지고 온 식료품들과 약재들을 보고 난 후에 토마소와 안

토니오는 울었다. 한 장의 짧은 편지가 동봉되었고, 편지의
주인은 어머니였다.

"사랑하는 나의 아들! 단 한 번도 너를 잊은 적이 없는
어머니를 용서하거라. 네가 거친 광야에서 혹은 어두운 길
에서 그토록 처절한 고행을 하리라고는 생각하지 못했구
나. 그렇게 돌아오리라고는 꿈속에서도 상상하지 못했던
터라 너의 모습에 심장이 터져 눈물이 나왔구나. 아버지를
용서하거라. 아버지의 기대에 못 미쳤다고 자책을 해서는
안 된다. 신을 따르는 길이 그랬다면 너는 이미 나에겐 훌
륭한 아들이자. 신의 자녀이다."

토마소와 안토니오는 자신을 지극히 사랑하는 어머니에
게 답장을 보냈다.

"꿈에서도 그리운 어머니! 이제야 어머니의 정이 사무치
는군요. 어머니의 품을 떠난 후로 어머니를 잊은 적이 없습
니다. 로마의 교회에서도 가장 사랑하는 존재는 어머니였
나 봅니다. 사랑이란 무엇이었을까요? 나의 길이 결국은 어
머니의 사랑을 세상에 보여주는 또 다른 헌신이라 믿어왔
나이다. 아마도 저의 어머니에 대한 믿음이 신의 제대 앞으
로 이끌어 지금까지 견디게 하는지도 모르겠군요. 사랑하
는 나의 어머니! 저의 사랑이 주님께 행하는 지금 사실 그
사랑의 온전한 믿음은 모두 어머니에게서 태어난 저의 행

운이고 거룩한 어머니의 가르침입니다."

그리스도에게 성모 마리아가 있듯이 토마소와 안토니오에게도 현명한 어머니가 있었다. 두 어머니는 팔레르모의 대상인인 남편 몰래 매월 일정량의 식료품과 약품을 카푸친 작은 형제회에 보내어 가난한 이들과 환자, 부랑자들에게 사용하도록 도왔다. 하지만 남몰래 하는 기부는 어떤 달은 약정한 물품을 채우지 못했고, 어떤 달은 약속을 지키지 못했다. 토마소와 안토니오는 팔레르모에서 두 번의 겨울을 보냈다. 궁핍한 수도원 생활은 나아지지 않았고 오히려 구원은 요원해 보였으며, 기도는 실질적인 구제에도 아무 도움이 되지 않았다. 어머니에게 미안했던 토마소와 안토니오는 새삼 계시를 떠올려보았다. 아직 그 계시를 실현하기에는 자신들의 기도와 노력이 너무나도 부족했음을 깨닫고 저녁 어둠과 함께 베스페르스- [마투티눔- 자정 직후(만과), 라우데스- 해 뜨기 전(조과), 프리마- 오전 6시, 테르치아- 오전 9시, 섹스타- 정오, 노나- 오후 3시, 콤플레토리움- 취침 전(종과)] -인 찬과를 알리는 종소리가 들릴 때 기도하던 예배당을 나와 찬바람과 땅거미가 내리는 흙바닥 위에 무릎을 꿇었다. 희미한 태양이 먼 산부터 흔적을 남기며 떠나고 있었다. 그 모습은 너무나 적막하고 외로워서 금방 눈물이 흘러내릴 것만 같았다. 고요한 어둠. 돌볼 사람도 돌보아줄 사람도 어둠 속에서는 만날 수 없어 보였다. 고작 바람에 잔가지를 흔들며 구해달라는 외침도 없이 나무들은 숲에서 하나둘 어둠에 가리어져 생명을 빼앗기며 사라지고 있었고, 나무와 나무 사이에는 시커먼 공포가 빼곡히 들어차고 있었다. 그 숲에 들어설 용기는 영웅이 아니라면 한낱 후드를 걸친 시골 수도자의 복장으로는 어림도 없어 보였다. 저녁나절부터 숲속을 돌아다니는 늑대들의 울음소리가 잦은 간격을 두고 들려왔다. 아마도 작은 사슴이라도 사냥에 나선 것일까? 시내에서 야경을 시작한 야경꾼들과 어린아이를 둔 집이라면 서서히 문단속을 시작할 그런 신호였다. 가끔은 늑대에게 쫓긴 야생의 어린 생명들이 목숨을 구하기 위해 빈집에 뛰어들기라도 하면 눈이 퍼런 늑대들이 밤새도록 마을 주위를 어슬렁거리며 돌아다니기도 했다. 그런 밤이면 담력 좋은 야경꾼들도 삼삼오오 모여 하궁둑에 불을 피우거나 외곽 농장의 창고에서 포도주로 몸을 데울 수밖에 없었다. 대규모 늑대 사냥은 그런 다음 날 낮, 늑대 굴에서 늑대들이 나오기 전인 오후에 이루어졌다. 곧 완전한 어둠이 토마소와 안토니오의 얼굴마저 알아보지 못하게 덮쳐왔고 두 사제는 그 자리에서 미동도 없이 계시를 되뇌었다. 세상의 구제를 위하여 자신들이 더 넓은 땅을 밟고 나아가서 속히 자신들의 교회를 세워 팔레르모의 가난한 이들을 영혼마저 구제해야 하리라고 결론지었다. 어둠은 사정으로 다가서고 겨울 밤하늘의 별들이 팔레르모의 하늘 위에서 반짝이며 두 사제를 일으켜 세웠고 그들은 빵 한 조각, 여벌의 옷도 없는 빈 몸으로, 그대로 어둠 속의 다른 세상으로 떠났다. 로마에서 팔레르모로 돌아온 시간만큼 경험하지 못했던 수많은 땅을 여행하며 기도했다. 어떤 마을에서는 거지와 도둑으로 오해받아 돌팔매질을 당하며 성 밖으로 쫓겨나기도 했지만 낯선 이들에게 경계가 없었던 이동하는 광대들을 만나 좁은 마차에서 하룻밤을 제공받기도 했다. 특히 광대 중에서도 마누시(롬인 혹은 로마니인으로 칭하는 집시 민족)들은 토마소와 안토니오를 성인으로 대우해 주었다. 두 사제를 앉힌 그들은 신이 사람을 정한 기준을 물었다. 집시 여자의 이름은 시벨라였다. 정확하게 시벨라가 외모나 혈통이 흰 피부에 가까운 예니세(jenische)인지 그것도 아니라면 이집트에서 통행증을 가지고 건너온 후손인지 그마저도 아니라면 라자스탄(인도 북서부 지방)에서 이주했는지 모호한 갈색 피부를 지닌 탓에 신비하기만 했다. 아직 스물이 안 된 나이로 탄탄한 피부와 굴곡진 몸에 무엇보다 호기심 많은 눈동자와 결코 선하다고만 할 수 없는 웃음은 오히려 토마소와 안토니오의 신심을 흐리기에 적당했다. 광대인 유랑 악단의 밤은 때때로 춤과 음악만으로 유쾌한 새벽을 맞이할 수 있었다. 여름이 끝나 잔목들이 메말라가는 가을. 9월이라면 독한 압생트 몇 병으로 충분한 여흥을 즐길 수 있었고, 유랑 악단의 고된 하루와 방랑을 씻어주기에 적당했다. 그날도 아마 그랬을 것이다. 팔레르모를 떠나 새로운 겨울을 다시 맞이해야 할 시간이 다가오고 있었다. 토마소와 안토니오는 서늘한 가을밤을 마다치 않고 유랑극단의 광대들과 마주 앉았다. 바람에 불꽃이 날리고 잔가지들이 불에 타들어 가는 낭만적인 소리에 두 사제의 격렬했던 고행이 사그라들었다. – 그리스도 교회 안에서는 구원은 주권이며, 은혜란 그리스도가 부여하여 그 은혜를 사용하는 것은 우리의 당연한 권리이며 의무이다. 교회를 지지하지 않는 자들은 어떻게 할 것인가? 칼춤을 휘두르는 망나니, 여관의 창부들과 고리대금업자들은 은혜로운 그리스도의 백성으로 인정할 것인가? 로마 안에 모두가 신심이 가득한 그리스도의 자녀들만 있는가? 그들 모두 주님의 제대 앞에서 신앙고백을 했을까? 주님이 우리를 어떻게 이해하는지가 아니고 우리가 주님을 어떻게 믿을 것인지가 문제다. 생각해 보자. 로마의 어느 가정에 웬 귀여운 아기가 태어났다. 아기는 탈 없이 자라 어느덧 성장하여 제 할 일을 할 수 있는 나이가 되었는데 청년이 된 그에게 파리가 꼬이

듯이 청년의 집안의 재물을 탐하고 여색을 탐하라 하여 나쁜 이들이 매일 수변에 싱주하였다. 갖은 협박과 회유로 청년을 노리는 매와 같은 이들이 있다고 한다면 그들을 포악한 갈리아인들로 추정한다면 청년의 앞날은 어떻게 되었을까? 아마도 기도로 끝날 문제는 아니다. 또 그 처지를 주님께 청해 물리쳐달라고 할 일도 아니다. 포악했던 이들도 때가 되면 돌아오고 집을 나간 탕아도 늙으면 돌아오지만 돌아서 버린 신념은 돌아오지 않는다. 그리스도가 애초에 목자들의 줄을 세우고 너는 왕이 되고, 너는 시종이 되라고한 적은 없다. 그 모두는 주님이 교회의 목자들에게 위임한 위대한 주권이므로 우리는 그 주권을 유익하게 하는 데매진해야 한다. 때로는 변화. 변화가 흔들리지 않도록 기도를 할 수 있다. 그렇다고 높은 산중에 홀로 백날 기도한들그 기도가 주님에게 전해질까? 그 기도가 사람들에게 전해질 수 있도록 노력하는 자. 바로 그자가 주님에게 권한을위임받은 훌륭한 목자이니라. — 토마소와 안토니오의 말이끝나자 경청하던 유랑 극단의 광대들은 표정이 밝아졌다. 지금까지 아무도 그렇게 청명한 답변을 주었던 자가 없었기때문이다. 시벨라는 토마소보다 키가 크고 잘생긴 안토니오에게 다가왔다. 장미꽃 향기가 섞인 여자의 육감적인 체취가 풍겼다. 오랜 고행으로 지친 젊은 안토니오에게 시벨라는 최초의 여자였다. 앞으로도 이런 여자를 만날 수는 없어 보였다. 시벨라는 안토니오에게 남들이 보이지 않는 곳까지 산책을 청했고 둘은 어둠이 모닥불 빛을 삼킬 때까지 걸었다. 시벨라가 말했다.

"당신의 여자가 될 수 있을까요?"

시벨라는 안토니오 앞에서 자신의 가슴을 풀었다. 경험하지 못한 여자의 모습을 보았다. 심장은 천둥처럼 소리 내었고, 귀속에서 윙윙거리며 낯선 목소리가 들려왔다. 아름다운 여자였다. 안토니오의 생각에 천사가 발현한다면 바로 시벨라로 보일 것이다. 그런 생각이 들자 안토니오는 귀가 닫히고 온몸의 세포가 도드라져 견딜 수가 없었다. 바로 그때 안토니오의 거적 같은 옷을 잡아당기며 토마소가 어둠 속에서 다가와 말했다.

"신의 믿음을 해치지 말게. 우리에겐 더 많은 기회가 있네. 그것은 우리가 선택할 일이지만 오늘은 아니네."

순간 안토니오의 눈에 눈물이 흘러내렸고 시벨라는 그들에게 외쳤다.

"복음을 주신다는 하느님의 은혜가 고작 한 여인에게도 부끄럽다면 수많은 목자를 인도한다는 당신들은 신의 시종일 뿐, 어떻게 그 목자들의 마음을 다 알 수 있는가요? 바로 이것이 신이 사람들을 정한 기준이 아니고 무엇인가요?"

안토니오는 시벨라에게 이유 없는 미안함이 들었지만 토마소와 함께 유랑극단의 광대들에게 인사노 없이 떠났다. 시벨라와의 만남과 이별은 토마소와 안토니오의 생애 단편 같은 사건에 불과했지만 두 사제에겐 크나큰 경험이었고, 훗날 자신들의 믿음과 신념을 결정하는 계기가 되었다. 길에서 만난 수많은 사람들. 어떤 사람들은 두 사제를 따르며 마치 성인의 발현이라고 존중했지만, 그들 중에는 성인의 증거가 무엇인지 요구하기도 했다. 두 사제는 로마에서 이루지 못한 기도를 아비뇽에서 찾기로 했다. 이탈리아 반도를 건너 두 사제가 지중해의 길을 따라 마르세유를 지나 몽펠리에로 들어섰을 때였다. 수중에 지닌 1리브르조차 없었던 두 사제는 구걸로 연명하고 서리가 내리는 초원에서 잠을 청했으며, 재수가 좋으면 대도시의 빈민 구제소에서 봉사로 허기를 면했다. 그런 날은 누군가 찾아와서 옷을 들추고 손을 만지고 얼굴을 빤히 쳐다보며 성령을 확인하려 했다. 닷새째였다. 토마소와 안토니오는 열 살에 로마의 교회에서 수도를 시작하고, 10년 후에 수도자이자 부제가 된 성직자일 뿐 세상 물정 모르는 한낱 젊은이에 불과했다. 고행과 기도의 시간 중에도 삶이란 희열과 호기심과 안락한 명상이 필요한 것. 마침 며칠 동안 비가 내린 후라 날씨는 선선했고, 가을 햇살답지 않게 따뜻했다. 두 사제는 빈민 구제소를 나와 몽펠리에의 거리를 걷고 있었다. 수다스러운 사람들의 목소리와 곳곳마다 넘쳐나는 상인들의 외침 소리가 들리고 군데군데 설교자들이 정부와 교회를 비판하거나 옹호하며 서로 목소리를 높이고 있었다. 몽펠리에는 두 사제가 겪은 이탈리아반도의 도시들과는 달랐고 심지어 마르세유의 비릿한 도시의 침묵과도 차이가 있었다. 그도 그럴 것이 이렇게 많은 설교자를 도시에서 만난 적이 없었고, 그들이 온순하지도 않으면서 반정부적인 발언을 서슴지 않는 점도 이해할 수 없었다. 거기에다 교회를 옹호하지 않고 날 선 비판을 내놓는 것은 이례적이었다. 토마소와 안토니오가 10여 년간 수도를 한 사제라는 직분은 몽펠리에에서 충격을 받았다. 설교자는 말했다. 수도원의 몰락과 부패 그리고 천국으로 가는 길에 대한 세금을 징수하는 일. 바로 그것은 심각한 반 그리스도적인 발언이었다. 입이 다물어지지 않았다. 목숨처럼 지녔던 신념과 주님에 대한 추종이 송두리째 외면당하는 충격적인 사건이었다. 면죄부라니 상상도 할 수 없는 일이었다. 토마소가 그 설교자 앞에 나섰다. 토마소는 자신의 믿음과 자신의 교회가 부패하지 않았다는 증거를 내보이고 싶었다. 믿음의 왜곡은 자신의 무덤과 같았다. 하지만 토마소의 착각이었다. 최소한 위그노 반란의 거점이었던 몽펠리에에서 설교자의 말은 정확했다. 설교자는 토마소를 노려보았다. 그 눈빛은 불꽃과 같아 이내 토마소를 녹여버렸다. 수많은 세월을 수도와 고행의 기도로 갈고닦은 토마소의 교회도 얼어붙었다. 딱히 이유 없이 그 설교자의 비판은 너무 커서 도저히 이겨 낼 수 없는 돌 같은 무게가 있었다. 토마소와 안토니오는 그 자리를 물러났다. 알 수 없는 무력감이 들었고, 항변할 수 없는 논리에 죄책감이 들었다. 두 사제가 몽펠리에의 포슈 거리를 지나 좁고 긴 골목길에 들어서자 '미크베 (mikve)— 13세기 유대인의 정결 장소 —'가 보였다. 유대인들은 좁은 돌무더기 속에서 자신들의 정결을 맹세하고 일상으로 나아갔다. 다리에 힘이 빠진 토마소와 안토니오가 덩그러니 흔적만 남은 미크베에 걸터앉아 서로 얼굴을 마주 보았다. 미크베는 햇살이 차단된 골목 끝에 있었다. 밝음과 어둠. 양분된 세상이 동시에 존재하고 있었다. 이상하리만치 토마소와 안토니오의 물음을 저격한 순간이었다. 의외로 많은 사람들이 한 남자의 설교를 듣고 있었다. 미크베를 나오자 또 다른 소광장이 펼쳐져 있었고, 그 광장 중앙에 말끔한 차림의 중년 남자가 사람들에 둘러싸여 설교를 하고 있었는데 몽펠리에의 많은 설교자들과 다른 특이한 점이라면 이 설교자 주변에는 평범한 시민들과 함께 귀족으로 보이는 사람들이 섞여있었다.

"우리는 각자 본분에 충실해야 선을 행할 수 있습니다. 선이란 무엇일까요? 가장 고귀한 것은 선과 함께 신께서 내리신 각자의 임무를 충실히 수행하는 것입니다. 여기 계신 수많은 귀족들은 우리 농민에게 할 일을 명령하는 것입니다. 귀족들은 국가를 위해 무엇을 할 것인지를 고민해야 하니까요? 그렇다면 우리는 그 결정에 따르는 것이 가장 충실한 선을 행하는 길이지요. 근면과 충성으로 보답하면 되는 것입니다. 자연의 섭리는 그렇게 간단하게 이루어지는 것입니다. 자신의 본분을 다하는 것이 바로 신의 섭리입니다."

귀족들의 박수가 터져 나왔다. 귀족들이 설교자에게 꽃과 은화를 던졌고 은화는 설교자의 발아래 뒹굴었다. 그 소란스러움을 뚫고 낯익은 목소리가 들렸다.

"교회와 정부를 대변하는 귀족의 똥구멍만 핥아대는 당신은 누구인가?"

바닥에 뒹구는 은화를 허리 굽혀 줍던 설교자가 낯선 침입자를 히죽대며 바라보았다. 그리고 대답했다.

"나는 야곱 구예라고 한다. 주님의 제자 야곱이라네."

그것은 분명 토마소와 안토니오가 조금 전에 미크베에서 느꼈던 밝음과 어둠이었다.

"그렇다면 야곱! 너는 지옥에서 주님을 갈구하라."

천둥 같은 말이 떨어지고 야곱의 심장에 번쩍이는 단도

가 박히자 야곱은 미친 말처럼 뛰어다녔다. 잠시 혼란이 생겼고 가장 놀란 부류들은 귀족이었다. 귀족들은 자신들에게 해가 미칠까 두려워 하인의 등 뒤로 숨거나 재빨리 자리를 떠나 도망가기에 바빴다. 그런 귀족과 달리 시민들은 아무렇지 않게 팔짱을 끼고 구경했지만, 간혹 아이를 데리고 나온 부모들만 아이의 눈을 가려주었다. 어떤 이들은 돌아서 침을 뱉으며 야곱 구예를 향해 손가락질하며 욕을 하고 야릇한 웃음으로 통쾌함을 나타내기도 했다. 몽펠리에의 사법 재판소가 바로 검거에 나섰다. 사전 심문에 나선 법정 서기가 물었다.

"당신의 직업은 무엇인가?"

"나는 예수회 사제다."

"예수회 사제라면 교회의 반석이 아닌가?'

"나는 주님의 종일뿐 교회의 종이 아니다."

"그럼 너의 주인은 어디에 있는가?"

"당신에게도 있고, 나에게도 있다. 아마 세상 어디에도 모두 계실 것이다."

그러자 법정 서기는 심문을 중단하고 말했다.

"당신은 스스로 주님을 길거리 부랑자로 칭하는군."

토마소와 안토니오에겐 몽펠리에의 설교 사건은 엄청난 충격이었다. 두 사제를 한꺼번에 무력화시키고, 그것도 모자라 수없이 고행과 고난으로 점철된 시간을 송두리째 변화시켰기 때문이었다. 두 사제는 곧바로 몽펠리에를 떠나야 했다. 더 이상 그곳에 머무른다는 것은 자신들의 주님이 언제 악마로 변할지도 모를 일이었다. 몽펠리에를 떠나는 성벽 회랑에서 두 사제와 닮은 한 남자를 만났다. 아마 그도 미크베 광장에서 두 사제와 함께 충격적인 그 광경을 바라보고 있던 또 한 명의 수도자였는지도 모른다. 두 사제와 비슷한 나이로 보였으며, 갸름한 얼굴에 근육 몇 조각만 남은 금방 쓰러져도 대수롭지 않을 말라비틀어진 몸을 겨우 유지하고 있었다. 그도 거적 같은 꾸룰라를 한 장 걸치고 있었다. 자신들과 닮은 모습에 토마소가 어디에서 그런 농담이 갑자기 튀어나왔는지 모른다.

"앞가슴에 붉은 칠로 십자가를 새기면 지금 당장에라도 예루살렘으로 달려가 순례자 보호에 나서는 게 제격이오만."

웃음이 터져 나왔다. 오랜 기도의 적막 속에서 이웃을 사귀라는 주님의 말씀이 통했을까? 기특한 일이었다. 그는 고뇌하는 젊은 수도승이었다. 토마소와 안토니오가 물었다.

"어디로 가시는 길입니까?"

눈에 반짝이는 눈물을 머금고 추억에 젖어 그가 말했다.

"오랫동안 고향을 떠났지요. 나의 기도가 세상 어딘가에서 진실을 찾을 것이라 믿었지요. 이제 다시 고향으로 돌아갑니다."

오히려 고향을 떠나온 도마소와 안투니오의 심장에 돌이 굴러떨어졌다.

"그대의 본향은 어디인가요?"

다시 그가 말했다.

"나의 고향은 톨로사입니다. 오래전 첫 기도와 수도복을 입었던 기억도 가물거리는 자코뱅 수도원으로 돌아가는 길이죠."

토마소와 안토니오가 간곡하게 매달리며 청했다.

"우리를 그곳으로 인도하소서."

"형제들이 원한다면."

칼라스가 말했다.

35

칼라스는 톨로사에서 저명한 위그노이며, 우체국장인 장 칼라스의 장남이다. 이렇게 하여 세 명의 젊은 수도자들이 톨로사의 자코뱅 수도원으로 향했다. 하지만 토마소와 안토니오는 몰랐다. 톨로사에서 위그노가 어떤 대접을 받고 있는지 그리고 장 칼라스의 장남 마르크 칼라스가 고향을 떠나 일찍 고행의 삶을 택했는지를 알지 못했다. 무모한 침략 전쟁과 이로 인한 국력을 소모하고도 루이 14세가 택한 방법은 교회의 통합이라는 명목으로 급진적인 성 아우구스티누스 주의자들인 얀센주의자들을 먼저 억압하고 결국 나바르의 앙리 4세가 천명했던 낭트 칙령을 폐지함으로써 위그노 탄압을 촉발시키고 고립을 자초하였다. 낭트 칙령의 철회는 주로 상공업과 기술직에 종사하던 위그노들의 국외 탈출로 이어지고 치명적인 불황과 재정 궁핍을 불러왔다. 국가 부채와 4천5백 리브르에 달하는 적자는 비운마저 감돌게 했다. 중요한 것은 위그노의 탄압이 겨우 시작이란 것이었다. 모두 그렇지는 않았지만 가급적 모든 위그노는 탄압을 피하기 위해서 자신을 숨겨야 했다.

장 칼라스가 위그노라고 하여 칼라스 집안이 모두 위그노는 아니었다. 마르크가 부친과 달리 위그노가 아닌 까닭은 자세히 알 수 없지만 최소한 장 칼라스는 자신의 믿음을 아들에게 강요하지 않았다는 것이다. 마르크와 토마소와 안토니오. 젊은 세 명의 수도자들이 자코뱅 수도원에 도착한 날은 몽펠리에를 떠나 열사흘이 지난 잦은 비가 내린 뒤의 어둡고 스산한 저녁나절이었다. 그들이 거쳐 온 작은 마을에서 간신히 허기를 때우고, 빈집과 농가의 어두운 창고에서 잠을 잔 탓으로 야윈 얼굴은 유령처럼 변해 있었다. 대부분 수도자들에게 호의적이었지만 그렇지 못한 부류도 많았다. 부패에 격앙된 시민들은 외면하기 일쑤였고, 아마도 혼자인 기도의 길이었다면 몰매를 맞았을지도 몰랐다. 꾸룰라는 이미 수도복인지조차 알 수 없을 정도로 너덜거리며 낡아있었고, 얼굴에 번진 버짐은 거지조차 동정할 수준이었다. 어쨌든 그들은 종착지에 도착하였다. 자코뱅 수도원은 200년 전 아킬리노가 마주 보았던 수도원이 아니었다. 부속 건물이 더 증축되고 엄격해 보이던 외관은 붉은 벽돌로 보강된 석벽과 지붕과 지붕을 이은 높은 기둥들로 인해 가늠할 수 없는 위압감을 보여주었다. 톨로사에서 영주의 장원에 지어진 성보다 위용을 자랑하는 최고의 권력으로 보였다. 거대함에 비해 문은 소리 없이 열렸다. 물론 수도자들이 왕래하는 쪽문인 탓에 거칠고 웅장한 대문을 열 필요는 없었다. 마르크는 수도원의 경계를 넘기 전에 심호흡을 하고 눈을 감았다.

"주님의 뜻으로 긴 방황을 끝내고 돌아왔나이다. 주님의 수많은 가르침을 반드시 수행하고 깨달으리라 골고다의 언덕을 오르는 그리스도의 비참함으로 광야와 산에서 혹은 빈민가를 떠돌았지만 끝내 저는 모자랐습니다. 믿음이 부족했고, 기도가 짧았나이다. 이제 다시 본향으로 돌아와 주님의 거처에서 주님께 기도하겠나이다."

마르크는 땅에 엎드려 흙바닥에 입맞춤했다. 그의 교회에 대한 충성은 강직해 보였고, 그를 바라보는 토마소와 안토니오에게도 그 믿음이 전파되기에 부족함이 없어 보였다. 수도원에 들어서자 그들을 반긴 최초의 수도자는 펠리치오라고 불린 사제였다. 희끗한 머리에 족히 오십이 넘은 얌전해 보이는 수도승이었다.

"은둔자들의 교회로 오신 것을 환영합니다."

펠리치오는 먼저 마르크의 이마에 입을 맞추고 토마소와 안토니오의 손을 잡았다. 무례하지 않은 정중함과 수도원의 규칙이 몸에 배어있었다. 또 그에게선 사향 냄새와 함께 오래된 책 냄새가 오묘하게 풍겨 나왔다. 그것은 마치 비밀스럽고 은밀해서 수도원이 세상과 단절된 이유를 품은 열쇠를 지닌 검은 수도자이거나 비밀 결사장으로 오해하기에 충분해 보였다. 마르크가 다시 펠리치오의 손등에 입을 맞추고 말했다.

"수사님은 건강해 보이시지 않습니다. 그간 기도의 총량이 많아 수사님을 늙게 만드시진 않으셨나요? 늘 정진하시는 기도가 수사님의 건강을 해칠까 염려했지요."

펠리치오의 목소리는 그의 신비함에 비해 맑고 투명했다.

"수도원에선 은둔과 함께 기도밖에 할 일이 없다네. 그런

데도 난 아직 시편 하나 제대로 이해하질 못했네. 부족함 투성이야."

"수사님은 저의 스승이니까요."

펠리치오의 대답과 마르크의 뒤늦은 감사의 인사가 따르자 수사는 세 사람을 수도원 깊숙한 곳으로 안내했다. 그들은 먼저 거적을 벗고 목욕을 하고 깨끗한 수도복으로 다시 갈아입었다. 향기는 없어도 눅눅하고 찌든 냄새가 사라진 옷은 무척 가벼웠다. 마치 성령이 옷에 깃들어 그동안의 고행을 축복해 주는 느낌이었다. 마르크와 토마소와 안토니오는 서로를 바라보았다. 대견했다. 비로소 존경의 대상이 되었다. 세상에 나아가고자 했으나 딱히 세상에서 자신들의 기도와 복음이 얼마나 전파되었는지를 몰랐던 세 수도자는 오히려 세상을 등진 은둔자였음을 깨달아야 했다. 어느새 펠리치오 수사가 그들 곁에 다가왔다.

"최초의 수도자들과 은둔자들은 자신이 세상과 등졌다는 증거로 목욕을 거부했다네. 그들은 그때 그렇게 생각했지. 자신의 몸을 돌보지 않는 것조차 수도의 미덕이라고 강조했다네. 하지만 돌아보면 그 얼마나 미천한 생각인가? 육체와 의복의 불결함이 영혼의 불결함을 규정 짓는다는 것을 몰랐으니까."

펠리치오 수사는 깨끗해진 마르크의 수도복 소매를 잡아

당기며 말했다.

"물론 고행의 시간 중에는 다르다네."

의미 있는 웃음을 지으며 다시 말했다. 물론 그랬을 것
이다. 깨끗한 삶을 추구한다는 것은 누구나 본받을 가치이
며 더러움에 가치를 부여할 이유는 없기 때문이다. 그렇지
만 동시에 세 수도자는 생각해 보았다. 기도와 복음은 엄
격하고 힘이 든다. 최소한 세속적인 유혹에 맞서기 위해서
는 엄격함이 유지되어야 하고, 올바른 방향으로 교회가 유
지되기 위해서는 희생이 필요한데 과연 그 희생 중에 깨끗
한 삶이 얼마나 유지될 수 있을까? 순간 옷이 불편해졌다.
아마도 너무 오랜 고행이 가져다준 익숙함이 아니었을까?

"이제 식사를 해야겠지. 나를 따라오세요."

역시 수도원은 기도와 명상의 시간을 빼면 수도자들의
안식처가 될 수 있었다. 최소한 자코뱅 수도원은 외부의 위
험이 없고 굶주림도 없어 보였기 때문이다.

"우린 이 자리에서 서로 마주 보고 앉아 면도를 한다네.
아침 식사가 끝난 바로 그 시간이네. 어떤 수도자들은 시
편을 노래하기도 하지. 시편을 노래할 때 얼마나 큰 행복과
충만함이 드는지 알만하지 않은가?"

긴 식탁에 마주 보게 배열된 의자가 길게 놓여있었다. 자
코뱅 수도원이라면 수십 명을 충분히 수용할 식당이 존재

해야 했다. 수도원은 어디에도 있지만 대수도원은 자코뱅뿐일지도 모른다.

"아침 식사는 시과를 시작으로 다르다네. 한꺼번에 식사하기에는 오래전부터 모여든 수도자들로 이젠 가득 차버렸지. 수도원장이 식사하시고 나면 그때부터 식사가 시작될 거네. 사제와 부제들은 나뉘고 독립된 방에서 명상을 이어가는 수사를 제외하면 사실 많은 인원은 아니지만 어쨌든 불편하지."

펠리치오 수사는 다정했다. 아직 마르코에게 남은 애정이 많아 보였다.

"오늘은 아쉽게도 치즈와 남아있는 약간의 옥수수와 빵뿐이네."

마르코는 펠리치오 수사에게 거듭 감사의 인사를 했다. 그도 그럴 것이 토마소와 안토니오처럼 일찍 집을 떠나 수도원에 기거하며 펠리치오를 대부로 받들었으니 마르코에겐 펠리치오 수사는 아버지와 같았다. 수사는 치즈 그릇을 세 사람 앞에 밀며 말했다.

"오늘 다행히 콩크 수도원에서 온 로크포르 치즈가 있다네. 내일 아침 먼저 수도원장님의 식탁에 올라갈 치즈이지만 먼저 맛보게나. 푸른곰팡이가 실핏줄 같지 않나? 톡 쏘면서 짭조름한 맛이 일품이지. 난 말이야 베네딕도 수도원의 마르왈 치즈보다는 로크포르가 제맛이더군."

다행히 펠리치오 수사는 말과 다르게 식탐이 없는 사람이었다. 그의 표현대로 그가 식탐을 즐겼다면 뚱뚱하고 괴팍해 보여 수도자라고 하기에는 주님의 축복이 비껴갈지도 모를 일이었다. 코를 자극하는 강한 향이었다. 문득 유년 시절 잘게 여미듯이 식탁에 올려지던 치즈를 생각해 보았다. 뜨거운 홍차에 섞인 우유 냄새 그리고 갓 구운 과자. 어땠을까? 의외로 세 수도자는 말없이 식사를 끝냈다. 목구멍으로 넘어가는 희한한 맛이 감미로웠지만, 이상하게 느낄 수 없는 맛이었다. 만찬은 아니었지만 허기를 채울 음식으로 충분한 양이었고, 만만하지 않은 값어치 있는 식재료였는데 세 수도자의 식욕은 왜 허허로웠을까? 단순히 치즈 때문이었을까? 그렇다면 수사들의 잘못이다. 웬만한 수도원에는 수도자들의 영양 보충과 자급자족을 위해 독특한 치즈를 직접 만들고 있었다. 그중 치즈에는 성인의 이름을 붙였는데 성 미슐랭이 가장 위대한 치즈였다. 세 수도자가 먹은 치즈가 성 미슐랭의 치즈에 못 미쳤을까? 그것은 아마도 그들 세 수도자가 세상에서 본 고난과 갈구의 시간이 자코뱅 수도원에 함께 도착하지 못한 탓이었다. 그날 밤은 그렇게 지나갔다.

36

다시 말하지만 자코뱅 수도원은 마르코에게 본향과 같다. 장 칼라스의 집안이 톨로사의 거리에 나타난 것이 언제인가? 이제 우리는 아킬리노가 장 세바스찬의 손자이며, 장 루이와 카미엘의 아들인 장 프롱을 안고 안개와 함께 찾아와 자코뱅 수도원의 루이 오귀스트 신부를 만난 날을 기억해야 한다. 루이 오귀스트 신부가 온화한 목소리로 아기 이름을 무엇으로 불러야 할지 물었을 때 아킬리노가 단호한 대답으로 "칼라스."라고 말하고 성령이 칼라스를 축복했을 때 장 세바스찬과 장 루이와 카미엘에게서 장 프롱이 칼라스로 다시 명명되며 태어난 것이다. 우리는 장 프롱을 칼라스로 불러야 한다. 루이 오귀스트 신부는 칼라스에게 성사를 주었으며, 수도원 안에서 안전하게 자랄 수 있도록 모든 사랑을 쏟았다. 루이 오귀스트 신부뿐만 아니라 수도자들은 대부분 수도원 내에 들리는 아기 울음소리를 성령으로 간주하고 받들었다. 루이 오귀스트 신부는 현명한 수도승이자 남자였다. 칼라스가 자라 아이가 되고 청년이 될 때까지 교회를 강요하지 않았다. 수학과 물리학을 가르쳤고 라틴어와 함께 동방의 장서를 펼쳐 세상 끝을 소개해 주었다. 칼라스는 최소한 톨로사에서 불가촉천민인

사형집행인의 손자가 아니었다. 톨로사에서 칼라스 집안을 연 최초의 칼라스는 장 세바스찬의 집념과 장 루이의 영민함과 카미엘의 현명함을 닮아 잘 자라주었다. 칼라스가 청년이 되었을 때 수도원 밖으로 나와 세상을 알게 되었다. 대낮에 품위가 사라진 거리 곳곳에서 일어나는 방종과 거룩한 이유를 내세워 일어나는 모든 일을 보게 되었다. 칼라스는 루이 오귀스트 신부에게 물었다.

"신부님! 수도원 밖의 세상은 너무 위험해 보입니다. 아이들이 길에 버려지고 가난한 사람들이 많아 보여요. 그런데도 무엇 때문에 구제가 되지 않을까요? 주님은 그들을 먼저 품어 천국에 들이라 말씀하시지 않았나요?"

버려진 소녀들의 공간, '마리아의 집'에 당도하자 서른 명의 소녀가 노동을 하고 있었다. 옷 수선을 하는 아이. 빨래를 하는 아이. 수공업자가 전달한 산더미 같은 일감을 나르는 아이. 그나마 가장 나이가 어린 아이들은 옷감 더미 속에서 지출과 수입을 계산하듯 한 장씩 분류 작업을 하는 일이었다. 대여섯 살로 보이는 소녀가 외로운 출입문에 기대어 멍하니 먼지 나는 길을 바라보고 있었다. 소녀의 손에는 목각 인형이 쥐어져 있었고 배는 볼록했으며, 얼굴은 노랗게 변해 있었다. 소녀는 날마다 그 출입문에 서있었다. 보름 후 칼라스가 다시 마리아의 집을 방문했을 때 소녀는 보이지 않았다. 여전히 아이들은 옷 수선을 하고 빨래를 하고 일감을 나르고 시출과 수입을 계산하듯 옷감 더미에 파묻혀 있었다. 칼라스는 다시 루이 오귀스트 신부에게 물었다.

"주님은 어찌하여 아이들을 구제하지 않으시나요?"

최초의 의문이었다.

"빛이 언젠가는 아이들에게도 들겠지. 주님의 빛은 아무리 어두운 곳이라도 비치니 염려할 바가 아니다."

칼라스는 좀 더 직접적으로 루이 오귀스트 신부에게 물었다.

"신부님은 왜 아이들을 구제하지 않으시나요?"

신부는 웃으며 칼라스를 마주 보았다.

"수도원을 떠날 때가 되었구나. 칼라스!"

칼라스가 자코뱅 수도원을 떠나는 날. 루이 오귀스트 신부는 칼라스를 자신의 집무실이자 거처인 오래된 책방으로 불렀다. 수도원의 도서관은 아킬리노가 처음 보았을 때와 마찬가지로 침묵과 어둠으로 가득했다. 신부는 칼라스에게 가장 향이 좋은 마른 장미꽃 차를 내밀며 물었다. 기름 등잔은 꺼질 듯 가늘게 피어올라 그을음이 눈에 보였다. 오랜 세월 신부는 그 어둠 속에서 어떻게 지내왔을까? 완전히 구부러진 허리를 겨우 곧추세우며 비로소 자신의 의무를 다한 사람처럼 행복한 미소를 지었다.

"나는 수도승도, 신부도 아니다. 네가 물은 것처럼 아이들을 구제하지도 않았다. 이 어두운 골방에서 내가 보필한 것은 단 하나 거쳐 온 시간들을 앞날로 보내는 의무를 지키는 것이었다. 누군가는 거창하지 않지만 자신의 임무를 기필코 완수해야 하지. 그것을 온전히 다한다면 또 누군가는 거창하게 세상을 바꾸고 주님의 말씀을 전파하겠지. 칼라스! 나의 임무는 자코뱅 수도원을 지키고 오래된 책들을 지키는 것이었다. 너는 나에게 덤이었지만 주님이 시련이 아니라 축복으로 주신 행운이었지. 약간의 시험이기도 했지만, 주님은 그렇게 이기적이신 분이기도 하시더구나."

신부의 말씀은 진실이었다.

"내가 너에게 수도복을 입히지 않은 이유는 너의 총명한 눈빛 때문이었지. 칼라스! 너는 기도만으로 세상을 바꿀 아이가 아니었지. 이제 세상으로 나아가 자코뱅 수도원처럼 오랜 너의 가문을 만들기 바란다."

수도원을 나온 칼라스는 신부가 써준 추천장을 들고 톨로사의 우체국 말단 서기가 되었다. 루이 오귀스트 신부에게서 배운 언어와 수학 그리고 인문학이 우체국 말단 서기로서의 자질을 충분히 대변해 주었다. 우체국에 전달되는 우편들은 먼바다를 건너온 이해하지 못할 언어와 풍경이 포함되어 있었다. 그 우편물 속에는 교회와 시청으로 가는 우편 외에도 수도원에 선달될 각종 물품도 있었고, 마리아의 집에 전달될 소포들도 많았다. 우체국은 문서만 배달하는 곳이 아니었다. 칼라스에게 마리아의 집은 늘 머릿속에 맴도는 어둠의 장소였다. 오후에 우체국 정문을 닫는 일은 칼라스의 소임이었으며, 뒷문으로 빠져나온 칼라스는 마리아의 집 근처를 서성였다. 마르게리타가 보고 싶었다. 마리아의 집에서 가장 나이가 많은 탓에 어려운 일은 늘 그녀 차지였다. 어린 소녀들을 돌보는 일도 그녀였고, 힘든 노동이 끝난 저녁에도 마르게리타는 어디론가 심부름을 다녀야 했다. 몹시 거친 바람이 부는 겨울 어느 저녁이었다. 일찍 해가 저문 거리에는 칠흑 같은 어둠뿐이었고, 간혹 짐꾼들이 이동하는 마차의 등잔만 흔들리며 골목을 비추고 있었다. 하루 일과를 늦게 마친 칼라스가 마리아의 집에 도착했을 때 흔들리는 광장을 건너 허물어진 집처럼 걸어오는 마르게리타가 보였다. 어깨에 걸친 모포 한 장이 전부인 마르게리타는 칼라스를 보며 뒷걸음질 쳤다.

"마르게리타!"

칼라스의 목소리는 온화했지만, 마르게리타의 표정은 그렇지 못했다. 눈물과 절망의 얼굴이었다. 빈민 구제소와 보호소가 모두 자비와 헌신만을 다하는 곳은 아니었다. 마리아의 집은 허가받은 미망인이 운영하며 톨로사의 시 정부와 결합되어 있었다. 미망인은 톨로사에서 20년 동안 보호소를 운영하며 정부의 방침에 어긋나지 않도록 소녀들을 세심하게 지켜보고 있었다. 관찰과 보호가 아닌 감시였다. 피수용자의 관점에서 시 정부와 교회가 용인한 보호소는 수용자인 소녀들은 대단한 노동력이었고, 미망인은 별다른 대안이 없는 톨로사의 거리에 떠도는 아이들의 청소부가 된 셈이었다. 소녀들은 스스로 먹을 것을 준비해야 했고, 미망인의 사유 재산을 불리는 일에 동원되었다. 대부분 4세와 5세의 나이에 보호소에 온다면(물론 더 어린 소녀도 있다.) 10년이 지난 후에 소녀들이 제 몫을 할 나이가 되면 어떻게 되었을까? 톨로사의 길에 성장한 소녀가 보호자 없이 함부로 돌아다닌다면 환영받을 곳은 매춘굴밖에 없을 것이다. 미망인의 생각은 남달랐다. 그나마 마르게리타는 약간의 은화를 모을 수 있었다. 미망인의 손에 이끌려 제일 먼저 상대했던 남자는 제법 부유한 상인이었던 톨로사의 수공업자였다. 다행히 그는 헌금하듯 마르게리타의 손에 은화 한 개를 쥐여주었다. 세월이 지나 마리아의 집에도 마르게리타와 같이 성장한 소녀들이 생겨 마르게리타의 매춘은 줄어들었지만 주의 깊은 시선으로 바라보는 음흉한 눈길과 은밀한 속삭임은 줄지 않았다. 칼라스가 그 모든 비밀을 안 것은 마르게리타에게 마음을 둔 날로부터 여섯 달이 지난 후였다. 멀리서 날아온 우편물만큼 마르게리타가 가벼워 보였고 다르게 느껴졌지만 칼라스는 불안해지지 않았다. 오히려 그녀의 절망에 분노가 차올랐으며, 그녀를 돕고 싶었다. 칼라스는 장문의 투서를 작성했다. 한 통은 루이 오귀스트 신부에게 한 통은 파리의 대법원장에 보내는 편지였다. 그리고 그날 밤 칼라스는 미망인의 침실로 들어가 미망인의 목에 시퍼런 날이 선 단도로 위협했다.

"혐오스럽고 더러운 할망구! 내일이면 당신은 까피톨 광장의 교수대 위에 서야 할 거야! 그다음에 머리는 가론강에 던져지겠지. 소녀들을 풀어주고 나에게 마르게리타를 내어놓아라."

이날의 사건은 바로 다음 날 큰 문제로 톨로사를 들썩이게 만들었다. 만만찮은 미망인의 고발이 이어졌고, 칼라스는 즉시 수배 후 체포되어 법원의 지하 감옥에 갇혔지만 의외로 칼라스를 변호하는 탄원서가 법원에 도착해 쌓였다. 상공인 협회. 부유한 상인. 그리고 소수의 지방 귀족의 탄원서도 있었다. 자코뱅 수도원의 노력이었고, 루이 오귀스트 신부가 대주교를 설득한 탓이었다. 톨로사는 교회의 도시였고, 교회의 중심에는 자코뱅 수도원이 있었다. 수도원의 관점에서 미망인의 부패와 비리는 용서할 수 없는 사건이었다. 되려 흥분하고 초조한 자들은 범죄를 저질러 비리를 제공받은 자들이었다. 칼라스의 투쟁은 파리의 지식인들과 변호사들에게도 알려졌다. 장 세바스찬이 칼라스를 보았다면 어땠을까? 장 루이는 카미엘을 지키지 못했지만 칼라스는 마르게리타를 구해 냈다. 그리고 그때까지 자코뱅 수도원은 톨로사에서 충실한 주님의 교회이자 복음서였다.

37

몇 주가 지나자 해가 바뀌었다. 1761년의 새해를 축하하는 축포가 광장에 터지고 가론강에도 작은 조각배들 위에 탄 사람들이 자욱하고 매캐한 화약 연기에도 아랑곳없이 노를 저었다. 울긋불긋 옷을 입은 사람. 고깔모자를 쓴 사람. 마차에도 온갖 치장을 하고 도시를 돌아다녔다. 특히 퐁네프(*pont neuf*)— '새로 지은 다리'란 뜻으로 파리에만 있는 다리가 아니다. — 다리를 건너오는 사람들은 줄지어 노래를 부르고 다시 다리를 돌아가며 또 다른 노래를 불렀다. 그들에게 다리란 수명과 관계되어 질병을 물리쳐주기를 바랐지만 빵 한 조각, 부패한 고기마저 구하기 어려운 빈민들과 자유시민이 아닌 자들에겐 그 모습이 행복하게 보이지 않았다.

"배고픈 자에게 음식을 내어주는 것은 당연한 도리이고, 그들이 거처를 마련하고 몸을 뉘여 잠을 잔다면 그 꿈속에서 주님을 뵐 것이다. 이는 우리가 정직한 수도자로서 해야 할 일이며 아니라면 우리 자신의 살을 뜯어서라도 응당 베풀어야 할 도리다. 우리가 왜 기도하는지 그 기도가 주님께 도달했다는 증거를 보여야 한다. 우리가 헛것을 보지 않았다면 기도가 한낱 중얼거림으로 끝나지 않아야 한다면 죄 없는 사람을 천국으로 인도하고 죄지은 자들은 연옥에 뿌려 그 죄를 스스로 감당케 해야 할 것이다. 허영으로 가득 찬 자들 뿌연 화약 연기가 죄악을 가려 평온할 줄 알았더냐!"

톨로사에 새로운 방랑 수도승이 나타나 끔찍한 독설을 뱉기 시작한 날은 해가 바뀌고 정확하게 31일째였다. 마르크와 토마소와 안토니오가 수도원에 안거를 시작하고 각자의 방에서 명상의 기도를 한 달여 이어가던 때였다. 내일이면 그 명상을 끝내고 자신의 침묵과 기도를 몸소 정진으로 실천하려고 했다. 방랑 수도승은 그날 밤 가론강이 시작하는 운하의 입구에서 목이 잘린 시체로 발견되었고, 시내에는 알 수 없는 기괴한 소문이 떠다니기 시작했다. 또 그다음 날은 빈민 구제소에서 일하던 소녀 두 명이 흔적 없이 사라진 사건이 발생했다. 소녀들은 마리아의 집이 있었다면 빈민 구제소에서 일하지 않았을 것이다. 오래전 칼라스 사건 이후로 마리아의 집은 폐지되었고 미망인은 톨로사에서 쫓겨났다. 마리아의 집은 빈민 구제소로 편입되어 시 정부에서 관리하는 관리인이 파견되었다. 관리인은 관청의 종사자였지만 사실은 교회의 관리자였다. 한편 빈민 구제소의 역할은 마리아의 집과 다를 바 없었다. 떠돌이 부랑자에 소년과 소녀들이 뒤섞여 위생조차 해결되지 않는 더 열악한 상태였다. 뜻있는 사람들. 특히 톨로사에서 칼라스 가문은 빈민 구제에 적극적이었다. 날이 밝았다. 세 수도자는 각자 방을 나와 새롭게 떠오르는 아침 햇살을 맞이했다. 심장이 당겨지고 뿌듯한 충만감이 차올랐다. 목욕을 하고 다시 깨끗한 꾸룰라로 갈아입었다. 시과가 시작되자 오랜만에 인사를 나눈 세 수도자는 서로 부둥켜안았다. 토마소가 말했다.

"마르크 형제! 톨로사에 왔으면 이제 기도를 끝냈으니 집으로 돌아가 인사를 나누시게."

토마소의 말에 마르크는 문득 잊고 지낸 집이 그리워졌다. 장 칼라스가 반갑게 맞이했다. 칼라스 가문의 4대째

종정인 장 칼라스는 톨로사에서 우체국장을 지내며 꽤 인품 있는 사람이었다. 비록 부유한 재물을 축적하지는 않았지만 그는 빈민 구제에 적극적이었으며, 톨로사의 위그노 지도자였다. 하지만 장 칼라스는 항상 위험했다. 톨로사가 십자군 초기 1211년 톨로사의 영주였던 레몽 6세의 파문으로 십자군과의 공성전 끝에 도시가 함락당한 배경으로 볼 때 리옹과 같은 위그노의 도시는 아니었기 때문이다. 톨로사의 위그노는 극히 적은 숫자에 불과했다. 이들은 자신들이 위그노임을 밝히지 않았지만 언제든지 고발당할 처지에 있었다. 장 칼라스는 말했다. "세상은 신의 것인가? 인간의 것인가? 바로 그것은 우리가 간과할 일이 아니라 깊게 고민하고 숙지할 일이다. 세상은 신의 관여로 인해 인간이 부여받은 권리를 이후에 신의 간섭 없이 충실히 이행하면 되는 것이다." 이 얼마나 당연한 논리인가? 그러나 이 얼마나 위험한 충동인가? 장 칼라스는 그런 인물이었다. 장 칼라스는 장남인 마르크가 위그노가 아니라 교회에 종속되고자 했을 때도 말리지 않았다. 주님을 믿는 다른 편견을 가지지 않았기 때문이다. 마르크가 어린 나이에 자코뱅 수도원에 몸을 맡길 때 장 칼라스는 적당한 기부와 함께 펠리치오 수사에게 부탁했다.

"저의 아들 마르코 칼라스입니다. 이 아이의 앞날을 생각해서 수도원에 맡기고자 합니다. 가르치지 않았지만 황송하게도 성령이 아이에게 덥혔나이다. 스스로 십자가 앞에서 기도할 줄 아는 순한 양이 되었으니 차후는 수사님께서 주님의 자녀로 만들어주시기를 간곡히 바랍니다."

마르코는 특별했다. 누가 보여준 것도 아닌데 성경을 공부했고, 성경에 따라 행동하고자 했다. 장 칼라스는 그런 아들을 유심히 바라보며 아들이 신념을 따르는 위대한 삶보다는 기도와 명상으로 세상을 구하고 유지하는 삶을 살기를 바랐다. 아마도 마르코의 성격에 더 합당하리라 판단했기 때문이다. 사실 마르코는 차남 피에르와 달리 유순했다. 어쩌면 장 칼라스의 속마음은 대단히 복잡했을 것이다. 위그노를 이단으로 규정하고 교회만을 유일교로 선언한 국왕의 행위는 위그노 교회를 압살했고, 위그노 교회의 예배에 참석한 이들은 남자에게는 종신형과 여자에게는 삭발과 함께 구금시키며 재산은 몰수되었고 예배를 주재한 자는 교수대 위에 세워졌다. 또한, 공직의 취업은 제한당해 교회의 신도임을 증명해야 했으니 톨로사뿐만 아니라 프랑스에서 위그노는 척결의 대상이었던 것이다. 하지만 칼라스가 우체국 말단 직원으로 톨로사에 뿌리내린 후로 칼라스 집안은 톨로사의 우체국 경영권을 손에 넣어 장 칼라스가 어엿한 우체국장이 되기까지 남다르게 펼친 정성은 대단했다. 마르코가 집에 들어섰다. 완벽한 수도자가 되진 못했지만 이제 곧 부제서품을 받을 것이다. 장 칼라스는 마르코를 안으며 진심으로 마르코의 앞날을 축복했다. 장 칼라스와 장 칼라스의 부인 그리고 차남인 피에르와 하녀 이네스. 마르코의 친구인 고베르가 마르코를 맞이했다.

38

눈이 녹고 개천에 얼음이 녹은 물도 흐르자 방랑 수도승의 죽음을 규명하려는 움직임이 일어났다. 그와 더불어 빈민 구제소에서 사라진 소녀들에 대한 수사도 촉구하는 일련의 압박이 가해졌다. 압박은 시의회에서 일어났는데 시의회를 장악한 다수의 의원이 아니라 지방의 젊은 귀족들로 구성된 소수의 의원이었지만 그들의 주장은 논리적이었다. 또한, 그들에게 동조하는 평민 의원들도 가세했다. 사실 사건이 일어나고 두 달이 지나도록 조사는 지지부진했으며 시 정부와 지방 장관은 수사에 적극적이지 않았다. 다시 시간이 흐르고 완연한 봄을 지나 초여름으로 계절마저 바뀌고 있을 때 그들은 다시 한 번 '시민 평의회'를 만들어 지방 장관에게 장문의 글로 압박했다. 논조를 내기에 앞서 그들은 보름달이 뜨는 밤에 안전가옥에 모였다. 제일 연장으로 보이는 한 사람이 말했다. 그는 이미 흰 눈을 맞은 사람처럼 백발의 노인이었는데 온화한 표정과 달리 결기 있는 목소리를 지닌 누가 보아도 시민 평의회를 이끄는 톨로사의 숨은 지도자임이 틀림없었다. 다음은 시민 평의회가 시 정부를 상대로 낸 논조의 일부분이다.

 ― 톨로사는 유구한 역사를 이어온 도시다. 그러나 작금의 사건을 바라보는 시민과 정부의 태도는 어찌 이렇게 다를 수 있는가? 톨로사에 시민들이 거주해 안착하고 생활하기 시작한 이래 이토록 위험하고 공포스러운 사건이 있었던가? 까피톨 광장에 느닷없이 나타나 어느 밤 가론 강의 운하에서 목이 없는 시체로 발견된 한 탁발승의 죽음에 관하여 우리는 그 실체를 밝혀내야 할 의무를 모두 지니고 있다. 그가 톨로사의 시민이 아니라는 이유라면 그도 누군가의 아들이었고 누군가의 아버지라면 그의 가족의 애통함을 돌보아야 할 것이다.

중략

 또 사라진 소녀들은 어떤가? 마땅히 소녀들도 우리가 돌보아야 할 톨로사의 시민이 아닌가? 최소한 관용의 미덕으로 보더라노 그 소녀들의 생사는 밝혀내아 하지 않는가? 이 모든 책임은 누가 지는가? 시민들을 포용하고 그들이 거칠다면 온전하게 속죄할 길을 열어 톨로사의 완전하고 무결하며 온순한 시민으로 만드는 것은 정부가 할 일이다. 그 모든 의무는 장관에게 있으며 수사를 지휘하고 명령을 내릴 단 한 사람이다. 공무는 그렇게 이루어져야 하며, 그것이 바로 시민 위에 군림하지 않고 톨로사의 안전과 번영을 꾀하는 길일 것이다. 우리 평의회는 만장일치로 요구한다. 탁발승의 죽음이 살인이라고 보아 무방한데 톨로사에 공포의 괴인이 살지 않는 이상 어떻게 이런 살인 사건이 일어날 수 있는가? 시민을 보위하고 그들을 안전하게 하는 것은 정부가 해야 할 일이다.

중략

톨로사의 거친 땅에서 한낱 쟁기를 맨 농노마저 자신의 할당량에 한 푼어치의 속임도 없이 세를 내고 심지어 오줌쟁이조차 자신이 짊어진 오줌양만큼 세를 내고 있다. 정부가 걷어가는 것은 그들의 고혈이며, 그들의 인내인 것이다. 법은 평등해야 하며 법은 온전하게 집행되어야 한다. 바로 그것은 시민들이 부여한 의무이며 오히려 정부의 선한 권리이기도 하다. 시민들은 이 사건에 매우 많은 의문을 가지고 있다. 시민들의 주의를 환기시키기 위해서도 이번 일련의 사건은 조속히 해결되어야 할 것이다. 탁발승의 주장이 정부에 반한다고 그의 죽음을 은밀하게 매장하거나 그를 반정부주의자로 오해하게 한다면 비록 그 저의는 승리할 수 있어도 톨로사의 공포는 씻기지 않을 것이다. 그의 죽음과 살인에 관여된 자는 누가 되었던 까피톨 광장의 교수대에 세워 적법한 법의 절차로 그 죗값을 받게 하여야 할 것이다. 바로 그것이 정부가 시민들에게 보여주는 유일한 신뢰이며 칭송받을 일이다. -

논조는 강력했고 의문을 가졌으나 공개적으로 의문의 해소를 요구하지 못했던 시민들조차 고개를 끄덕이며 이에 동조했다. 특히 시민들의 입장에서 살인의 공포는 이루 말할 수 없이 충격이었고 위험한 일상이었으므로 간과할 일이 아니었다. 자칫 톨로사가 공황상태에 빠질 수도 있는 문제였다. 적극적인 수사 촉구는 톨로사 대학에서도 나왔다. 진보적인 대학의 일부 교수들이 성명서를 발표했고, 소극적인 시 정부와 법원의 행태에 무력감을 주었다. 시민 평의회의 수장이 말했다.

"우리는 톨로사를 지켜야 합니다. 그것은 모든 시민들의 안전이며, 우리의 의무이기도 합니다. 수사가 미진하다면 우리는 민병이라도 조직하여 범인을 색출하고 범죄를 말살시켜야 합니다."

백발의 장 칼라스가 말했다. 그의 주장에 동조하는 숫자는 가히 이백을 넘었다. 순식간에 불어난 숫자에 놀란 시정부와 법원의 공무원들이었다. 지방 장관은 톨로사의 대주교를 찾아갔다. 대주교가 말했다.

"상황이 급반전하고 있다는 걸 깨달으시오! 이는 명백히 우리의 주권을 침해하는 일이오! 나는 알고 있습니다. 그들의 반동적인 언사는 틀림없이 이교도의 세력이 아닌 다음에야 어찌 정부의 권한을 무력화시킨 발언을 하며 도전에 버금가는 성명서를 낭독한단 말이오! 지금 톨로사의 시민들은 공권력보다 저들의 한낱 종이 한 장에 더 열광하고 지지하고 있으니 이는 명백한 위법인 것이오!"

대주교는 자신의 집무실에 걸린 십자가상을 가리키며 장관에게 말했다. 목소리는 근엄했지만 지방 장관을 나무라는 집요한 추궁과 같았다.

"교회가 그대와 함께하리니 당신은 주님의 뜻에 따라 톨로사의 안정에 기여하시오! 다만 시민들이 인정할 만한 수사를 진행하되 빠른 시간 내에 두 마리의 토끼를 잡아 결과를 가져와야 할 거요."

모호한 명령에 지방 장관은 허리 굽혀 인사하며 대주교의 집무실을 빠져나와야 했다. 완연한 여름이 되자 양치기 소년들과 양들조차 더위를 피해 그늘로 숨어들었다. 먹을거리가 많아진 계절은 초원과 산 중턱에도 은신할 곳이 많아져 한낮에도 늑대를 조심해야 했다. 깊은 수풀을 피해 얕은 냇가와 농지 근처의 잡목 주변에서 양들과 풀을 뜯던 톨로사의 양치기 소년 아르망이 간밤에 내린 폭우로 흙이 씻긴 자리에 파인 구덩이에서 마치 자신의 죽음을 알리기라도 하듯 뚫고 나온 검지를 발견하고 소스라치듯 놀란 채 집으로 달려갔다. 아르망은 달리는 내내 알 수 없는 노래를 부르며 양팔을 휘젓고 눈물을 흘렸다. 괴기스러운 공포는 아르망의 전두엽과 측두엽을 건드려 신경이 척수를 타고 내려와 온몸을 마비시켰다. 아르망은 그 자리를 재빨리 피하지 않으면 잡목 사이에 숨어 지켜보던 악마가 나타나 자신마저 흙구덩이에 파묻고 손가락을 잘라내 흔적조차 찾아내지 못하게 만들 것이란 걸 알고 있었다. 또한, 그 손가락의 주인이 사라진 소녀라는 것도 의심치 않고 알 수 있었다. 열 살에 불과한 아르망은 대담했다. 양팔을 휘저어 자신의 몸에 달라붙는 악마를 떼어낼 줄 알았고, 아무 노래라도 불러 자신의 대담함을 악마에게 보여 민첩하게 그 자리를 빠져나왔다. 입에 거품까지는 물지 않았지만 집에 거의 도착했을 때 아르망의 두 눈은 뒤집히기 직전이었고 머리털은 하늘로 곤두섰으며 사지는 춤을 추고 있었다. 부모는 평범한 농부였던 탓에 곧 추수를 앞두고 열심히 농노의 역할에 충실해 집에 없었고 이웃의 보모 일을 하는 중년의 지젤이 문 앞에 서있다가 아르망을 발견하고 달려왔다. 여전히 아르망은 넋이 나간 채 초점 없는 눈동자로 두 팔을 휘저었다. 지젤은 아르망에게 따귀를 날렸고, 그늘로 데려가 앉혔다. 그늘도 아르망의 벌겋게 달궈진 얼굴을 금방 식히지 못했다. 지젤은 아르망이 더위를 먹은 탓이라고 생각했고, 급히 자신의 집으로 달려가 한 바가지의 물을 떠 와 아르망에게 부었지만 아르망의 상태는 호전되지 않았다. 급기야 바닥에 나뒹굴어진 아르망의 입에서 허연 거품이 일었다. 지젤은 톨로사에서 보모이며 이름난 산파이기도 했다. 곧바로 아르망의 허리를 뒤로 안고 등을 두드리기 시작하자 아르망은 조금씩 안정되어 갔다. 얼마나 시간이 흘렀을까? 지젤이 아르망의 등을 두드리기 시작한 지 한참의 시간이 흘렀을 때 아르망이 입을 떼었다.

"지젤 아줌마! 손가락이 보였어요."

그리고 자신이 달려온 길을 가리켰다.

"수도원으로 향하는 언덕 아래 냇가 근처의 숲이에요."

지젤은 아르망의 말을 이해하지 못했다.

"거긴 어두운 숲이라서 혼자는 가지 말라고 했을 텐데."

"아니에요, 지젤 아줌마. 숲속이 아니라 냇가의 관목들 사이라고요."

아르망이 아직 공포에서 빠져나오지 못한 채 더듬거리며 설명하기에 바빴다. 아르망은 지젤을 설득시키기에 부족했고, 지젤은 아르망의 말을 이해하기에 부족했다. 지젤은 급기야 화를 내며 소리를 질렀다.

"대낮에 늑대가 양을 물어가기라도 했니?"

그때서야 침착해진 아르망이 지젤을 빤히 쳐다보며 물었다.

"늑대가 사람을 땅에 파묻을 수도 있나요?"

39

사라졌던 소녀의 이름은 테레즈였다. 테레즈의 죽은 모습에서 이름이 뜻하는 '여름'의 활기차고 발랄한 모습은 찾아볼 수 없었다. 매장된 깊이가 깊지 않았지만 폭우가 쏟아져 물길이 생기지 않았더라면 쉽게 드러나지 않았을 것이다. 시체는 수도원을 반대 방향으로 머리가 북쪽을 향해 묻혀있었다. 비스듬하게 오른쪽 어깨가 위를 향했고 왼편이 지면을 향했는데 시체를 매장한 구덩이가 시체의 크기보다 부족해 무릎이 꺾여 웅크린 자세가 마치 배 속의 태아와 같았다. 가장 이상한 점은 그 자세에서 오른팔이 위로 향한 채 손바닥이 펴져있었고, 손가락에 힘이 들어간 상태였다. 특히 머리 쪽의 깊이보다 허리 아래가 더 깊게 파인 구덩이는 전체적으로 대각선 깊이의 구조였다. 시신의 발굴에 의문을 가진 시민 평의회가 함께 참여했다. 법원에서 파견된 검찰관과 시체 검시자와 톨로사의 경비들은 삼엄하게 진을 치고 접근을 막았다. 시체를 보자마자 검고 두꺼운 장막 같은 덮개를 시체 위에 덮었다. 시체의 주인을 재빨리 감추어야 할 무슨 이유가 있어 보였다. 장 칼라스와 그의 일행들은 멀리서 보아도 짐작할 수 있었다. 테레즈를 파묻은 범인들이 시간에 촉박하게 범행을 저질렀다는 것을 유추해 냈다. 구덩이가 일정하지 않은 깊이였다는 것은 구덩이를 판 사람이 한 사람이 아니었으며, 근육이 발달해 웬만한 구덩이 작업은 노련한 자와 그렇지 못한 허약한 자의 공동 작업이라는 것이다. 아무리 악마 같은 범죄라도 시신을 매장할 때는 얼굴이 하늘을 보게 바르게 눕혀 눈을 감겨주는 것이 예의일 것이다.

"왜 그랬을까? 숲이 지척인데 냇가에 시신을 버린다는 건 이해하지 못할 일이야! 더군다나 일정하지 않은 매장 깊이를 봤을 때 그들은 시간에 쫓기거나 누군가에 들켜 시신을 더 이상 이동시키지 못하고 급하게 구덩이를 파고 던지듯이 흙으로 덮어버렸군."

장 칼라스는 이렇게 말했다. 장 칼라스의 눈썰미는 검찰관과 시체 검시자보다 예리했고 정확했다.

"냇가에 버린 시체라니 이해하지 못할 일이군. 아무리 관목사이라지만 폭우에 물이 넘치면 당장 차오르지."

아르망은 며칠 동안 검찰관에게 불려 다녔다. 자신이 본 것을 모두 이야기했지만 검찰관은 오히려 아르망이 검찰관에게 털어놓은 자세한 내용을 함구할 것을 종용했다. 아르망은 빠르게 수척해졌다. 밤마다 악몽에 시달렸고 꿈에서 깨면 멍한 얼굴로 앉아있었다. 아르망의 부모는 아르망을 혼자 둘 수 없어 지젤에게 낮 동안 보살펴 줄 수 없냐고 부탁했다. 장 칼라스가 의구심을 풀기 위해 조심스럽게 아르망을 찾은 날은 사건이 일어나고 열흘이 지난날이었다. 아르망은 지젤이 차려준 곰팡이를 걷어낸 치즈와 삶은 달걀과 감자를 비빈 오믈렛을 막 입에 집어넣던 늦은 아침 식사시간이었다. 지젤은 장 칼라스를 알아보았고, 장 칼라스가 지젤을 향해 손가락을 입술에 붙이고 조용히 하라는 신호를 보내자 고개를 끄덕였다. 장 칼라스는 아르망의 어깨에 손을 얹었다. 뒤이어 등을 쓰다듬으며 아르망이 위험하지 않다는 생각을 가지고 안정을 취할 때까지 같은 동작을 반복하며 기다려 주었디. 장 칼라스의 행동은 아르망에게 신뢰를 주었으며 톨로사의 시민들이 그를 존경하는 의미가 무엇인지를 몸소 실천했다.

"집사님! 아르망은 똑똑한 아이예요."

지젤이 말하며 함께 아르망의 등을 가볍게 토닥이자 장 칼라스가 아르망의 맞은편에 의자를 당기고 앉아 아르망의 눈을 바라보며 말했다.

"아르망! 이제 나의 질문에 답해줄 용기가 생겼니?"

아르망의 눈이 반짝였다.

"그들은 나를 믿지 않았어요."

"그들이라니?"

장 칼라스와 아르망의 대화에 지젤이 다음과 같이 불쑥 끼어들었다.

"집사님! 아르망이 거짓말을 하고 있다고 몰아붙였나 봐요. 아르망의 상심이 얼마나 큰지…"

지젤의 말에 장 칼라스가 지젤에게 손바닥을 보이며 그만하라는 단호한 신호를 보냈다.

"아르망! 검찰관의 심문에 너는 복종해야 해. 다만 너는 네가 본 것을 말하면 된단다. 내게도 검찰관에게 말한 것을 그대로 말해줄 수 있겠니?"

장 칼라스는 목소리를 낮추고 속삭이며 아르망에게 말했다. 얼굴에 번지는 미소는 아르망이 가진 공포를 사라지게 했고, 아르망의 감정이 고조되면 손을 잡아 자신의 심장에 얹어 느린 박동수를 느껴 안정을 취하게 만들었다. 아르망은 장 칼라스에게 흡족하게 유순해졌다. 그런 아르망을 바라보며 지젤은 장 칼라스에게 대단한 존경심을 가졌다. 그도 그럴 것이 위그로라는 같은 종교를 가진 지도자의 면면이 새삼 각인되었기 때문이다.

"아르망! 너를 믿지 않는 사람들이 구체적으로 누구였지? 그리고 그들이 너를 믿지 않는 이유가 무엇이라고 생각하니?"

"검찰관이에요. 검찰관은 제가 그 시체를 발견한 장소가 애초에 냇가의 관목 사이가 아니라 운하에서 밀려왔다고 말했어요."

장 칼라스는 웃음이 나왔다. 잠시 웃던 장 칼라스는 서둘러 아르망의 어깨를 붙잡고는 살짝 흔들었다.

"미안하구나. 너의 말을 믿지 않아 웃음이 터진 게 아니라 검찰관의 말이 너무 터무니없구나. 그 얕은 개울에 시체가 밀려왔다니 말이 되니. 그리고 땅에 파묻혔다니. 그나마 폭우가 내린 직후라 믿을 뻔한 사실이 어이없을 지경이니 말이야."

장 칼라스는 의문이 들었다. 이제 그 의문은 단순한 사체의 유기가 아니라 검찰관마저 깊게 관여되어 있다는 분명한 확증이었다.

"그래서 너는 어떻게 생각하니? 네 생각에도 테레즈가 폭우 속에 운하에서 밀려왔다고 생각하니?"

"그럴 리가요."

아르망이 장 칼라스의 얼굴에 바짝 자신의 얼굴을 가져와 볼에 바람을 잔뜩 불어넣고 말했다.

"아마 운하에서 밀려왔다면 테레즈는 이렇게 뚱뚱해져 있었을 테죠."

갑작스럽게 어린 열 살 소년이 사라지고 차갑고 냉철한 수사관이 장 칼라스의 눈앞에 나타났다. 장 칼라스가 오히려 놀라 아르망의 눈을 빤히 쳐다보았다.

"검찰관은 제게 말했어요. 네가 본 것은 테레즈의 시체가 아니라 이름 없는 고아 소녀라고요. 그리고 다시 말했어요. 테레즈라고 발설하면 안 된다고요."

"그래서 넌 테레즈라고 사람들에게 이야기했니?"

"지젤 아주머니에겐 벌써 털어놓았죠. 입이 간질거려 참을 수 없었어요. 집사님이 두 번째 구요."

지젤은 장 칼라스에게 머리를 끄덕였다. 장 칼라스는 아르망의 손을 잡아당겨 자신의 입술에 붙이고 말했다.

"아르망! 잘 들어. 오늘 내게 한 말과 지젤 아주머니에게 한 말을 어디에서도 발설하면 안 된다. 자칫 네 목숨이 위험해질 수 있어. 알겠니?"

아르망은 대답 대신 장 칼라스의 눈을 한참 동안 쳐다보다가 고개를 끄덕였다. 장 칼라스는 아르망에게서 돌아서며 슬쩍 지젤의 소매를 잡아당겨 문 쪽으로 불렀다.

"지젤! 아르망은 똑똑한 아이군요. 우리 위그노의 훌륭한 목회자가 될 소질이 있군요, 하지만 호기심이 지나쳐 목숨이 위태로울 수 있으니 말조심을 시켜야 해요. 그리고 지젤 당신! 우리가 위그노라는 것은 비밀입니다."

지젤의 목구멍이 울컥거렸다. 마른침이 넘어갔고 순간 눈동자가 커지고 긴장된 얼굴이 일그러지며 일말의 걱정이 얼굴에 나타났다.

"지젤! 다음 예배에 주님 앞에서 만나기로 하죠."

그런 지젤에게 다시 온화함을 보여준 장 칼라스는 아르망을 돌아보며 웃어 보였다. 의외로 테레즈의 수사는 속도가 붙었다. 검찰관의 입회하에 테레즈의 시신을 부검한 검시관은 보름이 지나자 사인을 익사로 판명했다. 웃을 일이었다. 누가 보아도 명백하게 살인에 의한 매장이었지만 검시관의 판단은 익사였다. 판단 이유는 폐에 가득한 강물이었다. 온갖 해초와 찌꺼기가 목구멍에 가득해 숨을 쉴 수 없었다는 게 결정적인 단서였지만 테레즈의 시신을 해부한 검시관을 그 누구도 믿지 않았다. 다시 사흘이 지나고 테레즈의 시신은 공식적으로 불에 태워져 재로 만들었다. 즉각 시민평의회는 반대 성명을 발표했다. 이해할 수 없는 검시관의 판단과 부족한 검찰관의 수사에 대한 의문 제기였다. 다음은 시민 평의회의 반대 성명을 간추려본다.

 ― 그 어떤 공무도 공정을 원칙으로 한다. 사건이란 본래 알 수 없는 시간에 알 수 없는 장소에서 벌어지는바. 이를 해결하는 방법은 공개되어 최대한의 증거를 수집하고 이를 밑바탕으로 진실에 다가가야 한다. 특히 살인 사건이나 유기라는 관점에서 볼 때 범죄자들이 필연적으로 존재하며 어디선가 범죄를 다시 구성하며 자신들의 범죄에 대해 그 결말을 바라보고 있을 것이다. 범죄를 파헤치고 범죄자들을 밝혀내어 처단하는 것은 시민들을 위험으로부터 보호하는 것이기도 하지만, 피해자의 영혼을 달래주어야 하는 이유가 있기 때문이다. 살인을 저지른 자. 그에 동조한 자를 밝혀 교수대에 세우는 것은 국가에 법이 있고 공무로 그 법을 실천하여 시민들이 안정되어 일상에 전념하도록 하기 위함이며, 시민들 사이에 범죄자가 있다

면 차후에 발생될 범죄를 미리 차단하는 것이다. 이번 사건은 톨로사에서 보기 드문 대단히 치명적이고 암울한 사건이다. 더구나 검시관의 판명은 이해할 수 없는 판단인바. 첫 번째 시신이 유기되었다는 정황이 없다. 폭우는 사실이지만 어린 소녀의 몸무게라 할지라도 얕은 개울을 타고 상류로 올라올 지반이 아니라는 점. 두 번째 소녀가 실종된 날과 시체로 발견된 시점이 과도하게 멀어 익사라면 시신의 훼손이 상당한바 부검조차 어려운 상태일 것이라는 점. 세 번째 시신을 발견한 소년의 진술에 일관성이 있는데도 익사로 추정하는 섣부른 판단 이면에 깔린 의구심. 이로 인해 시민들에게 조장된 불신을 어떻게 해소할 것인가를 밝혀야 할 것이다. 이에 시민 평의회는 공개수사를 촉구하며 일관성 있는 수사가 톨로사의 안정에 적합하다고 본다. 또한, 함께 실종된 다른 소녀의 행방도 빠르게 파악되어야 하며, 소녀의 소재가 밝혀지지 않는다면 생사를 어떻게 판단할 것인가? 사망과 직접적인 사인은 무엇인지를 밝혀내는 것이 이번 사건에 가장 근접하여 사건을 해결하는 길일 것이다. 시민 평의회는 올바른 공무로 톨로사의 시민들이 자신들의 일상으로 돌아가 근심 없이 생활하기를 바라며 강도 높은 조사

가 이루어지길 바란다. –

검찰관의 입장에서는 대단히 불온한 비판이 아닐 수 없
었다. 비판은 곧 지방 장관이 다시 대주교에게 머리를 조아
리는 상황을 만들어 냈고, 이 사실이 알려진다면 시민 평
의회가 바라보는 그들의 암묵적인 사이가 더욱 궁금할 것
이다. 장 칼라스가 아르망을 다시 만난 건 테레즈의 시체
가 냇가 관목 사이에서 발견된 지 정확하게 한 달 후였으
며, 공식적인 발표를 미루던 검시관이 익사로 판명한 날로
부터 보름 후였다. 여전히 악몽을 꾸는 아르망이었지만 악
몽이 소년을 변화시켰을까? 예전의 아르망이 아니라 모든
사물에 의문을 가지기 시작했으며, 표현도 신중해져 있었
다. 다시 양치기 일을 시작한 아르망은 혼자가 아니라 지젤
과 함께였다. 지젤은 아르망을 보호하기 위해 보모 일을 그
만두고 아르망과 초원을 누비고 있었다.

"어차피 전 미망인에 자식이 없으니 아르망을 자식처럼
생각하면 수월해지죠. 거기에다 아르망의 부모에게서 약간
의 보상을 받으니 혼자 살기에는 적당해요. 무엇보다 하루
종일 아이들을 보는 무료함보다는 넓은 초원과 따뜻한 햇
살이 영혼을 건강하게 하나 봐요."

지젤의 목소리는 밝았지만 어디엔가 쓸쓸함이 있었다.

아르망을 보는 눈길에서 지젤의 보호 본능이 분명 묻어있었다.

"지젤! 아이를 돌본다는 일이 간단하지 않죠. 더구나 아르망과 같이 활달한 아이가 영혼에 상처를 받으면 더욱 큰 일이 된답니다. 안심이 되는군요, 물론 당신도 아르망에게서 위안을 받을 수 있다면 다행이지만…."

장 칼라스의 말끝이 흐려졌다. 지젤의 고독을 알았고 지젤의 공허가 공기와 같았기 때문이었다.

"집사님! 악독한 놈들을 잡아낼 수 있을까요? 어린 소녀를 죽여 관목 사이에 파묻은 놈들이라면 언제든지 아르망을 찾아와 해치지 않을까요? 아르망의 입을 닫아 살인을 숨기려 한다면 생각만 해도 치가 떨려요."

지젤은 분명 공포에 떨고 있었다.

"밤마다 창문 사이로 집 밖을 내다보곤 한답니다. 혹시라도 그놈들이 찾아와 염탐이라도 하지 않는지 얼마나 무서운지 이빨이 서로 부딪쳐 소리를 낸다니까요."

지젤은 여전히 공포를 몰아내기 위해서라도 자신이 느끼는 충분한 감정을 쏟아내고 싶어 보였다. 점점 말이 빨라지더니 급기야 아래턱을 움직여 이가 세차게 부딪혀 내는 소리를 장 칼라스에게 들려주었다. 그 때문에 지젤에게 향했던 연민이 깨끗하게 사라지고 오히려 홀가분해진 장 칼라스는 지젤의 양쪽 어깨를 두 팔로 잡고 세차게 흔들었다.

"지젤! 내 눈을 봐요. 똑똑히 보란 말이야!"

그때서야 무언가에 홀린 사람 같았던 경박했던 동작을 멈춘 지젤이 장 칼라스의 눈을 바라보았다.

"이렇게 보란 말이야! 그놈들이 당신 앞에 나타나면 두려워하지 말고 지금처럼 눈동자를 쳐다보며 말해요. 어디서 별난 짓거리를 하고 있느냐. 내가 너희들을 심판하리라. 악마의 소굴로 돌아가 참회의 기도나 하라."

지젤은 장 칼라스의 눈을 지그시 바라보다가 말했다.

"이제야 안심이 되는군요. 집사님이 말해 준 대로 하겠어요. 아르망과 함께 그놈들의 목이 교수대에 대롱대롱 매달리는 꼴을 지켜보겠어요."

"지젤! 혹시라도 특별한 일이 일어난다면 아무도 모르게 나에게 말해줄 수 있겠소?"

"물론이죠. 제가 유일하게 믿는 분이신데요."

장 칼라스는 지젤의 생활을 염려하여 몇 개의 은화를 손에 쥐여주고 돌아섰다. 착한 지젤은 끝내 장 칼라스의 호의를 거절했지만 장 칼라스는 이렇게 말했다.

"주님의 특별한 배려라고 생각해요. 나눔은 우리가 당연히 이루어야 할 덕목인지라 지젤도 예외는 아니지요, 단지 내가 그대보다 베풀 일이 많다는 것에 주님에게 감사할 따름이지요."

아르망은 밤이 되면 지젤의 품을 떠나 집으로 돌아갔다. 당연한 일이었고 지젤은 고독한 밤이었다. 칠흑 같은 밤이 되자 매캐한 냄새와 웅성거리는 소리가 들렸다. 처음에는 사각거리는 발소리 같았는데 제법 또렷하게 들리는 말소리가 이어졌고 그러나 집 앞에서 멈춘 소리는 이내 사라지고 정적만이 맴돌았다. 그다음 날은 아무런 일도 일어나지 않았다. 아무런 소리도 들리지 않았고 냄새도 없었다. 지젤은 아르망에게 물었다.

"어젯밤에 아무 일도 없었니? 난 그놈들이 소곤거리는 소리를 들었는데."

아르망은 지젤을 빤히 쳐다보았다.

"지젤 아주머니! 살인자를 쫓는 야경꾼들이 밤에 순찰을 하고 있으니 안심하세요. 제가 밤마다 창문으로 밖을 본답니다."

지젤은 놀라 아르망의 눈을 손으로 가리며 목소리를 높였다.

"너도? 넌 큰일 날 짓을 하고 있어. 그러다가 그놈들과 눈이라도 마주치면 어쩔 거야."

아르망은 아랑곳없이 자신의 눈을 가린 지젤의 손을 손톱으로 건드리며 웃었다.

"지젤 아주머니 손은 너무 따뜻해요."

"넌 내 물음에 답을 하지 않는구나. 네가 다 큰 어른이 아니라는 것은 알고 있을 테지. 넌 아직 보호를 받아야 할 나이라는 걸 모르는구나. 더구나 악마와 같은 놈들에게서…."

"물론이죠. 하지만 전 이제 겁나지 않아요. 양들을 몰고 관목 숲을 지나도 무섭지 않아요."

지젤은 대범해진 아르망의 태도에 자신이 부끄러워졌다. 한편 아르망이 어떻게 자신과 다르게 공포에서 벗어나왔는지 궁금해지며 볼록한 볼살을 꼬집고 싶어졌다.

"아르망! 그럼 넌 언제 잠을 자니? 설마 밤새도록 창문 밖을 지키는 건 아닐 테지?"

아르망은 그 볼록한 볼살을 좌우로 흔들며 갑자기 지젤의 젖가슴에 얼굴을 묻었다.

"지젤 아주머니 가슴엔 항상 고소한 냄새가 나요. 왜냐하면, 따뜻한 온기가 늘 있으니까요. 전 배웠어요. 그리고 이겨냈지요. 세상엔 위험한 일도 가득하지만 아주머니처럼 안전한 곳도 있다는 걸요. 그래서 이겨낼 수 있다는 걸 알게 되었어요."

지젤의 눈에서 눈물이 흘러내렸다. 한동안 먹먹하게 아무 말 없이 아르망을 품에 안은 채로 그렇게 움직이지 못했다. 그리고 말했다.

"오늘 밤 창문은 닫고 나와 함께 자지 않으련?"

40

매캐한 냄새는 황과 화약이 섞인 냄새였다. 지젤의 귀와 코는 헛된 상상 속의 자극이 아니었다. 한밤중에 일어난 불은 순식간에 낡고 엉성한 집 한 채를 태웠다. 마침 바람이 불어 불꽃이 연기와 함께 톨로사의 밤하늘에 날렸다. 처음 불꽃을 발견한 성벽 위의 문지기는 한밤중에 화약 놀이로 생각하고 주위를 둘러보았다. 론강의 경계를 따라 개간된 경작지는 북쪽을 향해 이어져 있었다. 경작지가 끝나는 곳에 숲을 배경으로 멀리 자코뱅 수도원이 성처럼 존재했다. 문지기의 후각은 수도원을 향하고 있었다. 푸르스름한 달빛에 밤하늘의 별빛만 유별난 밤이었으며, 떠돌이 개들과 밤 고양이들로 예민해진 목줄이 묶인 농가의 개들만 짖어대는 밤이었다. 대부분의 시민들은 성안에 생활했다. 지붕과 지붕이 맞닿는 집들은 까피톨 광장을 중심으로 방사형으로 넓게 펼쳐져 있었다. 문지기가 론강의 운하를 바라보며 말린 육포를 찢어 한밤의 배고픔을 달래고 독한 압생트를 병째 입에 물고 한 모금을 목구멍으로 넘겨 살이 타는 짜릿한 취기를 느낄 때였다. 까피톨 광장 앞의 첨탑 모서리 위로 처음에는 푸르다고 생각한 불빛 그러나 그 푸른 불빛은 이내 누렇게 변했고 다시 황갈색으로 변했다. 문지기의 눈에 반짝이던 것에 불과했던 불빛은 톨로사 성벽의 깃발처럼 펄럭였고, 재가 하늘로 날아올랐다. 문지기의 눈이 점점 커지더니 동그랗게 뜨고 압생트 병을 입에 문 채 바라보았다. 그것은 벼락같은 사건이었다. 놀란 문지기의 목구멍에서 올라온 소리조차 잠길 때 어디선가 비명 소리가 도시에 울려 퍼졌고, 소리는 하나가 아니라 점점 거세어졌다. 그 시간 아르망은 지젤과 함께 낡은 침대에 누워 침대가 삐걱거리는 소리를 듣고 있었다. 흐릿한 불빛은 조금씩 잦아들어 거의 집 안 전체가 어두워질 무렵이었다. 양파와 감자를 으깬 수프에 장 칼라스의 배려로 시장에서 구입한 한 덩이의 양고기로 오랜만에 귀족 같은 저녁식사를 끝내 톨로사의 산파와 어린 양치기 소년은 행복해하고 있었다. 지젤은 아르망에게 어린 양들의 이름을 물었고, 아르망은 뾰쪽한 수컷 양들의 뿔 길이와 늙은 양이 무리에서 따돌림 당하는 슬픔을 낱낱이 고자질했다. 아르망에겐 스무 마리의 양이 있었고, 그 양들을 헛간에 가두고 돌아설

때의 기분도 지젤에게 이야기했다.

"아르망, 네가 분명 주님의 목자이구나."

지젤은 아르망의 머리를 쓰다듬어 주었다.

"지젤 아주머니, 그런 기분 아세요? 양들은 젖과 고기와 털을 주기 위해 길러지는데 정작 양들에게 먹이를 주는 건 풀과 숲과 햇살뿐인걸요. 저는 양들을 넓은 들판에 풀어 햇살의 따스함을 느끼도록 해주는데 정작 제가 양들에게 해주는 건 바라보는 일밖에 없나 봐요."

아르망은 침대보를 손으로 뜯으며 널빤지가 삐죽 튀어나온 가장자리를 손으로 가리키며 말을 이었다.

"이제 보니 지젤 아주머니 침대도 늙은 양의 갈비뼈와 닮았네요."

지젤은 팔짱을 끼며 약간 서운한 표정을 보였지만 아르망의 눈망울이 안달 난 그리움에도 그림자를 허락하지 않는 흐린 달빛 같아 웃으며 손뼉을 쳤다.

"아르망, 네가 크면 멋진 침대를 만들어주겠니?"

아르망은 침대의 치수를 잴 요량으로 실눈을 뜨고 한참 동안 말이 없었다. 그런 아르망이 지젤은 싫지 않았다. 아르망이 지젤의 아들이었다면 어땠을까? 한동안 지젤도 아무 말 없이 아르망의 재롱 같은 행동을 물끄러미 바라보았다. 실내는 조금 더 어두워졌고 그만큼 공기는 무거워졌으며, 두 사람이 알지 못하는 비극이 그림자의 길이만큼 길어지고 있었다.

"지젤 아주머니! 제가 제일 사랑하는 새끼 양의 이름이 무언지 아세요?"

"뭐라고 지었니?"

"늑대들도 제일 무서워하는 이름을 생각하다가 대천사의 이름을 따와 미카엘이라고 지어주었죠. 그런데 주님이 아시면 저를 꾸짖진 않으시겠죠. 하늘 높은 곳에 계신 케룹의 이름을 양에게 지어준 제 불찰이라고 하시진 않겠죠?"

지젤은 하마터면 웃음이 터질 뻔했지만 아르망의 진지함을 욕보이지 않기 위해 잠시 고개를 돌렸다가 아르망을 보았다. 어린 소년의 기발한 생각에 지젤은 아르망이 영악해 보이기까지 했다.

"아르망의 미카엘이 대장 중의 대장이구나. 아마도 미카엘이 아르망을 구원하겠는걸. 주님도 그걸 원하실 게다. 내일 미카엘을 나에게도 소개해 주겠니?"

아르망의 미카엘이 지젤의 마음에도 들었다. 아마도 그것은 실제 천상의 미카엘이 오늘 밤 아르망을 보호하려던 이유였을까? 등잔의 마지막 기름 한 방울이 타들어 가자 아르망은 침대에서 내려와 마지막 불꽃을 보기 위해 창가로 다가갔다.

"아르망, 밖에 있는 악마나 늑대의 눈과 마주치지 않게 이제 침대에 들려무나."

하지만 아르망의 눈에는 참혹한 슬픔이 보였다. 결국, 만나야 할 악마와 늑대의 눈과 마주친 게 분명했다.

"불이 보여요. 악마가 불을 질렀어요…."

포목상 하나. 술주정꾼의 횡포로 부서진 출구의 술집 하나. 톨로사의 유일한 그릇 가게 하나. 고리대금업자의 사무실 하나. 그리고 또 다른 상점 몇 개. 시장. 모퉁이를 돌아 소광장이 나오면 붉은 페인트칠의 낡고 오래된 집. 지젤의 집과 아르망의 집 사이의 거리였다.

41

어린 아르망에게도 예지가 있었을까? 밤마다 어둠 속에서 또 다른 어둠이 그림자로 환생하여 다가왔으니 그림자의 주인은 누구였을까? 아르망의 불안은 현실이 되었다. 어둠 속을 달리는 아르망을 지젤은 도저히 따라갈 수 없었다. 허벅지가 그렇게 단단하고 근육이 발달하여 좁은 골목을 작은 조랑말처럼 헤쳐 나가는 아르망을 어린 소년으로 취급하기에는 오늘 밤은 아니었다. 숨이 치오른 지젤은 블리오 위에 걸친 코르사주(핀이나 브로치로 고정시킨 블리오 위에 입는 겉옷, 등 뒤를 튼 다음 끈을 끼워 잡아당겨 입는 옷)가 불룩해진 배를 압박하자 더 이상 숨을 쉴 수 없었다. "아르망!" 절실한 한마디에 다시 말을 잊지 못한 지젤은 헐떡이는 숨을 내뱉으며 흙바닥 위에 주저앉았다. 정신이 몽롱해지고 겨드랑이 젖은 땀 냄새가 어느새 발효된 치즈처럼 스물거리며 코를 자극했다. 그뿐이었다. 중년으로 접어든 지젤은 자신의 비대하고 늘어진 배와 출렁거리는 허리 살을 탓하며 좁은 골목 사이로 보이는 별빛을 바라보았다. "아르망!" 다시 소년의 이름을 중얼거린 지젤은 겉옷을 벗고 깊은숨을 몰아쉬고 무릎을 꿇은 다음 땅을 짚은 두 팔에 힘을 주었다.

"악마 같은 놈들! 결국, 너희들의 본모습을 보이는구나!"

지젤이 악다구니 같은 말을 내뱉으며 겨우 일어났을 때 아르망의 몸이 휘청거렸다. 좁고 가파른 길을 달리며 시야는 한 치 앞도 가늠할 수 없는 어둠뿐이었으므로 어디서 그런 감각이 살아나는지 알 수 없었다. 패인 웅덩이를 만나자 몸이 허공에 뜨고 곧 곤두박질쳤다. 허리가 욱신거렸고, 얼굴에 무언가 뜨거운 액체가 흘러내렸다. 숨을 들이 쉬자 흙먼지가 입안 가득히 몰려들어 기도가 막혔다. 심장 박동 소리가 머릿속에서 요동쳤다. 숨을 쉬기 위해 애를 썼지만 숨구멍이 막힌 탓에 혀를 내밀고 침을 흘렸지만 소용없었다. 가슴을 주먹으로 치며 불을 내뿜는 전설의 거대한 용처럼 소리를 질러보았지만, 그마저도 혀가 말려 들어간 탓에 늑골에 통증만 줄 뿐이었다. 정신이 아득해지고 온몸이 나른해져 왔다. 여동생의 얼굴이 떠올랐다. 애처로운 모습으로 아르망에게 손을 내밀어 자신의 구원을 요청했다. 이미 옷자락에 불이 붙었고 한 손에 수프 그릇을 들고 한 손에는 목각인형을 쥐고 있었다. 푸른 불꽃이 온몸을 휘감자 모습은 순식간에 사라지고 그 자리에는 시커먼 형체만 남은 모습만이 시드는 꽃처럼 바닥에 무너졌다. 꿈일까? 분명 꿈이어야 한다. 먼지 구덩이 속에서 마른 눈물이 흘렀다. 눈이 감기고 아르망의 머리가 조금씩 중력의 법칙을 따라갈 때였다. 등에 가해지는 압력과 천둥 같은 소리가 아르망의 눈을 뜨게 만들었다. 지젤은 역시 톨로사의 산파였고, 어린아이들을 돌보는 보모였다. 아르망의 목구멍에서 먼지와 함께 범벅이 된 가래가 튀어나왔다. 겨우 가쁜 숨을 몰아쉰 아르망이 지젤을 보며 풀린 눈동자의 초점을 맞추려 애쓰고 있었다.

"넌 괜찮은 거니?"

지젤은 자신의 무릎으로 머리를 받쳐주며 아르망의 가슴을 쓸어주었다.

"불이 났잖아요. 악마가 불을 질렀어요."

두 줄기 눈물 자국이 선명한 얼굴로 몸을 떨며 아르망은 지젤의 품에 안겼다. 얼음처럼 싸늘한 몸이 되어버린 아르망은 허공에 손을 뻗어 자신의 집을 가리켰다. 손가락이 바람에 휘어진 나뭇가지와 같이 떨리고 있었다.

42

누군가 아르망의 살인을 계획했고, 누군가 사주를 실행했다. 신의 뜻에 따라 지젤은 아르망을 구했지만, 아르망의 부모와 아르망보다 더 어린 여동생은 구하지 못했다. 신은 아르망의 구원만을 원했는지 모르지만 톨로사의 일부 시민들은 시간이 지나며 신의 뜻에 의문을 가지기 시작했다. 시민 평의회는 화재가 난 바로 다음 날 저녁 장 칼라스의 집에서 회합을 개최했다.

"모두 들으시오. 지금 도시에서 일어난 사건들을 돌이켜보면 사뭇 이해하지 못할 의문투성이뿐입니다. 무엇보다 수사가 미진하여 단서조차 찾지 못하는 탓에 시민들은 공포와 두려움으로 일상에 불편을 겪고 있습니다. 어떤 이들은 도시에 악마가 나타났고, 어떤 이들은 늑대가 헤친 일이라고도 하고 또 어떤 이들은 신의 저주라고 말하기도 합니다. 형제들이여! 이는 악마도 아니며 늑대도 아니며 신의 탓도 아닙니다. 불손한 계략으로 톨로사의 안녕을 저해하는 무리들의 일이며, 그들은 분명 의도하는 목적이 있을 것입니다. 이를 우리가 좌시한다면 그들은 분명 톨로사를 어둠의 도시로 만들 것이 분명합니다."

장 칼라스는 단호했지만 몇몇 평의회 위원들은 평의회의 법적 권한을 장 칼라스에게 제시할 것을 요구했다.

"아니오! 법적 권한은 우리가 만드는 것입니다. 도시의 자치권은 정부에 있는 것이 아니라 시민들에게 있는 것입니다. 정부는 행정과 치안에 말미암은 것이고, 치안이 시민들의 안녕을 책임지지 못한다면 시민들은 스스로 방어권을 가질 사유가 생기는 것입니다."

평의회는 모두 고개를 끄덕였다.

"우리는 우리 스스로 민병을 조직하여 살인과 방화에 대한 수사를 시작하고 범인을 색출해야 할 것입니다."

장 칼라스는 모두의 얼굴을 둘러보았다. 그 누구도 장 칼라스의 말에 거역하지 않았고 스스로의 시민정신을 되새기고 있었다. 한 사람이 존경과 예의를 갖춰 장 칼라스에게 붙었다.

"우리는 한때 모두 방랑자였습니다. 톨로사의 새로운 교회는 당신의 뜻에 순종하고 따를 것입니다. 사라진 그들과 오늘 천국으로 들어선 가족들을 위하여 당신은 우리를 인도하소서! 우리는 무엇을 해야 합니까?"

그때 누군가 성벽에서 내려와 보이지 않는 은밀한 걸음으로 장 칼라스의 집을 방문했다. 그의 등에는 성벽의 마른 이끼가 묻어있었으며, 압생트에 젖은 약간의 취기가 남아있었지만 정신은 온전했고, 자신이 본 비밀을 완전히 기억해 빨리 말하고 싶어 했다. 장 칼라스는 회합에 모인 사람들 앞에 그를 세웠다. 그의 기억이 사라지기 전에 그의 입에서 나올 증언이 궁금했지만, 머뭇거리는 그를 위해 약간의 말미를 주기로 했다. 장 칼라스는 하녀 이네스에게 금방 구운 마들렌을 한 접시 준비하게 했다. 회합에 모인 십여 명의 위그노들은 모두 입을 다물고 침묵을 지켰다. 몇 명은 그사이 이네스가 간식으로 내온 마들렌과 로즈마리 홍차를 홀짝거리며 맛을 음미하고 있었다. 이네스의 솜씨는 장 칼라스의 집을 방문한 사람들이라면 모두 그녀에게 엄지를 치켜세웠고, 간혹 자신들의 집안 행사에 이네스를 초빙하고자 장 칼라스에게 부탁하기도 했다.

"형제여! 먼저 그대 혈관 속의 취기는 따뜻한 홍차로 씻어내고, 입안에는 갓 구운 과자로 즐거움을 느껴보시게나."

그다음 장 칼라스는 사람들에게 말했다.

"먹는 즐거움이 최고의 희열이 아니겠소. 우리를 방문한 형제를 위하여 조금의 배려를 베풀도록 합시다."

모든 사람들이 고개를 끄덕이며 동의를 했다. 누군가는 조금 전 마들렌 한 조각을 손에 쥔 그의 등을 두드렸고, 누군가는 잔에서 흘러내린 홍차의 흔적을 닦아주었다. 결코 영웅적인 대접은 아닐지라도 문지기 피에르에겐 과분한 대접이었다. 톨로사의 모든 이들은 피에르를 평소 '성문 위의 주정뱅이 피에르'라고 불렀다. 하지만 그가 단 한 번도 자신의 임무를 게을리한 적이 없었다. 몇 년 전 생 세르냉 축제 기간에 세르냉 대성당 동쪽 끝 성소에 보관 중이던 샤를마뉴 대제가 기증한 성유물 '세베(chevet, 베개라는 뜻)'를 탈취하기 위해 퐁네프 다리를 건너던 보헤미안 부랑자들을 발견해 나팔을 분 것도 피에르였다. 키가 작고 오랜 노동으로 손가락은 휘었으며 등이 굽어 왜소해 보이는 남자였지만, 그에게도 이웃을 사랑할 줄 아는 정의로움이 가득했다.

"형제여! 이네스의 솜씨가 어떤가요? 그녀가 구운 마들렌은 로렌의 소녀 마들렌이 구운 과자보다 더 흥미롭고 혀를 자극하지 않는가요?"

장 칼라스는 피에르와 사람들에게 이네스의 솜씨를 자랑하고 싶었다. 그런 상 칼라스를 사람들은 부러워했고 약간의 시기와 질투가 있었지만, 그 누구도 이네스를 탐하거나 장 칼라스를 얕보지 않았다. 그렇다면 피에르의 혀끝에서 녹아내리고 그가 눈동자를 굴리면서 먹어대는 레몬 향이 첨가된 마들렌을 잠시 소개해 보자. 로렌 지방의 코메르시(commercy) 마을에서 지방의 영주이자 폴란드 공작이었던 스타니슬라스 레크진스키가 연회를 열었다. 그날 폴란드 공작의 시녀였던 마들렌은 고민 끝에 공작을 위해 가리비 모양의 과자를 구웠다. 맛을 본 공작은 감탄했고 영광스럽게 시녀의 이름을 지어 영원히 '마들렌(madeleine)'으로 알려지게 했다. 달걀을 넣은 후 거품기로 저어가며 설탕을 조금씩 녹인 반죽은 정성과 시간이 필요했고, 장 칼라스의 집 안에서 고소한 버터 향을 첨가해 입맛을 돋울 주인은 이네스밖에 없었다. 피에르가 허겁지겁 먹어댄 마들렌은 세 조각이었다. 피에르는 입가에 묻은 부스러기째로 얼굴을 들고 장 칼라스를 바라보았다. 눈빛과 위장은 몇 조각의 마들렌을 더 요구했지만 이제 장 칼라스는 그런 피에르를 외면하고 질문을 던졌다.

　"우리를 찾아오기 쉽진 않았겠지만 이제 형제의 말을 들어야겠소. 혹시 그대가 오늘 회합에 증언할 내용이라도 있는가요?"

그때 '성문 위의 주정뱅이 피에르'와 동명이인인 장 칼라스의 차남 피에르가 나서며 말했다.

"오늘 회합이 밖으로 알려지면 안 됩니다. 먼저 그가 어떻게 회합을 알고 왔는지를 추궁하는 게 순서가 아닐까요?"

차남 피에르의 말에 몇 명이 화들짝 놀라며 동조를 했지만, 장 칼라스는 단호한 어조로 제지했다.

"나의 아들 피에르! 너는 형제를 성스러운 미사에 초대하고 만난 적이 없는가? 그는 우리 형제이며, 내가 그를 증명하노라."

그러고 나서 덧붙여 말해 사람들을 안심시켰다.

"형제가 우리 회합을 알았을 리는 없소. 단지 그는 나를 찾아온 손님이며 자신의 증거를 내보이고자 함이오. 우리는 형제에게 감사해야 하며 형제의 정의로움에 고개 숙여야 할 것이오."

차남 피에르의 반응에 주눅이 든 문지기 피에르가 고개를 숙이며 바닥을 보자 장 칼라스는 그의 곁으로 다가가 그를 등 뒤에서 안았다. 등이 굽은 피에르와 백발의 장 칼라스는 모두 왜소해 보였지만 그렇다고 그 누구도 그들에게 대항할 수 없어 보였다. 특히 장 칼라스의 인품과 그의 지도력은 톨로사의 모든 위그노에겐 선지자 그 이상이었기 때문이다. 장 칼라스는 피에르의 등에 자신의 귀를 대고 말했다.

"여러분, 나는 지금 이분의 심장 소리를 들었습니다. 한 번도 들어본 적 없는 나의 심장 소리를 이분을 통해 들었습니다. 왜냐하면, 우리는 같이 정의롭기 때문이죠."

문지기 피에르는 조금 쑥스러웠지만 감동했다. 자신을 인정해 준 사람은 지금까지 장 칼라스밖에 없었기 때문이었다. 비로소 문지기 피에르는 자신이 본 것을 말했다. 그전에 문지기 피에르는 사람들에게 양해를 구했다.

"압생트 때문에 제 눈이 흐려지고 헛것을 보았다고 욕하지 말아주세요."

양손을 들고 어깨를 으쓱거려 동의를 구하는 모습으로 장 칼라스가 사람들을 둘러보았다.

"이제 그대의 뜻대로 말씀하시게."

웃음을 흘리며 장 칼라스가 자신의 의자를 문지기 피에르에게 내주었다. 의자에 앉은 피에르에게 모든 사람의 시선이 집중되었다. 피에르는 자신이 본 것과 자신이 증명할 말이 위중하다는 것을 깨달았고, 어쩌면 큰 사건의 중심에 자신이 회오리바람이 되어 세상을 집어삼킬 수도 있음을 짐작했다. 어느새 피에르의 이마와 목 언저리에서 식은땀이 흘러내렸다. 목구멍으로 침을 삼키려 했지만 마른침이 오히려 목을 따갑게 했다. 눈을 부릅뜨고 입술을 혀로 적신 후 입을 열고 신중한 언어를 택해 말을 시작했다. 어젯밤 성문 위의 피에르에겐 유난히 별이 반짝이는 밤이었다. 달빛은 휘청거렸지만 별빛 때문에 사위가 결코 어둡지만은 않았다. 하루 종일 위장에 쏟아부은 독주 탓에 속은 쓰렸고, 정신은 몽롱했지만 물체를 분간하지 못할 상태는 아니었다. 피에르가 압생트를 입에 대기 시작한 것은 다리에 난 종기를 치료하기 위해서였다. 아니스(anise), 회향(fennel), 향쑥(wormwood)을 말려 침출시킨 압생트는 엽록소 때문에 연두색을 띠다가 빛을 받아 산화되면 갈색으로 변했다. 복잡 미묘한 향과 코끝을 자극하는 극악의 주도로 이질적인 맛을 선사했지만 톨로사 시민들은 독한 술기운과 향초 냄새로 배앓이뿐만 아니라 종기나 상처 치료에 술을 마셨다. 압생트를 마신 덕분에 종기가 치료되었는지는 몰라도 피에르는 계속 압생트를 구해 마셨다. 언제부터인가 피에르는 혼자 아니스와 회향과 향쑥을 구하기 위해 숲을 다녔고, 높은 산에도 올랐다. 말리고 다듬고 침출을 시작한 이래 몇 개월이 지나자 톨로사에서 관청에 발각되지 않는 작지만 숨은 양조장을 마련할 수 있었다. 피에르는 스스로를 대견하게 생각했다. 하지만 압생트를 주조해서 돈을 벌 생각은 하지 않았다. 피에르는 순진하고 순수했다. 자신이 먹고 마실 만큼만 압생트를 만들고 몰래 홀짝거리며 세상 즐거움을 홀로 만끽하며 살았다. 성문 위의 별빛은 피에르에게 안식이었고, 달빛은 위로였다. 그날도 빈속에 마신 압생트 덕분에 손은 떨리고 묘한 기분이었지만 별빛과 달빛에 위안받으며 성문 위에 누워 바람을 맞았다. 콧방울에 한껏 힘을 주고 코 평수를 늘려 맑은 공기를 폐 속 깊이 끌어당겼다. 공기 중에 떠다니는 모든 입자가 피에르의 폐 속으로 스며들었다. 처음 숲에서 나는 냄새 중에 습한 관목 사이의 곰팡이 냄새가 났지만 싱그럽고 향긋한 허브 냄새와 나무가 뿜어내고 숲의 모든 정령이 함께 호흡하는 시원하고 차가운 분자로 이루어진 냄새가 공기를 타고 흘러왔다. 피에르는 눈을 감았다. 공기 중에 떠다니는 느낌. 매일 밤 느끼는 감정이지만 오늘따라 특별한 감정이었다. 팔과 다리를 벌려 허공에서 헤엄치듯 마구 휘저었다. 하늘로 날아오르기라도 할 모양새였다. 아니 점점 몸이 가벼워지고 몸 안에는 공기가 가득 차 부풀어 오르고 있었다. 피에르는 눈을 뜨지 않았다. 눈을 뜨면 바닥으로 떨어질 것이 틀림없었다. 눈을 감은 채 성벽의 회랑이 보였고 곧 톨로사가 한눈에 들어왔다. 붉은 벽돌로 지어진 집들이 보였다. 대성당의 지붕과 까피톨 광장의 첨탑이 보이자 그 뾰족함이 무서워 눈근육에 힘을 주고 볼살이 떨리도록 눈을 감았다. 가까스로 첨탑을 지나자 지붕과 지붕이 이어진 아래로 톨로사는 '장미의 도시'처럼 모두 붉은색의 집들뿐이었다. 그때였다. 굽은 골목 사이로 검은 그림자가 보였고, 골목길에 뿌려진 오줌 냄새와 고양이와 쥐가 섞어가는 냄새가 가늘게 공기를 타고 피에르의 코를 자극하자 인상을 찌푸리며 눈을 떴다. 동시에 심장이 툭 떨어졌고, 마치 땅으로 꺼지듯이 환상에서 깨어났다. 기분이 나빴다. 짧은 한숨이 나왔고 "빌어먹을."이라고 중얼거리며 몸을 일으켜 세우는 순간 어디선가 역한 황 냄새와 함께 화약 냄새가 한줄기(피에르의 설명을 덧붙이자면 마치 가는 바늘이 찌르는 것처럼 짧고 강렬하게 코를 자극했다.) 공기를 타고 피에르의 환상을 다시 깨웠다. "어!" 하는 한마디가 피에르의 입에서 나왔다. 그리고 까피톨 광장을 바라보았다. 솟아오른 광장의 첨탑 너머였다. 다시 "어! 어!"라는 외마디 소리를 질렀고, 피에르는 몹시 급해졌다. 여기까지 기억을 더듬은 피에르는 숨을 가누고 장 칼라스가 건넨 물 한 모금을 급히 받아 마셨다.

"우리는 그대의 사실적 기억에 무척 놀라고 있습니다. 아니 이토록 세심하게 재현해 주시니 오히려 감명이군요. 자 이제 호흡을 가다듬고 더 이야기해 주시겠습니까?"

장 칼라스는 근엄했지만 부드럽고 묵직한 목소리로 피에르의 기억과 감정이 혼동을 일으키지 않게 다독였다. 피에르는 땀을 흘렸고, 장 칼라스의 차남 피에르가 건네준 마른 면 수건으로 이마를 훔쳐낸 나음 목에 수건을 둘렀다. 영락없는 한낮의 농노였지만 그 순간만큼은 아무도 피에르의 모습에 눈길을 두지 않았다.

"또 무엇이 보였나요?"

장 칼라스의 질문이었다. 성문 위의 주정뱅이 피에르는 장 칼라스의 의도대로 침착하게 말을 이어 갔다.

"양치기 소년 아르망을 잘 알고 있습니다. 소년의 천진한 눈망울을 본 적이 있었죠. 아르망은 저에게 자신이 먹을 빵 한 조각을 건네준 적이 있었습니다. 아마도 누렇게 뜬 제 얼굴을 측은하게 생각했나 봅니다. 그 후 친분을 가진 후로 성문을 오가는 아르망과 인사를 나누게 되었지요. 아르망은 늘 제게 안부를 묻곤 했습니다. 아르망은 친근하게 '피에르 아저씨'라고 불렀습니다. 전 손을 흔들어 화답해 주었고, 아르망은 양들을 불러 모을 때 사용하는 방울을 흔들었죠. 불이 난 곳은 아르망의 집이었습니다. 톨로사의 수많은 집 중에 아르망의 낡은 집은 순식간에 재가 되기에 적합했으니까요."

쉼 없이 빠르게 자신이 본 기억을 말하느라 피에르는 숨이 가빴고, 아르망에 대한 연민이 기억을 지배한 탓에 힘들어했다.

"그런데 한 가지 이상한 일이 있었어요."

피에르는 자신의 가슴을 손바닥으로 두드리며 호흡을 가다듬은 후 눈을 반짝이며 장 칼라스를 뚫어지게 바라보았다.

"전 한밤중에 제가 본 불꽃이 어찌나 푸른지 처음에는 누군가 저지른 불꽃놀이로 생각했죠. 그런데 한밤중에 불꽃놀이라니 제 자신이 얼마나 멍청한지 곧 깨달았죠, 성 요셉의 축제일도 아닌데 당연히 불꽃놀이 기간은 아니었으니까요."

피에르의 말에 장 칼라스가 재빨리 호응했다.

"자신을 비하할 일은 아니군요. 누구나 위급한 상황에서는 판단의 혼동이 일어나 착각할 수 있죠. 당신 탓은 아니랍니다. 형제여, 차분히 다음 본 것을 계속 말해 주시겠습니까?"

"바로 그것이었습니다. 최소한 제가 본 것에 비해 저의 감각은 혼동이 아니었습니다. 그것은 분명 황과 화약 냄새였죠. 그 냄새는 다시 성문 아래에서 가론 강의 경사진 언덕을 따라 수도원으로 이어졌습니다. 다시 말하지만 제가 눈을 감고 꿈결인 양 느꼈던 골목에서의 검은 그림자 두 개가 급히 성문을 빠져나가 수도원을 향해 말을 타고 달리고 있었죠."

피에르의 증언에 회합에 모인 모든 사람들이 놀랐다. 한

동안 서로 얼굴을 바라보던 사람들은 저마다 고개를 저으며 의아해했다. 오히려 피에르의 증인을 무시하는 사람도 있었고, 성문 위의 주정뱅이 피에르를 당연하게 받아드리려는 사람들도 있었다. 잠시 소란스러워진 실내 분위기에 피에르는 급격하게 위축된 표정으로 사방을 두리번거렸다. 하지만 그런 동요를 내버려 둘 장 칼라스가 아니었다. 장 칼라스는 세게 두어 번 손뼉을 쳐 주위를 환기시켰다.

"여러분! 지금 우리는 개인의 의사보다 증언을 하려고 방문한 피에르 형제에게 집중하고 발언권을 드려야 합니다. 형제의 증언이 끝나면 각자 소신을 듣도록 하겠습니다. 동의하시나요?"

장 칼라스의 노련함은 따라갈 수 없었다. 그의 연륜에서 비롯된 청중을 설득하고 제압하는 언어와 때론 단호한 표정은 톨로사의 수많은 위그노의 지도자임을 재확인시켜 주었다. 장 칼라스는 피에르를 향해 돌아서 눈빛으로 증언을 계속 이어갈 것을 종용했다. 피에르는 장 칼라스의 존중에 감사했다.

"제가 본 것은 분명합니다. 비록 제가 취기가 올랐고, 평소에 여러분들이 주정뱅이로 손가락질하시지만 결코 망나니는 아니니까요. 제 말을 믿어주시기 바랍니다. 분명했습니다. 검은 망토를 걸친 두 남자가 말을 타고 조용히 성문 아래로 빠져나갔습니다."

피에르의 말을 가로채며 장 칼라스의 차남 피에르가 끼어들었다.

"잠깐만, 피에르 형제님! 제가 질문 한 가지를 드리겠습니다. 추궁이 아니니 감정은 가지지 말아주시기를 부탁드립니다."

그러고 나서 차남 피에르는 장 칼라스를 바라보며 동의를 구했다. 장 칼라스는 무언의 고개를 끄덕였다.

"형제님! 그 시간에 문은 닫혀있지 않나요? 그리고 문지기라면 필시 형제님의 동의에 문이 개방되지 않나요? 또한, 그들이 수도원으로 향했다는 증거는 어디에 있나요?" 혹시 수도복을 입고 있기라도 했나요?"

차남 피에르의 날카로운 질문에 피에르는 말문이 막혀 몸을 움찔거렸다. 대답을 하지 못한 채 눈을 멀뚱거리다가 결국은 장 칼라스를 애매한 표정으로 바라보며 혹시라도 모를 구원을 요청해야만 했다. 장 칼라스는 이마에 손을 짚었다. 잠시 생각에 잠겨있던 장 칼라스는 모두를 둘러보며 피에르의 말에 사족을 달 의견이 있는지를 물어보았다. 의외로 장 칼라스의 제안에 화답한 사람은 피에르에게 질문을 던진 차남 피에르였다.

"간단합니다. 피에르 형제가 본 그들이 아르망의 집에 불을 지른 범인이라면 그들의 목적이 무엇인지를 가늠할 수 없지만 대단히 깊은 비밀을 품고 있을 테고, 그들이 문을 자유롭게 통과할 수 있는 이유는 그들 이외 협조자가 있다는 뜻이고 수도원을 향했다는 피에르 형제의 증언은 확인되지 않은 착각으로 불충분하지만 간과할 수는 없겠지요. 한 가지 더 질문을 드리겠습니다. 문을 통과하는 모습만 보셨다고 했는데 시내에서 달려오는 말발굽 소리는 듣지 못하셨나요?"

"네…."

피에르는 또다시 잔뜩 주눅 든 목소리로 짧게 대답했다.

"그것도 간단하군요. 그들은 발굽에 가죽을 덧씌워 소리를 차단했군요."

장 칼라스가 차남 피에르에게 물었다.

"황과 화약 냄새는 어떻게 설명하지?"

차남 피에르가 의미 있는 미소를 지었다.

"아버님! 수도원이 증축된 지 별로 오래지 않습니다. 황은 화약의 재료이며, 화약은 건축물에 충분히 사용되죠. 그리고 피에르 형제의 목격담에 불꽃놀이와 같다고 했습니다. 평범한 화재는 불꽃이 푸르거나 황갈색으로 변하지 않죠. 그리고 서서히 타올라 잿더미를 만들지 불꽃놀이 같은 연상을 떠올리게 하지 않습니다."

피에르는 자신을 몰아세운 차남 피에르에게 감탄하며 오히려 구원자로 생각했다.

"화약 가루를 사용했다는 말이군."

장 칼라스의 목소리가 무겁게 실내에 울렸다. 시민 평의회는 몇 가지 추리를 논리로 완성했다. 이제 그 논리를 증거로 확보하는 일만이 남았다. 그렇다면 어젯밤 아르망은 어떻게 되었을까? 불쌍한 양치기 소년 아르망을 돌아보아야 한다. 아르망의 손목이 덜렁거렸다. 구덩이에 넘어지며 바닥을 짚은 소년의 손목은 근육과 인대가 그다지 튼튼하지 못했던 탓이다. 아이들은 잘 먹어야 하지만 그도 그럴 것이 끼니로 해결하는 것들이 수프와 삶은 감자 따위에 종종 주변에서 건네준 치즈와 재수 좋은 날에 튀겨먹거나 구워 먹는 양고기 부스러기뿐이었으니 자유시민이라지만 톨로사의 서민들도 빈민과 비길 바가 아니었다. 아르망은 태어나서 그렇게 화려한 불꽃을 본 적이 없었다. 벌겋게 하늘로 날아올라 가는 불꽃이 왜 하필 자신의 집이었을까? 골절된 손목이 아픈 줄도 모르고 타오르는 불꽃을 마주했다. 그릇이란 그릇에 물을 담은 이웃들이 뛰쳐나와 아르망의 타오르는 집에 물을 부었다. 허겁지겁 쫓아다니는 이웃들의 괴성과 비명이 오가며 톨로사의 한가운데 어마어마한 사건이 난데없이 한밤중에 일어나 있었다. 아르망은 현실을 받아들이지 못했다. 기이한 일이었다. 지젤의 품에 안겨 겁먹은 얼굴로 눈물을 흘리던 아르망이 갑자기 지젤의 품을 벗어나 불꽃이 맹렬한 가운데로 뛰어들었다. 얼마나 빨랐던지 지젤은 자기 품속에서 재빠르게 빠져나가는 바람 같은 아르망을 놓치고 비명을 지르며 몸을 떨었다.

"아르망! 아르망!"

미친 듯이 소리치며 아르망의 소맷자락이라도 놓치지 않기 위해 애쓰는 지젤의 모습이 처절했다. 벌건 불덩이가 아르망의 얼굴을 데고 아르망의 목구멍으로 들어왔다. 그러나 아르망은 그 불덩이가 뜨겁지 않았다. 초조해지고 다급해진 아르망에겐 불덩이는 대수롭지 않았다. 그냥 두면 가족이 불덩이에 데여 형체도 없이 사라질지도 모르기 때문에 아르망의 선택은 자신이 가족을 구하는 길밖에 없었다.

"놔요. 놓으란 말이에요. 지젤 아주머니 제발 놔줘요!"

아르망에게 지옥이 있다면 바로 그 순간이었다. 이성을 잃은 소년의 몸부림은 그러나 쉽게 끝났다. 낡은 목조 건물이 모두 불타 없어지는 데는 그리 긴 시간이 소요되지 않았다. 더구나 화약 가루로 불을 붙인 화재의 발화는 기가 막히도록 짧은 시간에 모든 형체를 앗아갔다. 그 시간 성문 위의 주정뱅이 피에르는 나팔을 불고 재빠르게 아르망의 집을 향해 달렸다. 피에르의 목적은 첨탑의 종을 울리는 것이었다. 톨로사의 모든 시민들에게 긴급한 사건을 알리는 것이 피에르의 임무이며, 역할이었다. 피에르는 자신의 임무를 성실히 수행했다. 피에르가 아르망의 집 앞에 도착했을 때 검정을 뒤집어쓰고 울고 있는 소년이 보였다. 지젤이 아르망을 덮치듯이 보듬어 안고 있었다. 날이 밝자 수습을 위해 공무원들을 대동한 지방 장관이 모습을 보였다. 아르망 가족의 시신을 수습하는 일은 톨로사의 장의사와 사형집행인에게 임무가 부여되었다. 지방 장관은 검찰관에게 사건을 수사할 것을 지시했다. 아르망의 집과 맞닿은 포목상 가족의 집이 전소되고 톨로사 상인조합의 회원인 '톨로사의 곰'으로 불리는 덩치 큰 남자 제롬의 집은 지붕이 심하게 그을린 채로 다행스럽게 화마를 비켜 갔다. 제롬은 일용할 양식을 준비해 지젤을 찾아갔다. 외모와 달리 능청스럽지 않고 완벽하게 자신의 일상을 일에 파묻혀 보내는 제롬은 과하게 묵언을 하는 남자였지만, 아르망을 위해 위로를 건넸다.

"내가 널 위해 무엇을 할지 생각을 해야 되겠구나. 아르망! 네게 힘이 된다면 언제든지 나를 찾아올 수 있겠니?"

여전히 슬픔에 젖어 현실을 받아들일 수 없던 아르망은 제롬을 보기만 할 뿐 대답하지 못했다.

"친절하시군요. 아르망이 진정되면 제가 다시 이야기를

해볼게요."

　지젤이 안절부절못하는 재로 제롬의 위로에 어설픈 감사의 인사를 대신했다. 이제 아르망은 고아가 되었다. 한편으로 아르망의 감정선 내부에 수많은 의문과 복수심이 타올랐다. 지젤이 아르망을 거두기로 했다. 가족과 집을 잃은 아르망이 갈 곳은 고아원을 겸하는 빈민구제소밖에 없었기 때문이다. 이미 지젤은 아르망을 자식으로 생각하고 있었다. 밤마다 아르망은 악몽을 꾸었다. 눈을 감으면 시뻘건 불덩이들이 일렁이다가 괴이한 형체로 변해 아르망을 덮쳤다. 그 형체 속에는 가족이 사슬에 묶여 움직이지 못하고 온몸은 불에 덴 채 발버둥 치고 있었다. 어느 날은 여동생이 까만 재로 변해 아르망에게 다가왔다. 걸음을 옮길 때마다 여동생의 몸은 부서져 흘러내리고 얼굴조차 볼 수 없었다. 기겁을 하고 눈을 뜨면 어둠뿐이었다. 아르망은 제정신이 아니었다. 지젤 몰래 집을 나선 아르망은 불타 없어진 옛날 자신의 집에 가보았다. 허구의 세상이 거기 존재하고 있었다. 추억이 송두리째 사라졌고 기억은 끊긴 다리 같았고 생각은 멈추었다. 새벽 미명이 보일 때까지 아르망은 그 자리에 주저앉아 있었다. 아르망의 온몸은 이슬로 축축해졌고, 영혼이 떠난 몸에는 서서히 밝아오는 햇살에도 그림자가 보이지 않았다.

"아르망, 밤새 너를 얼마나 찾아다녔는지 아니? 이곳에 있을 줄을 생각하지 못했구나. 네 슬픔이 얼마나 큰지 또 그리움이 상심으로 변하는지 알지 못했구나. 아르망 내가 옆에 있어주면 되겠니?"

푸르스름한 새벽 공기처럼 고요한 목소리와 함께 아르망의 어깨에 겉옷을 덮어주는 지젤의 손길이 다가갔지만, 아르망은 아무 반응이 없었다. 아르망은 목소리를 잃었고, 사물을 판단할 의지력도 사라져 보였다. 그날 완전히 재로 변한 집터에서 시커먼 시신 세 구를 수습했다. 장의사가 수레에 시신을 싣고 사형집행인과 함께 톨로사 외곽 산 중턱 공동묘지에 구덩이를 파고 묻었다. 지젤은 아르망을 데리고 밖을 나오지 않았다. 아르망의 충격이 더 심해질 것을 염려했고, 지젤조차 손이 떨려 진정할 수 없었다. 아르망의 가족들을 안치하는 동안 장 칼라스와 시민 평의회의 일부가 장례를 지켜보았다. 성문 위의 주정뱅이 피에르와 제롬도 함께였다. 그들은 모두 톨로사의 위그노들이었다. 흙으로 덮고 나자 장 칼라스가 십자가를 세우고 기도를 했다. 공동묘지의 둔덕 너머로 하필 수도원의 지붕이 멀리서 햇살에 붉게 빛났다.

"우리는 우리를 위하여 기도합니다. 우리는 그들이 이웃으로 존재하는 동안 그들의 안식을 위하여, 그들의 평화를 위하여 그들의 작은 일상을 돌본 적이 없습니다. 그들은 살아있는 동안 오히려 우리를 위하여 흙을 고르고 씨앗을 심었으며 추수를 하였고 곡식을 거두었나이다. 그동안 그들이 행한 선한 삶을 우리는 돌보지 않았습니다. 그들이 살아가며 우리에게 죄를 짓지 않았는데도 그들은 악의 소굴에서 나온 사마엘과 아자젤에게 온몸이 찢긴 채로 생을 마감하였나이다. 이제 온갖 마귀가 세상을 동요하여 지상으로 출현하려 하나이다. 그들의 죽음이 성 안토니오에게 행한 마귀의 짓이라면 주의 뜻대로 벌하소서. 그러나 그것이 아니라 주의 복음을 반대하는 사악한 인간의 무리라면 십자가의 표상이 나타나게 하소서. 아울러 생명의 귀함을 아시는 주의 뜻의 되새기며 우리 자신을 되돌아보며 회개합니다. 오늘 세 목숨을 주께 보내옵니다. 이웃을 보내옵니다. 주의 명령으로 세상에 태어나 선함만을 보이고 떠나는 그들에게 감히 천국에 들일 것을 청하옵니다." 장 칼라스의 기도는 짧았지만 비통했다. 장 칼라스가 기도를 마치고 다시 바라본 자코뱅 수도원은 아름다웠다. 햇살에 비친 지붕의 유려한 곡선과 증축을 마친 부속 건물로 초라했던 옛날 모습이 아니었다. 장 칼라스는 수도원의 웅장함 속에 숨겨진 비밀이라도 직감했을까? 공동묘지를 떠나면서 수도원에서 눈을 뗄 수 없었다. 오늘따라 엄숙해 보이던 수도원이 한낮에도 검고 칙칙해 보여 장 칼라스의 발걸음은 무겁고 더디기만 했다. 마르코의 안부가 궁금했고, 자신은 늙어 소멸되어 간다고 생각했다. 타인의 죽음 앞에서 자신의 죽음을 예견이라도 하듯 나약해지는 심장 소리가 조금 더 느려지고 있었다. 무언가에 홀린 듯이 한참 동안 하늘을 보았다. 푸른 구름들이 펼쳐져 있었고, 세상은 달라진 게 없이 그대로였다. 성안의 도시는 여전히 거대했고, 집들은 굳건해 보였다. 틀림없이 그 안에 머무는 사람들도 평안해 보였다. 그러나 누군가는 죽었고 누군가는 그 공포를 감내해야 하며 누군가는 숨어서 악마처럼 붉은 눈알을 굴리며 또 다른 희생자를 포섭하려 할 것이다. 이게 다 무엇인가? 생각에 잠길수록 끝없이 제기되는 의문들이 실타래처럼 꼬이기만 할 뿐이었다.

"마르코! 잘 있는 게냐? 너의 케룹들은 너를 잘 보호하는지 모르겠구나."

아무도 들리지 않는 목소리로 기도하듯 중얼거린 장 칼라스는 앞선 동료들을 따라 황량한 공동묘지 둔덕을 내려갔다. 전날 밤 수도원은 성금요일이었다. 독방과 침묵의 준수. 그리고 봉쇄의 준수. 금요일은 수도승들에게 물로 만족하는 금식과 함께 자신만의 거룩한 땅. 독방에 기거하며 주님의 종으로 주님과 만나 주님의 이야기를 듣고 되새기며 오로지 주님과 대화하며 극기를 행하는 날이다. 풍요로움을 버리고 가난을 몸소 실천하는 것이 영성에 다가가는 길이다. 수도원의 생활은 하루를 12구로 분리하여 성무일과를 시과라 하여 하루 여덟 번의 시과로 효과, 조과, 1시과, 3시과, 6시과, 9시과, 만과, 조과를 시행하였다. 수도사들이 새벽에 기상하여 처음 맞이하는 효과는 푸르스름한 새벽이 아니라 자정을 2 시진 넘긴 검은 밤이었다. 운하와 관목 숲 너머의 깊은 숲에서 늑대가 어둠에서 깨어나 사냥을 시작할 시간이었다. 시편으로 효과를 시작하는 수도사들은 조과를 마치고 나서 짧은 휴식을 가졌다. 겨울이면 비로소 조과에 푸른 미명의 새벽이 시작되었고 집회가 행해졌으며, 집회에서 그날에 일어날 수도원의 행사 기록이 전달되었다. 규칙을 위반한 수도사는 매회의 조과에 나와 자신의 규율이 어긋났음을 시편의 낭독으로 대신해야 했다. 1시과에 다시 시편과 찬미가를 노래하고 나면 비로소 첫 식사가 제공되고 3시과와 6시과 그리고 9시과를 지나면 만과에 이르기 전에 하루의 두 번째 식사를 제공받게 된다. 만과에 세 개의 시편과 종과에 네 개의 시편을 낭독하고 나서 비로소 12구의 시진이 끝나 침실에 든다. 침실에 들기 전에 수도원장의 축복이 있다면 수도사들은 수도원장의 발에 입을 맞추고 주님의 기도를 받들었다. 토마소

와 안토니오가 첫 시과를 기도로 시작하는 동안 마르코는
펠리치오 수사의 양해로 도서관에서 객사에 이르는 긴 회
랑을 걷고 있었다. 자코뱅 수도원에서 생활한 이후로 토마
소와 안토니오가 기도에 집중하는 사이 마르코는 펠리치오
의 가르침을 따라 도서관의 신임 필경사가 되기로 했다. 세
속의 문헌을 수집하고 보존하는 일은 의외로 까다롭고 고
난이 이어졌다. 도서관에 보관된 장서의 수에 따라 수도원
의 영광과 수도원의 위엄이 달리 보였다. 특히 지방 수도원
은 더욱 그랬다. 대부분의 장서들은 고문서들로 양피지 두
루마리, 특히 파피루스 두루마리에 보관되었고, 리옹의 인
쇄소들이 발달되었다고는 하지만 여전히 문헌을 복제하는
방법은 필사뿐이었다. 대다수의 시민들이 문맹인 시대에
문자의 소유와 독점은 곧 권력과 같았다. 특히 삽화가 그
려진 세밀한 책은 필경사의 노동에 따른 필사와 양피지의
질에 따라 달라졌다. 양가죽은 양의 가죽을 벗긴 후에 며
칠을 물에 담아두었다. 양가죽을 벗기는 날에는 수도원 대
부분의 수도사들이 가론강으로 가죽을 옮기는 일에 동원
되었다. 털의 세척, 가죽에 묻은 모든 이물질을 제거한 후
에 살이 붙은 부분을 보이게 하여 겹겹이 쌓아 한 장씩 석
회로 문질러 대략 열흘 정도를 말린다. 이후에 다시 가론
강으로 가져온 가죽을 물로 헹구고 다시 세척을 반복하고

나면 석회 물에 담가 마지막 세척을 해야 했다. 가죽은 팽팽하게 당긴 나무틀에 끼우고 혹시 남은 살점들을 제거한다. 그 위에 석회가루를 뿌리고 화산암으로 문지르면 잉크가 번지지 않는 고급의 양피지가 탄생되었다. 펠리치오 수사는 점잖게 말하곤 했다.

"수도원에서 필사의 시대가 끝나면 수도원도 문을 닫는 세상이 올지도 모르지."

"스승님께선 왜 그렇게 생각하시는지요? 리옹의 인쇄소를 옮겨와 수도원의 필사를 대신할 수도 있지 않을까요?"

펠리치오 수사는 마르코의 물음에 대답 대신 얼굴을 지긋이 바라보았다. 스승의 침묵에 마르코는 침묵의 의미를 추측하기도 전에 다시 물었다.

"우리 수도원의 필경사들만 하더라도 리옹의 인쇄소를 충분히 경영할 수 있지 않을까요?"

펠리치오 수사의 지극히 인자한 미소가 다시 마르코를 향했지만 목소리는 근엄하게 마르코를 꾸짖고 있었다.

"수도원에서 필사하는 대부분의 책들이 금서와 금언들이 포함된 것들이지. 우리가 어린 양이라고 부르는 시민들에게 읽힐 책들은 아니란 말이지. 그들에게 포교하는 방법은 책이 아니라 설교가 되어야 해. 너무 깊은 문장들은 이해가 쉽지 않아 해석이 필요한 법이지. 우리가 필사를 하는 이유는 포교의 목적이 아니라 증거로 남기는 교회의 역사에 관여한 것이란 걸 명심해야 해."

마르코는 진심으로 고개를 끄덕였다.

"결국 이 많은 장서가 교회의 기록이며, 증거란 말씀이지요?"

"교회의 역사가 아니라 엄중히 말하면 주님의 역사를 기록하는 것이지."

"스승님! 기록이 수도원에서 문자로 된 책으로만 묻힌다면 톨로사의 시민들에게 무슨 의미가 있을까요? 금서와 금언들이란 어쩌면 그 위험만큼 위대한 증언이 되지 않을까요? 주님의 말씀을 전하는 데 오랜 시간 톨로사의 시민을 깨우치는데 금서와 금언이 담긴 기록만큼 쉽고 빠른 것이 있을까요?"

펠리치오 수사를 다그치려는 의도는 없었지만 마르코의 질문은 자신의 스승을 막다른 길로 몰아넣는 무례를 끼치고 말았다. 그러나 수사는 자신의 경륜과 위엄에 부끄럽지 않은 정중한 태도를 끝까지 유지하며 마르코의 질문에 성실함을 보였다.

"마르코! 시민들에게 금서와 금언을 배부한들 읽을 수가 없으니 어쩌겠나? 주님의 말씀이 한낱 두루마리에 갇혀 구경거리밖에 되지 않으니…"

잠시 침묵이 흘렀다. 마르코는 더 이상 스승의 대답에 반박할 마땅한 생각이 떠오르지 않았다. 지식의 확장에는 도구가 필요한 법. 그 도구가 문자라면 스승의 지적은 옳다. 시민들을 계몽할 이유가 문자에서 막혔지만 달리 생각하면 방법은 역시 문자에서 나올 수 있었다.

"마르코! 너의 지식이 그들에게 전달될 수 있는 방법을 생각해 보게. 성무 일과 중에 단 한 시진이라도 주님의 목자 된 성스러운 이유를 고민해 보게. 산중의 수도원에서 우리 은수자들이 행하는 기도는 어린 양들에게 베풀 주님의 말씀을 기억하고 되새기기 위함이지. 때가 되면 다시 수도원 밖으로 나가 주님을 모르는 자들에게 주님의 말씀을 베풀고 전할 용기가 있어야 하네. 내가 자네를 필경사로 수도원장님께 추천한 이유는 새로운 깨달음에 대한 비밀을 보여주기 위함이야. 보게 이 많은 비밀을 간직한 수많은 장서를 보란 말이야! 그 속에 숨어있는 말이 될 문장들을 필사로 기억하란 말이야! 이 얼마나 가슴 뛰는 일인가!"

마르코는 끝내 펠리치오 수사의 진중한 말씀에 굴복하고 잠시 도서관에서 물러 나왔다. 수도원의 회랑을 걸으며 생각에 잠겼다. 객사에 이르는 회랑은 길고 정원을 마주치는 휘어진 돌기둥 사이에 이르자 진한 어둠이 앞을 가렸다. 공허라고 할밖에 아무런 흔적조차 심지어 회랑의 형체조차 사라진 심연 같았다. 수도원에 연옥이 존재한다면 바로 이와 같을 것이다. 마르코의 심장이 뛰었다. 성스러운 수도원에서 연옥을 떠올리다니 마르코는 스스로 부족한 성찰을 깨달으며 두 손을 모았다. 돌기둥에 기대었다. 차고 매끄럽게 깎인 표면에 등을 기대자 한편으로 신이 창조한 최초의 창조물을 더럽혀 신의 믿음을 삼켜버린 뱀 가죽이 느껴졌다. 기이하고 짜릿한 기분에 정신적 방사를 느끼며 눈을 감았다. 기둥에 매달린 길게 늘어진 뱀이 조금씩 기둥을 휘감고 있었다. 천천히 기둥의 습기를 흡수하고 몸은 비대해지기 시작했다. 어느새 입이 벌려지고 고막을 찢어지게 하는 날카로운 신음 소리가 흘러나왔다. 습기가 사라진 어둠에 젖은 검은 기둥은 석회처럼 희게 변하기 시작했다. 곧 가루처럼 부서져 공기 중에 흔적도 없이 사라질 것이다. 뱀은 똬리를 풀고 다시 다른 기둥으로 옮겨갈 것이다. 하나둘씩 수도원의 모든 기둥을 가루로 만들고 나면 수도원은 무너져 내려 흔적 없이 사라질 것이다. 수도원을 삼킨 뱀은 점점 자신이 신이 되어 세상을 굽어보고 세상을 가르치려 한다. 처음부터 신이 존재했던가? 신은 누구나 될 수 있는 미지의 영역과 같았다. 마르코는 환상에서 빠져나올 수 없었다. 하지만 축복과 복음이 심장에 남아있었던 탓에 마르코는 뱀의 똬리에서 빠져나오려 애를 쓰며 자신이 뱀과 한 몸이 아님을 증명하려 했다. 그럴수록 회랑은 더 넓어지고 회랑의 기둥들은 다시 생겨났다. 잠시 의지를 가지자 뱀은 마르코의 팔을 뜯고 심상을 조이며 고통을 가르치려 했다. 그 힘이 얼마나 강력하고 거센지 마르코는 도저히 감당할 수 없었다. 굴복을 원한다면 옳을지도 몰랐다. 스스로 신이 될 수 있는 기회를 제공받고 고통을 끝낼 기회였으므로 마르코는 망설였다. 마르코의 생각이 거기에 미치자 회랑의 기둥들은 순식간에 사라졌고 어둠만이 남았다. 심지어 수도원도 사라져 형체도 남지 않은 광야에 서있었다. 바람 한 점 없었고, 풀과 나무의 냄새도 사라지고 없었다. 입을 벌려 혀에 느껴지는 공기의 신선한 습기도 느껴지지 않았다. 사물의 생명력도 날아다니는 새의 날갯짓도, 그 아무것도 느껴지지 않은 진공의 세상이었다. 처음에는 편안했다. 고민이 사라진 듯 몸이 가벼웠고 느낌이 없었으니 세포가 살아 근육이 꿈틀대고 피가 흐르는 박동 소리와 손가락과 발가락을 움직일 필요도 없는 게으름이 좋았다. 생각만으로 몸을 조종하고 의심만으로 배경과 풍경을 바꿀 수 있는 능력을 부여받았다. 다만 한시 진이 하루같이 흘러 가고 하루가 한 달처럼 느껴지자 무료해졌다. 어디선가 벼락같은 목소리가 들렸다. "마르코! 이 무식하고 천한 거짓말쟁이! 너의 십자가는 이미 삭아 없어져 지팡이로도 사용치 못할 허상에 불과하구나! 네가 어찌 주의 양치기로서 한때나마 수도복을 입고 성찬에 참여하였더냐? 나약함이 주의 성전에 어둠의 그림자를 드리우는구나." 환상에서 깨어났다. 벼락같은 꾸짖음이 누구의 꾸짖음인지 모르지만 마르코는 비로소 어둠의 환상에서 깨어났다. 마르코는 그 자리에 꿇어 앉아 기도인지 중얼거림인지 모를 말만 내뱉었다.

"아닙니다. 그저 호기심이며 상상일 뿐입니다. 신의 창조에 현혹한 악마가 제게도 왔나이다. 요셉의 현혹과 같고 다윗의 현혹과 같고 가인의 살인과 같나이다. 다만 저는 유다의 유혹과는 다릅니다."

바닥에 머리를 찧으며 마르코는 변명하기에 바빴다. 기도를 올리자 상상 속에서 돌기둥에 불이 일고 회랑의 어둠은 그 불기둥의 빛으로 인하여 밝게 빛나기 시작했다. 마르코를 유혹했던 뱀은 마르코의 한 치 앞에서 몸을 말며 불에 타들어 갔다. 유황 냄새가 마르코의 코를 자극했지만, 마르코는 미동도 없이 냄새를 참아냈다. 이는 주님께서 마르코에게 일으킨 시험이며, 신념의 확인이었다. 여전히 유황 냄새가 코를 찔러 비로소 마르코는 꾸룰라를 걷어 올려 코와 입을 막았다. 조금씩 바람이 불기 시작했고, 조금씩 현실이 눈앞에 보이기 시작했다. 회랑은 여전히 비어있었지만 그 어둠이 두렵거나 깊게 느껴지지 않았다. 수도원의 정원은 평화로워 보였고, 긴 회랑의 돌기둥에는 장엄함이 가득했다. 환상에서 빠져나오자 자신이 민망스러웠다.

"주님! 정말 지는 유디외는 다르나이다."

부끄러움으로 가득해 다시 같은 말을 되뇌었다. 환상 속의 유황 냄새에 속이 울렁거렸지만 웅크린 채 꾸룰라로 얼굴을 가린 자신을 질책하며 일어섰다. 그런데 이상한 일은 따로 있었다. 분명 환상 속의 냄새가 정원 너머에서 가는 바람을 타고 마르코의 코를 계속 자극하고 있었다. 냄새는 끊어졌다 이어졌고 희미했지만 분명 환상 속의 유황 냄새와 비슷한 냄새였다. 마르코는 허상과 현실이 구분되지 않는 자신이 못 미더웠다. 급기야 코를 벌름거리며 공기 중의 냄새를 맡기 시작했다. 환상이 아니었다. 분명 현실이었으며, 냄새는 자극적인 황 냄새가 바람을 타고 날아다녔다. 마르코는 한동안 얼굴을 하늘로 쳐들고 코 평수를 넓힌 채 허공의 공기란 공기는 모두 검사할 태세로 회랑을 분주히 오가며 냄새를 맡았다. 급기야 수도원에 혹시 불이라도 났을까 겁이 들자 정원에 내려섰다. 몇 그루의 나무를 지나쳐 막 정원의 분수에 다다르자 반대편 어둠 속에서 두 개의 그림자가 급하게 나타났다가 사라졌다. 그 발걸음은 어찌나 잽싸고 한 치의 흐트러짐도 없이 그리고 소리가 나지 않았다. 헛것을 본 것처럼 제자리에 서서 어둠 속을 주시했지만 찰나는 두 번 오지 않았다. 어둠 속에서 검은 두건과 검은 외투를 쓴 형상은 어쩌면 방금 환상 속에서 빠져나온 마르코에겐 여전히 분간되지 않는 민망함을 안겨주었다. 민망하다는 기분이 스스로를 옥죄자 화가 치밀어 올랐다.

"이런! 내가 뭘 본 거지? 아직 헛것을 보다니."

멍청한 자신을 돌아보고 인정할 수 없게 되자 기도에 정진하고 있을 토마소와 안토니오에게 몹시 미안해졌다. 시간이 지나자 이상한 황 냄새도 사라졌고 안정을 찾은 마르코는 아무렇지 않게 돌아서서 도서관으로 향했다. 도서관에는 벽면 한쪽에 약한 기름 등불이 켜져있었고, 스승인 펠리치오 수사의 모습은 보이지 않았다. 의외로 어둠과 고요가 점령한 빈 공간이 흥분되고 다급했던 감정을 추스르게 만들었다. 비로소 도서관의 내밀한 속살이 눈에 보였고, 일렬로 줄을 맞춘 장서와 포개진 채 보관된 문서들이 눈에 들어왔다. 마르코가 움직일 때마다 일렁이는 벽면은 그것들도 생명이 있는 것처럼 그림자를 만들었다. 양피지와 종이 표면에 묻은 먼지와 곰팡이 냄새가 세월의 비밀의 야릇하게 전해주었다. 며칠 전 장서의 귀퉁이 선반에서 찾은 한 권의 책을 마르코는 손에 들었다. 책은 깨끗했고 잉크도 선명했으며, 원본이 틀림없는 필사된 것이었다. 그러나 이상하게 꺼풀에는 제목과 저자가 기록되어 있지 않았다. 마르코는 추측해 보았다. 책이 세상에 태어난 해를 짐작했다. 또한, 그 많은 책 중에 우연으로 집어 들게 된 책. 조금 전까지 환상과 민망함에 어쩔 줄 몰라 했던 부끄러운 수도사였던 자신이 급기야 헛것을 보고 스승을 찾아 달려와 안식을 얻고자 했으니 최소한 펠리치오 수사에게는 고백하고 유약했던 마음과 불온했던 믿음을 달래고 싶었다. 마침 스승인 펠리치오 수사는 마르코가 현혹되었던 회랑보다 더 심연 같은 도서관을 비우고 있었다. 사면 벽에는 여전히 다 타들어 가는 등잔만이 마르코의 그림자를 일렁이게 했다. 때론 그림자가 커지고 꺾이고 휘청거려 분명 마르코가 아닌 또 다른 존재가 마르코의 등에 붙어 움직이는 듯 보였다. 이상한 날이라고 생각했다. 아니 악마에 홀린 날이거나 주님이 자신을 시험할 때가 되어 시험이 통과되면 더 높고 존엄한 사제로 부릴 준비를 하시는지도 모를 일이었다. 아무튼, 마르코는 신비한 경험에 빠진 듯 자신의 감정이 장소를 바꾸며 무언가와 소통하고 있다고 믿게 되었다. 그 현상은 태어나 처음 겪는 신비로운 경험이었으니 마르코의 몸은 피곤하지도 긴장되지도 않는 이완을 반복하다가 맥박이 빨라지고 느려지는 흥분 상태에 돌입해 있었다. 어느 날보다 도서관의 천장은 낮아 보였고, 선반과 선반 사이의 공간들이 어두워 시야를 좁게 만들었다. 펠리치오 수사를 만나 수사의 손에 이끌려 방문했던 첫 기억보다 익숙해진 오늘 도서관은 두렵지 않았지만 마르코의 흥분이 낯설고 신비롭게 만들었다. 마르코는 익숙했던 도서관 내부를 두리번거리며 걷기 시작했다. 오래된 종이 냄새와 양피지가 발효된 약간 시큼하다고 느껴지는 냄새가 대뇌 피질의 세포를 자극하자 마르코의 흥분은 실핏줄이 조여지며 다시 방사를 느끼게 했다. 문득 사흘 전 필경사가 된 후로 첫 필사본을 무엇으로 선택할지 고민하던 마르코에게 스승이 추천한 책이 있었다. 마르코는 자연스럽게 그 책이 놓여있던 선반으로 다가갔다. 자신의 필사본이 될 운명의 책. 그 책 속에 과연 어떤 비밀이 숨겨져 있을지, 또한 그 책이 어떤 이유로 자코뱅 수도원에 도착했는지 아마도 마지막 한 장의 필사까지 끝내면 낱낱이 밝혀질 비밀로 마르코의 손이 떨려왔다. 마르코는 선반에서 그 책을 손에 잡았다. 첫 장을 넘기자 화려한 필기체로 '캉디드(candide)'라는 제목이 붙어있었다. 누구일까? 이 필기체의 주인이 누구일지 마르코는 몹시 궁금했다. 글씨에 담긴 지성과 용기를 한 번에 알 수 있고, 정의로움도 느낄 수 있었다. 종이는 싱싱한 생선처럼 빳빳했고, 탄력이 있었다. 파지를 아무렇게나 꿰매어 만든 책이 아니었으므로 책의 주인은 신분이 높거나 고귀한 철학자임이 틀림없어 보였다. 두꺼운 겉표지와 얇고 가늘게 압착한 가죽끈으로 묶은 모서리는 신기술이 적용되어 아주 잘 제본한 장인의 손을 거쳐 주인에게 전달되었을 것이다. 장인은 분명 리옹의 메르시에 거리에서 가장 유명한 인쇄 장인일 것이며, 그의 손을 거친 모든 책은 아마도 길이 후대에 전해질 것이 틀림없어 보였다. 그러나 특이하게도 마르코가 손에 든 책의 겉표지에는 아무런 화려함이 없었다. 장식 문양이나 금과 은의 박막도 없었고, 금분도 칠해져 있지 않았다. 약간 누런 종이 색에 매끈한 백지 상태였다. 자세히 보니 첫날에는 보지 못했던 얼룩이 보였다. 얼룩은 무언가를 흘린 자국이 아니라 글씨체를 지운 흔적이었다. 마르코는 책을 들고 등잔 밑으로 다가갔다. 책을 대각선으로 뉘어 등잔에 바짝 갖다 대고 얼룩의 흔적이 무엇인지를 살펴보았다. 등잔의 빛 번짐으로 인해 얼룩은 반사되어 누런색으로 변해 실체를 알 수 없게 만들었다. 오히려 실내의 조명이 만들어내는 자연스러운 빛의 음양이 얼룩의 윤곽을 더 잘 보이게 해주었다. 얼룩은 분명 글씨였다. 오른쪽 아래 모서리에 작게 쓰여있었던 글씨를 지운 흔적이었다. 마르코의 흥분은 곧 호기심으로 번졌고, 책의 비밀에 한 걸음 더 다가가고 싶었다. 스승님은 이 책을 어떻게 구했을까? 그리고 이 책의 주인은 누구이며, 왜 나에게 이 책의 필사를 맡겼을까? 의문이 확장되어 몸을 가눌 수가 없었다. 마르코는 스승이 앉았던 의자를 당겨 거기에

엉덩이를 걸쳤다. "캉디드─순박한?" 마르코는 아무런 서문
도 주석도 달리지 않은 책을 읽어 나가기 시작했다. 펠리치
오 수사는 동이 트도록 돌아오지 않았고, 마르코는 도서관
의 희미한 등잔 아래에서 주인 없는 한 권의 책과 밤을 보
냈다.

43

　아르망의 충격을 완화시키는 데는 여러 사람의 보호가
필요했다. 장례가 끝나고 지젤은 자신의 일상을 포기하고
아르망의 구원에 매달렸다. 장 칼라스는 아르망과 지젤의
생활을 위해 하녀 이네스를 보냈다. 먹을 것과 입을 것 그
리고 편지를 동봉하여 아르망을 위로하여 주었다. 편지는
아르망을 위해 지젤에게 보낸 부탁이 담긴 글이었다.
　"지젤! 그대의 헌신에 감사를 드립니다. 무엇보다 가족을
잃은 아르망의 정신적 고통에 뭐라 할 말이 없군요. 더구나
아르망을 사랑으로 감싼 당신의 노고가 헛되지 않으리라는
기대를 가집니다. 틀림없이 그 노고에 대한 보상이 이루어
지리라 믿습니다. 아르망의 고통은 우리 모두의 고통과 같

습니다. 어린 소년이 이 험난한 일을 겪고 자신의 의지로 견뎌 다시 푸르고 신비로운 소년의 미소를 보일 때까지 우리 모두 힘이 되어야 할 것입니다. 지젤! 그대의 헌신이 빛나는 별과 같이 아르망의 심장에 남게 되기를 바라며, 우리가 아르망의 곁에 있음을 잊지 마시기 바랍니다."

장 칼라스가 편지와 함께 이네스를 지젤에게 보낸 며칠 후 새벽 지젤이 다급하게 장 칼라스의 집을 방문했다. 얼마나 급했던지 속옷 차림의 지젤은 부끄러움도 모르고 장 칼라스의 소매를 잡으며 숨을 헐떡였다.

"장로님! 아르망이 또 보이질 않아요."

지젤의 숨넘어가는 외침에 장 칼라스는 먼저 자신의 외투를 가져와 그녀의 어깨에 걸치고 물었다.

"진정해요. 지젤! 천천히 다시 말해 보세요. 아르망이 사라졌단 말인가요?"

맨발인 채 입에 침을 흘리며 숨을 다독이고 있던 지젤은 비로소 눈동자의 초점에 힘이 들어갔다.

"밤새 아르망의 곁에 있었죠. 요즘 밤마다 잠을 이루지 못하는 아르망이 너무 불쌍했으니까요. 어젯밤에는 왠지 일찍 잠이 들어 대견하다 싶었죠. 저도 잠이 들었나 봐요. 일어나 보니 제가 아르망의 침대 아래 누워있더군요."

숨을 돌리던 지젤은 자신의 머리를 쥐어뜯으며 눈물을 흘렸다. 헝클어진 머릿결은 관목 숲 사이의 잡초처럼 형편없어 오히려 장 칼라스의 마음이 애잔했고, 뭉텅이로 뽑혀 머리 가운데 빈 자국을 남기지 않을까 애처로웠다. 장 칼라스는 급히 지젤의 행동을 제지하며 의자에 앉혔다.

"지젤! 자신을 자책하지 말고 자세히 상황을 이야기해 보세요."

눈물 자국이 얼굴에 역력한 지젤은 한동안 장 칼라스를 멍하니 쳐다보았다.

"저도 잠귀가 밝답니다. 골목에서 쥐를 쫓아다니는 밤 고양이 소리쯤은 구별해낼 수 있는 잠귀를 가졌는데 어젯밤에는 너무 피곤했나 봐요. 잠이 들었다고 생각했는데 발자국 소리가 들리고 문고리가 덜컹거린 다음에 깼는데 침대에는 아르망이 보이질 않았어요. 옛 집터를 가보고 골목을 다녀보았죠. 가볼 만한 곳은 돌아보았는데도 아르망이 보이질 않았어요. 제 잘못이에요. 모두 제 탓이니까요."

급기야 소리 내어 울기 시작한 지젤은 목이 메어 숨도 제대로 쉬지 못할 지경에 이르렀다. 하녀 이네스가 달려왔고, 장 칼라스의 차남 피에르가 소란스러움에 놀라 역시 이층 계단을 맨발로 달려 내려왔다. 이네스는 시큼한 레몬을 짜 넣은 차가운 물 한 잔을 지젤에게 건네며 등을 두드려주었다. 장 칼라스와 피에르 그리고 이네스는 지젤이 물을 마시고 호흡이 진정되기를 기다려주었다. 잠시 동안의 정적이 흘렀다. 사실은 짧지 않은 징직이었디. 아무도 그 정적을 깨트리지 않기 위해 호흡을 가다듬었으며 오로지 지젤의 평상이 돌아오기만을 기다려주었다. 레몬의 시큼함이 정신을 맑게 했을까? 물 한 잔을 비우고 분위기에 맞지 않는 트림을 하고 나서 지젤은 부끄러운 표정으로 자신을 둘러싼 세 사람을 번갈아 보았다. 이네스가 그런 지젤을 응원하듯 살짝 웃었다.

"지젤!" 장 칼라스가 다른 질문을 던졌다.

"다시 생각해 봐요. 아르망이 자주 가는 곳. 당신이 미처 생각하지 못한 빼먹은 곳이 있을지도 모르니. 천천히 아르망의 머릿속을 따라가 봐요."

"아르망은 보기와 다르게 영민한 아이로 보였습니다. 평범한 어린 양치기 소년으로 치부하기엔 생각이 남다르죠."

차남 피에르가 자신의 생각을 보탰다. 다시 덧붙였다.

"더구나 아르망의 집에 불이 난 이유를 우리는 빨리 추측해 보아야 합니다. 아르망의 가족이 톨로사에서 비난받지 않았다는 것을 가증하면 아르망이 가론 강가의 관목 숲에서 발견한 시신과의 관련밖에 없는데 하필 아르망의 집에 불이 났으니 아르망과 연관 지어 범인들은 필시 집요하게 아르망의 입을 닫아야 할 이유가 있겠죠. 지금은 아르망의 생명이 위협받고 있습니다."

"피에르! 성급한 판단이 일을 그르칠 수도 있지. 네 말이
사실이긴 하지만 그럴수록 그 위태로운 범죄자들은 우리
주위를 호시탐탐 노려보고 있을 게야. 우리의 분노가 폭발
할수록 우리 생각이 그들에게 드러날 거야. 다시 신중하게
생각해 보자. 네 말대로 지금은 아르망을 찾는 게 먼저야!
아르망의 행적을 뒤쫓아 가보자."

그리하여 장 칼라스는 아르망의 관점으로 생각해 보기
로 했다. 아르망의 상실감, 분노. 혹은 어린 소년이 뜻하지
않게 세상의 추악하고 충격적인 상황에 직면했을 때 만나
게 될 광기마저 염두에 두기로 했다. 충분히 그럴 수 있었
다. 슬픔은 예고가 없다. 그 슬픔도 충분히 이겨낼 슬픔인
지 그렇지 아니한가는 당연히 슬픔을 맞은 사람의 몫이다.
작은 슬픔에도 이성을 잃어버리는가 하면 이성의 마비와
인격의 통제를 무너뜨리는 엄청난 슬픔을 이겨내는 사람이
있다. 그러나 과연 그럴까? 완전하게 돌아가 그 충격들을
잊어버릴 수 있을까?

"이제 생각났어. 모든 곳에 없다면 아르망이 마지막으로
갈 곳은 한 군데뿐이겠군."

골똘히 생각에 잠겼던 장 칼라스가 급히 외투를 챙겨 입
으며 지젤과 피에르에게 정원을 가로질러 마침 푸른빛 한

줄기가 뜨는 북쪽 산의 중턱에 손짓을 했다.

"공동묘지!"

차남 피에르가 무릎을 치며 따라나섰고 지젤은 이네스
가 준 신발을 급히 신고 있었다.

44

낮과 밤의 기온 차가 완연했다. 강가 수풀을 지나자 좁
은 개활지가 나타났고 자갈과 모래가 뒤섞인 거친 땅에
뒤축이 떨어지기 시작한 신발 탓에 먼지와 자갈이 튀어
올랐다. 온갖 벌레 소리가 여기저기에서 들렸다. 방금 지
나친 잡초 사이에서, 돌 밑에서 심지어 하늘을 날아다니
며 울려왔다. 때론 윙윙거렸고 때론 사각거렸고, 그 소리
가 끝나고 침묵이 이어졌다가 더 큰 소리로 윙윙거리거나
예민하게 찌렁거리기도 했다. 혼자가 아니라는 신호였지
만, 아르망은 벌레들의 전령이 주는 암호를 해독하지 못
했다. 영민한 양치기 소년이었지만 새벽의 개활지와 이어
진 숲의 어둠은 그리 만만하지 않았다. 한 발자국 천천
히 발을 떼며 건너편 어둠 속에 있을 두려운 위험에 맞

설 준비를 하며 아르망은 아직 남아있는 자신이 가진 사랑을 생각해 보았다. 자는 척 눈을 감자 지젤 아주머니의 입김이 느껴졌다. 입 냄새가 시큼하고 역겨웠지만 참지 못할 정도가 아니었기에 아르망은 지젤의 입맞춤까지 감당해 냈다. 지젤의 사랑은 뜨거웠다. 혼자였던 지젤의 외로움을 감안하더라도 지젤은 태생이 선한 여자였나 보다. 이웃집 소년을 아무런 조건 없이 그리고 대가 없이 보살피기란 쉽지 않았다. 더구나 아르망이 고아가 된 후로 아르망의 불안전한 심리에 온 신경을 쓰던 그녀로서는 톨로사의 산파일 까지 중단한 터라 일정한 수입마저 끊긴 상태였다. 누가 과연 그리 쉽게 자선을 베풀 수 있을까? 그건 자선 행위가 아니라 진심이었다. 지젤은 진심으로 아르망이 회복되기를 바랐다. 지젤의 염원이 통했을까? 아르망은 자신을 조금씩 동굴 같은 어둠 속에서 내보내려 애쓰고 있었다. 지젤은 분명 그렇게 믿었다. 그러나 화재가 나고 지젤의 보호 속으로 건너와 함께 생활하기로 한 날부터 아르망은 지젤과 자신을 감시하는 어떤 형체가 길 건너에 있음을 알아차렸다. 그 존재는 늦은 밤과 새벽에도 골목을 휘청거리며 걷다가 아르망의 이층 창문을 바라보곤 했다. 마치 술에 취한 사람 같았고 가끔 사람이 아닌 늑대가 두 발로 걷는 것처럼 보이기도 했다. 분명 아르망의 눈에 그렇게 보였다. 아르망이 형체와 처음 맞닥뜨리게 된 날은 비가 내렸다. 톨로사의 시커먼 구름 가득한 오후가 지나고 저녁에 들자 어둠과 함께 폭우로 변했다. 촉수 낮은 등잔이 켜지는 딱 그때, 일몰이랄 것도 없이 우중충한 풍경과 더불어 칙칙하게 아르망의 불안을 이상하게 분노로 변질시켰다. 아르망은 빤히 한참 동안을 창가에 숨어 형체의 모든 것들을 지켜보았다. '그것'이 사랑하는 가족을 앗아간 더럽고 뻔뻔한 것임을 한눈에 알아보자 심장 가득히 복수심이 타올랐고, 정체를 밝혀내고야 말겠다는 의지가 끓어 올랐다. 당장 달려가 멱살을 쥐거나 다리라도 물어뜯고 싶었지만 어디서 그런 냉철함이 생겨났는지 미동도 없이 창가에 붙어 선 채로 눈도 깜박이지 않고 움직임 하나까지 포착해 내고 있었다. 아르망은 먼저 '그것'의 의도를 파악하고 싶었다. 혹시라도 잠든 사이에 집안에 침입할 의도가 있는지, 아니라면 또 다른 방화를 저지를 위험이 있는지, 그마저도 아니라면 단순하게 자신과 지젤의 행동만을 염탐하고 있는지를 알고 싶었다. 검은 후드를 뒤집어쓴 탓에 얼굴을 볼 수 없었다. 덩치는 딱 톨로사의 여느 남자들처럼 적당했는데, 도리어 몸은 군더더기 지방이 없는 근육이 발달한 마른 체구라고 판단이 되었다. 톨로사의 일반적인 자유민들이나 농부가 입는 튜닉이나 양모로 소매를 짧게 자른 속옷에 외투를 걸친 모습이 아니라 얼굴을 가린 후드가 달린 일체형의 튜닉으로 얼핏 수도사의 복장처럼 보였다. 그렇다고 수도복은 틀림없이 아니었다. 정식 수도복처럼 길지도 않았을뿐더러 허리에 두른 매듭도 보이지 않았다. 문득 아르망의 기억에 자코뱅 수도원에서 기거하며 수도사를 봉양하는 허드레 일꾼들을 본 기억이 났다. 그는 어릴 때부터 고아로 수도원에 입적되어 성인이 된 후에도 수도사가 아니라 수도원 내의 모든 고단한 일을 대신하는 일꾼이었다. 수도원 내 정원을 관리하고 농장의 모든 곡식과 채소에 거름을 주고 수도원의 위생을 책임지는가 하면 수도원장의 관저와 수도원의 곳곳에 비치된 변기들을 지게에 지고 가론 강으로 흘러가는 실개천에 버리는 일도 그의 몫이었다. 아르망은 양들이 들판에서 풀을 뜯는 동안 수도원의 문을 빠져나와 등에 짊어진 변기를 조심스럽게 메고 가는 수도원의 일꾼을 자주 보았다. 재수 없이 돌부리나 둔덕을 넘다가 발을 헛디디고 미끄러진 날에는 꼼짝없이 오물을 등이나 다리에 묻히거나 더 재수가 옴 붙은 날이면 건더기가 보이는 오물을 뒤집어쓰고 허망해하는 가엾은 그를 본 적이 있었다. 때론 겨울이 온 가론 강가에서 겉옷을 벗고 맨살인 채로 오물을 적신 옷을 찬 강물에 손을 담가 비비는 애처로운 모습을 따라가 본 적도 있었다. 하지만 오늘 자신의 눈잎에 보이는 '그것'이 그 일꾼이라고 단언하기는 힘들었다. 어린 소년이었지만 영민한 아르망의 눈썰미는 제법이었다. 톨로사의 화창한 하늘과 구름 낀 날의 하늘의 구름 모양을 기억하는 아르망의 기억력은 그것이 술에 취한 듯 휘청거려 보였지만 분명 자코뱅 수도원 일꾼이 주정뱅이였던 적은 본 적이 없었기 때문이다. 당연히 수도원 내의 일상은 규율을 중시하는 금주와 금욕의 생활이었기 때문이다. 아르망은 길 건너의 '그것'에 자신의 숨소리가 발각될까 조심스러워 숨을 천천히 내쉬었다. 호흡이 가빠 왔지만 그 정도는 이미 대수롭지 않았다. 복수심에 정체를 알고 싶은 아르망의 온 신경은 '그것'에 집중되어 있었다. '그것'을 바라보며 아르망은 추리와 추측을 머릿속에 이어나갔다. 아르망과 지젤을 염탐하는 '그것'의 행동은 변함없었다. '그것'은 낮과 밤을 시간의 편차에 따라 나타났다가 사라지곤 했다. 하지만 그 며칠 동안 아르망은 새로운 것을 알게 되었다. 아르망의 집요한 관찰이 결국 성과를 이뤄내었다. 그만큼 아르망은 복수에 불타올랐고 지젤에겐 그녀의 안전을 위하여 사실을 숨겨야만 했다. 지젤이 '그것'의 정체를 알게 되면 흥분과 공포로 숨이 차올라 쓰러지거나 곡기를 거두고 얼굴이 샛노래져 하루 종일 벌벌 떨다가 토하거나 눈물로 아르망에게 매달릴 것이 틀림없었다. 아르망은 사려 깊었다. 지금 가족을 모두 잃은 아르망에게는 지젤이 전부였다. 그런 지젤을 자극하고 싶지 않았다. 아르망도 알고 있었다. 이 모든 사건의 원인이 자신에게서 출발되었다는 것을 확신하고 있었다. 그럴수록 지젤에게 고통과 위험을 감수하게 할 수 없었다. 지젤은 선량한 여자였기 때문이었다. '그것'에 대한 새로운 사실을 관찰하고 난 바로 다음 날 아르망은 확신했다. '그것'의 정체가 수도원의 절름발이 일꾼이라는 것을 알게 되었다. 첫날엔 그저 '그것'이 휘청거리며 걷는 행동이 술에 취한 주정뱅이로 보였다. 다시 다음 날 '그것'은 전날과 똑같이 휘청거리며 술에 취해 있었다. 주정뱅이의 가늠할 수 없는 폭력과 위협을 수도 없이 보아온 아르망은 '그것'이 자신과 지젤에게 들이닥친다면 어떤 위험이 될지 잘 알고 있었다. 그만큼 톨로사의 길과 골목에는 주정뱅이의 위험이 많이 도사리고 있었다. 주정뱅이의 주취 사건은 때론 살인사건으로 이어져 톨로사의 사형집행인 손에 처형되는 일도 심심찮게 일어났다. 예외 없이 그런 날은 도시는 축제와 같았다. 유족들의 항의와 살인자에 대한 고문이 이어지고 시민들의 돌팔매가 끝나면 축 늘어진 죄인을 광장 교수대 위에 두고 설교자의 목소리가 광장을 메우고 또 다른 설교자의 반문과 고함치는 성인들의 목소리에 이어 아이들의 비명이 이어졌다. 톨로사는 그렇게 애매하게 정돈되거나 터무니없이 바쁘게 돌아갔다. 그러나 아르망의 첫 관찰과 달리 '그것'은 주정뱅이가 아니었다. 절름발이였다. 그렇다면 아르망은 왜 '그것'이 절름발이였다는 것을 처음부터 알아보지 못했을까? 속임수 같은 미묘한 착각이었다. '그것'은 겉으로 보기에는 정상의 사람과 똑같아 보였다. 그러나 '그것'의 다른 점은 왼발과 오른발이 교차되는 시점 정확하게 왼발이 땅에서 떨어지고 오른발이 땅을 딛는 순간 오른쪽 발목이 미세하게 휘어지며 몸이 뒤로 휘청거렸다. 아르망은 좀 더 '그것'의 걸음걸이를 지켜보았다. 하루가 더 지나 관찰의 결과는 오른 다리와 왼 다리 길이의 차이였다. 왼 다리보다 오른 다리의 길이가 눈에 띄지 않았지만 분명 짧았다. 멀리서 보면 '그것'의 걸음걸이는 주정뱅이의 술 취한 걸음으로 오인하기에 딱 맞았다. 문득 아르망의 머릿속에 변기를 등에 지고 가던 자코뱅 수도원의 한 일꾼이 생각났다. 그는 톨로사의 여느 일꾼과 다르게 무척 성실했다. 비록 수도원의 잡일을 도맡아 하는 불운한 일꾼이었지만 튼실하고, 비대해 보이지는 않아도 강인해 보이는 가슴을 여름 가론 강가에서 확인할 수 있었다.

뚱뚱하고 느릿한 탁발승의 외모와는 달랐다. 신체는 말랐지만 날렵해 보이는 얼굴 턱선과 눈동자의 초점은 꽤나 똑똑해 어떤 일에 대한 지시가 따른다면 완벽하게 수행할 의지를 가진 남자로 보였다. 아르망은 관목 숲의 그늘에 앉아 그를 눈여겨보았다. 그의 출생이 의심스러웠고, 그의 일생이 고단하여도 떠돌이보다 안전한 수도원에 봉직하게 되었다는 안심만으로 지게를 지게 만들었을까? 유난히 애틋해 보이는 남자였었다. 불편해 보이는 다리. 때로 둔덕을 지날 때 비틀거리며 힘든 숨을 몰아쉬는 그를 보면 아르망은 잠시 눈을 감았다. 그런 그가 아르망의 눈앞에 나타났다. 더구나 위협적이었으며 어쩌면 그가 자신의 가족에게 불을 지른 범인이라고 생각하니 힘든 혼돈이 머릿속에서 마구 헤엄치기 시작했다. 하지만 아르망의 혼란은 오래가지 않았다. 연민보다 복수가 중요했던 아르망에게 절름발이의 생애는 필요치 않았다. 아르망은 고뇌에 찬 결단을 내렸다. 지젤은 끌어들이고 싶지 않았다. 지젤이 그동안 보여준 애정을 위태롭게 만들고 싶지 않았다. 그리고 이 일은 반드시 자신이 해내야 했고, 자신의 몫이었다. 하지만 두려움은 있었다. 소년이 가질 수 있는 용기는 한계가 있었으므로 흔들리지 않는 믿음을 스스로에게 주고자 의지를 다졌다. 가족의 얼굴이 애절하게 흘러갔다. 심장이 멈추는 고통이 다시 왔지만 이겨내야 한다는 것을 알고 있있다. 나약해지면 스스로에게 패배한다는 것을 깨달아야 했다. 자신만이 주인임을 되새기며 손에 힘을 주었다. 땀으로 흥건히 적셔진 손을 얼굴에 감싸 쥐었다. 눈과 코와 입에 짠맛이 느껴졌고 형언할 수 없는 긴장이 심장 박동 소리와 함께 몸을 울렸다. 점차 장엄해지는 자신을 발견했다. 순간 책임감이 두려움의 한계를 극복하라고 머릿속에서 말을 걸어왔다. 아르망은 자신에게 대답했다. "내 사랑하는 가족들이 천국에 도착했다는 것을 알고 싶다. 분명 천국에 도착했다면 나의 복수가 끝난 다음이겠지." 아르망은 얼굴을 감싸 쥐었던 손을 내리자 무언가 방 안에 환한 빛이 느껴졌다. 착각인지는 몰라도 분명 계시가 자신을 돌보리라 생각했다. 그것이 어린 소년의 복수에 찬 믿음인지는 알 수 없었으나 아르망은 분명 자신에 찬 확신이 생기자 어디서 그런 용기가 생기는지 의문을 버리고 '그것'이 보이는 창가에서 등을 돌렸다. 지젤은 바느질을 하고 있었다. 가난한 독신 생활에 해어진 옷들만 산더미처럼 쌓아놓고 가위로 자르고 다시 재단을 해서 아르망이 입을 만한 옷을 만들고 있는 중이었다. 아르망은 그런 지젤을 물끄러미 바라보았다. 지젤은 안압이 올라 아프고 쓰렸는지 눈을 감고 머리를 흔들었다. 뻣뻣해진 목도 돌리다가 하품을 했다. 그 바람에 지젤의 눈가에 눈물 몇 방울이 흘러내렸다. 소매로 눈물을 닦고 다시 바느질에 집중하던 지젤은 아르망과 눈이 마주쳤다. 나이가 들어도 여자인 탓에 쑥스러움과 민망함으로 지젤은 보조개 있는 미소를 띠며 아르망에게 말했다.

"어른스럽구나. 오늘따라 내가 보호자가 아니라 네가 나를 보호하고 있구나. 어떠니 아르망? 바느질이 끝나면 이 옷을 네게 입힐 생각이야 마음에 드니?"

지젤은 상냥했고 희미한 등잔 아래인 탓에 그녀 얼굴에 난 기미가 보이지 않아 더욱 좋았다. 아르망은 평소 지젤이 마음에 걸렸다. 그녀의 단출한 삶과 그녀의 단출한 생각이 앞으로도 그렇게 막연한 삶으로 이어질 것이란 예측을 하면 몹시 불쌍하게 느껴졌다. 한 번은 지젤에게 아르망으로선 나이에 맞지 않는 말을 불쑥 건넸다.

"아주머니는 예쁜데 왜 남자가 없어요?"

얼굴이 발개진 지젤은 대답 대신 등을 돌려 바쁜척했다. 아르망은 한참 동안 지젤의 등을 바라보다가 돌아서서 도망가려는 어린 양 한 마리를 붙잡아 엉덩이를 손으로 찰싹거리며 중얼거렸다.

"아주머니는 큰 남자를 좋아하시지 않아. 아마도 어린 내 품을 더 좋아하시는 모양이야."

어린 양이 바동거리며 지르는 울음소리에 아마도 지젤은 아르망의 중얼거림을 듣지 못했지만 아르망에게서 여자가 지닌 본능을 느꼈으리라. 소년이 금방 남자가 되기란 어렵지 않다. 물론 지젤이 소년을 탐하지는 않았지만 오랜 세월 자신이 여자였다는 증거를 보여주는 아르망이 얼마나 사랑스럽고 듬직했을까? 아르망은 바느질하는 지젤의 볼에 입맞춤하고 조각난 면 보위의 침대에 누웠다.

"지젤 아주머니, 잠이 와요."

지젤은 바느질을 중단하고 아르망 곁에 다가와 머리를 쓰다듬으며 애정과 측은함과 자신이 건넬 수 있는 세상의 가장 따뜻한 말로 밤 인사를 대신했다.

"주님께서 오늘 너의 꿈에 다가오실 게야. 너는 세상에서 가장 아름다운 아이니까. 아르망! 나를 믿을 수 있겠니. 비록 내가 너의 완전한 보호자가 되진 못더라도 난 노력할 거야. 네가 나와 함께할 수 있는 지금이 가장 행복하단다."

지젤은 진심이었다. 자신의 아이도 아니었으며 가족을 잃은 이웃 고아일 뿐이었지만 아르망을 알고 지낸 시간과 아르망의 순수함이 자연스럽게 아르망을 받아들이게 만들었다. 아르망은 눈을 감고 지젤의 진심을 받아들였다. 그녀의 따뜻한 손바닥 온기는 지젤의 진실한 심장에서 뿜어져 나온 피가 그녀의 온몸을 흘러 마치 가론 강의 실개천에

꽃이 피고 온갖 전령이 모여들자 봄이 되어 생명의 땅으로 변했듯이 실핏줄 하나하나에 그녀의 사랑이 느껴졌다. 아르망의 몸에도 세포가 살아나기 시작했다. 지젤의 실핏줄이 튀어 오르는 감각이 느껴지자 아르망의 세포들은 그 감각과 융합되어 불꽃이 되었다. 아르망의 온몸이 뜨거워지자 오히려 서러움이 폭발되어 미안함으로 변질되었다.

"불쌍한 지젤 아주머니!"

아르망은 속으로 말을 삼키며 그녀마저 잃게 될까 봐 겁이 났다. 가족들이 불구덩이 속에서 죽어간 상상이 살아나자 견딜 수 없는 환각과 환청이 보였다.

"아르망! 왜 이렇게 땀을 흘리니? 몸이 안 좋은 거니?"

지젤이 급하게 물수건을 만들어 아르망의 이마와 얼굴을 닦았다. 아르망은 눈을 감은 채 지젤의 손을 잡았다. 지젤은 아랑곳없이 아르망의 땀을 닦아내며 자신의 애정을 내보였지만, 아르망은 지젤의 손길이 애처로움으로 가득해 그녀의 안전이 걱정되었다. 아르망은 자신의 결정을 잠시 고민해 보았다. 지젤을 이제 보지 못할 수도 있다는 두려움이 생기자 겁이 났다. 날이 밝고 사람들에게 자신이 본 며칠을 이야기할까? 아니라면 법원에 달려가 고발할까? 여러 가지 생각이 머리를 스쳤지만 결국 자신의 의지대로 행하기로 마음먹었다. 실체를 밝혀보고 싶었다. 왜? 나의 가족들이 죽어야 했는지 분명 어둠 속에 도사린 악마의 얼굴을 보고 싶었다. 그러기 위해서는 아르망은 자신을 미끼로 악마를 유인해야 했다. 지젤은 몰라야 했다. 반드시 지젤만은 보호하고 싶었다. 그러나 지젤의 보살핌은 집요했다. 자는척해야 했던 아르망으로서는 두 시진이 넘도록 아르망 곁을 지키는 지젤 때문에 하마터면 잠들 뻔했다. 아르망의 얼굴을 지켜보다가 살짝 아르망의 볼에 입맞춤을 건네고 실내를 서성거리며 혼자 중얼거리는 지젤. "불쌍한 아르망! 저 불쌍한 어린 것!" 지젤이 밤새도록 내뱉는 애틋한 중얼거림이 어느새 자장가처럼 들려 졸림을 참아내며 지젤을 속이느라 아르망은 힘든 연기를 해야 했다. 지젤은 반복적으로 실내를 서성거리며 잠시라도 아르망에게서 눈을 떼지 않았다. 이미 등잔의 기름은 다 타버렸고, 항아리에 남은 기름마저 없었다. 가을로 접어든 계절은 아직 미명의 새벽이 되기에는 시간이 많이 남아있었다. 희미한 달빛. 회벽과 집 안 곳곳에 숨어든 귀뚜라미 소리만이 요란했다. 아르망은 이제 지젤보다 밖에 있는 '그것'에 모든 촉각을 쏟아부었다. 과연 아직도 서성거리며 어둠 속에 숨어 염탐하고 있는지 궁금했다. 다행스럽게 지친 지젤이 침대 아래에 두꺼운 면 보를 깔고 눕자 한 시진을 더 자는 척해야 했던 아르망은 지젤의 털끝 하나라도 깨어나지 않도록 조심스럽게 일어나 문을 열고 집을 빠져나갔다. 이제 '그것'과의 싸움이었다. 악마와의 한판 승부였고, 돌이킬 수 없는 결정이었다. 아르망은 스스로 소년임을 버렸다. 그렇다고 허튼 결정이라고 생각하지도 않았다. 집 밖으로 나오자 서늘한 공기가 몸을 감싸고 말초신경을 자극했다. 오히려 신선했다. 복잡한 생각들이 한순간에 명료해졌고, 자신의 대범한 결정이 인정받는 것 같았다. 옅은 안개가 골목에 낮게 깔려 있었다. 이 때문에 풍경이 주는 비장함이 빛났지만, 이제부터 계산된 행동과 재빠른 민첩함이 필요하다는 것도 되새겼다. 아르망은 옆구리에 찬 나무 손잡이가 달린 손바닥 길이의 끝이 뾰족한 모종용 끌을 움켜쥐었다. 아버지가 사용하던 손가락 한 마디의 단면이 평편했던 끌이었지만 이제 아르망의 무기가 되었다. 영민한 아르망은 '그것'과의 싸움을 위해 단면을 돌에 갈아 날카롭게 만든 후 눈에 띄지 않게 자신을 보호할 무기로 선택했다. 모든 준비는 끝나 보였다. 아르망은 거리로 나서기 전에 주위를 둘러보았다. 과연 '그것'은 어디에 숨어있을까? 천천히 문을 닫았다. 사위가 뚫린 거리에 한 발자국 내딛자 아르망은 뒤도 돌아보지 않고 달리기 시작했다. 숨이 차올랐다. 달리며 머릿속에는 계산으로 가득 찼다. '그것'이 아무리 절름발이라고 해도 어른이었고 자신은 소년이었다. 평지에서 어른의 걸음을 따돌리기란 쉽지 않다는 것을 알고 있었다. 일단 성 밖을 벗어나는 셋이 관건이었다. 쉽지 않아 보였다. 지름길로 달려 성문까지 이르는 길은 쉬워 보였지만 그러기엔 모두 평지를 선택해야 했다. 불리해 보였다. 까피톨 광장을 가로질러 몇 개의 골목만 돌면 성문이었지만 첫 번째 골목을 벗어나기도 전에 유대인 식육점에서 붙잡힐 것만 같았다. 하지만 아르망에게 유리한 점은 아르망이 톨로사의 모든 골목과 소광장의 넓이와 길이, 오르막과 내리막의 개수를 잘 알고 있다는 것이었다. 절름발이에게 오르막과 내리막은 치명적이었다. 그렇다고 아르망에게도 비탈길은 집중력과 지구력이 문제였다. 아르망의 첫 번째 계산은 '그것'을 유인하기 위해 눈에 잘 띄는 사위가 터진 광장을 선택했다. 광장까지는 아무 문제가 없었다. 분명 '그것'도 시내에서 일을 저지르지 않을 것이 분명했기 때문이었다. 순조로운 길이었다. 일부러 돌아보지도 않았다. 다만 자신을 쫓아오는 인기척의 확인만 할 뿐이었다. 조용했다. 아직까지 아무런 낌새가 없었다. 하지만 확신이 들었다. 그것은 분명 쫓아오고 있다는 확신. 아르망은 오히려 걸음을 조금 늦추었다. 그것을 조롱하고 싶다는 생각이 들었다. 또한, '그것'이 절름발이라는 신체 조건까지 감안해 주었다. 광장을 지나자 다시첫 번째 평지의 골목을 선택했다. 유대인 식육점을 지나고 두 번째 골목에 이르러 '성문 위의 주정뱅이 피에르'가 직접 압생트를 만들기 전에 자주 드나들던 주점 앞에 도착하자 뭔가 잘못되었다는 생각이 들었다. 조용했다. 광장을 지나 두 번째 골목에 이르도록 혼자였다는 의심이 아르망의 뇌리를 스쳐 갔다. 비로소 겉옷에 차오르기 시작한 땀 냄새가 코끝을 스치고 이마에 한 방울땀이 맺히자 뒤를 돌아보았다. 텅 빈 거리에는 아무도 없었다. 이상하게 길고양이와 쥐도 보이지 않았다. 불현듯 자신의 판단이 틀렸다는 당혹스러움에 아르망은 멍하니 골목 끝에 시선을 주었다.

45

'그것'은 아르망의 판단대로 만만한 염탐꾼이 아니었다. '그것'도 아르망처럼 톨로사의 지리에 익숙했다. '그것'이 아르망이 생각한 것처럼 수도원의 일꾼이었는지 누군가의 사주를 받아 아르망의 집에 불을 지른 방화범인지는 모르지만 염탐꾼은 맞았다. 아르망이 톨로사의 거리로 발을 내딛자 '그것'은 천천히 성문으로 향했다. 아르망의 의도를 꿰뚫은 '그것'은 아르망이 자신을 유인할 것이란 것을 알고 있었다. 물론 아르망의 대범한 계획을 어떻게 판단했는지는 아르망의 실수도 한몫했다. 아르망은 며칠 동안 '그것'의 눈에 띄지 않고 '그것'의 행동을 파악했다고 스스로 자부했지만 '그것' 또한 아르망에게 자신이 노출되었다는 것을 알고 있었다. 창가의 그림자는 밖에서도 보이는 법이었다. 특히 등잔에 비치는 밤 그림자는 유독 선명했다. '그것'도 의외라는 생각을 했다. 어린 소년의 기지가 남달랐다. 며칠을 창가에서 떠나지 않고 자신을 노려보는 집요함에 처음 위치를 발각당하는 순간 지극히 부끄러웠다. 소년의 기지보다 못하다는 당혹감에 분노가 치밀어 올랐지만 '그것'은 소년의 집요함을 거꾸로 이용하기로 했다. 오히려 자신의 동선을 노출시켰다. 그렇다고 너무 드러내지 않는 조심스러움도 잊지 않았다. 누구의 수가 승리할지는 서로 모른 체였다. 하지만 결국 '그것'은 자신의 승리라고 확신했다. 저녁에 창가를 떠난 소년의 모습이 보이지 않았다. '그것'은 오랜만에 느긋하게 골목을 벗어나 주점으로 향했다. 시끌벅적한 주점 안에는 주정뱅이들로 가득했다. 술에 취해 고함을 지르는 남자들 사이에서 올리브 기름을 두른 양고기로 만찬을 했다. 술은 입에 대지 않았다. '그것'은 술을 마실 줄 몰랐다. 술 찌꺼기에서 올라오는 그 지나친 취기가 온몸에 두드러기를 만들었기 때문이었다. 톨로사의 경비병들이 주점

안을 돌아보고 나갔다. 아무렇지 않은 태연한 모습으로 남은 양고기를 입에 물고 씹었다. 훈연이 덜 된 질긴 양고기였지만 '그것'에겐 분명 만찬이었다. 경비병이 '그것'을 잠시 노려보았지만 눈을 마주치지 않았다. 경비병의 출현에 입을 다물기는 주정뱅이들도 마찬가지였다. 경비병들이 주점을 떠난 후 노릿한 양고기의 뒷맛을 곱씹으며 '그것'도 주점을 빠져나왔다. 주머니의 은화 한 냥을 스스럼없이 주인에게 던져주었다. 표면이 매끄러운 은화들이 아직 주머니에서 찰랑거리며 만져졌다. '그것'은 생각했다. 이만한 보수는 충분히 받아야 한다며 자신의 능력을 스스로 추켜세웠다. 조금 전에 주점에서 마주친 경비병들을 떠올려 보았다. 괜히 그들 앞에서 주눅 들고 긴장했던 자신을 생각하니 치밀어 오르는 분노를 달래지 못해 허공에 주먹질을 했다. 몇 번의 주먹질로 울분이 해소되자 '그것'은 안정을 되찾고 다시 본연의 임무에 충실하고자 했다. 느긋해지자 발길을 돌렸다. 늦은 밤이 찾아 왔다. 어둠은 언제나 평화로웠다. 수도원 외벽의 외딴 창고 옆 자신의 거처는 낮에도 그늘진 곳이었다. 볕이 드는 시간은 해가 떠오르는 아침이 아니라 해가 지는 일몰이 오기 전이었다. 수도원 지붕을 스쳐 사선으로 꽂히는 찰나였다. '그것'은 일몰의 마지막 태양을 가슴에 담았다. 찬란한 태양이 조각조각 내던지는 칼날 같은 빛이 언제부턴가 가장 황홀하고 고귀해 보였다. 때론 벌겋게 서산을 적시는 불기둥 같아 보였고, 어떤 날은 불꽃처럼 번지며 온통 하늘을 뒤덮었다. 산의 능선들이 검은 선으로만 살아나고 형체는 그저 덩어리만 남는 시간. 일몰의 고귀함은 그림자마저 지워 누구나 모든 것에 평등해 보였다. '그것'은 비록 하찮고 인정받지 못하는 처지일망정 단 한 번도 자신을 나락으로 생각해 보지 않았다. 언젠가는 자신도 수도사들처럼 고귀한 성복을 입고 주의 오른편에 서는 날이 올 것이라 믿었다. 고요해진 거리와 좁은 골목들이 '그것'처럼 안정을 되찾았다. 이상한 일은 길고양이들과 털 빠진 쥐들이 보이질 않았다. 아니 '그것'이 움직이자 톨로사의 모든 구멍마저 숨어버렸다. 새카맣고 반들거리는 눈동자들은 쓰레기 더미와 회벽의 구멍 속에서 심지어 돌이 떨어져 나간 건물 틈 사이에서 움직이지 않았다. 악마의 출현이라도 본 것일까? '그것'은 더욱 대담해졌다. '그것'은 고요를 알아차렸다. 미물들마저 자신을 숭배하는 위대한 시간을 만끽하며 아르망이 숨죽인 골목에 이르렀다.

46

희미한 달빛이 새벽 공기 속의 습기에 반사되고 옅은 안개가 먼지처럼 일렁거렸다. 아르망은 생각했다. 자신의 판단을 믿을 것인지 계획을 포기할 것인지 짧은 순간 결단을 내려야 했다. 생각이 포개어지자 머리가 무거워졌다. 심장에서 툭 떨어지는 돌덩이가 느껴졌다. 역시 나약한 아이에 지나지 않는 것일까? 갑자기 드는 후회에 묵직한 납덩이를 매단 것처럼 발목이 욱신거렸다. 그도 그럴 것이 골목과 연결된 모든 시내의 통로를 수로처럼 빠져나가는 과정에서 패인 구덩이와 경사로에서 중심을 잡느라 발목의 신경과 인대가 손상되고 있음을 알지 못했다. 극도의 긴장이 고통을 진정시킨 탓이었다. 시커먼 사위는 연옥과 같아 보였다. 아르망은 숨을 깊이 들이마셨다. 톨로사의 뒷골목 모든 오묘하고 교묘한 온갖 냄새들이 뒤섞여 폐로 흘러들어왔다. 소년답지 않은 어른의 말투로 한마디 내뱉었다. "빌어먹을 이게 지옥의 끝이란 말인가? 그래 어디 누가 이기나 보자." 톨로사에 이 정도 험한 말을 뱉어내는 어른들은 늘려 있었고 아르망 정도의 눈치 있는 아이들이 쉽게 응용하기에는 충분한 세상이었다. 아르망은 비로소 욱신거리는 발목의 통증을 눈치채고 이마를 찌푸렸다. 곧 무릎과 허리의 통증 무엇보다 윙윙거리는 머릿속의 고뇌를 빠르게 정리해야 했다. 아르망은 얼핏 자신을 노려보는 눈이 있음을 알아챘다. 분명 '그것'은 따라오고 있다. '그것'이 포기할 생각이 없음을 간파했다. 육감을 믿고 '그것'의 치밀한 도전을 받아들이기로 했다. 생각이 정리되자 다시 심장이 빠르게 뛰기 시작했고, 어둠 속에서 망막이 열리며 마치 고양이처럼 길 위의 한 톨 먼지와 돌멩이조차 눈에 들어오기 시작했다. 아르망은 사선으로 등 뒤의 느낌을 느꼈다. 도망자와 추격자가 아니라 목에 올가미를 씌우려는 심판자의 본때를 단단히 보여줄 각오를 다졌다. 아르망은 한 치의 의심도 없이 다시 어둠 속으로 몸을 던졌다.

47

멀리 성문 위에는 '성문 위의 주정뱅이 피에르'가 역시나 압생트 병을 마치 나팔을 부는 것처럼 주둥이에 대고 있었다. 술을 마시는 건지 달콤한 벌꿀 통을 빨아대는 것인지 모를 형상이었다. 횃불이 일렁거리며 '성문 위의 주정뱅이 피에르'의 모습은 기괴한 가고일처럼 보이기도 했지만 마법의 주술사처럼 신비롭게 만들었다. 아르망은 그 긴박한 순간에 언젠가 지젤 아주머니가 했던 말을 떠올렸다.

"술만 입에 대지 않았다면 수도사보다 성실한 남자란 말이야! 술 때문에 여자도 쳐다보지 않는 이상한 남자는 톨로사에서 딱 그뿐이야! 다른 남자들은 술만 처먹으면 여자를 건드리지 못해 안달인데 피에르 씨는 멀쩡한 얼굴에도 수줍어하니 도대체 여자가 눈에 들어오지 않는 정말 이상한 남자야!"

지젤의 입에서 누군가를 지칭하며 존칭을 쓰는 기회는 흔하지 않았다. 더구나 문지기 남자를 '씨'라고 반듯하게 부르는 그녀의 마음에는 피에르에게 대한 갈망이 그녀 마음 어딘가에 있음을 어린 아르망도 느낄 수 있었다. '성문 위의 주정뱅이 피에르'는 지금 가장 행복한 순간을 만끽하고 있을 것이다. 시원한 바람이 불고 머리 위에 반짝이는 별들이 있고 비록 밤이지만 톨로사의 밤경치가 한눈에 들어오는 높다란 성벽 위에서 마치 톨로사의 영주가 된 기분을 탐닉하고 있을 것이다. 아르망은 그를 빤히 쳐다보았다. 그리고 그의 행복을 건드리지 말아야겠다는 생각이 들었다. 그는 좋은 사람이었다. 불우하거나 외로운 그의 일생이 성문 위에서 활짝 피어나기를 바랐다. 아르망은 성문 아래 좁은 구멍을 알고 있었다. 누구에게도 들키지 않을 자신이 있는 아르망이 아는 구멍은 때로 유용한 통로로 사용되었다. 수분을 잔뜩 머금은 푸른 이끼의 촉감은 사위가 어두운 밤에도 느껴졌다. 힘을 주어 돌덩이 하나를 집어내자 생각보다 큰 구멍이 생겼다. 물론 더 어렸던 아르망과 톨로사의 몇몇 꼬마들이 만들어낸 구멍인 탓에 세월이 몇 년 흘러 몸집이 커진 아르망에게는 맞지 않았지만 아직은 몸을 비비면 충분히 통과할 수 있는 구멍이었다. 아르망은 뱀처럼 그 구멍 속에 몸을 비틀며 집어넣었다. 주위를 둘러보았다. 자신의 행위가 발각되기를 바랐다. 분명 '그것'이 보고 있어야 한다. '그것'은 집요하게 자신의 모든 행위를 탐색하고 줄기차게 행적을 뒤쫓고 있을 것이란 확신이 있기 때문이었다. 그 순간만큼은 아르망과 '그것'은 서로 교감을 이루고 있었다. 아니 아르망의 바람은 틀림없이 서로가 깊은 교감으로 마지막 승부를 향한 동질을 가지고 있어야 했다. 성벽의 두께는 그리 만만하지 않았다. 톨로사의 땅을 파헤치고도 모자란 돌덩이는 멀리 옥시타니의 모든 도시 카르카손과 몽펠리에와 님프에서 센 강과 론 강, 루아르 강을 통해 공급되었다. 어쩌면 톨로사의 성벽을 쌓은 돌에는 온갖 역사와 전설이 뒤섞여 가만히 두어도 고대의 마법이 용의 입김처럼 번져 나올지도 몰랐다. 생각보다 오래된 돌 사이를 통과하기란 쉽지 않았다. 아르망은 자신의 몸집이 불어난 탓을 했다. 몇 주 전에도 그리 어렵지 않게 드나들던 비밀 통로였는데 머리에 이끼가 묻고 돌 틈 사이로 흘러내리는 밤이슬이 목에 닿자 서늘한 기운이 정말 마법에 갇힌 듯했다. 아르망은 버둥대지 않고 구멍에서 다시 나왔다. 그 모습조차 '그것'에게 보이기 싫었다. 가장 침착하고 숙련된 자신을 '그것'에게 보여주고 싶었다. 자신이 우위임을 분명 '그것'에게 각인시켜 주어야 했다. 몸과 정신을 일체화시켜 편안하게 했다. 긴장된 근육을 이완시키고 뱀처럼 축 늘어뜨렸다. 두 팔은 몸에 붙이고 머리부터 발끝까지 어디 한군데 틈을 두지 않은 채 가슴을 바닥으로 두고 다시 머리부터 구멍에 넣자 맞은편 어둠이 시커멓게 눈에 들어왔다. 어둠으로 시작해 어둠 속으로 빠져나가는 더 정직하게 말하자면 어둠의 구멍으로 막 접어드는 숨 가쁜 순간이었다. '그것'은 무엇을 하고 있을까? 비로소 '그것'의 눈에도 아르망이 예사롭지 않게 보였다. 어린 소년의 순간순간의 선택이 마치 자신이 살아온 일생의 희비와 같아 보였다. 담력과 판단력. 그리고 기나긴 인내의 연속이었다. 지금 '그것'의 눈에 비록 단편적이지만 자신이 보였다. 감정을 조절하고 상황을 판단하며 조금씩 앞으로 나아가는 어린 소년의 지혜가 제법 숭고해 보이기까지 했다. 그러나 '그것'의 본질은 잔인했다. 자신을 위한 모든 행위는 정당했기 때문

에 상대에 대한 존중은 유보적이었다. 판단은 오로지 '그것'
의 몫이었으며, '그것'이 인정한 자에 따라 달랐다. 천천히
소년의 자취를 따라가기만 하면 되었다. 그리 서두를 필요
도 없었다. '그것'의 머릿속은 오히려 궁금증으로 폭발할 지
경이었다. 소년의 목적이 무엇인지 목적지가 어디인지 궁금
함은 끝내 갈증을 일으키게 만들었다. 톨로사의 골목에서
쥐도 새도 모르게 목을 졸라 죽여버릴까 생각했지만 기특
하게도 자신을 조롱하며 유인하는 소년을 발견하자 흥미가
생기기 시작했다. 경건해졌다고 할까? 여유 있는 자의 자
비라고 할까? 뿌리칠 수 없는 자만이 '그것'을 건드렸다. '그
것'은 어둠 속에서 소년의 행동을 유심히 살펴보았다. 구멍
속에서 빠져나오자 아르망의 옷은 짙푸른 이물들로 반질거
렸다. 온몸이 욱신거렸지만 그 정도에 나약해질 수 없었다.
당연히 지금 아르망의 처지는 옛날과 다르기 때문이었다.
가족이 함께였다면, 그보다 가족이 떠나버린 지금 현실적
인 보호자 지젤이라도 곁에 있다면 거짓이 담긴 애교라도
부리겠지만 어둠 속에서 황량한 자갈과 밤이슬에 젖은 풀
이 살갗을 스치는 끈적거리는 습지를 눈앞에 두고 그런 배
부른 생각에 빠져있을 수 없었다. 눈에 익은 풍경이었지만
새롭게 보였다. 거친 상황이 아르망을 새로운 세계로 인도
하고 있었다. 아르망은 성벽 위를 쳐다보았다. 시내 쪽으로

난 계단 위 가장자리에 앉은 '성문 위의 주정뱅이 피에르'는 보이지 않았다. 이글거리는 횃불도 옅은 불빛만이 성벽에 가려 희미하게 형체만 밝았다 어두워졌다 반복할 뿐이었다. 완전한 어둠 속으로 내몰린 기분이 들자 어린 소년의 기개도 움츠러들지 않을 수 없었다. 아르망은 두 번째 생각에 잠겼다. '그것'도 성을 빠져나왔을까? 이제 숨을 곳이라곤 나무와 개활지에 군데군데 패인 웅덩이들뿐이었다. 숲으로 들어서기까지 서로를 알아볼 수 있는 유일한 시간에 직면했다. 서로의 수와 정체가 드러나는 발가벗은 몸과 같았다. 그러나 아르망은 먼저 개활지를 통과해 숲으로 들어서야 했다. '그것'이 너무 쉽게 자신을 따라붙게 하면 안 되었다. 이제부터 체력과의 싸움이었으며, 최대한 '그것'을 곤경에 빠트려 근력을 소진하게 만들어야 했다. 절름발이에겐 평지보다 오르막이 계속되는 구릉과 산은 분명 불리했다. 아르망은 욱신거리는 발목과 무릎에 힘을 주고 달리기시작했다. 서늘한 바람과 이슬이 공기 중에 날리며 귓전에서 소리를 냈다. 좋은 냄새도 코를 자극했다. 신선했다. 나무들이 뿜어내고 오염되지 않은 공기가 힘을 북돋우며 아르망을 응원했다. 발걸음이 한층 가벼워졌고 인내심이 다시 생겨났고 두려움이 조금씩 사라졌다. 개활지를 벗어나 숲에 다가갈수록 어둠은 짙어지고 길은 보이지 않았지만 오랜 시간 단련된 방향 감각은 눈을 감아도 환하게 보였다. 낮 발사국 앞에 웅덩이가 있는지 큰 나무와 작은 나무 사이에 가시덤불이 있는지 아르망은 유추해 낼 수 있었다. 달릴수록 자신감이 생기자 갑자기 '그것'이 궁금해졌다. 잘 따라오고 있는지 궁금해지는 찰나 이상하게 '그것'에 대한 연민이 생겨났다. 정상적이라면 절름발이가 빠르게 걷기에는 무척 위험한 길이었다. 더 정확하게 길이 아니기에 더욱 위험했다. 아르망이 '그것'과 친분이 있었다면 이런 개활지를 건너는 것을 말렸거나 도왔을 것이다. 덤불을 헤쳐주었을 것이고, 웅덩이의 위치를 말해주었을 것이며, 해충이나 독버섯이 바짓가랑이에 묻는 것도 말해 주었을 것이다. 더구나 중심을 잃고 휘청대기라도 한다면 재빨리 뛰어가 옆구리에 손을 넣어 부축해 주었을 것이다. 아르망은 착한 소년이었다. 양 떼들에게도 착한 목동이었다. 아르망은 어둠 속에서 눈동자를 굴리며 '그것'의 안위에 대해 잠시 생각하다가 고개를 흔들었다. 자신이 용납되지 않았다. '그것'은 자신의 가족을 해친 살인자가 분명해 보이는데 그런 '그것'을 염려하는 자신이 이해되지 않았다. 한편으로 만약 자신의 추리가 옳지 않다는 단서를 달아보았지만 그것마저 너무 멀리 와있는 느낌이었다. 어떤 마음에서 그런 의문이 들었을까? 신은 아르망에게 너무 관대한 사랑을 심어놓았다.

결국, 개활지를 벗어나자 관목 숲 너머 비탈진 산길이 본격적으로 나타났다. 아마도 아르망에게도 '그것'에게도 쉽지 않은 곳임은 분명했다. '그것'도 후회가 드는 건 마찬가지였다. 소년의 행동을 따라가기로 했지만, 자신의 부자연스러운 신체 조건을 잘 알기에 자신의 자비가 엉뚱했다는 반성을 했지만 '그것'은 자신의 자만에 빠져들었다. 아르망은 본격적인 비탈을 오르기 전에 손에 잡히는 꽤 굵직하고 모난 돌을 골라 뒤를 돌아보고 어둠 속으로 집어 던졌다. 왜 그랬는지 그러고 싶었는지는 아르망도 알지 못했다. '그것'에 대해 자신의 존재를 알리고 싶은 시위이자 도발임은 분명했다. 그때 '그것'은 아직 성벽 아래 있었다. 바위에 부딪히는 작은 소리가 개활지 건너편에서 공기 중에 파동을 타고 들려왔고 어쩌면 소년의 외침 비슷한 소리가 들린 것 같기도 했지만 '그것'은 거기에 신경을 쓰기보다는 소년의 목적지를 알고 나자 비로소 헛웃음이 나왔다.

48

그 시간 자코뱅 수도원에서는 성무일과의 첫 시간 효과

가 시작되고 있었다. 마르코는 며칠째 자신에게 가장 익숙해신 도서관의 깊고 조용한 의자에 앉아 잠에서 깨지 못하고 있었다. 효과에 불참한다는 것은 수도사로서 있을 수 없는 불온한 일이었지만 필사에 빠져든 마르코가 부족한 잠을 이겨내기란 쉽지 않았다. 하필 오늘따라 그동안 한 번도 빠진 적 없는 일과에 오점을 남기게 되었으니 마르코는 잠결에도 소스라쳐 놀랐다. 꿈속에서 토마소와 안토니오의 모습이 보였다. 수도원에 입적한 후로 서로의 안부를 묻지 못한 미안함이 늘 마르코의 머리에 맴돌고 있었다. 토마소와 안토니오는 수도 정진을 위해 안거를 택했고, 마르코는 펠리치오 수사의 부름을 받아 필사승이 되었다. 마르코는 형제와 같은 토마소와 안토니오에게 애정을 지니고 있었다. 머나먼 이국땅에서 생활하는 그들을 생각하면 고향이 얼마나 그리울까? 신의 땅은 세상 모든 곳에 펼쳐져 있는데 유독 톨로사에 머무는 토마소와 안토니오의 신앙심에 같은 꾸룰라 성복을 입은 수도사로서 존경하고 있었다. 꿈은 생생했다. 그러나 몹시 어두웠다. 토마소와 안토니오는 말이 없었고, 검은 방에 검은 십자가를 들고 무릎을 꿇은 채 앉아있었다. 좁고 창문도 없는 방. 칠흑의 어둠이 공기마저 집어삼켜 숨쉬기도 힘들었다. 잠시였는데 목이 타들어 왔다. 땀이 흘러내렸고 손발이 떨려 몸을 지탱하기 힘들었다. 마르코는 겁이 났다. 순식간에 닥쳐온 어쩌지 못하는 두려움이 신에 대한 믿음마저 무너뜨려 악마가 몸을 휘감았다. 공포라는 것이 그랬다. 마르코는 자신도 모르게 뒷걸음치며 출입문을 찾았다. 토마소와 안토니오에 대한 안위도 생각하지 않고 어둠을 빠져나가 자신만이 살아남을 궁리로 머릿속이 가득했다. 그때까지도 토마소와 안토니오는 숨소리조차 없이 움직이지 않고 있었다. 문을 열고 들어서는 순간 그들을 보았지만 분명 어둠 속에서 형체는 사라졌는데 거기 존재한다는 감각만이 살아남자 마르코는 이제 둘의 존재마저 무서워졌다. 등에 닿는 무언가 넓적하고 차가운 것이 있었다. 등을 타고 흘러내리는 물줄기인지 악마의 손길인지 모를 것이 움츠린 마르코의 등가죽을 쓸어내렸다. 곧 뻣뻣해진 마르코는 그대로 얼어붙어 버렸다. 입 밖으로 살려달라는 외침도 할 수 없었다. 손가락도 움직일 수 없는 공포였다. 그대로 얼마나 시간이 흘렀을까? 망막이 확장되자 신비롭게 동굴 같은 방 안이 조금씩 눈에 들어왔다. 마르코는 등 뒤의 무언가에 대해 온 신경을 쏟았다. 그냥 벽이었다. 곰팡이와 습기에 축축해진 벽일 뿐이었다. 비로소 마르코는 벽에 기대어 자신의 발아래를 굽어보았다. 역시 미동도 없는 토마소와 안토니오는 석고처럼 굳은 채 고개를 숙이고 입을 다문 채였다.

"형제들…."

마르코는 겨우 한마디를 내뱉었지만 그 떨림은 매우 부끄러웠고 두려움에 가득 차있었다. 형제들의 생소한 모습은 상상할 수 없었다. 마르코는 자신의 눈앞에 있는 모습이 현실인지 꿈인지를 먼저 알고 싶었다.

"이건 지금 꿈이야! 나의 멍청한 꿈이야! 어서 깨어나야 해! 효과에 참석해야 한다고!"

발가락과 손가락을 꼼지락거리며 끊임없이 꿈과 현실의 경계를 확인해 내려 마르코는 애썼다.

"형제들…, 일과에 참석해야 하네."

마르코는 각성 중이었다. 수도원장의 배석 아래 이루어지는 성무일과의 중요를 토마소와 안토니오에게 되새기는 일이 얼마나 어이없는 일인가를 알지만 지금 마르코가 할 수 있는 방법은 그것밖에 없었다. 사실 두려움을 빠져나가기 위한 토마소와 안토니오에게 건네는 부끄러운 마르코의 행위일 뿐이었다. 여전히 토마소와 안토니오는 움직임이 없었다. 마르코는 자신에게 질문을 던졌다. "입적한 것일까?" 오랜 기도로 주님의 부름을 받은 것일까? 서늘한 기운이 방 안에 가득했다. 토마소와 안토니오의 죽음을 떠올리고 나니 한 걸음조차 그들에게 다가갈 수 없었다. 감히 상상도 할 수 없는 일이 자신의 눈앞에 이루어졌으니 마르코의 심정은 오죽할까? 무엇보다 성스러운 수도원에서 일어날 수 있는 일인가? 그 순간 마르코의 망막은 충격으로 다시 닫혀버렸다. 깊고 깊은 심연 속으로 빠져들며 마르코의 몸은 지하 세계로 빨려 들어가듯 빠르게 이동했다. 거친 바람이 불었고 어디선가 나타난 회초리가 날아와 마르코의 몸을 사정없이 후려쳤다. 고통이 얼마나 심했던지 비명조차 지를 수 없는 지경에 이르자 어느 순간 고통이 홀가분해졌다. 그것은 죄책감이었다. 토마소와 안토니오를 돌보지 못했다는 죄책감이 밀려들자 마르코는 고통을 받아들였고, 온몸에 난 상처들에 피가 흘러내려 몸 안에 한 방울도 남지 않자 비로소 기도에 들 수 있었다.

"주님! 제가 목도한 일들이 주님의 뜻이라면 받들기는 하겠으나 토마소와 안토니오의 죽음이 헛되지 않게 하소서! 비록 주님의 말씀을 끝까지 따르지 못한 저들의 믿음과 인내가 부족하였지만 토마소와 안토니오는 성실한 주님의 종이었음을 의심하지 마옵소서!"

마르코는 눈을 떴다. 망막이 조금 열리자 꿈속의 꿈의 행위가 낱낱이 떠올랐다. 희귀한 경험이자 있을 수 없는 사건이었다. 마르코는 선 채로 계속되는 생각에 잠겼다.

"이건 꿈이야! 분명 꿈이라고 그런데 왜 토마소와 안토니오는 저러고 있을까?"

마르코는 엎드려 토마소와 안토니오에게 다가갔다. 엄청난 용기가 비로소 생겨났다. 어둠 속에서 얼굴이 맞닿는 거리에 이르렀지만 그들을 바라볼 엄두가 나지 않았다. 습기차고 차가운 돌바닥에 얼굴을 댄 채로 마르코는 자신에게 말했다.

"마르코! 내 형제를 불러봐! 최소한 그들에게 예의는 갖추어야지."

마르코의 말에 마르코가 대답했다.

"어떤 예의? 왜 나에게 예의를 강조하지? 지금 예의를 갖추어야 할 그렇게 비극적인 일이라도 일어난 것인가? 왜 나를 무섭게 하지."

"마르코! 너를 탓하는 게 아니야. 토마소와 안토니오의 얼굴을 바라봐. 그들에게 일어난 일을 수습해야 할 의무는 가져야 하지 않을까?"

"어떤 의무와 어떤 수습을 나에게 강요하지? 내 형제들에게 무슨 일이 일어난 것이기에 나에게 큰 짐을 지우는 것인가?"

질문과 대답을 끝내자 마르코는 고개를 반쯤 들어 토마소와 안토니오의 얼굴을 보았다. 긴 머리칼이 엉킨 채 얼굴을 가려 토마소와 안토니오의 실체를 확인할 수 없었지만 분명 선하고 밝은 눈동자를 가졌던 그들임은 의심할 필요

가 없었다. 마르코는 허리를 들어 그들 앞에 같이 꿇어앉
았다. 먼저 자신의 이마에 성호를 긋고 토마소와 안토니오
의 머리 위에도 성호를 그었다.

"주님! 이들에게 어떤 임무를 주시고자 어두운 방에 가
둬 한마디 외침도 못하게 만드셨는지는 모르오나 이들은
저의 형제이며 세상의 목자였기 때문에 제가 주님을 대신
하여 거두겠나이다."

마르코는 조심스럽게 안토니오의 얼굴을 가린 머리를 걷
어 올렸다. 재처럼 검은 얼굴이 보였고 눈동자는 사라져
구멍만 남아있었다. 안토니오의 머리는 마르코의 손이 닿
자 곧 뻣뻣해지더니 공중으로 솟구쳐 이내 파삭거리며 부
서져 흘러내렸다. 마르코는 안토니오의 형상에 소스라쳐
뒤로 넘어졌다. 그대로 안토니오를 바라보는데 안토니오
는 마르코의 손길을 기다렸다는 듯 온몸이 자연스럽게 재
가 되어 부서지고 말았다. 순식간에 일어난 일이었고, 마
르코로서는 비명조차 지를 여유가 없었다. 그저 넋을 놓
고 바라보는 것만이 마르코가 할 수 있는 최선의 일이었
다. 그토록 오랜 형제. 낯선 이방의 땅과 골짜기와 사막을
함께 건너온 형제. 밤의 산 중턱에서 찬바람과 이슬을 맞
으며 바라보던 하늘의 별과 달, 늑대의 울음소리가 지천
인 곳에서 한 치도 두렵지 않았던 형제. 그런 형제가 순식

간에 사라지는 마법 같은 일이 마르코의 눈앞에 이루어지고 있었다. 마르코는 그때시야 멍히니 사라진 안토니오 옆에 있는 토마소를 바라보았다. 다행히 토마소의 형체는 그대로였다. 마르코는 토마소의 가슴팍에 들고 있는 검은 십자가에 비로소 눈이 갔다. 십자가는 재 같아 보이지 않았다. 퍼석한 재 같은 토마소의 몸에서 유일하게 반짝거리며 빛이 나는 물체였다. 어떤 광물인지 매우 단단하고 매끄러워 보였다. 오히려 토마소의 몸에서 가장 생기 넘치는 물체였다. 십자가엔 그러나 예수의 형상이 없었다. 단지 두껍고 묵직해 보이는 검은 십자가일 뿐이었다. 마르코는 사라진 안토니오의 자리를 보았다. 토마소의 품 안에 있는 검은 십자가가 똑같이 안토니오의 자리에 남아있었다. 마르코의 목 안에 서늘한 것이 들어왔다. 거침없는 피투성이 칼날 같았다. 숨을 쉴 수 없는 마르코는 뒤로 자빠진 채로 천정을 보며 사지를 뒤틀었다. 목이 조여 왔고 숨이 막혔다. 머리의 실핏줄이 모두 터져 나갔다. 분명 악마의 저주 같았다. 검은 십자가에서 풍긴 악마의 연기가 마르코의 목을 통해 몸속에 비집고 들어왔다. 마르코는 악을 쓰며 그 차디찬 악의 조건을 내뱉으려 애썼다. 토마소와 안토니오와 같은 재가 되는 두려움보다 자신의 몸속에 악마가 파고드는 더러움과 신에 대한 불온함이 자리 잡을까 두려웠기 때문이었다. 급기야 마르코는 주먹으로 자신의 가슴을 치기 시작했다. 이미 호흡은 멈추었지만 정신력으로 버티기 시작한 마르코는 흐릿해지며 감기기 시작하는 눈꺼풀과 사지에 힘을 주었다. 맥박이 느려졌다. 맥박이 느려지는 것을 또렷이 깨달을 수 있었다. 얼마나 시간이 흘렀을까? 마르코는 제 스스로 숨을 멈추어 버렸다. 그러나 희한하게도 정신은 그대로였다. 번쩍하고 눈앞에 불이 켜졌다. 펠리치오 수사가 서있었다. 성무일과에 불참한 죄로 마르코는 고단한 벌을 받았다. 시편에 의한 찬미와 감사의 기도를 저버린 마르코의 죄는 엄중했다. 비록 펠리치오 수사가 애지중지하는 제자일지라도 그 죄를 피하기는 힘들었다. 아침 기도 중 제2의 합창인 구약의 노래를 불러야 했으며, 성서 낭독 또한 되풀이해야 하고 무엇보다 일주일이 지나도 다 읽지 못할 산더미 같은 독서를 제공받았다. 차라리 회심과 반성의 기도를 하였던들 아니면 「시메온의 노래— 흰 수염이 무성한 나이 많은 늙은이 시메온은 아기 예수를 받아 안았다. 시메온은 말했다. 주님. 주님께서 말씀하신 대로 당신 종을 평화로이 보냈사옵니다. 제 눈이 당신의 빛을 보았으며, 이는 당신이 모든 민족들 앞에 마련하신 계시의 빛이며 이스라엘에게는 영광입니다. —」를 불렀다면 꿈에 본 토마소와 안토니오의 비극을 잊을 수 있었을까? 마르코는 노인 시메온을 생각했다. 어쩌면 자신이 시메온이 된 기분이었다. 시메온은 말했다. 구원의 빛인 아기 예수를 두 손으로 받들고 있었다. 그러나 아기 예수는 등을 돌려 어머니인 마리아의 가슴에 손을 집어넣었다. 시메온이 마리아에게 말했다. "공경하는 세상의 어머니시여! 보십시오. 이 아기는 이스라엘의 많은 이들을 넘어지게도 하고 일어나게도 하는 표징이 될 것입니다. 그리하여 당신의 영혼이 칼에 찔리면 많은 사람의 마음속 생각이 드러날 것입니다. 그런 표징이 되어 반대하는 자들도 어루만져 주길 좋아하는 사람이 누가 있겠습니까? 그래서 이 아기는 등을 돌려 당신 가슴에 칼을 찌르고 달아난 상처를 어루만져 줄 것입니다." 마르코는 구약의 노래를 불렀고 성서를 낭독했으며, 산더미 같은 독서를 시작했고 틈틈이 시메온의 노래와 회심과 반성의 기도마저 올렸다. 마르코의 몸은 야위어갔지만 정신은 기도와 노래로 맑아졌다. 비극적인 꿈은 점점 희미해져 갔고 생기를 되찾았다.

　아르망을 뒤따르는 '그것'은 천천히 산비탈을 걸어 올랐다. 목적지를 알고 있었기에 서두를 필요가 없었다. 동이 트기까지 아직 많은 시간이 남아있었고, 무엇보다 자신의 신체 약점이 혹시라도 앙큼스러운 소년에게 보이는 것이 싫었다. 휘파람을 불었다. 휘파람 소리를 듣고 있을 소년을 생각해 보았다. '등골이 오싹해질걸.' 속으로 생각하니 기분이 좋았다. 자신의 승리를 장담할 수 있었다. "쥐똥만도 못한 놈이 감히 나에게 대적하다니. 오늘 너의 목을 따버리겠다." 어디서 그런 잔인함이 튀어나오는지 알 수 없는 험악한 얼굴에 교활한 미소를 띤 채였다. 간간이 휘파람 소리가 들렸다. 그 소리는 이어졌다 끊기기를 반복하며 마치 자신을 몰이하는 기분이 들었다. 아르망은 소리로 거리를 가늠해 보았다. 아직 멀었다. 그리고 그 흔적도 추측해 보았다. 어디로 따라오는지를 추리하며 빠르게 골과 골 사이로 올랐다. 떨어진 마른 잎새가 이슬에 젖어 미끄러웠다. 뒤축이 떨어진 신발 한 짝 때문에 불편했다. 돌멩이 몇 개가 신발 안 발바닥 밑에서 굴러다녔다. 걸을 때마다 발가락 사이에 고통을 주었다. 몇 번이나 걸음을 멈추고 젖은 신발을 벗어 먼지와 돌멩이를 털어냈지만 떨어진 뒤축의 구멍을 통해 아르망을 괴롭혔다. 아르망은 잎이 말라버린 야생화 줄기를 뽑아 손바닥으로 비비기 시작했다. 손이 파래지자 줄기는 제각기 실처럼 터져 연해졌다. 몇 가닥 줄기를 서로 엉겨 굵은 끈처럼 만든 후에 뒤축과 발등을 힘있게 동여맸다. 제법 근사한 수선을 마치자 아르망은 자신의 대처에 만족한 채 잠시 휴식을 취했다. '그것'이 따라붙기에는 제법 시간이 걸릴 것을 알고 있었다. '그것'과 마찬가지로 아르망도 '그것'의 수를 읽을 수 있었다. 휘파람을 분다는 것은 자신의 여유를 알리는 동시에 아르망의 감정을 흩트리고 공포를 조장한다는 것쯤은 유추해 낼 수 있었다. 아르망은 작은 바위 위에 걸터앉아 숨을 몰아쉬었다. 젖은 옷 사이로 골바람이 스미자 한기가 몰려왔다. 새벽 산의 온도는 마치 한겨울과 같았다. 한낮의 선선한 바람과는 달랐다. 10월이었다. 일 년 중 톨로사에 바람이 적게 부는 5월과 11월 사이라지만 계절의 경험은 해마다 달랐다. 어느 해는 반년 동안 계속된 매몰찬 풍속이 도시를 괴롭혀 농가의 지붕을 날리고 어린 양들이 우리를 벗어나 들판으로 달아났다. 물론 그런 양들을 빨리 찾아내지 못한 목축업자들은 밤마다 늑대에게 목이 물려 거친 울음소리를 내는 양들의 비명을 들어야 했다. 아르망은 소매로 얼굴을 닦았다. 시커먼 먼지가 소매에 묻어 나왔다. 깊은 산

중이었지만 달빛에 반사된 이슬에 젖고 습기 찬 나뭇잎들이 반짝거렸기 때문이었다. 이미 '성문 위의 주정뱅이 피에르'가 여가를 즐기는 톨로사의 높은 성벽도 가론 강가 야경꾼들의 횃불도 보이지 않았다. 그런데 유독 야경꾼들은 강가에서 밤을 즐기는 것일까? 톨로사의 주요 행사— 부활절 축제, 국경일…, 제일 중요한 추기경의 생일에 즈음하여 —에 나타나는 '의자를 빌려주는 사람'과 전문 '쥐잡이' 외에도 '편지 대필가'를 제외하면 아마도 야경꾼들은 특혜를 받는 유일한 직업일지도 모른다. 그들은 그들만의 조합을 차릴 만큼 유대가 돈독했고 고위 관리들 이상으로 톨로사의 경비대와 친분이 있었으며 때로는 협조하에 도시의 치안을 유지하는 데 절대적인 공헌을 하고 있었지만, 경비대가 휴식과 수면을 취하는 밤 동안 야경꾼들은 위임받은 밤의 권력을 다른 데 이용하였다. 도시에 유입되지 못하는 집시들이 가론 강가에서 살고 있었기 때문이었다. 어쩌면 안토니오가 세상의 땅 팔레르모에서 만난 집시 여인 '시벨라'가 있을지도 모를 일이었다. 집시들은 세상의 사람들이었다. 집이 없었기에 당연히 국경도 없었다. 야경꾼들이 허락한 구역에서 몇 달 동안 머무는 집시들은 야경꾼들에겐 좋은 친구이자 놀이였으며, 재물과 쾌락의 대상이었다. 뼈마디마다 바람이 들어 일어서자 비명을 지를 만큼 관절의 아픔이 뒤따랐지만 아르망은 의연했다. 어디선가 금방이라도 달려들 늑대와 정체를 알 수 없는 밤의 소리들이 잇달아 늘려왔지만, 어둠 속에서 아르망 또한 밤의 정령이 되어 길을 잃지 않았다. 아르망은 손에 잡히는 대로 제법 굵은 나뭇가지 하나를 부러뜨려 지팡이로 삼았다. 욱신거리는 몸뚱어리가 오히려 정신을 유지시켰고, 고통이 따를수록 용기와 의욕이 되살아났다. 오히려 아르망은 '그것'에게 정체를 남기기로 했다. '그것'이 휘파람을 불어 동요를 일으키는 것처럼 자신이 되려 '그것'에게 동요를 주기로 했다. 잔가지들을 부러뜨리자 조용하고 적막한 산에 소리가 울렸다. 그뿐인가 아르망은 자신의 힘이 닿는 적당한 돌덩이를 산 아래 비탈로 굴렸다. 굵은 돌을 던지기도 했고, '그것'마냥 쇳소리를 내어 푸드덕거리며 나뭇가지 위에 잠을 자던 산새들을 날려 보냈다. 사실은 '그것'에게 '너의 정체는 무엇인지 밝혀보라'고 외치고 싶었다. 가증스러운 얼굴을 보고 싶었고 사람 가죽 안의 악마를 확인하고 싶었다. 얼굴은 필시 가면인 탓에 그 속에는 살점이라곤 남아있지 않은 푸르고 붉고 말라붙은 피로 얼룩진 거죽만 남은 악마가 있을 터였다. 상상이 아르망의 머릿속에 가득해지자 오싹했다. 또한 '그것'에 의해 살해되었다고 믿어지는 가족을 생각하니 오싹함은 곧 분노로 변질되어 손이 떨렸다. 한편 '그것'

은 소년의 대담함에 놀랐다. 이 정도였다니! 화답이라도 하는 것처럼 어린놈의 담력이 제법이었다. 그저 쥐새끼 한 마리를 밟아 죽이면 되는 일로 생각했다. 아니면 재미 삼아 놀아주거나 어린놈의 일탈로 간주해 적당히 겁을 준 뒤 땅에 묻으면 그뿐이었다. 그런데 그것이 아니었다. 철저한 계획주의자 '그것'의 머릿속에서 오만에 대한 반성이 생겨나기 시작했다. 자신이 던진 공포에 대적하는 대범한 담력이라면 아무리 어린놈이라도 만만하게 보아 넘길 상대가 아니라는 생각이 든 것이다. 동시에 '그것'은 약간 짜증이 났고 기분이 상했다. 어린놈을 상대하는데 이만한 고민과 '상대'라는 품위 있는 지칭을 쓰자니 역한 감정과 예민한 신경선이 핏줄을 자극해 온몸이 퍼렇게 변하기 시작했다. '그것' 또한 아르망과 마찬가지로 빨리 대면하고 싶었다. 짐승이 장난감을 입에 물고 다니다가 싫증이 난 것처럼 '그것'은 조금씩 지쳐가고 있었다. 스스로 조급해지는 자신을 깨닫는 데는 그리 오래 걸리지 않았다. '그것'은 곧바로 기분을 추스르고 숨을 깊게 몰아쉬었다. 작은 쥐 한 마리를 잡는 데도 최선과 최고의 기술로 사냥을 마치는 것이 '그것'의 오랜 신념이었다. 완벽의 조건. '그것'은 그 조건을 시전하고 싶었다. '그것'은 남은 거리를 계산해 보았다. 동이 트기에는 아직 많은 시간이 남아있었고 서두를 필요는 없었다. 그러다가 갑작스러운 의문이 들었다. '그것'은 소년의 수에 대해 생각해 보았나. 아무런 무기도, 완력도 없는 소년이 무슨 수로 자신을 유인하는지 궁금해지기 시작했다. 적당히 소년을 쫓으며 놀아주다가 어차피 대적할 힘이 없는 쥐새끼의 사지를 찢어 누구도 알지 못하게 땅에 묻어버리면 끝날 일이었다. 그런데 그렇지가 않았다. 갑자기 의문이 고개를 들자 심각해지기 시작했다. 만일 소년의 유인이 계획된 일이라면? 자신의 실체를 파헤치기 위한 함정이라면? 소년이 미끼라면? 몇 가지 의문이 스스로에게 질문으로 되돌아오자 '그것'은 혼란에 빠지기 시작했다. 멀리서 다시 요란스러운 소리가 희미하게 들려왔다. 소년의 도발은 시차를 두고 계속 이어지고 있었다. 이를 악물자 치아가 갈리는 소리가 뇌에 울렸다. 당장에라도 찢어 죽이고 싶은 분노가 걷잡을 수 없이 치밀어 올랐다. 흥분으로 숨을 쉬지 못해 호흡이 가빠지자 얼굴이 일그러지고 자신도 모르게 입에서 침이 흘러내렸다. 그렇게 얼마나 지났을까? '그것'은 히죽 웃으며 고개를 들었다. 아르망의 수는 무엇이었을까? 사실은 어이없게도 아무것도 없었다. '그것'과 다르게 용기밖에 없었다. '그것'이 생각 많고 용의주도한 계획주의자라면 오히려 아르망은 임기응변에 능한 창의적 모험가라고 할까? 단지 아르망이 며칠 동안 '그것'에 대한 약점을 파악하고 있는 것뿐이었다. 아르망은 '그것'보다 빨리 달릴 자신이 있었고, '그것'의 약한 관절과 찢어진 눈을 맞춰 피투성이를 낼 돌팔매질에 자신이 있었다. '그것'의 손에만 잡히지 않는다면 해볼 만한 싸움이었다. 그리고 왜소한 '그것'의 근력을 소진하게 만든다면 승산이 있어 보였다. 공동묘지에 이르는 골짜기에는 수많은 비탈이 있었고 구릉이 있었다. 그것도 아니라면 공동묘지에서 벼랑으로 이끌거나 톨로사의 사형집행인이 미리 파놓은 구덩이에 밀어버리면 될 일이었다. 간단했다. 아르망은 역시 소년이었다. 발에 동여맨 야생화 줄기가 끊어지자 아르망은 다른 개망초 줄기를 꺾어 다시 동여맸다. 똑같은 일을 반복할수록 투지는 되살아났고 고통이 정신을 맑게 만들었다. 서서히 아르망의 눈에 묘지가 들어왔다. 땀에 전 거적 같은 옷은 빗속의 유랑자와 같은 신세였지만 얼음보다 서늘한 북쪽 바람을 맞자 오히려 자신이 대견해졌다. 슬픔이 옷 사이로 흘러내렸다. 심장을 관통하는 슬픔은 공포처럼 땅에 툭 떨어졌다. 가족들의 얼굴을 하나하나 떠올렸다. 뜨거운 불 속에 타들어 간 가족들을 생각하자니 오금이 저려오며 머릿속이 하얘졌다. 그 불길을 어떻게 견뎠을까? 일렁거리는 불 속에서 살점이 데일 때를 상상하자 북쪽 바람이 뜨거워졌다. 아르망은 머리를 쥐어뜯으며 괴로워했다. 갑자기 북받쳐 오르는 눈물이 쏟아졌다. 오열했지만 소리가 나지 않았다. 목구멍에서 소리라노 토해 나오길 바랐지민 이무런 소리가 나오지 않았다.

50

절렁거리는 은화 소리가 그 매끄러운 감촉이 얼마나 좋은지 '그것'은 묘지가 눈앞에 보이자 한참 동안 만지작거렸다. 마치 분신이라도 되어 보였다. 자신을 위해하는 자들. 자신을 천한 불가촉천민으로 생각하는 자들에게 복수할 여력은 은화뿐이었다. '그것'에게 은화란 세상을 바꿀 유일한 수단이었으며, 신분을 상승시킬 수 있는 목적이었다. 그렇기에 자신의 위험하고 불온한 행위가 정당화될 수 있었다. 언젠가는 자코뱅 수도원을 떠날 것이다. 늙은 수도사 따위를 수발하고 그의 지시를 받으며 온갖 오물을 뒤집어 쓴 죄악을 저지르는 시간도 결코 오래지 않을 것이라 믿고 참아왔다. 수도원 내의 더러운 일이란 일은 도맡아 왔으며, 힘들고 초조할수록 자신의 비밀 장소에 쌓여가는 은화를 바라보면 고단함이 줄어들었다. 그 맑고 투명한 은화와 은화가 부딪쳐 파동을 내는 아름다운 소리는 대성당의 합창보다 장엄했고 성모를 향한 기도 소리보다 깊었다. 탁발승 따위가 개처럼 짖으며 톨로사를 시끄럽게 누빌 때도 그랬고, 어린년들이 도망쳐 수도원과 자신의 정체를 밝히려 할 때도 그랬다. '그것'에겐 신념이자 종교였다. 위험할수록 자부심이 생겼고 더러울수록 은화가 차곡차곡 쌓였다. '그것'에겐 지금 눈에 보이는 묘지 따위는 대수롭지 않았다. 신이 운명을 정했다면 죽음의 순간은 자신이 정할 수 있다는 최소한의 믿음이 '그것'에게 있었다. '그것'은 그 믿음을 한 번도 오만이나 자신의 편견으로 생각하지 않았다. '그것'에겐 평범한 일상일 뿐이었다. 죽은 영혼들의 묘지는 말이 없었다. 톨로사의 사형집행인이 다음 목숨을 데려오기 위해 미리 파놓은 함정 같은 구덩이들이 군데군데 비워진 채 버려져 있었고, 묘비조차 없이 쓰러진 십자가들 사이로 듬성한 관목들이 자리 잡고 있었다. 어떤 십자가는 부러진 채였다. 십자가에 각인된 누구인지조차 알 수 없는 목이 잘린 시신의 일생을 대변하는 표식마저 식별할 수 없었다. '그것'은 묘지를 둘러보았다. 이제 그놈, 소년을 잡아 목을 따면 되는 일이었다. 소년의 유인이 함정인지 아닌지는 이미 파악되었다. 묘지에 들어서기 전 '그것'은 한 시진이나 묘지를 바라보며 관찰했기 때문이다. 그 시간 동안 풀 속에 숨은 벌레 소리와 북쪽 바람 소리와 부엉이 소리뿐이었다. 어디에 숨었는지 소년은 발견되지 않았고 어떤 그림자도 보이지 않았다. '그것'의 손에 반짝이는 손삽이 칼이 쥐어졌다. 칼날이 구부러진 채 마치 사라센의 단도와 같았다. '그것'은 묘지를 참배하듯 천천히 걸으며 주머니 속의 은화 한 냥을 꺼내 사라센의 단도에 부딪혀 소리를 냈다.

"세상에 믿음이란 두 가지가 있지. 당연히 하나는 나의 것이고, 나머지 하나는 내가 너에게 가르쳐주면 마땅히 받아들여야 하는 믿음이지."

'그것'은 복음 같은 말을 내뱉었다. 마치 스스로 성체의 제의를 집전하는 사제처럼 그리하여 제식의 폐회 전에 회중을 향하는 거룩한 말씀과 같이 비록 성찬도 성화도 제복도 갖추지 않았지만 '그것'은 떳떳하게 믿음이란 것에 대해 설파하기 시작했다. 자코뱅 수도원의 수많은 수도사의 기도 모습이 스쳐 갔고, 생 세르냉 대성당의 주교와 같은 모습이었다. 오히려 더 정중했으며 오히려 더 인자한 목소리였다. '그것'은 회중에게 향하듯 복음을 이어갔다.

"내 말을 들어라! 이는 세상의 겁 많고 이치에 목마른 자들을 향하는 나의 거룩한 진리이니라! 누가 너에게 고난을 주었으며 누가 너에게 핍박을 주었는지를 아직 모르느냐? 나는 언제나 너에게 참된 자유를 주고자 했다. 아니 너뿐만이 아니었다. 톨로사의 모든 미천한 것들에게 자신의 처지를 유약하게 생각하기만 한 버러지 같은 것들에게 마지막 자유를 주었노라! 이 얼마나 유익한 자유이며 아름다운 승천인가? 노동으로 허리가 구부려진 자. 가난으로 몸을 파는 자. 부유하다 못해 망나니짓을 하는 고관의 자제들이 먹다 흘린 음식 찌꺼기로 일용할 양식을 하는 자. 그중에는 너와 같이 어리고 어리석어 부끄럼을 모르는 소년과 소녀들이 있었지. 너는 부유하는 먼지와 같아 그 절망이 절망으로 받아들이지 못했을 게다. 나는 일찍이 부모에게 버림받고 세상에 버려졌지만 가장 절망적인 순간에도 나를 지켜왔다. 누가 그렇게 자신을 지키려 애쓴 적이 있었는가? 너는 나를 보고 배워야 하고 너뿐만이 아니라 톨로사의 미천한 모든 것들도 나를 보고 배워야 한다. 지금까지 나를 업신여긴 모든 자는 나의 발밑에 엎드려 통회하고 죄를 사하여야 한다. 나는 그럴 것이다. 진정으로 자신을 죄를 뉘우치며 내 발밑에 꿇는 자들은 보속할 것이다. 그러나 그 누구도 아직 그런 자는 없었다. 그러므로 나는 죽음으로 너희들에게 안식을 주고자 하였느니라. 비록 내가 받드는 주님이 아직 도달하지 못했지만 나는 수많은 밤을 기도로 지새우며 다짐하였노라. 내가 주의 오른편에 서서 대신하노라. 내가 행하는 모든 일은 적법한 사유를 가지고 있으며, 주를 대변하노라. 이것이 믿음이다. 이제 내가 너에게 주는 믿음을 받아들이고 너는 승천할 준비를 해야 하노라. 늘 그렇듯이 미천한 섯들을 부패한 고관과 *성당*에서 물리쳐 미리 승천시키는 나를 믿어라. 그렇지 아니하면 너는 영원히 그들에게서 빠져나오지 못해 핍박받을 것이다."

이 무슨 궤변이란 말인가? 도무지 이해할 수 없는 말뿐이었다. 살인의 정당성인가? 아니면 고해인가? 수도원에서 보고 배운 것은 많은 탓에 뒤죽박죽 알 수 없는 말들만 쏟아내고 있었다. 그러나 '그것'은 묘지를 유유히 거닐며 산속의 모든 정령을 회중으로 삼았다. 밤이슬이 사라센의 단도에 묻어 은화의 부딪힘을 은은하게 만들었다. 하늘은 옅어져 동쪽에서 푸른 공간이 살짝 열렸고 어느덧 가장 작은 별빛을 순서로 희미해지기 시작했다. 곧 미명의 새벽이 올 것이다. 아르망도 '그것'도 개활지를 건너는 순간부터 너무 많은 시간이 흘렀다는 것을 깨닫기 시작했다. '그것'은 끝내야 한다고 생각했다. 자신이 이토록 관대한 적이 있었던가? 최초로 몹쓸 소년에게 자신의 인내와 관용을 베풀고 나니 갑자기 허기를 느꼈다. 어서 수도원으로 돌아가 결과를 고하고 창고에 숨겨둔 비록 소금에 절인 마른 양고기일지라도 올리브 기름에 적셔 먹을 생각을 하니 입맛이 당겼다.

"내 믿음을 아직 믿지 못하겠느냐! 그렇다면 고통은 덜어주도록 하겠다. 멀리 사막의 거친 바람에 담금질되어 건너온 이 칼로 단숨에 너의 목을 베어주도록 하겠다. 승천은 그렇게 시작되는 것이다. 다시 말하지만 고통은 없을 것이다. 내가 찾아내기 전에 내 영악한 얼굴을 비친다면 아주 짧게 바람이 지나가듯 해치워주마. 이것이 마지막으로 너에게 베푸는 최고의 인내며 자선이니라."

'그것'은 몸이 달기 시작했다. 아무리 생각해도 너무 관대했던 탓이다. 왜 그랬을까? 소년의 가족을 불태워 죽인 탓일까? 그래서 혹여라도 소년에게 미련이 남은 것일까? 소년의 의도를 파악하고도 스스로 시간을 벌어준 이유가 무엇일까? 차라리 톨로사의 좁은 골목 어딘가에서 잡아 죽였더라면 간단했을 일을 왜 여기까지 끌고 왔을까? 그때서야 진실한 본성이 나타나기 시작한 '그것'은 입을 악물고 눈에 불을 켰다.

"쥐새끼 같은 놈이 감히 나를 놀리려 해!"

찌렁거리며 산에 '그것'의 쇳소리 같은 앙칼진 목소리가 울려 퍼졌다.

"이제 나의 인내는 다했다. 네놈이 자비를 바란다면 오히려 꼭꼭 숨어있어야 할 것이다."

돌과 관목이 많은 산 중턱의 평지는 도시의 평평한 평지와 달랐다. 군데군데 구덩이를 식별하며 어린 소년을 찾아내기에는 아직 어둠의 시간이 방해가 되었다. 게다가 새벽

이슬로 미끈거리는 잡초가 '그것'의 온전하지 못한 몸을 괴롭히며 중심을 흩트려 놓았다. 그때였다. 작은 늑대 새끼 같은 그림자가 묘지 사이에서 재빠르게 움직이더니 구덩이 하나로 뛰어드는가 싶더니 '그것'의 아랫도리를 잡아채어 구덩이 속으로 끌어내렸다. 순식간에 중심을 잃은 '그것'은 휘청하며 속절없이 구덩이 속으로 빠져버렸다. 그와 동시에 늑대 새끼 같은 그림자는 구덩이 밖으로 훌쩍 뛰어올라 빠져나갔다. 제법 둔탁한 소리가 났고 등을 부딪쳐 널브러진 '그것'은 순식간에 일어난 일에 망연자실했다. 구덩이 속에 뻗어버린 '그것'은 한동안 밤하늘을 바라보며 등에 찔린 굵은 돌멩이가 전해오는 고통을 참아야 했다. 단말마의 고통이 사라지자 분노보다 부끄러움이 앞섰다. 하지만 그 부끄러움은 쥐새끼 소년에 대한 것이 아니라 자기 자신에 대한 부끄러움이었다. 눈을 질끈 감자 웃음이 나왔다. 소년이 들리도록 크게 웃고 나서 그대로 누운 채 협박을 했다.

"제법이구나. 내가 너의 능력을 미처 알지 못했군. 나는 우월한 상대를 존중하지. 이것으로 너에게 가졌던 존중은 버려야겠군."

'그것'은 구덩이 속에서 천천히 상체를 일으켰다. 여전히 사라센의 단도가 손에 쥐어져 있었고, 여차하면 어둠 속으로 날릴 기세였다. 구덩이 밖으로 몸을 내밀자 어둠뿐이었다. 쥐새끼 소년은 다시 감쪽같이 사라지고 난 후였다. 어이없는 공격을 당한 여파는 심했다. 자존심을 다친 '그것'은 이성을 잃었다.

"내가 너에게 자비를 준다고 말했는데 이따위 짓을 하고도 나에게서 살아남으리라고 생각했단 말이냐!"

'그것'은 사위를 둘러보았다. 묘지는 생각보다 넓었고 암초가 많았다. 비로소 자신의 실수를 인정하자 분노가 새벽바람과 함께 차갑게 심장을 얼어붙게 만들었다. 그러나 눈은 이글거렸고, 치아가 서로 부딪쳐 요란하게 소리를 내기 시작했다. 팔다리는 제각기 춤을 추기 시작했으며 망막이 열려 검은 눈동자가 하얗게 변해 재림한 악마와 같은 모습이 되었다. 입에서 침이 흘러내렸고, 도무지 알 수 없는 말들을 중얼거리기 시작했다. 손에 쥔 사라센의 단도가 하늘로 치솟아 영적 도움을 구하듯 흔들리기 시작했다. '그것'의 몸도 팔다리와 함께 춤을 추기 시작했다. 공중으로 뛰어올랐다가 떨어지고 떨어졌다가 오르기를 반복하더니 급기야 등을 구부리고 절름발이인 채로 제자리 돌기를 했다. 기괴한 모습이었다. 분명 악마가 몸에 들기 시작한 탓이었다. 아르망은 그 모든 모습을 보고 있었다. 소름이 끼쳐 차마 눈을 뜨고 있자니 오금이 저렸고 오줌이 흘러나올 것 같았다. 도움을 구할 수 없다고 생각하니 아르망도 비로소 자신의 판단이 성급했고 용기가 넘쳤음을 인정해야 했다. 지젤이 보고 싶었고 문득 여가를 슬기는 '성분 위의 주성뱅이 피에르'를 소리 내어 외쳐 부르고 싶었다. 아르망은 거의 기다시피 자세를 낮춰 '그것'에게서 최대한 멀리 벗어나려 했다. 묘지의 서쪽 가장자리는 벼랑이었고, 산 아래로 이어진 가파른 길이 몇 개의 동굴과 이어져 있었다. 아르망은 그쪽으로 빠져나갈 궁리를 했다. 돌아갈 길은 그곳뿐이었다. 아르망은 가족들의 십자가가 꽂힌 사면이 봉긋이 솟아오른 묘지를 바라보았다. 몇 그루의 관목들이 묘지를 둘러싸고 있어 몸을 숨기기엔 적당했다. 그리고 그곳은 마침 벼랑으로 이어져 있었다. 아르망은 기어갔다. 등줄기에서 식은땀이 흘렀고 숨이 차올랐다. 앞가슴의 옷은 찢어지고 피부가 긁혀 쓰라렸지만, 그 정도 아픔 따위를 느낄 정신이 없었다. 툭 하고 뭔가 머리 위로 날아왔다. 돌이었다. 곧이어 한두 개가 아닌 여러 개의 돌멩이가 아르망의 주변에 우박처럼 떨어졌다.

"네놈이 거기 있는 줄 안다. 얕은 술수를 부리고도 빠져나가리라 생각했나? 그래 잠시 승리에 도취되었겠지. 신이 네 편이라고 생각했겠지. 이제 진정 신이 누구 편인지 깨닫게 해주마. 신은 없다. 여기선 곧 내가 신이지."

성큼성큼 절름발이가 꽤 정상인 듯 걸어오고 있었다. 아르망도 몸을 일으켰다. 두 사람 사이에는 서너 개의 구덩이가 있었고 가시 달린 가지가 있는 관목이 자리 잡았으며 늑대들이 파헤쳐 놓은 삐뚤어진 십자가와 뽑힌 십자가의 묘지가 존재하고 있었다. 바람이 불었다. 꽤 신선한 바람. 누군가 최후를 맞이하기에는 영혼을 실어 하늘로 올려줄 적당한 바람이었다. 아르망이 물었다.

"살아오면서 후회를 한 적은 없나요? 단 한 번도 고해를 한 적은 없나요? 내 부모와 동생을 죽이면서 죄책감을 느낀 적은 없나요?"

'그것'이 대답했다.

"내 믿음이었으니 오히려 네 가족들은 구차한 삶을 연명하지 않아도 된 것을 감사해야지. 재수 없게 네놈이 비밀을 많이 안 탓이야!"

아르망이 마지막 질문을 던졌다.

"무슨 비밀? 내가 본 것은 아무것도 없어요."

입꼬리가 눈 밑까지 닿을 정도로 기괴한 웃음을 진 '그것'은 아르망의 심장을 도려낼 듯이 쳐다보았다.

"어설픈 년! 테레즈의 시체에서 넌 분명 십자가를 보았어! 십자가의 후면에 푸른색의 상아에 각인된 도미니코의 문장이 있는 십자가를 넌 분명 보았어! 그 십자가는 어디에 숨겨두었나?"

'그것'은 왼손을 뻗어 아르망에게 가져오라는 시늉을 했고, 오른손으로는 사라센의 단도를 허공에 늘어 아르망을 겨누었다. 아르망은 불현듯이 떠오르는 한 장면을 생각했다. 가론 강의 관목숲 사이에 처참하게 묻혀 있던 소녀 테레즈. 그런데 십자가라니…, 분명 테레즈의 시신에서는 십자가를 본 적이 없었다. 본 적 없는 십자가와 가족의 죽음. 그때서야 아르망은 실마리가 풀려나가기 시작했다. 그 모든 것이 오해였음을 그리고 가족의 죽음조차 자신으로 인한 아르망 자신에게 비밀의 열쇠가 따라다니고 있었음을 알아차렸다. 아르망은 등 뒤의 벼랑을 바라보았다. 동쪽으로 빛 한줄기가 보였고 하늘은 검은 어둠에서 벗어나려 하고 있었다. 아르망은 땅 위에 있는 굵은 돌멩이 하나를 손에 쥐었다. 적당한 거리였음에 '그것'의 눈을 맞추기엔 자신이 있었다. 그때 산 아래에서 일렁이는 횃불과 심장이 터질 듯이 외치는 여러 사람의 목소리가 아니었다면 특히 찢어질 듯한 여자의 목소리가 들리지 않았다면 그 더럽고 뱀 같은 눈을 기어코 터트릴 작정이었다. 역시 신은 아르망 편이었다. 최초의 빛처럼 묘지에 빛이 찾아들자 그동안 낡고 소외되었던 십자가들이 울기 시작했다. 아르망은 무표정하게 '그것'을 바라보았다. 두 번째 빛이 아르망의 시선에 들자 눈이 부신 아르망의 눈꺼풀이 떨렸고 눈을 뜨자 '그것'

은 희미한 어둠 속으로 재빠르게 사라지고 없었다.

51

그로부터 이틀 후에 마르코가 안부도 없이 자신의 집을 방문했다. 장 칼라스는 기쁜 마음에 마르코의 절친이자 사촌인 고베르까지 불러 저녁 만찬을 마련했다. 1761년 10월 13일 밤. 63세의 위그노 장 칼라스의 식탁에는 오랜만에 그의 부인과 4남 2녀의 자녀와 사촌인 고베르 그리고 가톨릭교도였던 하녀 이네스까지 모두 모였다. 성찬의 주도는 아버지 장 칼라스 몫이었지만 아버지는 특별히 수도사인 아들에게 저녁 기도를 청했다. 그런데 이상하게 마르코는 아버지의 청을 거절했다. 어두운 얼굴이었고 초조했다. 그때까지도 장 칼라스는 그의 아들의 초조함을 알지 못했다. 단지 반가웠고 그동안의 그리움으로 마르코의 얼굴을 만졌다.

"마르코! 몸이 많이 야위었구나. 주님의 성스러움이 너무 깃든 탓은 아니니?"

장 칼라스는 자신의 농담으로 마르코를 위안하려 애썼다. 고베르가 장 칼라스의 농담을 받아 덧붙였다.

"너의 주님은 성급하신 게야. 도무지 틈을 주시지 않는 보양이군."

고베르의 말에 식탁에 앉은 모두 웃음을 보였지만 마르코는 웃지 않았다. 민망해진 고베르가 장 칼라스의 옆자리에 앉은 마르코를 바라보았다. 비로소 의아해진 가족들은 마르코의 눈치를 보았다. 그들의 눈에 마르코의 깊은 상심이 보였다. 침묵의 그림자가 저녁 만찬의 훼방꾼이 되지 않도록 장 칼라스가 성찬의 기도를 올렸다.

"우리는 다시 주님의 자녀들로 모였나이다. 오늘 성찬이 주님의 뜻으로 이루어졌고 주님의 말씀이 일용할 양식이 되었음을 의심치 않나이다. 더구나 오랫동안 주님을 모시고자 주님의 집으로 거처를 옮겼던 마르코가 잠시 돌아왔나이다. 마르코로 인하여 우리는 주님의 뜻이 간결하고 바르게 세상에 비치는 것을 깨달았나이다. 마르코가 세상의 소금과 빛이 되기를 주님께서 인도하소서! 더불어 오늘 저녁 성찬이 우리 가족과 사촌 고베르와 이네스에게도 양식이 되옵나이다."

장 칼라스는 여러 번 주님께 마르코를 부탁하였다. 험난한 수도원의 생활이 힘들지 않도록 마음속에는 따뜻한 부정이 흐르고 있었기 때문이었다. 이네스가 말린 과일 차와 포도주를 후식으로 내올 때까지 마르코는 여전히 침묵과

상심의 표정이었다. 늦은 저녁, 마르코의 형제들과 담소를
나누던 고베르가 떠날 시간이 되자 마르코가 고베르를 배
웅해 주었다. 톨로사의 가을밤은 아직 따뜻했다.

"마르코! 얼마 만이니 오늘은 그 성복을 벗고 편히 쉬렴.
하룻밤 정도는 너의 주님도 관여치 않으실 거야."

고베르의 위안에 비로소 흐린 미소를 띤 마르코가 대답
했다.

"고베르! 친애하는 형제여! 오늘 밤은 성령이 너에게 깃들
지 않는 밤이 되기를."

알 수 없는 의문을 말을 남기고 마르코는 고베르를 돌려
보냈다. 다음 날 오후 마르코는 자코뱅 수도원으로 돌아갔
고, 그날 밤 수도원의 대성전 아래 철문으로 잠겨있던 토마
스 아퀴나스의 지하 묘지가 열렸다. 그곳에서 젊은 세 명
의 수도사, 토마소 다 발라로와 안토니오 펠라지오 코모 그
리고 마르코 칼라스가 시신으로 발견되었다. 그들은 깨끗
하게 세탁된 성복으로 갈아입었고 지하묘지의 원형 제대를
가운데 두고 머리를 숙인 채 기도하는 자세였다. 고베르에
게 마르코가 보낸 편지가 전달된 날은 다시 다음 날 저녁
무렵이었다. 편지는 톨로사의 우체국을 거치지 않고 마르
코의 방에서 이네스가 발견했다. 고베르에게 편지를 건네
는 장 칼라스는 그대로 거대한 석축으로 이루어진 집이 무

너지듯 쓰러졌다.

"친애하는 나의 사촌이자 톨로사의 저명한 변호사인 고베르…, 이 편지를 읽고 난 후에…. *(중략)* 나는 믿네."

고베르에게 보낸 편지의 첫 문장은 담담하고 평이했으며 고베르에 대한 신뢰가 돋보였다. 이로써 칼라스가에 일어날 비극과 톨로사의 거리를 황망하게 했던 살인과 무엇보다 의심 많은 자코뱅 수도원에 대한 추리는 잠시 페르네에서 달려올 이방인들을 기다려 그들에게 맡기려 한다. 여러 날의 밤은 똑같이 지났고 대성당의 종소리와 대성전의 기도 소리는 변함없지만, 그렇지 못한 톨로사의 시민들은 항변의 시간에 접어들었고 어둠만이 가득했다.

해가 바뀌자 봄이 되었다. 톨로사의 성문 아래 이방인들이 도착했고, 성근 머리의 노인이 딴 곳을 보는 동안 그의 비서가 퉁명스럽게 재촉했다.

"장로님! 어서 움직이세요. 뜨끈한 목욕물과 음식이 필요하지 않으세요."

와니에르는 볼테르를 채근했고 오르비에는 친근한 얼굴로 그런 와니에르를 바라보았다. 볼테르는 와니에르의 재촉에도 아무 대꾸 없이 성문 위를 바라보다가 멀리 북쪽으로 시선을 두었다. 볼테르는 생각했다. "수도원에 악마들이 살고 있다."